KB033701

아
이
러
니 irony

아이러니

1판 1쇄 찍음 2016년 6월 8일
1판 1쇄 펴냄 2016년 6월 15일

지은이 | 훈
펴낸이 | 고운숙
펴낸곳 | 봄 미디어

기획·편집 | 정수경, 김민지

출판등록 | 2014년 08월 25일 (제387-2014-000040호)
주소 | 경기도 부천시 원미구 소향로17, 304(두성프라자)
영업부 | 070-5015-0818 편집부 | 070-5015-0817 팩스 | 032-712-2815
E-mail | bommedia@naver.com
소식창 | http://blog.naver.com/bommedia

값 10,000원

ISBN 979-11-5810-224-1 03810

※파본은 구입하신 서점에서 교환하여 드립니다.

훈 장편 소설

아이러니 *irony*

contents

운명이란 것이 있을까. 우연이 자꾸 겹치면 그것은 우연의
연속일까, 아님 필연일까. 정확히는 모르겠지만 우연이든 필
연이든 가는 길마다 모습을 드러낸다면 참 거창한 인연이 아
닐까 생각한다. 그리고 우리는 그것을 아마 '운명'이라고 부르
는 건지도 모르겠다.

급하게 택시를 잡아탄 세진이 흘러내린 파마머리를 검정 고
무줄로 질끈 묶고 머리와 어깨 사이에 핸드폰을 끼웠다.
"어, 나야. 서주영 씨 섭외됐어? 뭐? 날 직접? 바쁜 사람 얼
굴을 꼭 봐야겠다니?"
통화를 하면서도 세진은 쉼 없이 차창 밖을 살펴본다. 택시
의 속도계를 힐끔거리며.

"기사님, 조금 빨리 가 주세요. 일단 알았어. 나중에 내가 연락하겠다고 서주영 씨에게 전달 좀 해 줘. 응, 그래!"

세진은 핸드폰을 던지다시피 시트에 놓고 손목시계를 보았다. 오후 3시. 이미 식은 시작되었다. 토요일 오후 가장 복잡한 도심 한복판을 택시로 이동하면서 제시간에 도착한다는 것은 불가능한 미션일지도 모른다.

아침 일찍부터 전화해 절대 늦지 말라고 쪼아 댄 친구 가연은 부잣집 남자를 만나 3개월 만에 결혼을 하게 되었다. 얼마나 부자인지는 자세히 말해 주지 않아서 모르겠지만 우리나라 호텔 중 가장 좋은 곳에서 결혼하는 것만 봐도 보통 집은 아닌 것 같았다.

솔직히 말해 가연의 남자 취향이 좀 속물적이긴 했다. 돈 많고, 능력 좋은 남자. 얼굴 예쁘고 몸매도 좋은 가연은 주변에 남자가 끊이질 않고, 연애 경험은 어느 누구에게도 뒤처지지 않았다.

다양한 연애 경험 끝에 우리 오가연 양이 내린 결론은 결국 남자는 돈과 능력이라는 것. 그래서 지금의 신랑을 만나자마자 '이 남자다!' 하는 생각으로 초스피드 결혼 준비를 시작한 것이다.

호텔 앞에 도착하자마자 세진은 부리나케 내려 뛰어갔다. 서른두 살이면 빠른 친구들은 벌써 아기 엄마겠지만 그녀에게 결혼은 다른 세상 이야기다. 지금도 이렇게 걸려 오는 전화를 보면 이번 생은 일이나 하고 결혼은 다음 생에 하라는 신의 계시가 아닌가 싶다.

―이세진 피디님, 서주영입니다.

"아, 안녕하세요. 먼저 연락 주셨네요. 제가 전화드리려고
했는데."

―전달받았습니다. 그런데 제가 지금 비행기를 탑승해야
해서 먼저 했습니다.

그러고 보니 해외 팬미팅차 싱가폴로 출국한다는 기사를 본
것 같았다.

"그러셨구나. 그럼 본론만 말씀드릴게요. 이번 봄 개편부터
저희 라디오 디제이를 맡아 주셨으면 해서요."

―음, 들었습니다. 그런데 사실 다른 프로에서도 연락이 와
서 고민이 좀 됩니다.

"아…… 다른 곳에서도 연락받으셨구나. 서주영 씨라면 당
연히 러브콜이 쇄도하겠죠."

세진은 과장된 웃음을 보이며 호텔 건물 안으로 들어가 식
장을 찾았다.

―바로 답변드려야 하는 건 아니죠?

"그럼요. 충분히 생각하시고 결정해 주세요. 결과가 좋으면
금상첨화겠지만요."

―알겠습니다. 우리 이세진 피디님 생각해서 심사숙고하여
결정하겠습니다.

우리 이세진? 이 남자가 날 언제 봤다고 '우리'라는 용어를
쓰는 건지 모르겠다. 당신과 나는 한 울타리 안에 있는 사람이

아니라고. 세진은 아무렇지도 않게 다가오는 사람들이 영 어색하고 거북했다. 라디오 피디를 하다 보니 저도 모르게 단어 하나하나까지 신경 쓰는 귀찮은 습관이 들어 버렸다.

핸드폰을 내린 세진은 혼자 중얼거리며 식장 안으로 들어갔다. 순간 눈앞에 펼쳐진 아름다운 풍경에 절로 나오는 나지막한 탄성. 오 마이 갓. 고기 썰면서 진행되는 예식이었니. 일반 식장은 자리에 앉기가 하늘의 별따기라 뒤편에 병풍마냥 서 있기 마련인데 여긴 대부분이 앉아서 웃으며 떠들고 있었다.

세진은 재빠르게 좌우를 몇 번 훑고는 바로 목표 테이블을 설정했다. 중학교 동창 녀석들.

"이세진 왔다. 왜 이렇게 늦었어."

"쏘리. 오늘따라 길바닥에 자동차가 풍년인지라."

"으이구, 좀 느긋하게 나올 것이지 꼭 시간 맞춰 오려고 하니까 이렇게 늦지."

"내 말이—"

세진은 이제껏 기다려 준 빈 의자에 앉으며 씩 웃었다.

"그런데 세진이 너, 오늘 가연이 결혼식인 거 까먹었지. 어째 옷차림이……."

위부터 아래로 스캔하는 친구들의 시선에 세진의 눈도 따라갔다. 결혼식장의 교복이라 할 수 있는 화려한 투피스나 청순한 원피스까지는 아니더라도 최소한 여성스러운 복장 정도는 기본이었으나 그녀에게서 기본은 잠시 외출 중이다.

검정 재킷에 검정 스키니진, 갈색 캔버스 운동화. 그래도 재킷 안의 블라우스가 화이트라 얼마나 다행인지. 갈색 파마머리를 고무줄로나마 묶은 걸 위안 삼으며 세진은 민망함에 앞머리를 괜히 손으로 만졌다.

"나 원래 이런 편한 복장 좋아하는 거 다 알면서 뭘. 그리고 이따가 방송국 가야 돼."

사진 촬영이 시작되자 음식이 물밀 듯이 공급되었다. 그렇잖아도 배고팠는데 맘에 든다.

"세진이 얘는 중학교 때는 정말 예쁘게 하고 다녔는데 어째 갈수록 거울을 멀리하는 거 같다."

"남자 친구 없어?"

중학교 때 모든 이들의 여신이었던 세진을 기억하고 있는 친구들은 그녀에게 매사 관심이 많았다. 그들 중엔 세진보다 더 잘나가는 친구도 있고 괜찮은 남자 만나 결혼하여 가정을 꾸린 친구도 있었다. 그럼에도 라디오 피디나 하면서 하루살이 삶을 살고, 자신을 가꾸는 것과 담을 쌓은 세진의 소식이 이들에겐 평생 없어지지 않을 궁금증인 것 같았다.

"세진이 남친 있잖아. 같은 방송국 피디."

"아, 맞다. 몇 년 사귀었다고 했지?"

앞에 놓인 스프를 허겁지겁 먹던 세진이 손가락 두 개를 펴며 웃었다.

"같이 오지 왜 혼자 왔어."

"바빠."

"남친도 라디오 쪽이야?"

"응. 시사 교양 프로."

"내가 전에 봤는데 진짜 시사 프로그램 담당하게 생겼더라. 좀 날카로운 것 같아."

"그런가? 난 자주 봐서 잘 모르겠는데."

나오는 접시마다 게 눈 감추듯 비우던 세진은 가족 친지들의 사진이 마무리되고 직장 동료, 친구들의 차례라는 소리에 그제야 눈을 돌렸다.

"나가자."

세진은 입을 닦고 먼저 일어섰다. 사실 같은 테이블에 있는 네 명의 여인들은 세진에게는 그다지 어울리고 싶지 않은 인물이었다. 수다스럽고 말 옮기기 좋아하고 결정적으로 자랑질이 도를 넘었다. 자기 자랑에서부터 남친 자랑, 심지어 가방 자랑까지 다양하기도 했다. 함께 있으면 쉽게 피곤해져서 가급적 만남 횟수를 줄이고 있었다. 그나마 가연과 만날 때 보는 것이 전부였다.

아나운서인 신부 쪽 하객들은 화려하였고 남자들의 시선은 자연스럽게 그곳에 고정되어 있었다. 신랑 쪽은 뭐하는지 모르겠지만 죄다 범생이들이었다. 한쪽 입꼬리를 올리며 걸음을 옮기던 세진이 갑자기 제자리에 섰다. 뒤에서 따라오던 여인네들도 따라 서며 그녀가 바라보고 있는 곳으로 눈을 돌렸다.

"어? 저 사람 김준 아니야?"

"그런 것 같은데? 와, 이게 얼마 만이야."

"신랑 쪽 하객으로 왔나 봐!"

"준이 예전에 세진이 너랑……."

말을 하던 친구들은 세진의 얼굴을 보고는 급히 입을 다물고 눈치를 보았다.

"그런데 김준은 어쩜 예전하고 바뀐 게 하나도 없다."

한 친구가 혼잣말로 중얼거리자 다른 이들도 동의하며 고개를 끄덕였다. 한 사람, 오직 세진만이 미간에 힘을 주어 인상을 찌푸리고 있었다. 친구들에겐 15년이겠지만 같은 고등학교에 진학한 자신에겐 13년 만이었다. 아니, 사실 그렇게 말하기는 좀 애매했다. 지금도 귀에 못 박히도록 듣고 있는 이름이니.

저를 향한 눈빛을 느꼈는지 준의 시선이 움직였다. 여인네들은 준이 돌아보자 반가운 얼굴로 손을 흔들어 댔다. 하지만 그는 모르는 사람처럼 시선을 돌리고 신랑 쪽으로 걸어갔다.

"뭐야. 설마 못 알아보는 거야?"

"아무리 15년이나 지났다지만 우린 절 기억하고 있는데."

"맞아. 우리야 그렇다 쳐도 세진이 너는 알아봐야 하는 거 아니야?"

세진은 미간을 애써 펴며 신부 쪽으로 걸어갔다. 가까이 다가오는 세진을 보고 가연은 주먹을 올리며 '으이구!' 입 모양을 만들었다. '미안' 하고 씨익 웃으며 뒤편에 서려 하자 가연이 그녀의 손목을 잡아 옆에 세웠다.

"날 좋아하는 건 알겠다만 지금 내 패션이 널 받쳐 줄 수가 없다, 친구야."

"그러니까 더더욱 옆에 서야지. 그래야 내 미모가 더 빛을 발하지 않겠니."

가연이 예쁘게 웃으며 말을 덧붙였다.

"늦게 온 벌이야. 내가 오늘 일찍 오라고 몇 번을 말했어."

"그래, 알았다."

세진은 가연을 살짝 흘기며 얕은 한숨을 내쉬었다. 네 명의 여인들도 세진 옆에 나란히 섰다. 사진 기사의 지시에 따라 웃고, 박수치고, 또 웃었다. 그럴 때마다 신부 바로 옆에 선 세진을 지적하는 사진 기사 때문에 사람들의 시선이 그녀에게로 쏠렸다.

"아, 웃는 게 안 되는 걸 어쩌라고."

세진이 불만인 얼굴로 중얼거리자 옆에 서서 듣고 있던 가연이 웃음을 터트렸다.

"기사님, 그냥 이 친구는 그대로 찍어 주세요. 시크함이 매력 포인트거든요."

가연을 따라 폭소하는 하객들을 민망하게 훑어보던 세진은 신랑 뒤쪽에 서 있는 남자와 눈이 마주쳤다. 얼굴을 보자마자 그녀는 미간을 구기며 고개를 휙 돌렸다.

"김준 왔더라? 깜짝 놀랐어. 신랑한테 물어봤더니 대학 후배래."

가연이 세진에게 속삭이듯 중얼거렸다.

"쟤 라디오 피디라고 하지 않았어?"

"저놈이야. 우리 방송 청취율 다 뺏어 가는 악랄한 놈."

"헐, 진짜? 너넨 정말 뼛속까지 상극인가 보다. 가만, 법대 나왔는데 왜 피디를 하고 있지? 나중에 물어봐야겠다."

"짜증 나. 왜 저 녀석을 여기서."

사진 촬영이 끝나자 사람들은 뿔뿔이 흩어졌다. 세진은 가연을 향해 돌아섰다.

"나 라디오 녹음 때문에 바로 가 봐야 해. 스프랑 샐러드 잘 먹었다."

"벌써 가? 우리 이브닝 파티도 준비했는데."

"가야 돼. 신행 갔다 와서 보자. 쟤들도 피곤하고."

세진의 손가락이 여자 네 명을 슬쩍 가리켰다. 그리고 고개를 가볍게 저었다.

"역시 내 취향들이 아니야."

가연은 세진의 어깨를 툭툭 두드리며 고개를 끄덕였다.

"신행 경험담 팍팍 들려줄게. 갔다 와서 보자."

세진은 가연에게 손을 들어 인사한 후 가방에서 울리는 핸드폰을 꺼냈다. 막내 작가 민지.

"지금 들어가. 왜?"

─피디님, 변진성 씨 아직 안 왔어요!

"뭐? 10분 뒤 녹음인데 아직도 안 오면 어떡해!"

─전화도 꺼져 있고 잠수 탄 것 같은데요.

세진은 뻗쳐 오는 열 때문에 머리를 마구잡이로 헝클었다. 내 이놈의 디제이, 봄 개편에 맞춰 제일 먼저 바꿔 주마.

진성이 디제이를 맡은 1년 동안 그와 합이 맞지 않아 사사건건 문제가 터졌었다. 이게 도대체 몇 번째인지 모르겠다. 국장님이 또 한 번 사고 치면 알아서 하라고 했으니 말 다했다.

—그리고 방금 알게 된 사실인데요.

식장을 가로지르던 세진은 벌써 가냐며 아쉬워하는 네 명의 여인들에게 손을 들어 주고 밖으로 나섰다.

"이번엔 또 뭐야."

— '밤 사랑' 메인 피디 아시죠?

때마침 눈앞에 나타난 남자를 본 그녀가 급히 미간을 찌푸렸다. 밤 사랑은 자신의 앞을 뻔뻔히 지나가는 저 남자가 메인 피디로 있는 프로그램이었다. 다시 말해 세진의 라이벌 프로—라고 믿고 싶다—. 청취율 때문에 국장에게 매번 깨지게 만드는 그 원흉.

—그 피디가 우리 방송국으로 온대요!

"뭐?"

—이번에 특채로 들어오나 봐요. 말이 특채지 거의 모시는 거나 다름없다는데요? 연봉이 상상 초월이래요.

"왜 많고 많은 방송국 중에 하필 우리 방송국이야!"

—거야 모르죠. 돈을 많이 준다고 했나?

이상한 일이다. BBS에서 가장 잘나가는 라디오 피디이고 이미 그곳에서 국장급 대우를 받고 있는 남자인데 굳이 우리 쪽에 오려는 이유가 뭘까. 뭐, 이런 거 저런 거 다 필요 없고 저 얼굴을 같은 방송국에서 봐야 한다는 것이 끔찍했다. 절대 마주치고 싶지 않은 얼굴이었다.

16

─그런데 그······

말을 끄는 것을 보니 여기서 끝이 아닌가 보다. 오랜 방송국 생활로 눈치와 잔뼈만 굵어진 세진은 별거 아닌 일에도 촉을 세웠다.

─우리가 접촉하기 전에 서주영 씨와 연락한 사람이 그 메인 피디라고 하더라고요. 그 사람이 맡은 프로그램으로 섭외 요청한 상태라네요.

세진에게서 돌아오는 답이 없자 민지는 쪼그라든 목소리로 계속 피디님, 불러 댔다. 까칠한 이세진 피디에게 잘못 걸리면 오늘 녹음은 지옥이 될지도 모른다.

이미 호텔 밖으로 사라진 김준을 뒤늦게 따라가 보았지만 그는 보이지 않았다. 아까 붙잡고 퍼부었어야 했는데. 정식으로 얼굴 보고 말을 거는 건 13년 만이라고 해도, 마주치기 싫더라도 따졌어야 했다.

"곧장 들어갈게. 미친 변진성에게는 계속 전화해 보고."

민지는 알겠다며 전화를 끊었다. 디제이가 잠수 타는 건 한두 번이 아니라 이젠 놀랍지도 않았다. 그나마 오늘은 녹음이라 다행이었다. 생방이면 정말로 피가 마르는 느낌이 들었다.

택시를 기다리던 세진은 갑자기 뻗쳐 오는 화로 인해 발로 바닥을 쿵쿵 내리찍었다. 한참을 동동 구르다 기운이 빠져 그 자리에 털썩 구부리고 앉았다.

"하아, 힘들다. 나도 그냥 시집이나 갈까."

중얼거리던 세진은 택시가 다가오는 걸 보고 급히 일어서 손을 흔들었다.

❖   ❖   ❖

깜깜한 집 안으로 들어온 세진은 벽면 스위치를 올렸다. 전등에 불이 들어오자 보금자리가 눈에 들어왔다. 17평 남짓 되는 공간에 거실과 크게 구분되지 않는 침실과 부엌이 들어서 있었다. 지친 몸을 소파에 누이며 눈을 감았다.

어느덧 9년 차가 됐지만 생방은 에너지를 다 쓰기 때문에 끝나고 나면 항상 녹초가 되었다. 진동 소리에 핸드폰을 들어보던 세진의 입가가 올라갔다. 가연이 계집애 신행 갔다가 왔나 보네.

핸드폰을 테이블에 놓고 눈을 감던 세진이 다시 집어 화면을 켰다. 그리고 단축번호 1번을 눌렀다. 한참 동안 울리던 신호음은 곧 부재중으로 넘어갔다. 한 번 더 시도하자 상대방은 거의 끊어질 쯤 받았다.

—어, 세진아.

"뭐하느라 이렇게 전화를 늦게 받아요?"

남자의 음성이 기뻤지만 심술이 나기도 해서 목소리가 퉁명스럽게 나왔다.

—나 지금 좀 바쁜데 내일 다시 통화하자.

"새벽 1시에 바쁠 일이 있어요?"

손톱을 만지작거리던 세진은 상대방이 말이 없자 재차 이름을 불렀다.

　—이세진, 나 지금 어디 있는지 알기는 하냐.

　어디긴, 집에 있을…… 아차. 그는 지금 취재차 파리에 있었다. 이세진은 남자 친구가 어디에 있는지도 모르는 여자였다.

　"미안. 한참 일하고 있었겠네요. 언제 귀국해요?"

　전화기 너머로 그의 한숨 소리가 깊게 들려왔다.

　—다음 주 화요일. 그렇잖아도 너한테 하고 싶은 말이 있었어. 그날 저녁에 잠깐 보자.

　"하고 싶은 말? 그냥 방송국에서 하지 왜……."

　말을 하던 세진은 다시 입을 다물었다. 혹시…….

　"그래요. 그럼 회사 앞 D 카페에서 봐요."

　—알았다. 그때 보자.

　휴대폰을 내려놓은 세진은 입가의 경련을 못 이기고 웃었다.

　"청혼하려고 그러나."

　세진은 기지개를 켜고 일어나 욕실로 걸어갔다. 이젠 그럴 때도 되었다. 2년이나 사귀었고 방송국 사람들도 언제 결혼할 거냐 물어보는 통에 슬슬 신경이 쓰이던 참이었다. 무심한 척 했지만 행복하게 웃는 가연을 보자 마음이 동요하기도 했다. 나도 어쩔 수 없는 여자였나 보다. 아름다운 드레스를 입고 사랑하는 남자와 결혼하는 꿈을 꾸고 싶었는지도 모른다.

　현민을 정말로 사랑하는지는 모르겠다. 꾸준히 대쉬해 오는 그를 더 이상 모른 척하기 힘들어 사귀게 되었다. 다신 남자를 만나지 못할 거라고 생각했는데 다정하고 똑똑한 모습에 한 번은 만나도 좋지 않을까 싶었다.

다섯 살이 많은 현민은 방송국 실세 중 한 사람이었다. 세진은 어릴 때부터 똑똑한 남자를 좋아했다. 요샛말로 뇌섹남이 이상형이었다. 그래서 말 잘하고 어른스러운 현민이 좋았다.

2년을 사귀며 느낀 점은 미칠 듯이 사랑한다는 것은 쉬운 일이 아니구나, 사랑이 그렇게 격정적인 건 아니구나 하는 것이었다. 단지 지금 옆에 있는 사람이 이 남자이고 공교롭게도 결혼할 시기가 되었기 때문이라는 느낌이 더 컸다. 어쨌거나 나쁜 사람은 아니었고, 같은 계통의 일을 하니 말도 잘 통할 것 같고. 사실은 좀 지쳐 가고 있기도 했다. 변화가 필요한 시점이었다. 샤워를 하고 침대에 누운 세진은 간만에 편안한 숙면을 취했다.

오전에 잡힌 라디오국 전체 미팅에서 세진은 결국 김준을 마주했다. 심지어 김준이 음악 프로 CP로 오게 되었다는 소식까지 접했다. 그 말인즉 자신의 상사로 온다는 것, 음악 프로를 총괄한다는 것이었다. 국장은 껄껄 웃으며 옆자리에 앉은 준을 소개하였다.

"다들 알지? BBS 최고 청취율 피디. 어렵게 데려왔으니까 잘 보고 배우라고. 김준 피디는 밤 12시 프로인 '음악과 나의 도시'와 오전 6시부터 8시 프로인 'Today's Focus'를 맡을 거야."

하나도 힘든데 두 프로그램을 맡다니 대단하다며 사람들은 혀를 내둘렀다. 국장이 갑자기 세진을 목청껏 불렀다.

"이세진 피디! 그동안 부진했던 것 김 피디에게 배우라고. 우리 청취율 갉아먹는다는 메인 피디 데려왔으니 이제 제 잘 못 아니에요, 라는 말은 못 하겠지."

국장은 세진을 쯧쯧 바라보다 준에게로 시선을 돌렸다.

"그동안 '밤 사랑'에서 갈고 닦은 것 좀 공유해 줘. 아! 그리고 이 피디."

고개를 숙여 찡그리고 있던 세진은 금세 웃는 얼굴로 국장을 바라보았다.

"네."

"김 피디 프로가 자네 다음 시간대로 가는 거 알지? 밤 12시에 하는 프로보다 청취율이 저조하면 다음 개편 때는 폐지될 줄 알아."

국장은 유독 세진을 험하게 다뤘다. 다른 사람들도 알 정도니 세진 혼자만의 느낌은 아닐 것이다. 라디오국 안에 여자 피디는 몇 명 없는데 그마저도 대학 동문이 아니라 대놓고 차별하는 것 같았다. 살랑살랑 애교를 부리지 못하는 성격도 미움을 사는 데 한몫했다. 국장은 분위기 맞춰 주고 싹싹한 여자를 좋아하는데 세진은 절대 그러질 못했다.

"다른 사람들도 잘 보고 배워. 요즘처럼 라디오가 찬밥 신세인 시대에도 청취율 잘 나오는 프로가 있으니까 핑계 대지 말고 열심히 하라고."

세진은 이미 저런 말에 단련이 되어서 아무렇지도 않았다. 그저 한 귀로 듣고 한 귀로 흘리는 것이 심신에 좋다고 생각하며 좌중을 훑다 준과 눈이 마주쳤다. 한결같이 무표정인 저 남자의 얼굴을 바라보면 저절로 숨이 막혀 온다.

친한 여자 피디, 작가들과 점심을 먹은 세진은 휴게실에서도 김준에 대한 이야기를 듣는 상황이 되자 한숨이 나왔다.

"김준 피디 정말 능력이 좋긴 한가 봐. 들어오자마자 바로 CP. 안 그래?"

"그거 반칙 아니에요? 방송국엔 엄연히 짬밥이라는 게 있는데 그걸 무시하고 자리 차지한 거잖아요."

세진보다 경력이 많은 강수미 피디가 고개를 저었다.

"꼭 그런 것도 아니야. 요샌 다 능력주의 아니냐. 실력 없으면서 나이 믿고 설치는 어떤 사람보다야 훨씬 낫지."

"꼭 누구 들으라고 하는 소리 같다?"

"전 '음악 도시' 작가들이 정말 부러워요. 잘생긴 얼굴 자주 볼 수 있잖아요."

"누구…… 김준?"

세진이 저도 모르게 소리를 지르자 일제히 시선이 쏠렸다. 세진은 믿을 수 없다는 얼굴을 했다.

"김준 그 사람이 잘생겼다고요? 다들 눈이 어떻게 되신 거아니에요?"

"이 피디님 보는 눈 되게 없다. 다들 김 피디님 잘생겼다고 난리잖아요. 얼굴로 피디 된 것 아니냐고 할 정도로. 그것도 청취율 보면 다 헛소리지만."

"대체 어디가 잘생겼다는 거야!"

"왜 흥분을 하고 그래, 이 피디. 솔직히 방송국 피디들 중 가장 괜찮지, 뭘. 고만고만한 사람들 보다가 김준 보니까 안구 정화되는 기분이더라."

"에이, 이 피디 눈에 다른 남자가 차겠어요? 방송국 실세 장 피디님이 떡하니 있는데."

"아니, 그게 아니라……."

억울한 표정으로 말을 꺼낸 세진을 다른 사람이 막았다.

"그래, 이해해. 지금 보니까 세진 씨 남자 보는 눈이 좀 독특하긴 하다."

"장 피디님도 잘생기긴 했지만 김 피디님과 비교할 대상은 아니죠."

"장현민 피디가 어디가 어때서요!"

세진은 붉어진 얼굴로 버럭 소리를 질렀다. 성질을 내는데도 세진을 나무라는 사람은 없었다. 말투는 거칠어도 속은 따뜻한 여자란 걸 모두 알고 있었다. 할 일은 똑 부러지게 하고 여자 피디들을 대변해 국장과 맞장 뜨는 세진을 싫어할 리 없었다. 물론 그 덕분에 제대로 찍힌 세진은 힘겨운 방송국 생활을 하고 있었지만 그것을 다른 사람 탓으로 돌리지는 않았다.

"솔직히 제 타입은 아니에요. 사람이 너무 냉정하게 생겼어요."

한 작가의 말에 대다수가 고개를 끄덕였다.

"맞아. 난 장 피디 보면 이상하게 정이 안 가더라고."

"세진 씨에겐 다정해? 일할 때는 엄청 차갑다던데."

"당연히 다정하죠. 사람을 외모로만 판단하지 마세요."

"발끈하는 것 보니 아직 사랑하나 봐? 꽤 오래 사귀었는데 말이야."

"이 피디가 은근 지고지순한 면이 있잖아."

여자들은 흥분한 세진을 보고 히죽거리며 웃었다. 연애를 시작한 지 얼마 지나지 않아 들키는 바람에 이런 농담도 숱하게 들어왔다. 현민을 두고 차갑다, 냉정하다, 싸가지 없다 말들도 많았다.

하지만 그런 말들에 일일이 반응하느니 그냥 부러워서 까는 거라고 생각하는 게 마음 편했다. 다른 사람들이 어떻게 생각하든 자신이 아니면 되니까.

녹음 편집 때문에 스튜디오로 가기 위해 복도를 걷던 세진은 앞에서 걸어오는 남자를 보고 걸음을 멈췄다. 완벽한 슈트 차림이 아닌 가벼운 정장일 뿐인데 기럭지가 길어서 그런지 잘 어울렸다. 짙은 네이비 셔츠는 얼굴색과 대비되어 유독 돋보였다.

잘생겼다고? 어디가? 난 눈 씻고 찾아봐도 모르겠다 이거야.

목례를 한 세진이 지나가려고 발을 뗐다.

"이세진 피디님."

눈도 마주치기 싫어서 시선을 창밖에 두던 세진의 고개가 돌아갔다. 무표정. 어릴 때부터 봤던 저 차가운 얼굴이 저를 보고 있다.

"오후에 음악 팀 회의 있습니다. 5시에 봅시다."

먼저 걸음을 옮기며 반대쪽으로 향하는 남자의 뒤통수를 보던 세진이 입을 열었다.

"DBS 아니라도 갈 곳 많잖아. 굳이 우리 방송국에 와야 하는 이유가 있었니? 재수 없어."

준이 걸음을 멈추고 고개를 돌렸다. 세진을 보는 눈동자에는 아무런 감정이 담겨 있지 않았다.

"이세진. 여기 회사야. 날 싫어하는 건 알겠는데 네 감정을 굳이 알려 줄 필요는 없어. 네 터무니없는 생각에 맞장구 쳐 주고 싶은 마음 없으니까."

말을 마친 준은 다시 걸어갔다. 저 녀석은 항상 저렇게 포커페이스를 유지하며 사람을 깔아뭉갰다. 한 번도 감정이 흐트러진 적 없었다. 항상 열 받아 하는 건 자신이었고 저 녀석은 지나칠 정도로 냉정했다. 아, 딱 한 번 있었다. 내가 자기 뺨을 쳤을 때. 정말로 화가 나서 내 손목을 꽉 움켜잡았던 그때 빼고는.

오후 5시 음악 프로 전체 회의. 참석한 이들 중 가장 청취율이 낮은 것이 세진의 프로였다.

국장이 자신을 못 잡아먹어 안달인 것도 괜한 일은 아니었다. 사실 인정한다. 디제이니, 다른 방송 때문이니 변명은 했지만 가장 중요한 문제는 자신에게 있다는 걸. 청취자들이 주파수를 돌린 건 재미가, 감동이 없기 때문이다. 분명 자신에게도 처음이 있었고 청취율 역시 꽤 나오는 핫한 피디였는데 지금은 모든 게 힘들고 재미없었다.

세진은 최대한 김준에게서 멀리 떨어지려 했다. 하지만 그러다 보니 오히려 마주 보고 앉는 상황이 되었다.

"봄 개편을 맞아 새로 디제이를 영입하는 팀이 있네요. 내일까지 마무리하고 보고하십시오. 또한 이번이 마지막 기회인 팀도 있습니다. 오전 회의에 참석해서 다들 아시겠지만 가을 개편까지 눈에 띄는 성과가 나오지 않는 프로는 폐지 수순 밟습니다."

저건 필시 날 겨냥한 발언일지어다. 세진은 이를 부득부득 갈며 김준을 노려보았다. 다른 사람들을 훑어보던 그의 시선이 세진에게서 멈췄다. 그도 시선을 돌리지 않고 계속 말을 이었다.

"프로그램 진행은 종전처럼 자유롭게 하시면 됩니다. 다만, 제가 볼 때 발전 가능성이 없거나 무의미한 경우는 직접 터치하겠습니다. 비협조적으로 나오시면 곤란합니다."

저것도 날 겨냥한 말일지어다. 비협조적이면 어쩔 건데. 곤란하면 어쩔 건데! 내 기필코 널 곤란하게 해 주마.

"달콤한 밤의 유혹 팀."

세진의 프로를 언급했음에도 그를 노려보느라 말을 듣지 못

했다. 옆의 작가가 그녀의 팔을 툭 건드려 정신을 깨웠다.

"디제이 섭외 빨리 마무리 짓기 바랍니다. 이 팀만 아직 섭외가 되지 않았습니다."

이게 다 누구 때문인데. 서주영 섭외하려고 했더니 중간에서 인터셉트한 주제에. 정확히는 인터셉트라기보다 내가 한발 늦은 거지만 어쨌든!

"네."

하지만 힘이 없었다. 자신은 청취율도 저조한 못 나가는 프로의 피디였다. 누가 봐도 굽히고 들어가야 할 사람은 저였다. 세렝게티 초원에서 힘없는 임팔라는 곧바로 사자의 먹이가 되고 마니까. 이곳은 인간의 탈을 쓴 동물들의 전쟁터나 마찬가지였다.

오후 10시 라디오 생방. 이번 주를 끝으로 저 디제이와도 작별을 하고 다음 주부터 봄 개편으로 새롭게 단장을 한다. 새 코너를 짜야 하고 무엇보다 디제이 섭외가 급했다. 그렇다고 다시 저 인간하고 손잡고 싶은 생각은 없다. 변진성은 오늘도 나태한 목소리로 사연을 읽어 내리고 있었다. CM이 나가는 동안 세진이 소리쳤다.

"변진성 씨! 슬픈 사연 읽는데 그렇게 감정이 없어서 되겠어요? 사연 듣다가 졸겠습니다!"

"이 피디님, 슬픈 사연을 꼭 감정을 넣어서 읽어야 합니까. 때로는 단조로운 목소리로 담백하게 들려줄 때 감동을 받는 법입니다. 아직 잘 모르시네요."

넌 단조로운 게 아니라 의미를 못 찾겠으니까 문제지! 세진의 얼굴이 점점 붉어지자 옆에 앉아 있는 작가들의 심박수도 덩달아 올라갔다. 곧 폭발할 것 같다. 오늘 아침부터 내내 사람들에게 깨지던 세진이 드디어 폭발하는 시점이 오는가.

"변 디제이님. 부탁입니다. 단조롭고 아니고를 떠나서 그냥 사연을 보면 그 사연에 맞게끔 읽어 주셨으면 좋겠습니다. 새로 각색할 생각 같은 건 하. 지. 말. 고."

한 자 한 자 힘주어 마지막 말을 내뱉은 세진이 콘솔 단자를 쾅 내렸다.

"김 작가! 변진성 씨에게 큐시트 줄 때 확실히 전달해! 마음대로 읽지 말라고!"

밖에서 피디가 얼굴이 붉어지든 속이 타든 제 알 바 아닌 건지 진성은 태연하게 방송을 진행했다. 세진은 테이블에 얼굴을 묻고 머리를 헝클었다.

"아…… 삼잰가. 되는 일이 없어."

할 일은 태산 같은데 마음대로 되는 게 하나도 없어 자꾸만 속이 타들어 간다. 서주영은 결국 김준 쪽으로 마음을 정했다. 나라도 그랬겠지. 망해 가는 프로보단 청취율 보장되는 빵빵한 프로에서 하고 싶을 것이다. 알지만 그래도 속상하고 열 받는 건 어쩔 수 없다.

서주영이 김준 피디에게로 갔다는 말을 듣자 자존심이 상해 미칠 것 같았다. 뭐든 그 녀석보다 잘하고 싶은데 이젠 뭐든 그 녀석보다 못하고 있으니 속에서 열불이 났다.

우여곡절 끝에 생방은 끝나 가고 다음 방송 팀이 들어왔다. 준은 아직 프로를 맡고 있지 않지만 다음 주부터 이후 시간대인 '음악과 나의 도시' 팀에서 일을 하기 때문에 인수인계차 들어온 모양이다.

"이 피디님, 우리 회의하게 테이블 좀 비워 주세요."

다음 프로 메인 작가의 지적에 세진이 고개를 끄덕이며 테이블 위의 서류를 정리하기 시작했다.

"매번 말씀드리는데 저희 프로 전에 정리 좀 해 주세요. 들어올 때마다 정신없고 복잡해요."

최 작가의 말에는 묘하게 가시가 박혀 있었다. 가뜩이나 기분 별로인데. 세진은 서류를 정리하다 말고 최 작가를 보았다.

"뭐라고요?"

세진의 목소리를 대수롭지 않게 여긴 최 작가가 여전히 무심한 표정으로 말했다.

"한두 번도 아니고 정말 왜 그러는지 모르겠어요. 이러니까 폐지 소리가 나오지."

딴에는 혼잣말로 한다고 끝을 흐렸지만 세진의 귀에는 정확히 들어갔다.

"최 작가."

"제발 깨끗하게 좀 써 주세요. 새로 오신 피디님 보기에도 안 좋고, 이 피디님 이번 시기 굉장히 중요하다면서요. 괜히 지저분한 모습 보이면 마이너스 요인으로 작용할지도 모르잖아요."

최 작가는 슬슬 도를 넘어서고 있었지만 고삐가 풀린 듯 더 열을 올렸다. 평소에 하고 싶었던 말을 이참에 쏟아 내자고 작정한 것 같았다. 그것도 아니면 다음 주부터 새로 올 피디를 등에 업고 하는 말이거나. 옆에 있던 같은 프로그램 작가들이 심상치 않은 분위기를 눈치채고 슬슬 말리려고 했지만 그녀는 그치지 않았다.

"아, 정말 스튜디오 따로 쓰자고 해야지 이건 매번 복잡해서. 이 피디님, 경력도 많으신 분이 이런 기본적인 매너 하나 지키질 못하세요?"

"그만해, 최 작가."

급기야 그동안 같이 진행해 오던 주형진 피디가 나섰다. 하지만 이미 늦었다.

"나 참, 더 못 볼 것도 좀 보여 줘? 스튜디오에서 숙직하려고 이불도 가져올 참이었는데 그것도 최 작가 때문에 무서워서 못 하겠네. 이봐, 지금 프로 잘나가서 눈에 뵈는 게 없나 본데 너 그러다 된통 당해. 어디서 5년 차가 지적질이야! 내가 너보다 경력으로 보나 뭐로 보나 한참 선배인데 어디서 배워먹은 말버릇이냐고! 네 사수 누구야. 내가 좀 보자고 전해! 그리고……."

세진은 따발총처럼 다다다 속에 있는 말을 꺼냈다.

"너나 잘해. 네 뒤에 쓰는 사람들은 너 때문에 더러워서 못 살겠다고 그러더라."

세진은 마침 12시로 바뀌는 전자시계를 보고 옆 의자에 놓여 있던 가방을 집었다.

"주 피디님, 작가 교육 좀 잘 시키세요. 달밤 팀 다 나와!"

소리를 버럭 지른 세진이 스튜디오를 박차고 나갔다. 한바탕 폭풍우가 쏟아지는 것처럼 세진의 악악대는 소리를 듣던 사람들은 갑작스러운 적막에 말을 꺼내지 못했다. 그러다 먼저 정신을 차린 최 작가가 목소리를 높였다.

"저 사람 나한테 막말한 거 맞지? 우리 프리랜서라고 깔보는 거지, 지금?"

달밤 팀 작가들이 말렸다.

"그만해요, 최 작가님. 두 분 다 너무 감정적으로 말했어요."

"내가 뭘! 평소에 다들 느꼈던 거잖아. 달밤 팀 작가들 불만 없어? 왜 매번 가만히 있어!"

"그래도 그렇게까지 말할 필요 없잖아요."

"아, 몰라! 나 이 문제 작가 협회에 고발할 거야. 피디가 무슨 벼슬이야? 왜 반말질이야!"

최 작가도 흥분하여 목소리가 높아졌다.

"그만들 해! 방송 시작해야 하는데 언제까지 싸울 거야!"

보다 못한 형진이 고함을 질러 겨우 상황을 마무리 지었다. 달밤 팀 사람들은 어색해져서 스튜디오를 나갔고, 최 작가를 비롯한 '음악과 나의 도시' 팀 작가들은 인상을 쓴 채 테이블에 앉아 서류를 펼쳤다. 그 모습을 한쪽 벽에 기대서 지켜보던 준이 손으로 이마를 쓸어 올리며 옅은 한숨을 내쉬었다.

스튜디오 밖을 나와 복도를 걷던 세진은 급히 뛰어온 작가들이 붙잡자 자리에 멈춰 섰다.

"피디님. 최 작가 굉장히 열 받았어요. 막 고발할 거라고 그러던데……."

"고발하라고 그래!"

소리를 버럭 지른 세진이 다시 몸을 돌렸다.

"피디님까지 정말 왜 그러세요. 솔직히 최 작가 말이 전부틀린 건 아니잖아요. 그동안 우리가 자리 험하게 쓴 것도 맞고, 우리 프로 폐지 위기인 것도 맞잖아요."

메인 작가인 선영이 달래듯 말했다. 언제 따라 나왔는지 진성이 옆에 서 있었다.

"난 이 피디님 박력에 폭 빠졌네."

이 와중에 농담이 나오냐는 얼굴로 그를 바라보는 사람들에게 진성이 씨익 웃으며 말했다.

"자자, 기분도 꿀꿀한데 술이나 한잔하러 갑시다."

"지금 술 마실 상황이에요?"

선영이 눈을 흘기며 진성을 꾸짖어도 그는 능글거리며 웃었다.

"이럴 땐 원래 술 마시고 푸는 겁니다. 자자, 가자고!"

진성은 여전히 우뚝 서 있는 세진의 등을 밀며 그들을 끌고 갔다. 가기 싫다는 제스처를 온몸으로 취하고 있는 세진을 보면서도 그는 뭐가 좋은지 싱글벙글거렸다.

방송국 앞 포차 안. 달밤 식구들 다섯 명은 말없이 술만 부어라 마셔라 하고 있었다.

"내 언젠가 사고 한 번 칠 줄 알았어. 이 피디님은 그게 문제예요. 너무 감정적인 거."

이미 거나하게 취한 세진의 빈 잔에 진성이 술을 채우며 말했다.

"제가 뭘 어때서요."

"뭐든 잘해야 하고, 이겨야 하고, 정의로워야 하고, 완벽해야 하지? 뭐, 잘하면 좋죠. 하지만 너무 그런 것들에 집착하면 아무것도 못 하게 돼요. 조급해지고 다 밉고."

간만에 바른 소리를 하는 진성이 신기해 선영이 대꾸했다.

"그렇게 잘 아시는 분이 왜 이 피디님 속을 썩였어요? 툭하면 잠수 타고 방송 사고 내고."

"아, 그거야……."

진성은 말을 하다 멈추고 어깨를 으쓱했다. 잠깐 씁쓸한 표정을 짓던 그가 다시 활짝 웃었다.

"그럼 나 이번엔 정말 잘할 테니까 한 번만 더 써 보는 건 어때요?"

"싫어요."

세진이 정색을 하고 진성을 보았다. 취해서 몽롱한데도 정신을 부여잡느라 눈에 힘을 주는 모습이 귀여웠다. 진성은 미소를 지은 채 그녀를 물끄러미 바라보다 입을 열었다.

"가만 보면 세진 씨는 참 예쁘게 생겼는데 왜 꾸미고 다니질 않아요?"

진성의 말에 나머지 작가들이 황당한 얼굴로 그를 보았다.

"변진성 씨, 아부하는 건 알겠는데 그런 말은 너무 오글거리네요."

선영이 팔을 쓸어내리며 찡그리자 진성이 손을 내저으며 말했다.

"아니, 아부가 아니라 정말입니다. 이 복슬거리는 파마머리만 정리해도 훨씬 사람이 괜찮아 보일 것 같은데. 안경 벗고, 옷 좀 여성스럽게 입고, 화장도 하고 그러면 지금보다 훨씬 예뻐 보일 거예요."

진성이 하는 말이 싫지는 않은지 세진이 씨익 웃었다.

"맞아요. 이래 봬도 내가 왕년에는 학교 퀸카였다는 거 아니겠음? 내 얼굴 보려고 옆옆 학교에서도 찾아오고 그랬지요."

꼬인 발음으로 중얼거리며 실실 웃는 세진을 보자 선영은 이쯤에서 술자리를 파해야겠다는 생각이 들었다.

"이제 그만 일어나요. 피디님 너무 취했다."

"나 하나도 안 취했어."

"원래 취한 사람이 나 안 취했다고 그러죠."

선영이 잡으려고 할 때마다 세진은 팔을 풀어 벗어났다.

"회의해야지, 회의! 내일까지 망할 디제이 섭외하라고 그랬잖아. 그리고 프로그램 기획도……."

세진은 말을 하다 말고 손으로 턱을 괴고 눈을 감았다.

"나 참, 이러고 잠든 거야?"

다들 황당한 눈으로 세진을 보았다. 세진은 흡사 가부좌를 튼 청동 불상 같았다.

"그나저나 정말 큰일이긴 하네요. 내일까지 섭외해야 하는데."

"흠, 당신들이 나는 절대 안 된다고 하니 괜찮은 사람 한 명 소개시켜 주고 싶은데 생각 있으면 볼래요?"

"또 진성 씨 같으면 안 돼요."

진성은 연예계에서 잔뼈가 굵은 베테랑 배우여서 섭외했을 때 기대가 컸다. 결과는 실망스러웠지만 그의 인맥을 무시하지는 못했다.

"아니야. 그 녀석은 굉장히 성실하고 착해. 나랑은 달라."

"누군데요? 그래도 아예 신인은 좀 곤란한데."

"정재민."

"네? 정재민이요? 지금 연예계에서 가장 핫한 그 정재민이요?"

"CF는 물론 작사, 작곡까지 히트치며 종횡무진하는 그 정재민 맞아요?"

"그, 그래. 걔가 그렇게 유명한가? 하하."

"유명하다마다요. 신인이지만 신인 같지 않은 존재감."

"그 사람 섭외해 준다면야 땡큐죠."

"내가 아끼는 후밴데 인성, 지성 모두 보장해."

"당장 내일 미팅 잡죠."

작가들이 눈을 빛내다 얌전히 잠들어 있는 세진을 돌아봤다.

"아…… 맞다. 이 피디님과도 맞춰 봐야지."

"에이! 이 피디님도 좋아하실 거야!"

"맞아. 서주영 섭외하려고 하셨으니까 정재민도 맘에 들어하실 거야."

"그럼 내일 오전 10시에 보는 걸로 합시다."

그러자 지금껏 자고 있다고 생각했던 세진이 마치 감전이라도 된 사람처럼 갑자기 벌떡 일어섰다.

"오전 10시요? 네네, 그럼 그때 봐요."

그리고 자다 일어난 사람 같지 않게 태연히 중얼거리더니 발을 옮기기 시작했다.

"이 피디님, 취하셨어요. 바래다 드릴게요. 집이 어디세요?"

"나 하나도 안 취했어. 이만 간다. 다들 내일 봐."

너무 멀쩡한 목소리로 대답하며 걸어가자 그들도 살짝 헷갈렸다. 걷는 모습을 보고서야 그녀가 취했다는 것을 느꼈다. 서로 계산을 미루다 결국 진성이 계산을 하게 되었다.

"나중에 이 피디에게 얻어먹어야지."

어느덧 택시 타는 곳까지 다다른 진성이 세진의 팔을 잡았다.

"세진 씨, 집이 어디예요? 내가 데려다줄게."

"에? 왜 진성 씨가 데려다줘요, 나를?"

"그야…… 취했으니까?"

"됐거든요. 나 혼자서 잘 갈 수 있어요."

세진은 막 다가오는 택시를 잡아 문을 열었다.

"그래도, 가는 중간에 잠들거나 이상한 택시면 어떡해."

이상한 택시 운전기사가 진성을 위아래로 흘끔거리자 그는 흠흠 헛기침을 했다.

"내 핸드폰 GPS 되니까 혹시 문제 생기면 그때 좀 찾아 줘요. 그럼 빠이."

택시에 오른 세진이 손을 흔들고 문을 쾅 닫았다. 멍한 얼굴로 출발하는 택시를 쳐다보던 진성이 살짝 미소 지었다.

"변진성 씨, 이 피디님에게는 작업 안 통해요."

같이 있던 작가들이 놀리자 진성이 돌아보며 웃었다.

"작업이라니요. 난 순수한 마음으로 그런 건데. 이 남자의 진심을 몰라주다니 섭섭합니다."

"이 피디님 남의 도움 받는 거 병적으로 싫어하세요. 우리도 처음엔 참 별나다 싶었는데 이젠 그러려니 해요."

"왜 그렇게 힘들게 사나. 더불어 살면 얼마나 좋아."

진성이 중얼거리자 그녀들도 어깨를 으쓱했다.

"그냥 성격이에요. 고집이 세고 자존심은 하늘을 찔러요. 남의 도움을 받는다는 건 내가 무능한 거나 마찬가지라나? 예전에 그랬어요. 자기는 무인도에 갖다 놔도 악착같이 살 거라고. 무인도에서 죽으면 얼마나 허무하겠냐면서 태평양을 헤엄쳐서라도 살 거래요."

"하하."

진성이 소리 내어 웃었다. 보면 볼수록 귀여운 여자다. 지난 1년 동안 개인적으로 힘든 상황에 놓여 의도치 않게 고생시킨 것이 미안했다. 그에게 세진은 신선한 캐릭터였다.

겉으론 성질을 내지만 그건 마음을 감추기 위한 막이란 걸 안다. 한껏 열이 뻗친 상황에서도, 일반적으로 여자들이라면 눈물을 흘려야 마땅한 상황에서도 끝까지 눈을 부릅뜨고 버티는 모습은 정말 안쓰러울 정도로 매력적이다. 나흘이면 그 모습도 못 본다는 생각에 아쉬운 마음이 들었다. 있을 때 좀 잘할 걸 그랬다. 이제 늦었지만.

방송국에서 세진이 살고 있는 오피스텔까지는 차로 10분, 걸어서 30분 거리였다. 평소 같으면 걸어왔겠지만 지금은 똑바로 걷는 것 자체가 도전이라 얌전히 택시를 탔다.

택시에서 내린 세진은 비틀거리는 걸음을 곧추세우며 눈을 부릅떴다. 오피스텔 안으로 들어와 엘리베이터 앞에 섰다. 누군가 옆에 서는 것 같았지만 그런 걸 인지할 상태가 아니라 그녀는 고개를 푹 숙인 채 눈을 감았다.

잠시 뒤 문이 열리자마자 세진은 안으로 들어가 신발을 벗고 누웠다. 이불을 덮으려 손을 더듬거리다 걸리는 것이 없자 몸을 옆으로 웅크린 채 잠이 들었다.

우연이 세 번이면 필연이란 말이 있다. 그리고 필연은 운명이라는 다른 이름으로 포장되어 드라마의 단골 메뉴로 등장한다. 헤어진 남녀가 전혀 연관성 없는 장소에서 마주치기도 하고 무려 두 시간을 기다리던 여자가 버스를 타고 떠나자마자 남자가 정류장에 도착하기도 한다.

이런 억지가 어디 있어, 이게 말이나 돼? 이러니 사람들이 미드를 보는 거야, 라며 텔레비전 채널을 돌리거나 아예 전원을 꺼 버린다. 그러나…… 이런 말도 안 되는, 드라마에서나 나오는, 아니 드라마에서조차 사라진 억지가 눈앞에서 현실이 되면 사람들은 멍해지기 시작한다.

잠결에 무엇인가 계속 귓속을 파고들었다. 듣다 보니 핸드

폰 진동 소리다. 진동 소리가 이렇게 컸었던가. 이놈의 눈꺼풀
은 어찌나 무거운지 잘 떠지지도 않는다. 아침인가. 창가를 통
해 들어오는 햇살을 한껏 느끼며 기분이 좋아진 세진이 무거
운 눈꺼풀을 들어 올렸다. 주변에서 울려 대는 핸드폰을 찾아
귀에 대며 하품을 했다.

"여보세요."

―이 피디님, 왜 안 오세요. 회의 시간 한참 지났는데!

"응? 회의? 무슨 회……."

그러고 보니 지난밤 술자리에서 회의 비슷한 말을 했던 것
같다. 세진은 급히 일어나 앉았다.

"맞다, 회의. 지금 몇 시……."

시계가 걸려 있는 자리로 향하던 세진의 눈동자가 커졌다.
순간 등골이 오싹해졌다. 이래서 청명한 아침에 핸드폰이 그
리도 울었던 건가.

"뭐야!"

―왜 그러세요.

"민지야, 일단 좀 끊자. 너네끼리 회의 진행하고 있어."

세진은 급히 전화를 끊고 주변을 좌우로 훑었다. 똑같은 구
조인데 내부 인테리어는 전혀 달랐다. 불현듯 지난밤, 엘리베
이터 안에서 잠들었던 일이 생각났다. 얼마나 취했으면 집도
찾아가지 못하고 누웠는지 세진은 창피해져 머리털을 쥐어뜯
었다. 누군가 엘리베이터에서 자고 있는 자신을 데려왔는가
보다.

"미쳤구나."

침대도 다른데 그것도 모르고 여태 편안히 누워 있었다. 세진은 후들거리는 다리를 옮겨 내부를 훑었다. 고급스러운 원목 인테리어에 은은한 벽지, 자신의 집과는 대비되는 깨끗한 내부. 은은하게 풍기는 냄새는 집주인의 향기인 듯했다. 체향인 것 같기도 하고 향수 냄새인 것 같기도 한데 부드럽고 좋았다.

집을 두리번거리던 세진은 거실 한쪽 책장에 놓여 있는 작은 액자를 보고 입을 벌렸다. 온몸이 부들부들 떨려 왔다.

"미쳤어. 미쳤어……. 이세진, 너 진짜 미친 거야."

세진은 소파 위에 얌전히 놓여 있는 가방을 냉큼 집어 현관으로 향했다. 신발을 신으면서도 머리털을 쥐어뜯었다. 급히 문을 열고 나와 뒤를 돌았다. 701호. 이 녀석 집이 701호였어?

도망치듯 엘리베이터를 타고 8층을 눌렀다. 801호 집으로 들어온 세진은 옷을 찢다시피 벗고 새로운 옷을 걸쳤다.

"으아악!"

뭐가 어떻게 돌아가는지 모르겠지만 자신은 김준 집에서 잠이 들었던 모양이었다. 그 녀석은 언제부터 이 오피스텔에 살았지? 그동안 오며 가며 한 번도 마주친 적 없었다. 제 보금자리 아래층에 그 녀석이 산다고 생각하니 숨이 막혀 왔다. 마치 서서히 옥죄어 오는 마수의 손길처럼 자신을 공격하는 저승사자 같았다. 김준이란 남자는.

또다시 울려 대는 핸드폰 덕분에 세진은 고개를 휙휙 내젓고 밖으로 나왔다. 택시를 잡아타고 방송국에 내린 뒤 회의실로 헐레벌떡 뛰어갔다. 달밤 팀 사람들은 세진이 들어오자 한목소리로 그녀를 질타했다.

"미안합니다."

술기운 때문인지 목소리가 잠긴 터라 세진은 흠흠거리며 가운데 자리로 갔다. 허겁지겁 가방을 내려놓으며 맞은편에 앉아 있는 신선한 마스크의 남성을 바라보았다.

"그런데 이분은 누구……."

"피디님, 어제 일 전혀 기억 안 나세요?"

"응?"

막내 작가 민지가 얕은 한숨을 내쉬며 설명했다.

"변진성 씨가 새 디제이 소개해 줬잖아요. 오늘 10시부터 회의하기로 했는데 피디님이 한 시간이나 늦어서 우리끼리 먼저 대화 나눴네요."

"아…… 그, 그랬어? 잘했네."

세진은 어색한 웃음을 짓고 남자를 돌아봤다. 요즘 TV에서 많이 보는 얼굴이다. 이름이…….

"정재민입니다. 이세진 피디님."

재민이 활짝 웃으며 말했다. 웃는 마스크가 굉장히 상큼했다.

"네, 반가워요. 그리고 미안합니다. 제가 오늘 피치 못할 사정으로 좀 늦었어요."

"괜찮습니다."

재민이 소리 내어 웃으며 대답했다. 20대 중반 정도로 어려 보였지만 의외로 진중하며 무게감이 있었다.

"아는지 모르겠지만 우리가 그동안 변진성 씨 때문에 고생을 좀 했어요."

"네, 들었습니다."

"라디오라는 건 거의 매일이 생방이고 급작스러운 일도 생기기 때문에 언제든 스탠바이가 되어야 합니다. 바쁜 재민 씨가 그걸 해낼 수 있을까요?"

"최대한 맞추겠습니다. 평소 라디오에 관심이 많아서 꼭 한번 해 보고 싶었어요. 그리고 피디님 보니 굉장히 좋은 예감이 듭니다."

듣기 좋은 말을 하는 재민을 보자 신인이 사람을 구슬릴 줄도 아는구나, 라는 생각이 들었다. 세진도 기분이 좋아져 미소가 지어졌다.

"우리 프로그램, 이번 개편이 마지막 기회예요. 가을 개편까지 성과를 내지 못하면 폐지될 수도 있어요. 그건 미리 알고 계셨으면 좋겠어요. 가을까지만 하게 될지도 모르거든요."

"네."

"하지만 절대 폐지되게 하지 않을 거예요. 그러니까 재민 씨도 절 믿고 최선을 다해 줬으면 좋겠어요."

"물론입니다. 잘해 봐요, 피디님."

세진이 다가가 재민에게 손을 내밀었다. 재민도 자리에서 일어서 세진의 손을 잡았다. 키가 커서 세진이 고개를 살짝 위로 올려야 했다.

"변진성 씨에게 고맙다고 감사 인사라도 해야겠네."

세진이 웃으며 달밤 팀 식구들을 돌아보았다.

"점심 먹고 와서 오후에 기획 회의합시다."

"네."

다들 회의실을 나가자 세진은 그제야 털썩 주저앉아 책상에 엎드렸다. 아침부터 식겁할 일을 겪고 나니 몸에서 힘이 빠졌다. 오랜 방송국 생활을 바탕으로 점쳐 보자면 오늘 하루도 힘겨울 것 같았다.

그나저나 김준 얼굴을 어떻게 봐야 할지 모르겠다. 꼴도 보기 싫은 남자에게 신세를 졌다는 사실을 견딜 수가 없었다. 찾아가서 말을 꺼낼 생각에 눈앞이 핑핑 돌았다.

"정말 삼재야. 나한테도 안식년이 필요해."

한숨을 푹 내쉬고 몸을 일으키던 세진이 주머니에서 울리는 핸드폰을 꺼냈다. 액정을 확인한 그녀의 얼굴이 밝아졌다.

"응. 잘 갔다 왔어?"

ㅡ넌 어쩜 전화 한 통 없니. 갔다 온 지가 언젠데. 새벽에 출근해서 오전 뉴스 끝내고 전화하는 거다, 이 여자야.

"아하하, 어디야?"

ㅡ로비로 나와. 밥이나 먹자.

세진은 가방에서 지갑을 꺼내 회의실 밖으로 나왔다.

"들으면 깜짝 놀랄 일이 많다."

ㅡ그래? 나도 할 말 많았는데 통했네. 얼른 와.

전화를 끊고 엘리베이터 앞으로 걸어가는데, 국장실 문을 벌컥 열고 나온 국장이 이름을 크게 불렀다.

"이세진 피디!"

고함을 지르다시피 부르는 목소리에 세진은 저도 모르게 어깨를 움츠렸다.

"들어와!"

할 말만 하고 들어가 버린 국장을 향해 혀를 날름 내민 세진이 어깨를 축 내리고 걸음을 옮겼다. 문을 닫자마자 국장이 소리를 쳤다.

"너 제정신이야! 요새 세상이 어떤 세상인데 작가한테 막말을 해!"

"네?"

"작가 협회에서 전화 오고 난리야. 어떻게 할 거야!"

"무슨 말씀이세요."

"어제 음악 도시 팀 최성희 작가한테 반말하고 욕했다며!"

결국 최 작가가 일을 저질렀다는 생각에 머리가 지끈거려 왔다.

"국장님, 그건……."

국장은 세진의 말을 끊으며 소리를 질렀다.

"이세진 너 얼마나 더 사고를 쳐야 정신 차릴 거야! 정말 프로그램 없어져야 정신 차릴래! 한두 번도 아니고 어째 매번 그 팀에서만 시끄러운 소리가 나냐고!"

"국장님."

"당장 최 작가한테 찾아가서 사과해. 그래야 넘어간다고 하니까. 난 몰라. 네가 알아서 처리해."

국장은 자기 할 말만 하고 꼴도 보기 싫다는 듯 의자를 홱 돌려 앉았다. 온몸으로 대화를 거부하는 국장을 보자 세진은 억울함과 분노가 치밀어 주먹을 꽉 쥐었다.

"한 가지만 말씀드릴게요. 먼저 시비를 건 사람은 제가 아니라 최 작가예요. 그리고 욕을 먹은 것도 그 사람이 아니라 저구요. 국장님은 같은 피디인 제 말은 들어보지도 않으시면서 작가들 말은 굉장히 경청하시네요."

"뭐야!"

국장이 의자를 돌려 세진을 노려보았다.

"작가 협회에서 전화 온 건 제가 알아서 해결하겠습니다. 더 이상 신경 쓰시게 하지 않을게요. 하지만 국장님도 제 입장에서 한 번만 생각해 보셨으면 좋겠어요. 제가 아무 이유도 없이 그 사람을 욕했겠어요?"

세진은 말을 마치고 고개를 꾸벅 숙인 뒤 문을 열고 나갔다. 속에서 뜨거운 무언가가 올라오려고 했지만 주먹을 있는 힘껏 쥐며 삭였다. 그리고 마침 도착한 엘리베이터에 몸을 실었다.

엘리베이터 안에서 세진은 마른세수를 하며 연신 숨을 내쉬었다. 사과를 하라니. 직접 찾아가서 사과를 하라니! 죽으면 죽었지 그렇겐 못 하겠다.

로비 한쪽 휴게 코너 의자에 앉아 손목시계를 내려다보고 있던 가연은 고개를 들다 세진이 다가오는 걸 보고 벌떡 일어났다.

"야, 이세진!"

하지만 곧 세진의 얼굴을 보고 그녀의 몸을 이리저리 돌렸다.

"왜 또 죽을상이야. 누가 뭐라고 했어?"

"누구긴 누구야. 나 못 잡아먹어서 안달이 난 우리 국장이지."

"너네 국장이 지랄하는 거 한두 번이야? 그냥 한 귀로 듣고 흘리라니까."

"하, 말하자면 길다. 밥이나 먹자. 넌 신행 잘 갔다 왔어?"

"짱이었지. 얼마나 재밌었는데."

가연은 예쁘게 웃으며 세진의 팔에 팔짱을 꼈다. 아침 뉴스를 진행하는 덕분에 알아보는 사람이 많고 인기도 많은 가연은 흘끔거리는 시선도 가볍게 넘겼다.

"참, 네 남편 직업이 뭐냐."

"저번에 말해 줬잖아. 검사라고."

"아, 그랬나?"

"응. 식구들이 다 법조계 일을 해."

"정말?"

세진의 뜨악하는 얼굴을 본 가연이 웃으며 고개를 끄덕였다.

"그래서 결혼식장에서 본 사람들이 죄다 범생이 같았구나?"

"하하, 그래. 참! 나 아침에 김준 봤어."

김준이라는 말에 세진의 얼굴이 순식간에 굳어졌다. 아직 눈치채지 못한 가연이 계속 말을 이었다.

"신랑한테 물어봤는데 김준 말이야. 사법연수원 1등으로 졸업하고 검사 임용도 수석으로 된 상태에서 몇 달 만에 나간 거래."

"응?"

"무슨 일인지 갑자기 때려치우고 나갔대. 신랑도 그게 의아하다더라."

세진은 의외의 내용에 조금 놀랐지만 다시 흥, 하며 관심을 끊었다. 검사였든 뭐든 지금은 피디잖아. 그럼 그냥 피디인 거야. 얼마나 화려한 과거를 지니고 있는지는 모르겠지만 다 부질없다, 나처럼.

"그런 말 듣고 나니까 새삼 다르게 보이더라고. 예전부터 잘난 녀석이긴 했지만 더 빛이 난다고나 할까."

"빛 좋아하네. 세상의 빛이 다 사라졌다니? 그 녀석이 빛나게."

"음악 방송 CP라며. 그럼 이제 네 상사 되는 거야?"

"……"

"아무튼 김준 대단해. 뭐든 1등이구나. 오전 시사 프로까지 진행한다던데 네 남친이 하는 거랑 같은 프로 아냐?"

"뭐, 그렇대. 공동 피디 체제로 가나 봐."

"이거 그림이 묘한데? 현 남친에 구 썸남."

"야, 썸이라니! 내가 그 자식이랑 언제 썸을 탔어! 나랑 그 녀석이 무슨 사이였는지 몰라?"

김준 이야기만 나오면 발끈하는 세진은 참 한결같다. 조금만 긁어 주면 바로 반응이 온다. 가연은 세진의 팔짱을 끼며 웃었다.

"넵, 알다마다요. 이세진과 평행선을 달렸던 쌍두마차 라이벌. 이세진 혼자 열폭하다 까무러치고 물러난 최강 시크남."

가연의 단어 선택이 마음에 들지 않았다. 하지만 더 이상 따질 힘도 없었다.

"아무래도 뭔가 마가 꼈나 봐. 되는 일이 없어."

세진은 고개를 서서히 가로저으며 터덜터덜 걸어갔다.

두 사람은 점심을 먹으며 신행 이야기와 파란만장한 일주일 간의 이야기를 맞교환했다. 세진의 이야기를 들으며 같이 흥분한 가연은 그런 여자는 본때를 보여 줘야 한다고 맞장구를 쳤지만 막상 어떻게 해야 하는지에 대한 방안은 내놓지 못했다.

"나 같으면 그냥 깔끔하게 사과하고 말 텐데 넌 자존심 때문에 사과도 쉽지 않지?"

"내가 왜 사과를 해. 사과는 잘못한 사람이 하는 거야."

말은 그렇게 해도 가연을 만나러 오기 전 방송 협회 관계자의 전화를 받고 나니 걱정이 되긴 하였다. 최성희 작가가 이번 일을 정식으로 건의할 정도로 화가 많이 났으니 피디로서 사과하는 게 어떻겠냐고 설득했다. 아무리 정직원인 피디라도 계속 문제를 일으키면 인사 고과에 영향이 있지 않겠냐고 은근슬쩍 협박까지 하면서.

점심을 먹고 오후 개편 기획 회의를 할 때에는 같은 프로 작가들에게 한 소리를 들어야 했다.

"그냥 이 피디님이 통 크게 사과하고 넘어가요. 최 작가 우리들 사이에서도 성격 보통 아닌 걸로 유명해요."

"맞아요. 괜히 시끄러워지는 것보단 그 편이 낫죠. 피디님 사과로 끝나는 게 모두에게 좋지 않을까요."

세진은 잔뜩 미간을 찌푸린 채 그녀들의 말을 듣고만 있었다. 왜 모두 나에게 사과하라고 하는데. 나만 잘못했어? 그 여자도 막말했잖아. 다들 봤으면서 왜 그건 빼먹어. 같은 작가라고 편들어 주는 거니.

마음속으로는 퍼붓고 있었지만 겉으로 드러낼 자신이 없었다. 따지고 보면 그들의 말도 틀리지 않았으니까 말이다. 하지만 정말로 사과하긴 싫었다. 그건 정말 하고 싶지 않았다.

회의가 끝나고 밤 방송까지 시간이 남자 세진은 서류 작업을 위해 사무실로 돌아왔다. 사무실에서도 다들 세진의 행동을 문제 삼았다.

"거 이 피디가 그냥 물러서라. 계속 이렇게 라디오국 분위기 흐릴 거야?"

"그래. 이 피디 억울한 것도 알겠는데 사회생활 하다 보면 싫은 일 할 때도 있는 거야. 자기 하고 싶은 대로만 하고 살 수 있어?"

피디 중에서도 편을 들어주는 사람은 없었다. 세진은 그들의 말에도 묵묵히 할 일만 했다.

"이래서 여자는 피디 하면 안 돼. 큰 그림을 그릴 줄 모르고 눈앞의 감정에만 치우치면서 뭔 조직 생활을 하겠다고."

40대 후반의 남자 피디가 이죽거리며 말을 꺼냈다.

"권 피디님, 얘기가 왜 또 그리로 가요! 그거 성차별 발언인 거 모르세요!"

여자 피디들이 소리를 치자 사무실은 다시 조용해졌다.

"그나저나 오늘 장현민 피디 출근하지 않았어? 이 피디, 장 피디에게 부탁해 보지 그래. 해결해 줄 수도 있잖아."

"장 피디가 어떻게 해결해. 작가 문제인데."

"장 피디가 작가들 꽉 잡고 있는 거 다들 알고 있는 사실이잖아."

자기들끼리 토론이라도 벌이는 양 당사자는 안중에도 없이 씹어 댔다.

"아까 녹화장에서 봤는데 이 피디 연락 못 받았어?"

"그 사람도 엄청 바쁘던데, 뭐. 연락할 시간이 있었겠어?"

"참 신기해. 이렇게 자존심 센 사람이 남자는 어떻게 사귀는지 몰라. 혹시 남녀 관계에서도 자존심 세우는 거야? 장 피디는 이 피디 이런 점 다 이해한대?"

쾅! 더는 참을 수 없어 세진은 의자를 확 밀치고 일어섰다.

손바닥에 피가 날 정도로 주먹을 꽉 쥐며 애써 끓어오르는 분노를 참았다. 그리고 의자에 걸쳐 둔 재킷을 집어 사무실 밖으로 나왔다.

"여자가 저렇게 기가 세서야 원."

"권 피디님은 아까부터 왜 그러세요. 이게 뭐 이 피디만의 문제예요?"

뒤의 말은 더 이상 들리지 않았다. 아니, 듣고 싶지 않았다. 후, 숨을 거칠게 내쉬던 세진은 핸드폰을 노려보았다. 출근했으면서 여태 연락 한 번 없는 현민에게 괜히 화가 났다. 이럴 때 옆에 있어 주면 얼마나 좋아.

핸드폰을 열어 현민에게 전화를 걸었다. 한참의 통화음 뒤에 그가 받았다.

―어, 세진아. 그렇지 않아도 전화하려고 했어.

"어디예요?"

―여기 세트장이야. 방금 녹화 끝났어.

일하느라 바빠서 전화를 못 했다고 하니 화를 낼 수도 없었다.

"D 카페에서 봐요, 그럼."

―그래, 거기서 보자.

세진은 재킷을 입고 엘리베이터에 올라탔다.

방송국 앞 D 카페는 저렴한 가격에 아늑한 소파와 아기자기한 인테리어가 일품이어서 항상 사람들로 북새통이었다. 문을 열고 들어온 세진은 한쪽 벽에 2인용 자리가 빈 것을 확인하고 가서 앉았다. 보름이나 보지 못했는데 마치 하루였던 것처럼 시간은 빠르게 지나갔다.

힘들었던 보름 동안 남자 친구란 사람은 옆에 있어 주지 않았지만 어차피 인생은 혼자서 헤쳐 나가야 하는 것, 누군가의 도움을 받을 생각은 없었다. 각자의 일은 각자가 알아서 해결하는 게 당연했다. 하지만 지금처럼 힘이 들 때면 남자 친구의 얼굴은 보고 싶었다. 위로는 됐고 그저 옆에만 있어 줘도 더 바랄 게 없었다.

그녀는 내심 기대 중이었다. 일전에 전화 통화로 그가 한 말이 어쩐지 의미심장했던 것이다.

다이어리를 꺼내 기획 회의한 것들을 정리하고 있으려니 앞자리에 현민이 앉았다. 인기척도 없이 갑자기 나타나는 바람에 화들짝 놀란 세진이 가슴에 손을 슬쩍 얹었다.

"왜 이리 놀라?"

"어, 아니요. 인기척 좀 내지. 갑자기 앉으니까 그렇죠."

세진은 다이어리를 덮고 현민을 보았다. 출장 갔다가 바로 와서인지 피곤해 보였다.

"갔던 일은 잘됐어요?"

"그냥 그렇지 뭐. 커피 마실래?"

"응, 그래요. 내가 살게. 항상 먹던 거로?"

"그래. 부탁하마."

현민은 피곤한지 기지개를 켜며 눈가를 쓸었다. 세진은 계

산대로 가 아메리카노 두 잔을 시키고 현민의 것에는 에스프
레소를 샷 추가했다. 슬쩍슬쩍 눈치를 보다 커피가 나오자 들
고 자리로 가 앉았다. 서로 커피만 마시며 말을 꺼내지 않았
다.

"세진아."

오랜 침묵 끝에 현민이 먼저 입을 열었다. 세진은 그를 올
려다보며 미소 짓는 것으로 대답을 대신했다. 그렇게 뜸을 들
이더니 이제야 말하나 보다.

"우리 이제 그만 만나자."

운전을 할 때는 깜박이를 켜고 들어오는 것이 정상이다. 내
가 이제 곧 들어갈 테니 길을 비켜 주시오, 라는 암묵적인 표
시인 것이다. 깜박이 없이 훅 들어오면 뒤차는 놀란 심장을 쓸
어내려야 한다. 대화도 마찬가지다. 깜박이가 필요하다. 그래
야 받아들이는 입장에서도 준비할 시간이 있다. 지금 그녀처
럼.

현민을 보며 눈만 동그랗게 뜨던 세진의 입에서 한마디가
나왔다.

"왜요?"

"더 만날 이유가 있어?"

세진은 저도 모르게 헛웃음이 나왔다. 그를 향하던 시선을
겨우 돌렸다.

"널 만나는 게 참 힘들어. 넌 나한테 관심도 없고 내가 뭘
하는지 궁금하지도 않잖아."

"그거야 현민 씨가 알아서 잘하니까 그렇죠."

"아니야. 그게 아니지. 넌 내 여자 친구잖아. 그럼 내가 뭘하는지 궁금해하는 게 정상이야."

"같은 방송국 다니는데 굳이 시시콜콜 물어봐야 해요?"

"그게 너와 헤어지는 이유 중 하나야. 넌 날 왜 만나니. 그냥 남자 사람이 필요한 거야, 아니면 좀 능력 있는 남자 친구가 필요했던 거야?"

"무슨 그따위 말을……."

"자존심 세고 굽힐 줄 모르는 너 때문에 곤란했던 적이 한두 번이 아니야. 너 때문에 나까지 사람들에게 한 소리 듣는거 이제 더는 싫다."

"꼭 그렇게 말해야 해요? 나 그런 여잔지 모르고 만났어요?"

"물론 알아. 하지만 사귀는 남자한테까지 그럴 줄은 몰랐지. 넌 그 잘난 자존심을 나한테도 내세우잖아."

"그건…… 자존심 내세운 게 아니에요. 그냥 내 성격이에요."

얼굴이 굳어지며 목소리가 파르르 떨렸다.

"애교뿐만이 아니야. 너는 여자로서 매력이 없어. 나무토막하고 사귀는 것 같아. 재미가 없어. 최악이야."

"장현민 씨, 말 그렇게 할래요?"

세진은 무릎 위에 놓여 있는 주먹을 피가 나도록 움켜쥐었다. 그 바람에 손바닥에 피가 비쳤다.

"널 보면 답답해. 이제 더는 못 만나겠어. 그러니까 헤어지자."

말이 끝나자마자 세진이 그의 얼굴에 물을 들이부었다. 그리고 쾅 소리가 나게 컵을 내렸다. 현민은 당황한 기색도 없이 호주머니에서 손수건을 꺼내 얼굴을 닦았다. 본 적 없는 손수건. 예전 그의 생일 때 저가 줬던 것이 아니었다.

"이걸로 네 잘난 자존심은 세워 줬다고 생각한다."

현민은 말을 마치고 카페를 걸어 나갔다. 그가 사라진 곳을 노려보던 세진의 입가에 허탈한 소리가 새어 나왔다.

"하."

헛된 망상을 한 제 속으로 들어가서 욕을 실컷 퍼붓고 싶다. 청혼? 어떻게 그런 생각을 할 수 있었는지 스스로가 한심했다. 혼자서 착각을 했다. 아주 큰 착각.

쓰라림을 느껴 손바닥을 폈다. 유독 손바닥 살갗이 연해서 조그만 자극에도 쉽게 상처가 났다. 어릴 때부터 자주 생채기가 난 손바닥은 매끄럽지 못했다. 그 틈에서 또다시 피가 나온다.

절대 울지 않으려고 버티고 버텼지만 눈물이 흘렀다. 눈물흘리는 것도 아까우니 그만 울자고 스스로를 다독이는데도 그칠 줄을 모른다. 볼을 타고 흘러내린 눈물이 테이블 위에 톡톡 떨어졌다.

헤어지자는 말을 들으니 그래도 그를 많이 좋아하고 있었다는 걸 알았다. 심장이 쪼그라들며 가슴을 쿡쿡 찌르는 아픔이 느껴졌다.

방송국까지 어떻게 걸어왔는지 모르겠다. 한 발짝 걷고 한참 쉬고, 또 한 발짝 걷고 주저앉기를 반복하고 나서야 가까스로 도착할 수 있었다.

멍한 정신은 라디오 방송 때까지 이어졌다. 작가들은 세진의 얼굴을 보고 고개를 저었다. 사과하고 말면 간단한 일을 저렇게 끙끙거리며 속앓이를 한다고 생각했다.

세진은 테이블에 앉아 멍하니 방송 중인 진성을 보고 있었다.

"피디님, 정재민 어때요. 괜찮죠?"

CM이 나가는 사이 진성이 스피커를 켰다. 그의 말에 세진은 영혼 없는 얼굴로 고개를 끄덕였다.

"별로예요?"

"아니요."

"오늘 우리 이 피디님께서 왜 이렇게 힘이 없으시나."

진성의 말에 작가들이 집게손가락을 입에 대고 조용하라는 시늉을 했다. '왜' 진성이 입 모양으로 물어보자 작가들은 어깨를 으쓱했다.

가까스로 방송을 마치고 12시가 되자 세진은 자리에서 일어섰다. 다음 팀들도 들어와 있었다. 최 작가는 내심 세진이 사과하는 걸 기대했는지 힐끔힐끔 바라보았지만 그녀는 멍한 얼굴로 말없이 테이블만 정리했다. 서류를 가슴에 끌어안고 그들을 스쳐 지나가자 최 작가가 황당한 표정을 지었다.

"지금 뭐야. 이대로 넘어가자는 거야?"

최 작가는 세진이 나간 스튜디오 문을 노려보았다.

"대체 날 어떻게 보고! 내가 가만있을 줄 알아?"

사무실로 돌아온 세진은 자료를 놓고 컴퓨터를 끈 뒤 엘리베이터 앞으로 갔다. 방송을 하는 사람들 빼고는 다들 퇴근해 라디오국 안은 조용했다. 그녀는 엘리베이터 문에 머리를 기대며 한숨을 쉬었다. 사건 사고들이 휘몰아치고 엉망이 된 머릿속에는 두통이 자리 잡았다.

'땅' 엘리베이터가 멈추어 문에서 머리를 뗀 세진은 안에서 내리는 남자로 인해 또다시 숨이 막혔다. 오늘 여러 번 난도질 당한 속이라 그를 보고 열불 낼 힘도 없었다. 머뭇거리는 틈에 엘리베이터 문이 닫혔다. 다급히 열림 버튼을 눌렀지만 이미 네모 상자는 내려가고 있었다.

엘리베이터에서 내린 준은 세진을 보다 이내 걸음을 옮겼다. 두 발짝 걸어갔을 때 세진이 뒤돌아섰다.

"네가 어떻게 그 오피스텔에 사는지는 모르겠지만 어쨌든…… 어제 일은 고마웠다. 그……리고……."

어떻게 얘기해야 이 복잡하고 어지러운 상황을 벗어날 수 있을까. 모르겠다. 하지만 최대한 목소리에 힘을 내며 꺼낸 말이었다.

"무슨 일."

준의 눈동자는 무슨 생각을 하는지 알기가 어려웠다. 정말로 모르는 건지, 모르는 척해 주는 건지 헷갈렸다. 하지만 모를 리가 없다. 거긴 준의 집이었다.

세진이 아무런 말이 없자 준은 다시 몸을 돌려 걸음을 떼었다. 뭔가 말을 해야 한다는 건 알지만 지금은 도저히 저 남자의 얼굴을 마주 보고 말을 할 기운이 나지 않았다.

"이세진."

움직이는 숫자를 올려다보고 있는데 준의 목소리가 들렸다.

"정신 똑바로 차리고 살아."

무어라 대꾸하기도 전에 엘리베이터 문이 열렸다. 얼떨결에 몸을 실었던 세진은 방금 저놈이 훈계를 했다는 걸 깨달았다. 가라앉아 있던 화가 다시 솟구쳤다. 하룻밤 재워 줬다고 뭐라도 된 줄 아나.

방송국에서 한참을 걸어 집에 다다르자마자 더욱 심해지는 두통에 약부터 찾았다. 씻고 나와 잠옷으로 갈아입고 침대에 누웠다. 오늘의 뇌는 할 일을 다 했다고 선언하고 멈추었다. 뇌 용량 과부하. 그래서 세진도 뇌의 뜻에 동의하여 쉬어 주기로 했다. 내일 일은 내일 생각한다.

방송국 로비를 걷는 세진의 얼굴은 여전히 굳어져 있었다. 새 아침은 밝았지만 현실은 시궁창 그 자체였다.

당장 현민을 사무실에서 봐야 하는 것이 문제였다. 준비되지 않은 상태에서 얼굴을 보면 간신히 안정시킨 감정이 다시 솟아오를지도 몰랐다. 느끼지 못했을 뿐 이렇게나 그를 사랑하고 있었던 것일까. 그는 정말 내 무신경함이 싫었던 것일까. 날 보며 여자로서의 매력을 느끼지 못했을까. 내가 정말 여자 같지 않나. 눈동자에 물기가 차올라 황급히 고개를 저었다.

최 작가 일도 마음에 걸렸다. 준의 집에서 잤던 일도 제대로 마무리 짓지 못했다. 빚지고는 못사는 성격인데 말도 붙이기 싫은 녀석에게 아쉬운 소리를 해야 하는 것이 미칠 노릇이었다. 제 머리를 헝클이며 세진은 느린 손길로 엘리베이터 버튼을 눌렀다.

지금 당장 해야 하는 일을 하자. 방송국에 오는 내내 생각한 결과 지금은 저가 먼저 굽혀야 할 때라는 걸 알았다. 이세진, 자존심 내려놓자. 그거면 되는데, 사실 그렇게 하면 그만인 건데.

핸드폰을 꺼내 최 작가의 번호를 찾으며 사무실로 들어오던 세진은 현민과 정면으로 마주쳤다. 두 사람 다 서로 말이 없자 옆에 있던 피디들이 재미있는 일을 발견한 듯 눈을 빛냈다.

"뭐야, 당신들 싸웠어?"

"분위기가 심상치 않은데. 뭔데 그래? 이세진이 또 힘들게 했어?"

왜 매번 문제가 내게 있다고 생각하는지 모르겠다. 내가 뭘 힘들게 했다고. 세진은 고개를 돌려 자신의 책상으로 걸어왔다.

"헤어졌어."

현민의 담백한 말에 사무실 안에 있던 피디들의 눈이 동시에 한곳으로 몰렸다. 세진도 그를 보았다. 꼭 모두가 모인 자리에서 공개적으로 말할 필요가 있는지 묻고 싶었다. 진절머리가 나서 헤어졌다고는 해도 최소한 전 여친에 대한 배려는 해 주리라 생각했는데.

"하."

뜨거운 무언가가 차오르는 것 같아 주먹을 있는 힘껏 움켜쥐었다. 가까스로 현민에게서 시선을 돌려 책상 위에 서류를 집었다.

"왜 헤어졌는데?"

눈치가 없는지 피디들이 목소리를 높였다. 어찌나 목소리에서 생기가 돋는지 사무실 밖까지 들릴 정도였다.

"더 이상 이세진 피디를 감당할 자신이 없어서."

참으려고 하는데 현민은 계속해서 자극을 했다.

"통나무랑 있는 것처럼 차갑기만 하더라고. 왜 사귀는지도 모르겠고."

말투에는 조롱 비슷한 느낌도 담겨 있었다. 그는 눈을 돌리지 않고 한쪽 입꼬리를 올렸다. 그러더니 천천히 세진에게로 다가왔다.

"하지만 같은 사무실에서 근무하는 후배 피디인데 개인적인 이유로 외면할 수는 없지. 내가 아끼는 후배인 건 변함없으니까. 일 때문에 힘들 땐 언제든지 상담해도 돼."

그러면서 손을 내밀었다. 세진은 황당하고 기가 막힌 표정으로 손을 내려다보다가 찰싹 쳐 냈다.

"당신 같은 선배 필요 없으니까 꺼져요."

"야, 이세진! 너 지금 선배한테 무슨 말버릇이야!"

"미쳤어? 얼른 사과해! 사귀던 사이였다고 막나가는 거냐! 너보다 한참 선배인 거 몰라!"

현민은 내쳐진 한쪽 손을 보더니 아래로 내렸다.

"필요 없다니까 할 수 없지. 그런데 세진아, 너 아직 나한테 미련을 못 버린 거야? 그렇다면 얼른 감정 정리하길 바라."

뻔뻔하게 웃고 있는 현민의 얼굴을 쥐어뜯고 싶은 마음이 가득했지만 주먹을 있는 힘껏 쥐는 걸로 대신했다.

"듣자니 작가랑 트러블 생겼다며. 처신 좀 잘하고 다녀. 방송국 밥 먹은 게 몇 년인데 아직도 감정 하나 컨트롤 못해."

차분한 목소리로 까는 현민에게 분노가 치밀어 올라 얼굴이 붉어졌다. 네가 바로 어제까지만 해도 나랑 사귀던 남자 맞니. 비록 헤어졌다고는 하지만 이렇게 하루아침에 바뀌어 버린 너란 남자를 내가 어떻게 봐야 하니. 이 자식 때문에 눈물을 흘렸다는 사실이 부끄러웠다. 이따위 남자에게 매달릴 생각을 했던 자신이 미련하게 느껴졌다.

"이세진 피디, 최성희 작가가 좀 보잡니다."

결국 참지 못하고 막 퍼부으려던 세진은 사무실 입구로 시선을 돌렸다. 준이 사무실 문을 잡은 채 서 있었다.

눈을 부릅뜨고 눈물을 참고 있는데 몸이 어쩔 수 없이 떨려 왔다. 준이 말을 꺼내지 않았다면 현민의 멱살을 잡고 발광을 했을지도 모른다.

언제부터 그곳에 있었는지는 모르겠지만 치욕스럽고 처절하게 모욕당하는 자신을 보았을 것이다. 온몸이 땅속으로 빠지는 것처럼 핏기가 아래로 쏠렸다. 다른 피디들의 눈도 준에게로 향했다. 세진은 주먹을 있는 힘껏 쥐며 가까스로 현민에게 고개를 돌렸다.

"내 밥걱정까지 해 주는지는 몰랐네요. 걱정 마세요. 장 피디님께 도와 달라고 하지는 않을 거니까요. 아, 헤어지자고 먼저 말해 줘서 정말 고맙습니다. 이제라도 당신이 어떤 사람인지 알게 되어서 감사할 따름입니다."

세진은 가방을 들고 책상 위 서류를 집었다. 그리고 사람들을 쭉 둘러보며 말했다.

"남의 연애사에 관심 가질 시간 있으면 선배님들 일이나 신경 쓰세요. 이제 다들 아셨으니까 저랑 장 피디님 엮지 마시고요."

세진은 현민을 지나쳐 갔다. 잔뜩 발악하고 소리 지를 거라 생각한 건지 차분한 모습에 그의 한쪽 눈썹이 올라갔다.

준의 시선이 자신을 향하는 걸 알았지만 세진은 눈도 마주치지 않고 밖으로 나갔다.

도망치다시피 비상계단 문을 열고 참았던 울분을 쏟아 냈다. 누구보다 열심히 살아왔다고 생각했는데 어느 것 하나 해내지 못하는 무능한 여자가 된 것 같아 속이 쓰렸다.

유일하게 내세울 수 있었던 일은 위태롭고, 연애는 일찍이 제게 맞지 않았고, 동료 관계마저도 원만하지 않다.

"하…… 지친다."

세진은 벽에 기대서 흘러내리는 눈물을 급히 닦았다. 손바닥에 눈물이 묻어 쓰라렸다. 한동안 멍하게 손을 바라보다 팔을 아래로 툭 떨어뜨리듯 내려놓고 비상계단 문을 열었다. 화장실로 가 얼굴을 확인하려는데 휴대폰이 진동했다. 액정에 뜬 최 작가를 보고 세진은 한숨을 내쉬었다.

"아…… 그렇잖아도 전화하려고 했어요. 어디예요?"

―여기 스튜디오 앞 복도예요. 잠깐 이야기하시죠.

세진은 비상계단을 나와 스튜디오로 가는 기다란 복도 문을 열었다. 한적한 복도 끝에 최 작가가 서 있었다.

"최 작가."

세진이 다가오자 창밖을 향해 있던 그녀의 고개가 돌려졌다.

"오셨어요."

"저…… 저번 일은…… 그…….."

보자마자 사과부터 하자고 생각했지만 막상 입 밖에 내려니 꽤나 큰 용기가 필요했다. 심박수가 올라가고 눈을 마주치기 힘들었다. 시선을 이리저리 피하던 세진이 겨우 최 작가에게로 눈을 돌렸다.

"제가 너무 예민하게 굴었어요."

'너무 예민했어요'라고 말하려 했는데 최 작가가 한발 빨랐다. 예상하지 못한 상황에 세진의 입이 다물어졌다. 최 작가도 민망한지 눈을 피했다.

"음…… 사실 저를 무시하는 것 같은 피디님 행동이 거슬렸어요. 절대 화해할 생각 없었어요. 작가 협회에 고발하고 사내 게시판에도 올리려고 했거든요."

그동안 이 사람이 제게 악감정을 가졌다는 건 알고 있었다. 바로 어제만 해도 눈에 불을 켜고 달려들 기세였으니까 말이다. 하루아침에 갑자기 생각을 바꾼 이유가 뭘까.

"그런데 김준 피디님이 어제 한 말씀하시더라고요. 안 볼 사이도 아니고 프로그램 할 때마다 오고 가며 마주칠 텐데 계속 이렇게 불편한 마음 키울 거냐고. 두 사람 문제 상관하진 않겠지만 프로그램에 영향 주지 말라고……."

김준이? 그 녀석이 그랬다고?

"이 피디님 자존심 센 거 알아요. 그래서 더 약이 올랐어요. 무시하는 것 같은 말투가……."

"나 한 번도 성희 씨 무시한 적 없어요. 어디 가서 물어봐. 내가 작가들과 문제 일으키는 피디인지."

"알아요. 그날은 저도 예민했어요. 그 일은 이쯤에서 접었으면 해요."

고개를 창가로 돌려 버린 최 작가를 보며 세진은 옅은 한숨을 쉬었다.

"나도 미안했어요. 성희 씨도 알겠지만 요즘 내가 안팎으로 정신이 없다 보니 예민해서 말이 험하게 나갔어. 그 일은 더 마음에 담아 두지 않았으면 좋겠어요."

최 작가는 살짝 미소 짓고 인사한 후 걸어갔다.

혼자 남은 세진은 살짝 열린 창문 사이로 들어오는 바람을 맞았다. 햇살이 복도를 스며들어 와 얼굴에 비쳤다. 창문에 이마를 대고 눈을 감았다.

가장 마주치기 싫은 사람을 볼 생각에 다리가 움직여지지 않았다. 억지로 움직여 사무실로 들어오는데 컴퓨터 작업을 하던 권 피디가 세진을 보더니 손을 휘저었다.

"이 피디, 국장님께서 부르셨어. 얼른 가 봐."

결코 좋은 말이 나오지 않을 거란 직감이 들었다. 가기 싫다. 연달아 욕먹고 싶지는 않다. 하지만 힘없는 일개 직원은 상사의 명령에 복종해야 했다.

국장실 문을 노크하고 안으로 들어갔다. 국장은 사무용 책상에 앉아서 일을 보다 세진이 들어오자 고개를 들었다. 면전에서 너 싫어, 라는 뉘앙스를 팍팍 풍기는 국장을 향해 보란 듯이 웃어 보였다.

"부르셨어요."

"'음악과 나의 도시' 팀은 다음 주부터 단독 스튜디오에서 진행할 거야. 그러니까 그 팀과 부딪힐 일은 없어."

"네."

"그리고 당분간 '달콤한 밤의 유혹' 프로그램은 김준 피디가 공동으로 진행할 거야."

욕먹을 각오를 하고 들어왔는데 전혀 예상하지 못한 말에 생글생글 웃던 세진의 얼굴이 급격히 굳어졌다.

"시간을 주고 기회를 주려고 했는데 자꾸만 일이 터져서 안 되겠어. 최 작가 일이 또 일어나지 말란 법도 없고 솔직히 자네를 믿을 수 없어."

"국장님, 하지만 프로그램은 저의 고유 권한이고 혼자서 진행할 권리가 있어요! 갑자기 김준 피디와 함께 진행하는 건…… 다른 사람들이 절 어떻게 생각하겠어요."

세진의 흥분한 목소리에도 국장은 자기 할 말만 늘어놓았다.

"상황이 여의치 않으면 함께 진행하고 그러는 거야. 프로그램 단독으로 맡겨 놨어? 김 피디와 함께해 보면서 마음도 다잡고 노력해 봐."

"국장님!"

"그러니까 두루두루 사이좋게 지내면 좀 좋아? 도대체 내가 어디까지 눈감아 줘야 하는 거야. 선배 피디들과도 싸우더니 이젠 작가들과도 불협화음 내고. 그런데도 내가 이세진을 믿을 수 있겠어!"

너무도 기가 막힌 국장의 말에 세진은 얼굴을 붉혔다.

"국장님, 김 피디 지금 맡고 있는 프로그램이 두 개나 돼요. 그런데 제 것까지 맡는다고요? 현실적으로 무리입니다!"

"이미 김 피디가 수락했어. 그렇게 하겠다고. 그러니까 자네는 김준이 애써 시간 내준 거 허투루 쓰지 말고 잘 보고 배우라고."

"국장님 정말 너무하세요!"

자신도 모르게 소리를 지른 세진을 노려보던 국장이 손을 밖으로 휙 저었다.

"나가 봐."

물론 준이 잘나가는 피디인 건 안다. 오죽했으면 연봉을 몇 배나 높이 쳐 주는 조건으로 그를 데려왔겠나. 하지만 방송국 경력은 저가 엄연히 선배였다. 그리고 프로그램 담당 또한 자신이었다. 처음부터 저가 만들고 기획한 자식 같은 프로그램을 다른 피디와, 그것도 마주치는 게 곤혹인 남자와 같이 진행하라니. 이건 그냥 나가라는 소리나 마찬가지였다.

김준은 그걸 하겠다고 했단다. 도대체 제게 무슨 억하심정이 있어서 가는 곳마다 훼방을 놓고 막아서는 걸까. 왜 자꾸 그 녀석과 부딪치고 맞물리게 되는 건지 세진은 머리가 터질 것 같았다.

타인의 시선은 사실 상관없었다. 가장 고통스러운 건 스스로가 유능하지 못하고 결점투성이라는 사실을 깨닫는 일이었다.

상처 받은 초라한 자아가 툭 튀어나와 세진을 휘감고 흔들었다. 몇 번이나 삭이며, 금방이라도 토할 것처럼 밀려 나오는 감정을 애써 추스르며 걸었다.

준을 다시 본 것은 사무실 입구에서였다. 점심을 먹으러 나가려는지 준은 팔에 트렌치코트를 걸치고 있었다. 세진은 막상 그를 보자 분노보다 수치심이 밀려와 입을 꾹 다물었다.

"할 말 없으면 비켜."

"……나랑 잠깐 얘기 좀 하자."

"말해."

무표정한 그의 얼굴에 심장이 다시 쪼그라들었다. 하지만 주먹을 꼭 그러쥐는 것으로 마음을 달랬다.

"요점만 말할게. 먼저, 전에 신세진 건 꼭 갚을게. 숙박비 내면 깔끔한데 그건 내가 생각해도 너무 인정머리 없는 것 같으니까 나중에 어떤 식으로든 꼭 갚으마."

그에게서 말이 없자 세진은 다시 입을 열었다. 눈에 힘을 주어 그를 보았다.

"두 번째, 내 일에 상관 마."

세진의 말이 이해가 가지 않는지 준의 미간이 살짝 찌푸려졌다.

"다신 내 문제에 관여하지 마. 네가 뭔데 최 작가 일로 이래라저래라 간섭해? 아침 일도 그래. 내가 거기서 진상을 부리든 목을 따든 네 알 바 아니야. 알았어?"

따발총처럼 다다다 말한 세진은 차오르는 숨을 연거푸 내쉬었다. 따지고 보면 준이 잘못한 건 하나도 없었다. 오히려 자신을 도와준 것을 고맙다고 해야 할 상황이었다. 하지만 고맙다는 말이 나오지 않았다. 그런 말은 절대 꺼내고 싶지 않았다.

"마지막, 왜 내 프로그램을 같이한다고 했어? 나한테 기회를 줬으면 기다려 줘야지! 도대체 무슨 생각으로 하겠다고 한 거야! 넌 정말 예전부터 재수 없는 자식이야. 그저 자기가 최고로 잘난 줄 알고 남의 감정을 깔아뭉개더니 지금도 달라진 게 없어. 여전히 잔인하고 이기적인 놈이야!"

저렇게 쉬지 않고 말하면 입이 아프진 않을까, 준은 잠시 그런 생각이 스쳐 지나갔다. 말을 마친 세진은 아직도 분이 풀리지 않는지 거친 숨을 씩씩 내쉬고 있었다.

"다했어?"

세진의 눈동자가 그에게로 향했다. 대체 무슨 생각을 하는 걸까. 녀석의 눈빛은 도저히 감을 잡기 어려웠다.

"그럼 이제 내가 말할 차례네. 첫 번째, 숙박비 내고 끝내. 다른 걸로 갚을 생각 하지 말고. 너한테 인정받고 싶은 생각 없으니까. 그리고 두 번째, 최 작가 일은 단순히 네 문제가 아니라 내 방송에도 지장을 주니까 말한 거야. 아침 일도 네게 관여한 게 아니라 사무실이 그따위 가십으로 시끄러워지는 게 싫어서 말한 것뿐이고."

세진처럼 몰아붙이지 않고도 준은 차분히 제 할 말을 하고 있었다. 심지어 호흡도 안정적이었다. 세진은 괜히 열이 뻗쳤다.

"마지막, 내가 그 프로그램을 수락한 건 단순한 이유였어. 그렇게 하지 않으면 국장님이 네 프로그램을 당장 폐지시킬 기세였거든."

담담하게 말하는 준을 보며 세진의 눈동자가 살짝 흔들렸다. 무슨 의미야.

"공동이라고 하지만 네 프로그램은 관여하지 않을 생각이야. 네 것 아니라도 이미 넘칠 정도로 맡고 있으니까 더 얹고 싶은 생각도 없어. 그냥 이름만 올라갈 뿐 넌 원래 하던 대로 프로그램 진행하면 돼. 난 전체적인 맥락만 잡아 줄 거야."

따질 말도, 악다구니를 퍼부을 말도 많았는데 세진은 한마디도 못 하고 그의 얼굴만 바라보고 있었다. 그는 참 표정에 변화가 없었다.

"이세진 너, 내가 한 가지만 충고할게. 꼭 모든 사람과 친할 필요는 없지만 그렇다고 적을 만들 필요는 더더욱 없어. 그건 마이너스일 뿐이야. 그리고 처음 프로그램 맡았을 때의 널 생각하면서 이번 개편엔 최선을 다해 봐. 그럼 네가 놓치고 있는 게 뭔지 보일 거다."

얼굴이 붉어지는 세진에게서 눈을 돌리고 준은 사무실 안으로 들어갔다. 제 책상 서랍 안에서 무언가를 꺼내더니 다시 세진에게 다가와 그녀의 상처 난 손안에 내려놓았다.

"이세진 피디, 오늘까지 새 프로그램 기획안 제출하세요."

준은 손을 들어 보이고 먼저 걸어갔다. 그의 뒤통수를 노려보다가 손바닥으로 시선을 내렸다. 밴드가 놓여 있었다. 순간 울컥하는 마음이 들었지만 더 힘껏 그가 사라진 자리를 노려보았다.

정말 싫은데, 꼴도 보기 싫은 나쁜 놈인데. 이런 처절한 모습을 보이고 싶지 않은데 자꾸만 준에게 들켰다. 이제는 마음까지 들킨 것 같다. 추하게 망가져 엉망이 된 마음도 알아채고 괴롭히는 것 같다. 손바닥 상처는 또 언제 본 것일까. 세진은 자꾸만 뜨거워지는 목구멍을 누르며 밴드가 놓여진 손을 꽉 움켜쥐었다.

이틀 전 라디오를 끝내고 귀가한 준은 오피스텔 엘리베이터 앞에서 고개를 숙이고 있는 여자를 발견하였다. 옷차림새를 보고 단번에 세진인 것을 알았다.

정식으로 부동산에 의뢰하여 방송국 가까운 곳을 소개받고 마련한 집인데 이 녀석이 알면 또 방해하네 뭐네 하면서 발악할 걸 생각하니 한숨이 나왔다.

자신도 세진이 여기 살고 있었다는 사실이 놀라웠다. 방송국에서 마주쳤을 때도 참 신기했는데 거주지도 같으니 묘한 기시감이 들었다.

어릴 때부터 세진은 특히나 자신에게 민감하게 굴었다. 왜 자기가 하는 일마다 방해하느냐면서, 왜 따라하는 거냐면서, 왜 또 같은 경시대회에 지원했냐면서 미워했다. 준은 그런 세진을 이해하지 못했다. 착각도 자유라고 왜 저가 가는 길을 내가 방해한다고 생각하는지 이해할 수 없었다.

엘리베이터 문이 열리자 먼저 발을 뗀 세진이 갑자기 바닥에 누웠다. 술 냄새가 풍겨 오는 것을 보니 거나하게 취한 것 같았다. 몸을 잔뜩 웅크린 채 누운 세진을 그냥 내버려 두고 내리려다 한숨을 푹 쉬었다. 얼어 죽든 말든 상관없다고 생각하려 했는데 세상 위험한 줄 모르고 누워 있는 모습이 신경 쓰였다.

몸이 축 늘어진 세진을 들쳐 업고 집으로 들어온 준은 그녀를 침대 위로 던지다시피 눕혔다. 웬만하면 정신이 들 법도 한데 세진은 세상모르고 잠에 빠져 있었다. 데려오긴 했지만 막상 후회가 몰려와 준은 이마를 쓸어 올렸다.

"모르겠다, 나도."

소파에 가방을 놓고 씻고 나오는데 세진이 잠꼬대를 하는지 웅얼거렸다.

"최 작가, 너 그러는 거 아니야…… 내가 너보다 나이도 많은데…… 꼭 사람 많은 데서 그렇게…… 음냐……."

스튜디오에서 작가와 한판 한 세진이 떠올랐다. 13년 만에 본 이세진은 어릴 때보다 더 날이 서 있었다. 마치 가시를 잔뜩 세운 고슴도치처럼 조그만 일에도 과민 반응을 했다. 때가 때이니 만큼 신경이 날카로운 건 알겠지만 그래도 지나치게 예민했다.

소파에 앉아 개편 내용 자료를 점검하던 준은 저도 모르게 잠이 들었다가 소파 한쪽에서 줄기차게 울려 대는 진동 소리에 눈을 떴다. 그리고 그 출처가 침대에 누워 있는 여자의 가방 안에서 나는 소리라는 걸 알았다. 가방에서 핸드폰을 꺼내 들자 '변진상'이란 이름이 보였다.

"저 녀석을 어떻게 해야 하나."

머리를 헝클이다가 핸드폰을 침대에 가져다 놓았다.

"자기가 알아서 받겠지."

준은 시계를 다시 한 번 보고 출근 준비를 하기 시작했다. 현관문을 열고 나가려다 잠시 침대를 바라보았다. 착한 일을 하고도 욕먹을 것 같은 예감이 들었다.

섭외 건으로 D 카페에서 관계자를 만나 인터뷰를 하던 준은 안으로 들어오는 세진을 보았다. 두리번거리던 세진이 앉은 곳은 시야에 온전히 들어오는 자리였다. 그녀를 보고 있다 앞의 관계자가 말을 걸어와 시선을 돌렸다.

코너지기 섭외를 마무리 짓고 관계자와 악수를 하였다.

"전 여기서 또 다른 약속이 있습니다."

"네, 그럼 그때 뵙겠습니다."

관계자가 가고 준은 다시 소파에 앉아 수첩을 꺼냈다. 다음 약속은……

그때 여자의 목소리가 들렸다. 귀 기울이지 않아도 목소리가 커서 저절로 흘러들어 왔다.

"장현민 씨, 말 그렇게 할래요?"

준의 고개가 돌아갔다. 세진의 격앙된 얼굴을 보고 맞은편에 앉은 남자에게로 시선을 돌렸다. 오전 라디오 방송 때 처음 인사를 나눈 사람이었다. 준과 공동으로 맡은 '투데이 포커스' 메인 피디. 현민은 차가운 얼굴로 쏘아붙였고 세진은 결국 새빨갛게 변한 얼굴로 그의 얼굴에 물을 부었다.

현민이 나가는 걸 눈으로 좇던 준의 시선이 다시 세진에게로 돌아갔다. 처음 봤다. 세진의 눈에서 눈물이 나오는 건. 아, 한 번 있었다. 그 옛날, 열이 뻗쳐 자신의 뺨을 쳤을 때 이후로 두 번째였다.

눈물을 닦는 그녀의 손바닥에 피가 맺힌 것이 보였다. 얼마나 세게 쥐었으면 생채기가 날까.

"참……."

74

분노를 참느라 온몸을 부들부들 떠는 세진을 보자 저절로 한숨이 새어 나왔다. 의도하지 않았는데도 단 며칠 만에 세진의 처지를 완벽히 파악하게 되었다.

사무실로 들어와서 섭외 건을 정리하던 준의 귀에 피디들이 대화하는 소리가 들렸다.

"이 피디 정말 어쩌려고 저렇게 버티는지 모르겠어. 저러다 작가들 단체로 들고 일어나지."

"그러게요. 그냥 적당히 사과하면 좋으련만. 왜 저렇게 고집이 센지."

"이 피디 자존심이 하늘을 찌르잖아. 라디오국 안에서 유명해."

"자존심이 밥 먹여 줘! 주제를 알아야지!"

권 피디가 목소리를 높였다. 국장과 친한 권 피디는 세진을 영 못마땅해했다. 일은 책임감 있게 하는 것 같지만 선배들 장단을 맞추지도 않고 자기주장만 센 세진이 마음에 들지 않는 모양이었다.

"이 피디만의 잘못은 아니에요. 최 작가도 좀 심했어요."

같은 방송을 진행했던 주형진 피디가 슬쩍 말을 꺼냈다. 형진 입장에서는 세진만 욕을 먹는 상황이 안타까웠다. 따지고 보면 먼저 시작한 건 최 작가였지만 사무실 분위기는 세진의 잘못으로 기우는 듯 보여 마음이 좋지 못했다.

"같은 스튜디오 쓰니까 부딪치는 점이 좀 많이 있어요. 다들 아시잖아요."

"하긴, 우리도 단독으로 스튜디오 좀 썼으면 좋겠어요. 몇몇 낮에 하는 프로만 개별 스튜디오 쓰고 대부분 이어 쓰니까 복잡하고 정신없긴 해요."

"그나저나 이세진, 내일은 해결 봐야 할 텐데."

피디들은 하나둘 가방을 챙기고 의자에서 일어섰다.

"참, 김 피디 오늘 첫 방송 어땠어."

권 피디는 가방을 챙기면서 고개를 돌리다가 컴퓨터 작업을 하고 있는 준에게 말을 걸었다. 국장과 권 피디 둘 다 남자에게는 상대적으로 우호적이었고 특히나 준처럼 능력 있는 사람은 알아서 챙기는 버릇이 있었다.

준이 권 피디를 돌아보며 일어섰다.

"재밌습니다."

"대단하네요. 밤 12시에 음악 프로 진행하고 아침 6시에는 시사 프로 진행하고. 힘들겠어요."

"같이하는 장현민 피디와는 합 맞춰 봤어?"

"네. 기존에 하던 것이 있어서 제가 맞추면 될 것 같습니다. 장 피디님과는 일주일씩 나눠 진행하기로 해서 크게 힘들지 않을 듯합니다."

"그래. 장현민 그 친구 베테랑이니까 공유하면서 잘해 봐."

"네."

TV 프로그램과 같이 진행하다 보니 시간적 여유가 없다면서 이번 개편부터는 공동 체제로 갔으면 좋겠다고 현민이 요청을 했고, 그 요청에 부름 받은 것이 준이었다. 그가 아무리 높은 연봉에 CP로 왔다고는 하지만 DBS에서의 경력은 신입이나 마찬가지기 때문에 이런 일에 제일 적임자였다. 거기다 제대로 된 능력인지 단순한 소문인지 시험할 기회이기도 했다.

"내일 봅시다."

미소를 지으며 인사한 준은 그들이 나가자 다시 무표정으로 의자에 앉았다. 이세진 이 여자 생각보다 적이 많았다. 어릴 때는 여자들의 적일지언정 남자들에게는 거의 여신 같은 존재였는데 13년의 세월 동안 무슨 일이 있었던 걸까.

엘리베이터 문이 열리자 세진이 보였다. 모르는 척 넘어가 주는 게 지금 그녀에게는 최선의 배려라 생각했다. 이것 말고도 신경 쓸 일이 많을 테니 말이다.

자신의 말에 세진은 얼떨떨한 표정으로 서 있다가 고개를 돌렸다. 엘리베이터 숫자를 올려다보고 있는 모습이 영 맥을 못 추고 있었다. 마음에 들지 않는다. 언제나 당당하고 고개를 빳빳이 들고 다니던 이세진은 온데간데없이 사라졌다.

스튜디오에 들어온 준은 세진을 험담하고 있는 최 작가를 보았다. 결국엔 자존심 싸움이다. 서로 사과하기 싫어서 저렇게 감정만 소모하고 있는 것이다. 준은 방송이 끝나고 따로 최 작가를 불렀다. 뭔가 기대하는 표정으로 다가온 그녀는 준의 차가운 눈을 보며 올렸던 입매를 아래로 내렸다.

"최 작가님, 계속 이 피디와 대립할 생각입니까?"

"네?"

"내가 관여할 문제가 아니면 상관 안 하겠는데 앞으로 방송 때마다 오며 가며 마주칠 사람과 언제까지 감정 소모할 겁니까."

"김 피디님이 잘 모르시는 것 같은데요, 이 피디님 예전부터 스튜디오 정돈이 되질 않았어요. 제가 여러 번 말씀드렸는데도 전혀 나아질 기미가 안 보이잖아요. 경력도 많은 사람이 그런 모습 보이는 게 바람직한 일인가요? 전 화해할 생각 없습니다."

단호한 최 작가의 모습에 옅은 숨이 나왔다. 고집 세기는 이쪽도 만만치 않았다.

"최 작가님, 화가 난 건 알겠는데 자신보다 경력도 많은 피디에게 너무 예의 없이 행동하는 것 아닙니까?"

최 작가의 얼굴이 급격히 붉어졌다.

"두 사람의 기 싸움 때문에 다른 피디들과 작가들이 똑같이 스트레스 받고 있는 상황이 가히 좋아 보이지는 않습니다. 더군다나 며칠 뒤부터 함께 진행할 사람이 이렇게 자존심만 내세운다면, 내가 과연 최 작가님을 믿을 수 있을까요?"

얼굴이 붉어질 뿐 아니라 머리털까지 쭈뼛 설 정도로 준의 목소리는 차가웠다. 바로 다음 주부터 저 사람과 얼굴을 맞대야 하는데 계속 불편한 감정을 끌고 갈 수는 없었다. 그러기엔 리스크가 너무 컸다.

"죄송합니다. 잘 처신하겠습니다."

최 작가의 고개가 숙여졌다.

다음 날, 오전 라디오를 마치고 들어오는데 국장이 불렀다. 국장은 준과 책상을 마주 보며 앉아 있다가 곤란한 표정을 지었다.

"자네가 보기엔 '달콤한 밤의 유혹' 프로그램이 가능성 있는 것 같아?"

"무슨 뜻인지 모르겠습니다."

"아무래도 개편 들어가기 전에 폐지하고 다른 프로그램을 넣는 게 좋지 않을까?"

"이 피디가 최성희 작가와 다툰 것 때문에 그러십니까?"

"뭐 그런 것도 있고, 지난 1년간 그 프로그램이 꽤나 말썽이었거든. 따지고 보면 이세진의 문제는 아니었지만 어쨌든 책임자는 맞으니까. 휴우, 피디라는 녀석이 굽힐 줄을 몰라. 이번 일도 결국엔 사과하지 못해서 벌어진 일이고. 가을 개편까지 시간을 주는 게 과연 맞는 일인가 싶네."

준은 그의 의중을 파악했다. 그냥 이 사람은 세진이 싫은 거였다. 아마 다른 피디가 작가와 문제를 일으켰다면 이렇게 손 놓고 구경만 하고 있지는 않았을 것이다.

"국장님께서 뱉으신 말도 있으니 지금 폐지는 옳지 않은 것 같습니다."

"그럼 어쩌나. 이세진 저게 자꾸만 사고를 치잖아. 그래서 말인데……."

국장이 준의 눈치를 살피며 입을 열었다.

"자네가 잠깐이라도 이세진이 하는 프로그램에 같이 참여해 주면 어떻겠나."

그러니까 프로그램을 또 맡으라는 소리였다. 국장도 말을 꺼내는 게 쉽지는 않은지 눈을 제대로 맞추지 못했다.

"네, 그렇게 하겠습니다. 저도 그래야 마음이 놓일 것 같습니다."

"역시!"

국장이 갑자기 다가오더니 준의 어깨를 잡고 웃었다.

"이번 기회에 이 피디 성격도 좀 고쳐 주면 참으로 고맙겠지만 그건 너무 과한 부탁이고 일단 프로그램이라도 정상 궤도에 올라갔으면 좋겠어. 아무튼 김 피디, 보면 볼수록 사람이 괜찮다니까."

국장은 마음에 짐을 덜었는지 그때부터 연신 미소를 날렸다. 국장의 과한 친절을 받고 난 후 사무실로 오던 준은 안에서 나는 소리에 또다시 미간을 구겼다. 어딜 가나 이세진 이야기가 빠지는 곳이 없다.

세진의 손이 눈에 들어왔다. 어제 피가 맺혔던 손바닥을 또 저렇게 주먹을 쥐면 얼마나 아플까. 준은 이 상황에서 쓸데없이 그런 생각이 들었다. 꽉 쥔 주먹이 부들부들 떨리는 모습이 곧 무슨 일이든 벌어질 것 같았다.

"이세진 피디, 최성희 작가가 좀 보잡니다."

세진이 울 것 같은 얼굴로 사무실을 나갔다. 황당하다는 듯 세진의 동선을 훑던 남자 피디들은 흠흠거리며 제자리로 돌아갔다. 현민도 어깨를 으쓱하며 움직였다. 그의 눈이 준과 마주쳤다. 한쪽 입꼬리를 올리며 다가온 그가 준을 마주 보고 섰다.

"그냥 놔두지 그랬어. 고개도 못 들고 다닐 정도로 망신 주려고 했는데."

현민이 준의 어깨를 툭툭 치며 목소리를 낮춰 속삭였다.

"이세진 성격, 보통이 아니야. 저런 여자는 된통 당해 봐야 정신 차리지."

휘파람을 불며 사무실을 나가는 현민에게서 시선을 돌린 준은 저절로 짜증이 밀려와 미간이 잔뜩 구겨졌다. 남자 보는 눈이 없어도 이렇게 없을 수가 있나. 그래도 한때는 남자들의 워너비라고 불리던 여자가 저런 남자를 만나다니. 도대체 어떤 점이 마음에 들어서 사귀었는지 모르겠다.

오후 5시 회의. 음악 프로 라디오 피디들이 전부 회의실에 모여 앉았다. 그중 가장 상석에 앉은 준이 서류들을 쭉 훑다가 고개를 들었다.

"다른 분들 기획안은 사무실에서 미리 봤습니다. 새로 짠 코너들 나름대로 참신한 것 같습니다. 그대로 진행해도 될 것 같아요. 그리고 달밤 팀은……."

달밤 팀 소리에 사람들의 시선이 세진에게로 돌아갔다. 이미 준과 공동으로 진행한다는 소문이 라디오국 전체에 퍼졌다. 사고를 치고 다닌 결과 국장에게 제대로 찍히고 그런 조치가 내려졌다는 것을 모두가 알고 있었다. 울컥하는 마음을 애써 참으며 세진은 제 책상 위에 놓인 종이를 들었다.

"새 디제이 섭외 마쳤습니다. 보고가 늦어서 죄송합니다."

준은 한참 동안 종이를 내려다보았다.

"무슨 문제 있어요?"

세진의 날 선 목소리에 준이 고개를 들어 그녀를 보았다.

"생각보다 괜찮은 것 같아서요."

의외로 칭찬하는 말이 나오자 피디들의 시선이 이번엔 준에게 향했다. 가장 당황한 건 세진이었다. 욕을 한 다스로 먹을 거라 생각했는데 예상하지 못한 말에 표정이 묘하게 일그러졌다. 하지만 굳이 '생각보다'라는 말을 쓸 건 뭐람. 도대체 어떤 생각을 했기에 그런 소리가 나오는지, 원.

"이대로 진행하면 될 것 같습니다. 그런데 꼭지 하나는 수정합시다. '사랑을 전하는 편지'는 너무 애매해요. 좀 더 구체적인 에피소드를 제시하거나 내용을 변경시키도록 합니다."

"네."

세진은 그의 무표정한 얼굴을 보다가 시선을 돌렸다. 눈이 마주친 다른 피디들이 웬일이냐며 손짓을 했다.

회의가 끝나고 세진은 얕은 한숨을 내쉬며 책상 위에 펼쳐진 종이를 정리했다.

김준 입에서 괜찮다는 말을 들을 줄은 몰랐지만 기분이 나쁘지는 않았다. 뭔가 배려를 해 주고 있다는 느낌이 아주 잠깐 들었지만 곧 사라졌다. 요즘 일어나는 일들이 너무 험난해 배려라는 단어를 상기시킬 마음의 여유가 없었다. 그저 하루하루 욕먹지만 않으면 되었다.

"그래서! 장현민 그 자식이 지랄을 했다고?"

가연은 세진보다 더 흥분해서 현민을 씹었다. 오늘 밤 방송은 지난주 녹음 때 함께 진행해서 저녁 시간이 자유로웠다. 오랜만에 가연과 하는 데이트 중 현민에게 차인 이야기를 했더니 반응이 격렬했다.

"늙어 빠진 주제에 뭐 잘난 게 있다고. 야, 잘 헤어졌어! 그딴 자식은 더 만나 봤자 속만 썩는다."

"그래. 나도 잘 헤어졌다고 생각해."

세진은 앞만 보고 걸어가며 맞장구를 쳐 주었다. 그래도 2년이나 사귀었는데, 감정이 아예 없는 건 아니었다. 열 받고 분노가 치밀어 오르지만 마음 한구석은 여전히 아파 왔다. 믿었던 남자에게 차이고, 심지어 처참히 깔아뭉개는 말을 면전에서 듣는 일은 생각보다 정신적 데미지가 컸다.

"내가 공개 연애하면서 깨달은 점이 뭔지 알아? 다신 절대로 공개 연애, 특히 사내 연애는 하지 말자는 거야."

세진은 가게들의 환한 조명 빛이 눈부셔서 실눈을 뜨며 말을 이었다.

"방송국에서 마주치는 인간마다 헤어졌냐며 아는 척을 하는데…… 난 내가 유명 인사인 줄 알았다."

"장현민이 방송국 내 인지도가 높으니까. TV랑 라디오를 함께 진행해서 아는 사람도 많잖아. 네가 남친 등에 업고 안하무인으로 군다고 생각하는 사람들도 꽤 있었지."

"남의 도움 받기도 싫고 안하무인하고 싶지도 않고 그런 남친 만들고 싶지도 않아. 그런데 왜 사람들은 당연하다는 듯이 그렇게 생각하는지 모르겠어."

세진의 투덜거림을 듣던 가연이 그녀의 팔에 팔짱을 끼고 옅은 한숨을 쉬었다.

"이세진도 드디어 결혼하나 싶었는데 결국 앞으로도 쭉 솔로 로드인 건가?"

"난 결혼할 팔자는 아닌 것 같다. 이번 생은 틀렸어."

남의 일 말하듯 덤덤한 세진의 등짝을 팡팡 두드려 주던 가연이 갑자기 그녀의 팔을 잡아당기며 방향을 틀었다.

"왜, 왜 그래."

"어? 아…… 우리 골목으로 가자."

"이리로 가면 돌아가잖아."

"너랑 오래 걸으려고 그런다."

"참 나……."

세진은 허둥지둥 팔을 끌고 가는 가연을 보며 피식 웃었다. 걸음을 옮기다 무심코 뒤편으로 고개를 돌린 세진의 걸음이 느려지더니 곧 멈춰 섰다. 앞서 가던 가연이 세진을 잡은 팔에 힘을 주고 그녀가 보는 곳으로 함께 시선을 돌렸다.

시선이 닿은 곳에는 현민과 DBS 신인 아나운서가 나란히 걷고 있었다. 같은 프로그램을 맡고 있는 선후배 관계라고 생각할 수 있다면 좋으련만 둘은 누가 보아도 다정한 연인이었다. 현민의 팔짱을 낀 어린 아나운서는 시종일관 그를 올려다보며 행복해 죽겠다는 표정이었다. 파릇파릇한 젊은 여자와 웃고 떠드는 현민의 모습이 멀어졌다.

"내 저 신입을 확."

가연이 세진의 눈치를 보며 목소리를 높였다. 당장 치고 나갈 기세인 가연의 팔을 잡은 세진의 손에 힘이 들어갔다.

"가연아."

가연의 귓가에 세진을 알고 난 이후 가장 가냘픈 목소리가 들려왔다.

"너 울어?"

눈가에 뭔가 차오른다 싶더니 눈물이라는 것이 나왔나 보다. 상처를 받은 눈동자가 흔들렸다. 오른손을 왼쪽 가슴에 댔다.

"가연아, 나 여기가 너무 아파. 누가 내 심장을 꽉 잡고 흔드나 봐. 속상해. 열 받아. 창피해서 미칠 것 같아."

고개를 숙이고 우는 세진의 어깨를 다독여 주며 가연은 옅은 한숨을 쉬었다. 세진의 우는 모습을 보는 건 평생에 한 번 있을까 말까 한 일이었다. 한 번 사람을 믿으면 끝까지 신뢰하는 세진은 저런 남자와 애초에 만나지 말았어야 했다.

부들부들 떨리는 몸을 주먹을 꼭 쥐는 것으로 대신 참아 낸 세진은 안경을 벗고 눈물을 닦았다.

"차라리 잘됐어. 같이 있는 것이 죽도록 싫어서 헤어졌다는 것보단 바람나서 차이는 편이 훨씬 나아."

차마 감정을 다스릴 수가 없어 목소리가 떨렸다. 이미 그들의 시야를 벗어난 남녀가 사라진 곳을 바라보던 세진은 발을 돌려 반대 방향으로 걸었다.

"미안하지만 미용실은 너 혼자 가야겠다."

"그래."

친한 친구에게도 우는 모습을 보이는 건 싫었다. 처절한 모습을 다른 사람이 아는 건 견디기 힘들었다. 있는 힘껏 주먹을 쥐어 가며 참았던 눈물은 집에 오자마자 비 오듯 쏟아졌다. 침대에 엎어져 엉엉 울었다.

"내가 도대체 뭘 얼마나 잘못했다고 그래……. 넌 그렇게 잘났어? 날 개무시하고…… 흑, 어린 여자랑 사귀니까 좋니…….."

울음이 뒤엉켜 나오는 소리가 집 안을 흔들었다.

"나쁜 놈. 어떻게 나한테 그래……."

눈물을 쏟으며 한참을 울던 세진은 침대에서 부스스 일어났다. 손바닥이 쓰려서 올려다보았다. 손바닥에 맺혔던 피가 굳어져서 갈색빛을 띠었다.

어제의 동지가 오늘의 적
혹은 어제의 원수가 오늘의 동지

햇빛에 눈이 부셔서 일어난 세진은 무심결에 핸드폰을 보았다. 온통 가연에게서 온 문자.

〈나 괜찮아.〉

답장을 보내고 고개를 돌렸다. 벽에 걸린 큰 거울 속에 저가 보였다. 퉁퉁 부은 눈에 엉망인 머리카락. 마른세수를 하며 눈가를 눌렀지만 붕어같이 튀어나온 눈은 쉽사리 돌아오지 않았다.

얼음찜질이라도 하려다 마음을 접고 욕실로 들어갔다. 누가 내 눈에 신경이나 쓰겠어. 화려했던 외모를 찾아보기 힘들 정도로 이젠 엉망인데.

처음과 마지막에는 예의를 갖추는 것이 세진의 가치관이었다. 그래서 깔끔한 정장 치마를 차려입고 모처럼 색조 화장도 했다. 퉁퉁 부은 얼굴을 감추기 위해 렌즈를 끼고 아이섀도로 음영을 준 뒤 아이라이너를 진하게 그었다.

허리까지 내려오는 지저분한 파마머리는 드라이어로 정돈하여 말았다. 백도 갖고 있는 것 중에 가장 좋은 것으로 골랐다.

그 안에 사직서를 넣어야 하는 것이 싫었지만 가끔은 얘도 세상의 쓴맛을 봐야 하는 법이라 생각했다. 정성스럽게 쓴 사직서를 가방 안에 넣고 또각 소리가 나는 구두를 신은 뒤 현관문을 나섰다.

방송국까지 걷는 길이 오늘따라 아름다웠다. 9년여를 오갔던 애증의 길인데 이제는 작별을 해야 한다고 생각하자 괜히 콧등이 시큰거렸다.

이 길과는, 누구와도 공유하고 싶지 않은 비밀의 정원처럼 함께 웃고 울다 정이 들었다. 4월의 봄날이라 길가에는 꽃들이 한창이었다. 알록달록 흩날리는 꽃들은 영화 속 한 장면처럼 아련하고 짠했다.

"아…… 봄 타나. 왜 자꾸 눈물이 나는 거야."

세진은 자꾸만 시큰거리는 콧등을 손가락으로 꾹 누르며 눈을 부릅떴다. 방송국 안으로 들어가자 방송국 동기인 남자 피디 몇 명이 알은체를 하며 다가왔다.

"오우, 너 오늘 무슨 일 있냐?"

"딱 봐도 선보는 복장인데? 그래, 다 잊고 새 출발하는 것도 나쁘지 않아."

짓궂은 말에도 세진은 활짝 웃는 것으로 대답을 대신했다. 라디오국 사무실로 올라오자 마찬가지로 세진의 차림에 놀란 듯 다들 시선을 고정시켰다.

"이 피디, 오늘 어디 가? 서쪽에서 해가 뜨겠네. 정장을 입을 때가 다 있고."

세진은 말을 걸어오는 피디들을 보며 활짝 웃었다.

"마지막엔 갖춰 입어요."

"응? 마지막?"

고개를 갸웃거리는 그들을 보며 세진은 입매를 올렸다. 자기 자리로 가는 그녀는 오늘따라 유독 밝아 보였다. 어제까지 사건 사고로 날 서 있던 여자가 아니었다. 여자 피디 네 명이 그런 세진을 휴게실로 불렀다.

"장 피디 때문에 열 받아서 그래?"

"네?"

세진이 모르겠다는 눈빛으로 바라보자 강수미 피디가 머뭇거리다 말을 이었다.

"장 피디 이주연 아나운서랑 사귀잖아."

"아……."

"알고 있었어? 오늘 아침에 보니까 아주 꼭 붙어서 다니더라고."

"투데이 포커스 같이 진행하면서 눈 맞았나 봐. 아주 보란 듯이 다니더라."

"그래 놓고 세진 씨한테 막말을 쏟아부은 거야? 바람둥이 주제에!"

자신보다 분개해하는 그들을 세진은 그저 평온한 얼굴로 바라보았다.

"저번에 파리 취재 간 것도 밀월여행이었대."

"엥? 그건 또 무슨 소리야?"

"장 피디 파리 갔을 때 이주연도 휴가를 냈다고 하더라고. 알고 봤더니 둘이 같이 파리에 갔던 거야."

세진은 아아, 고개를 끄덕이며 한쪽 입꼬리를 올렸다. 이미 헤어지기 전부터 새파란 신입 아나운서를 만나고 있었구나. 별로 놀랍지도 충격적이지도 않다.

"그래서 이렇게 차려입었나 했지. 보란 듯이 복수하려고."

한 피디가 눈치를 보며 하는 말에 세진이 소리 내어 웃었다. 한참 웃다 고개를 저으며 웃음기를 거두었다.

"아니에요. 저 그만둘 거예요."

"뭐?"

여자 피디들은 놀란 표정으로 세진을 바라봤다. 방송국에 입사해서 남들 한 번씩 그만둔단 소리를 할 때도 꿈적 않던 세진이었다. 그런 그녀의 입에서 나온 그만둔다는 소리는 허언이 아니란 뜻이었다. 세진은 웃음기 띤 얼굴로 살짝 고개를 끄덕였다.

"좀 지쳤어요. 그래서 쉬려고요."

"그래도 그만둔다니."

"국장님도 절 눈엣가시로 생각하잖아요. 잘됐죠, 뭐."

"국장님이 그러는 거 어디 한두 번이니? 국장님 괴팍한 건 우리 여자 피디들이 다 아는 사실이잖아."

그들은 미소 짓는 세진을 보며 웃음이 나오냐는 표정을 지었다.

"달밤이 좀 걸리긴 하는데 김준 피디가 잘 맡아서 할 거예요."

"그래도 이 피디, 그 사람이 연이어서 두 프로그램을 맡는 게 말이 돼? 자기 거잖아. 속상하지도 않아?"

"괜찮아요."

"허 참……."

이미 결심을 한 듯한 세진의 모습에 그녀들은 더 이상 말을 이을 수가 없었다.

방송국 생활을 하는 동안 불합리한 일에 늘 발 벗고 나섰던 세진 덕분에 사실 편하게 생활을 했다. 그리고 누구보다 자기 일에 프라이드가 강한 세진을 보며 각성하기도 하고 부러워하기도 했다.

비록 지금은 프로그램 성적이 저조해 국장한테 깨지고 여기저기서 밟히고 있지만 존재감은 누구보다 강한 여자였다. 그런 세진이 나간다니 뭔가 섭섭하고 아쉬운 마음이 들었다.

주말 녹음을 위해 스튜디오에 들어오자 작가들과 진성이 모두 와서 대기하고 있었다.

오늘로써 변진성과의 방송도 마지막이다. 문득 웃음이 나왔다. 평소에도 저렇게 잘 참여해 줬다면 얼마나 좋았을까. 내가 당신 때문에 지난 1년간 쓴 시말서만 해도 책 한 권은 된다고. 세진은 진성을 보며 살짝 목례를 하고 들어왔다.

"오늘은 일찍 오셨네요."

"하하, 마지막 날이잖습니까. 최선을 다해야죠."

"그래요. 오늘이라도 정신 차리셨으니 다행이네요."

세진의 미소에 진성이 그녀를 위아래로 훑었다.

"그런데 이 피디님 오늘 어디 가십니까? 왜 이렇게 빼입고 왔어요?"

"난 이렇게 입으면 안 돼요?"

"아니, 그게 아니라…… 평소에도 좀 이러고 다니지. 훨씬 낫다."

"아이고, 고맙습니다."

세진은 허리를 숙여 진성에게 꾸벅 인사를 하고 놀란 얼굴을 한 작가들을 보았다.

평소에도 좀 잘 입고 다닐걸. 얼마나 추레했으면 저런 얼굴들일까. 그동안 직장 생활을 핑계로 자신을 돌보지 않은 것이 조금 후회스러웠다.

뭘 위해서 그렇게 아등바등 살았을까. 좀 적당히 타협하며 살아도 됐을 텐데.

하지만 처음으로 돌아간다고 해도 마찬가지였을 것이다.

"피디님 이렇게 예쁘신 줄 몰랐어요. 변진성 씨가 괜한 말을 한 게 아니었군요."

메인 작가 선영이 아직도 얼떨떨한 얼굴로 말했다.

"내 눈이 보통이 아닙니다. 난 딱 보면 아무리 거지꼴을 하고 있어도 그림이 그려진다니까. 그렇긴 해도 이렇게 갑자기 변하면 죽는다던데."

진성이 농담조로 말을 걸었다. 세진은 살짝 눈을 흘기고 테이블에 가방을 내려놓았다.

"조금 이따 말하려고 했는데 그냥 지금 말할게요."

세진은 테이블 의자에 앉아 그들을 올려다보았다.

"나 그만두려고."

담담한 목소리로 말하며 웃자 그들의 눈이 순식간에 커졌다. 그리고 한동안 정적이 흘렀다.

"갑자기 무슨 말이에요!"

"정말 미안해. 그런데 김준 피디가 진행할 거니까 그렇게 힘들진 않을 거야."

"지금 그 이야기가 아니잖아요!"

"음…… 그대들한테는 미안한데 사실 아무렇지도 않은 척하고 지낼 자신이 없어. 최대한 버티고 버텼는데 한계에 부딪힌 느낌이야. 이 상태로 가다간 모조리 타 버려 재만 남을 것 같거든."

감정 없이 말하는 세진의 모습에 사람들은 그녀가 진심이라는 것을 알았다. 세진을 보며 무슨 말이라도 하고 싶었지만 꺼낼 수가 없었다. 옆에서 세진이 겪은 일들을 함께 봐 왔기 때문에 그녀의 심정을 누구보다 잘 알고 있었다.

자존심이 하늘을 찌르는 세진이 여러 사람들에게 짓밟히고 까인 것들은 그저 그런 일들이 아니었다. 저렇게 담담하게 말하기까지 얼마나 속으로 끙끙 앓았을지 상상이 돼 뭐라고 해야 할지 감이 오지 않았다.

하지만 너무 갑작스럽다. 세진은 폭발하면 물불 못 가리는 까칠한 성격이지만 속정은 누구보다 깊어서 작가들을 잘 챙겼다. 최 작가 일도 작가들이 들고 일어나지 않은 건 세진의 마음을 알기 때문이었다.

"그래도 너무 갑작스럽잖아요. 당장 내일모레가 개편이에요."

"미안해, 선영 씨."

세진은 미소 짓는 걸로 대화를 마무리했다. 가만히 듣고만 있던 진성이 팔짱을 끼고 벽에 기댔다.

"난 이 피디님이 이렇게 나약한 사람인지 몰랐습니다. 세진 씨, 자기 프로 내팽개치고 도망가는 사람이었어?"

작가들이 진성을 나무라며 눈을 부라렸지만 진성은 아랑곳하지 않고 세진을 빤히 보았다. 세진은 실컷 떠들라는 표정이었다.

"난 온전히 이세진 피디님 믿고 정재민 소개시켜 준 거예요. 그런데 당신이 그만두면 내 노력이 헛수고가 되는 거지. 피디님 무책임합니다."

"변진성 씨 입장에서는 그런 생각 할 수 있어요. 뭐라고 욕하셔도 할 말이 없네요."

세진은 입꼬리를 올리며 의자에서 일어섰다.

"자, 녹음 시작합니다."

콘솔 앞 의자로 간 세진이 뒤를 돌았다.

"뭣들 해요. 얼른 준비하세요."

그들은 더는 설득하지 못하고 자기 자리로 돌아갔다. 녹음은 조용한 분위기에서 진행되었다.

평소보다 유해 보이는 세진인데 오히려 말을 걸기가 힘들었다. 아무 말도 하지 않을 거야, 라는 무언의 암시를 내뿜고 있었다. 갑작스러운 날벼락에 작가들도 머리가 아파 왔다.

주말 녹음을 끝내고 밤 방송까지 시간이 남아 세진은 방송국 내 도서관으로 들어갔다. 평소와 다른 복장으로 왔더니 사람들이 죄다 쳐다보고 물어보는 통에 어디든 숨을 곳이 필요했다.

그리고 국장에게 사직서를 내기 전 마음의 준비를 할 시간도 필요했다. 사직서를 썼지만 직접 들고 국장실 문을 노크하는 건 꽤나 큰 용기가 요구되었다.

그래. 무책임하게 도망치고 있는 거지. 부끄러워 미칠 일이야. 하지만 아무렇지도 않은 척 다닐 자신이 없어. 김준을 보는 것만도 벅찬데 장현민까지 마음을 난도질해 버리는 상황을 모두 담아 낼 힘이 없다고. 나에게도 힐링이 필요해. 왜 다들 내가 아무렇지도 않을 거라고 생각하는 거야.

책장을 천천히 거닐며 성의 없는 눈으로 책들을 훑던 세진은 한쪽 벽에 기대어 고개를 숙였다. 마음이 어지러웠다.

국장이 퇴근하기 전에 사직서를 내야 했기에 손목시계의 바늘이 6시로 향하자 발을 움직였다. 7층으로 올라와 국장실로 향하는 동안, 어디서 듣고 왔는지 만나는 사람마다 정말 그만두는 거냐고 물어보았다.

똑똑, 세진이 안으로 들어가자 국장이 돌아보았다.

"어, 이 피디. 그렇잖아도 내가 부르려고 했는데 잘 왔어."

국장은 재킷을 걸치고 세진에게 다가왔다.

"아까 우연히 사람들이 하는 말을 들었는데."

소문이 참 빠르다는 걸 느꼈다. 벌써 국장 귀에까지 들어갔구나. 세진은 살짝 고개를 끄덕이고 사직서를 앞으로 내밀었다. 그 순간 국장실 문을 벌컥 열고 들어오는 사람으로 인해 둘의 시선이 문가로 향했다.

뚜벅뚜벅 다가온 남자는 세진의 팔을 잡아채 당기고 국장에게 고개를 살짝 숙였다.

"죄송합니다. 노크도 없이 들어왔습니다. 회의 때문에 이세진 피디 데려가겠습니다. 국장님은 퇴근하십시오."

그리고 다짜고짜 세진의 팔을 끌어 국장실을 나왔다. 손목을 잡은 강한 힘에 세진은 속절없이 끌려갔다. 굽 높은 구두를 신어서 몇 번이나 발을 접지를 뻔했지만 그는 속도를 줄이지 않고 앞만 보고 걸어갔다. 방송국 옥상 정원까지 올라온 준은 그제야 손을 놓았다.

"너 뭐야!"

한마디 말도 없이 따라오던 세진이 옥상에 오자마자 소리를 질렀다. 준이 몸을 돌려 세진을 내려다보았다. 그의 눈동자가 어쩐지 화가 난 것 같았다. 매번 무슨 생각하는지 보이질 않았는데 처음으로 감정이 읽혀졌다.

준은 세진의 손에 들린 봉투를 내려다보더니 빼앗듯 가져가 세로로 쫙 찢었다. 그가 봉투를 찢는 동안 세진은 말도 못하고 입만 벌린 채 지켜보고만 있었다. 이 녀석이 지금 뭐하는 건지 인식하는 데 버퍼링이 걸렸기 때문이다.

"너…… 뭐하니."

입에서 간신히 나온 음성을 들은 준이 세진의 손 위에 갈가리 찢은 종이를 올려놓았다. 손에 다 담기지 못한 작은 종잇조각들이 바닥으로 떨어졌다.

"너 뭐하냐고!"

"이세진. 사표는 그럴싸한 성과를 내고 난 뒤에 던져. 난 아직 너에게서 어떠한 능력도 보질 못했으니까."

"네가 무슨 상관이야. 내가 성과를 내든 말든!"

"상관있지. 이제 네가 진행하는 프로그램은 나와도 관련되어 있으니까. 잊었어? 공동 피디."

"야! 너 장난해?"

흥분해서 소리를 지르는 세진과 달리 준은 차분한 목소리를 유지했다. 눈빛은 화가 나 있었지만 말투는 지나치게 점잖았다.

"됐어. 이까짓 사표 내일 다시 내면 돼."

세진은 주먹을 쥐고 몸을 돌렸다.

"고작 이것밖에 안 되는 여자였어?"

신경을 긁는 준의 말에 세진의 고개가 홱 돌아갔다.

"난 네가 일 하나는 확실하게 하는 사람인 줄 알았어. 날 꼴도 보기 싫어하면서도 참고 넘어가는 것 보며 그래도 공과 사는 구분하는 여자구나 생각했다고."

"……."

"그런데 사람들이 좀 힘들게 한다고, 남자 친구랑 헤어졌다고 사적인 일을 공적으로 가져올 줄은 몰랐다."

"이제라도 알았으면 됐네. 난 공과 사도 구분 못 하는 멍청한 여자야. 네 생각이 틀렸다고."

"참 형편없네."

준의 나직한 목소리에 세진이 급히 다가와 그의 멱살을 잡았다. 멱살이라고 해도 세진보다 훨씬 큰 키 때문에 목께에 손이 닿지도 못했다. 가슴 아래 옷자락을 움켜쥐고 주먹을 쥐었다.

"네가 뭘 알아. 네가 나에 대해 뭘 아냐고."

한동안 두 사람의 눈빛이 허공에서 맞부딪쳤다. 서로 에너지라도 내보내듯 보이지 않는 불꽃이 튀었다.

"그만둘 때 그만두더라도 이번 개편 마무리하고 그만둬. 어차피 마지막 기회야. 이번에 성과 내지 못하면 다음 개편 때 네 프로그램은 폐지니까."

준은 세진이 잡은 손을 힘주어 잡아 내렸다.

"분명히 말하는데 내가 기억하는 이세진을 망가뜨리지 않았으면 좋겠다. 지금 넌 정말 싸구려밖에 안 돼."

걸음을 옮기는 준을 멍하니 바라보던 세진은 그가 사라지고 나서야 비로소 무슨 말을 했는지 깨달았다. 그리고 새빨개진 얼굴로 소리를 질렀다.

"뭐 싸구려? 그거 무슨 뜻이야. 내가 거지같다는 거지? 이 자식이!"

세진은 빠른 발걸음으로 준을 따라 내려왔다. 눈으로 그를 찾아 그대로 달려갔다. 그의 얼굴을 향해 손을 뻗는데 그것도 예상했는지 준의 손이 팔을 탁 잡았다.

"얼굴에 손대는 건 한 번으로 족해. 분노 조절 장애야?"

세진은 열이 뻗쳐 씩씩대는 얼굴로 팔을 확 잡아 뺐다.

"그래! 나 분노 조절 장애다. 어쩔래! 뭐 싸구려? 싸구려가 제대로 독이 오르면 어떻게 되는지 보여 줄게! 내가 기필코 너는 끌어내리고 말 거야. 네 가식적인 가면은 벗기고 나서 그만둘 거라고. 사람 잘못 건드렸어."

세진은 준을 노려보다 고개를 돌려 걸음을 옮겼다. 순간 여기가 7층 라디오국 안이고 사람들이 죄다 쳐다보고 있다는 걸 깨달았지만 한 명 한 명 붙잡고 변명하는 것보다 차라리 낫다는 생각이 들었다. 또 무슨 소문이 돌지는 모르겠지만 지금은 여럿이 모인 자리에서 김준을 망신 줬다는 사실만으로 다 괜찮았다.

스튜디오로 가는 복도를 빠르게 걷던 세진의 발이 서서히 멈추었다. 그리고 고개를 돌려 깜깜해진 바깥 창문을 바라보았다.

창문에 비친 자신의 모습이 보였다. 처음 입사했을 때의 젊고 파릇하던 이세진이 아닌, 다 늙은 추한 여자가 노려보고 있었다.

"정말…… 밉다."

세진이 창문을 향해 힘들게 한쪽 입꼬리를 올렸다. 그러자 추한 여자는 지금의 세진으로 돌아왔다. 양쪽 입꼬리를 올려 보았다. 스물네 살 이세진이 잔뜩 긴장한 얼굴로 하늘 같은 선배들에게 인사할 때의 모습이 보였다.

난 무얼 놓치고 있는 걸까. 반짝반짝 빛나며 젊고 파릇했던 난 어디로 날아가 버리고 매일 악쓰고 인상 쓰며 사는 걸까. 나도 예쁘고 자신감 넘치던 때가 있었는데.

정말 열 받고 화나지만 김준의 말대로 지금 자신은 싸구려가 맞았다. 공과 사도 구분 못 하고 열정도 없는 멍청이였다. 아무도 결심을 흔들지 못했는데 김준 그 녀석이 마음을 뒤흔들었다.

가장 싫어하던 녀석이, 가장 차갑던 녀석이.

세진은 걸어온 곳으로 고개를 돌렸다. 갑자기 정신이 번쩍 들었다. 놓치고 있던 어떤 것을 다시 찾은 느낌에 심장이 두근두근 뛰기 시작했다.

"넌 정말 재수 없는 놈이지만 하나는 인정해. 날 들었다 놨다 하는 건 어릴 때랑 변함이 없어."

옥상에서의 준의 얼굴이 생각났다. 그만둔다는 말에 화를 내는 모습을 보자 괜한 기시감이 들었다. 가뜩이나 맡은 프로도 많은데 연이어 두 프로그램을 진행해야 해서 그렇게 화를 냈을까. 그럼 적당히 다른 피디에게 넘겨주면 될 것을.

생각하니 또 한숨이 나왔다. 애지중지 키워 온 프로그램이 이 사람 저 사람 손에 물건 넘기듯 팔리는 모습을 상상하니 답답해졌다.

"어차피 가을 개편까지야. 괴롭더라도 조금만 참고 견디자. 김준도 장현민도 다 참자고. 인내심은 네 특기니까 무조건 견뎌. 그리고 국장 면상에 시원하게 사표 던지고 나오는 거야."

세진은 몸을 돌려 걸어갔다. 또각또각 구두 굽 소리가 귓가를 자극한다. 하지만 전혀 시끄럽지 않다. 걸을 때마다 들리는 또각 소리는 마음을 두드리며 정신을 일깨워 준다. 무엇을 어떻게 해야 하는지 어렴풋이 보이는 것도 같았다.

아직 제대로 보이질 않아 온 신경을 집중해야 하지만 가려진 장막을 걷어 낼 마음의 준비는 끝났다. 목표가 생겼으니까.

변진성과의 마지막 방송을 진행했다. 비록 청취율은 저조했지만 변진성 팬들과 프로그램이 생길 때부터 함께한 고정 청취자들이 꾸준히 관심을 가져 줘서 마지막 방송이 마냥 쓸쓸하진 않았다.

"이제 정들었던 달밤 가족들과도 헤어져야 하네요. 그동안 저 때문에 고생 많으셨던 우리 달밤 바라기 분들, 제가 여러분의 속상함 모두 가져갈 테니 다음 디제이는 사랑과 기대로 지켜봐 주시기 바랍니다. 그 녀석, 굉장히 성실하고 저와 달리 착하거든요."

진성의 능글거리는 멘트에 세진은 웃음이 나왔다. 1년 동안 고생고생을 하다 마지막에서야 적응을 했는지 진성의 목소리도 편안하게 들렸다.

"평소에 좀 저렇게 열정적으로 하시지."

혼자 중얼거렸지만 다른 작가들 귀에도 들어갔는지 선영이 웃으며 고개를 끄덕였다.

"그러게요. 우리 애태운 걸 생각하면 그냥."

"송별회 장소 예약했지?"

"네. 한참 전에 완료했죠. 어딘지 알려 드려요?"

"됐어. 선영 씨가 알아서 잘했겠지. 그리고 이번엔 내가 쏠게. 뭐…… 자기들 마음고생시킨 죄로."

"역시 우리 피디님밖에 없다니까. 피디님, 계속 달밤 맡아 주셔서 너무 좋아요."

민지가 세진의 어깨에 제 머리를 기대며 애교를 부렸다.

"김 피디님 파워가 세긴 셌나 봐요."

옆에서 선영이 살짝 눈을 흘기며 웃었다. 세진이 헛웃음을 짓고 고개를 저었다.

"파워는 무슨. 그냥 내가 마음을 바꾼 거야. 그만둘 때 그만두더라도 이렇게는 안 되겠더라고. 지금 그만두면 도저히 자존심이 용납을 못 하니까."

"에이. 아까 사무실 앞에서 엄청났다는데요, 뭘. 김 피디님 뺨 때리려다 잡히고 싸구려에 분노 조절 장애 소리까지 들으셨다고."

"김 피디님이랑 원래부터 아는 사이셨어요? 서로 말 놓고 막말했다던데."

음, 벌써 소문이 쫙 퍼졌군. 세진은 관자놀이를 양 손가락으로 지그시 눌렀다. 언제 들었는지 진성도 스피커를 켜 놓고 물어 왔다.

"그래요. 나도 궁금합니다."

"변진성 씨는 방송이나 하세요."

"거참, 야박하네. 내가 말할 때는 귓등으로도 안 듣더니……역시 사람은 잘생기고 봐야 한다니까."

누가 들으면 본인은 굉장히 못생긴 줄 알겠다. 자기도 얼굴로 먹고 사는 배우면서.

세진이 투덜거리며 음악 나가는 콘솔 단자를 올렸다.

"김준 그 사람이 잘생겼어요? 키만 멀대같이 커서는 하나도 모르겠더라. 그렇지 않아?"

작가들에게 동의를 구했지만 그녀들은 굳어진 얼굴로 문 쪽을 바라보고 있었다. 세진은 따라서 고개를 돌리다 키만 멀대같이 큰 남자가 서 있는 것을 보고 콧방귀를 뀌었다.

"호랑이도 제 말 하면 온다더니."

선영과 민지가 말리려고 했지만 세진은 아랑곳하지 않고 말을 이었다.

"아니지. 양반은 못 되는 건가? 들어왔으면 왔다고 할 것이지 엿듣고나 있고 말이야."

딴에는 혼잣말을 한다고 했지만 스튜디오 안에 다 들렸다. 어느새 음악이 끝나자 세진이 스피커를 켜고 진성에게 말을 했다.

"진성 씨, 다음 디제이 직접 소개해 주면 좋겠어요. 괜찮으시죠?"

진성이 헤드폰을 끼며 손가락으로 오케이 모양을 했다.

"다음 디제이 소개해 주고 진성 씨가 1년 동안 하면서 가장 기억에 남는 순간도 함께 공유해 주세요."

언제 다가왔는지 준의 목소리가 바로 옆에서 들렸다. 세진이 서 있는 그를 올려다보았다. 아까 보았던 얼굴은 헛것이었는지 언제나처럼 무표정이었다. 잘생긴 것도 못생긴 것도 아닌, 아무 느낌이 없는 도자기 같았다. 하긴, 이 녀석과 내가 무슨 공유할 일이 있다고 느낌이 들겠어. 아무 느낌이 없는 게 어쩌면 당연할지도 모르겠다.

눈길을 느꼈는지 앞을 보던 준이 시선을 돌려 그녀를 내려다보았다. 순간 흠칫 놀랐지만 먼저 눈을 돌리면 왠지 지는 느낌이 들어 끝까지 주시했다. 누가 이기나 해 보자. 준은 세진을 빤히 바라보다 시선을 돌렸다. 뭐, 뭐야. 지금 이 녀석 웃은 거야? 입꼬리 올라간 것 맞지? 비웃는 거냐? 젠장.

세진은 웃은 건지 헷갈릴 정도로 입가에 작은 호선이 그어진 준의 얼굴을 노려보다 시선을 내렸다.

"넌 화장 그렇게 하지 마. 더 못생겨 보여."

준이 시선도 움직이지 않고 혼잣말처럼 내뱉은 소리에 다시 눈을 들어 올렸다.

"눈가에 그렇게 덧칠하지 말고 차라리 안경을 끼라고. 눈 부은 날엔 그게 더 나으니까."

"너 지금 복수하는 거지? 내가 너 씹었다고. 그치?"

"설마."

이번엔 그의 입가에 정확한 미소가 지어졌다.

"난 네가 아니야."

얼굴이 급격히 붉어지는 세진을 뒤로하고 준은 작가들에게로 다가갔다.

"정확히는 다음 주부터 보겠지만 한번 와 봤습니다. 달밤 분위기가 어떤지도 느껴 보고…… 저 사고뭉치 피디도 볼 겸."

"네, 네. 언제든지 오세요. 얼마든지 환영이에요."

민지의 눈이 하트로 변해 있었다. 선영도 평소보다 훨씬 부드럽고 명랑한 목소리로 말했다.

"어디 고칠 점은 없어요?"

"공동이라고 하지만 난 거의 관여 안 할 겁니다. 이 피디를 통해서 기본적인 것만 짚을 거니까 작가님들은 원래 하던 대로 힘내서 하세요."

준의 미소에 그녀들의 뺨이 달아올랐다. 다른 사람들에겐 저렇게 친절하다 이거지. 세진은 그를 퉁명하게 바라보다 진성에게로 시선을 돌렸다.

"테이블에 자료들 얼른 정리해. 또 다음 팀 와서 한 소리 한다."

"피디님, 음악 도시 팀 독자 스튜디오 배정됐잖아요."

세진이 돌아보자 선영이 옅은 한숨을 내쉬며 말을 이었다.

"그때 최 작가랑 대판 하고 나서 그 팀은 단독 스튜디오 쓰게 되었잖아요. 물론, 여기 김 피디님이 계시기 때문이기도 하고."

왜 마지막에서 목소리가 간드러지는 거냐고.

"그, 그래. 생각이 나네."

세진은 다시 무표정한 준을 보았다. 역시 성적이 좋고 봐야 해. 청취율 좋은 피디는 뭐든 우대받는다니까. 낮방송도 아니고 밤 시간대 음악 프로가 혼자 스튜디오를 쓰는 것은 굉장히 파격적인 조치였다. 그 팀은 고마워해야 돼. 나랑 대판 하고 나서 그런 행운을 얻은 거니까.

진성의 마지막 멘트와 함께 음악이 나가며 방송이 끝났다. 세진이 손가락으로 오케이 모양을 하고 웃었다.

"그동안 수고하셨어요! 얼른 정리하고 나가요."

"그럽시다."

진성이 웃으며 일어섰다. 세진도 자리에서 일어서 테이블 위에 어지럽게 놓여 있는 자료들을 정리하고 가방을 들었다. 그리고 아직도 나가지 않고 있는 준을 도전적인 눈으로 바라봤다.

"왜 안 가고 있어. 우리 나갈 거야."

"김 피디님도 같이 갑시다!"

그새 나와서 준의 옆에 선 진성이 그를 바라봤다.

"이 사람이 거길 왜 가요! 아직 우리 팀도 아닌데. 이 사람
은 정확히 다음 주 월요일부터 맡는 거예요."

"에이, 뭐 어때요. 갈 이유야 충분하지. 어차피 한 팀 될 거
친목도 다지고, 오늘 이 피디님 도망 못 가게 잡아 준 공도 치
하할 겸. 작가님들은 어떻게 생각해요?"

"당연히 가야 한다고 생각해요."

"빠지면 섭섭하죠."

짜기라도 했는지 준을 끼우려고 혈안이 된 사람들 같았다.
세진은 그들을 포기하고 준을 바라보았다. 이 녀석을 믿어 보
자. 간다고 할 녀석이 아니지, 암.

"좋아요. 여러분만 괜찮다면 함께 가고 싶어요. 음악 도시
는 정확히 다음 주 월요일부터 시작이니까 오늘 없어도 됩니
다."

당연히 거절할 줄 알았는데 흔쾌히 참석한다고 하는 준을
보며 세진이 경악한 얼굴로 입을 벌렸다. 역시 이딴 녀석은 믿
는 게 아니었어. 믿은 내가 바보야.

"와아, 얼른 가요!"

작가들은 준의 등을 밀면서 환호하며 나갔다. 덩그러니 남
아 있던 세진은 옆에서 팔을 잡아 이끄는 진성에 의해 조금씩
발을 움직였다.

"이럴 때 친해지는 거지 언제 친해집니까. 이 피디님은 마

음을 조금 편하게 가질 필요가 있어요."

세진이 돌아보자 진성은 윙크하며 웃었다.

"미운 정도 정이라잖아. 갑시다!"

진성은 세진의 등을 밀며 속도를 내었다.

"알아서 잡았다는 장소가 여기예요?"

세진의 목소리가 낮게 가라앉아 선영은 뜨끔한 마음이 들었지만 오늘만큼은 든든한 지원군들이 있어 마음이 놓였다. 여의도에서 홍대로 넘어온 그들은 광란의 밤을 보내기 위해 요란한 불빛을 내뿜고 있는 유명 클럽 앞에 서 있었다. 간판을 올려다보던 세진이 선영을 흘겼다.

"그냥 분위기 내려고 잡았어요. 음식점에서만 회식하는 거 너무 식상하잖아요. 가끔은 이런 날도 있어야죠, 헤헤. 안 그래요, 피디님?"

선영이 준을 보며 두 손을 얌전히 모았다. 왜 몸을 꼬고 그러는 거야. 자신보다 준에게 의사를 묻는 선영이 괘씸했지만 오늘만큼은 열 내지 말고 넘어가자 생각했다. 선영의 말대로 한 번쯤 기분 내는 것은 나쁘지 않았다.

"자자, 들어갑시다."

보다 못한 진성이 서 있는 그들을 우르르 끌고 안으로 들어갔다. 클럽을 뒤흔드는 음악 소리에 귀가 멍멍해지고 옆 사람 말도 잘 들리지 않았지만 클럽 안 사람들의 표정은 신나 있었다. 한쪽에선 술을 마시고 한쪽에선 남녀들이 한데 엉켜 춤을 추고 있었다.

예약해 둔 자리로 간 세진은 스탠드 테이블이 아닌 소파가 있는 것을 감사하게 생각했다. 늙었는지 계속 서 있는 건 싫었다. 술과 안주를 주문하고 한동안 술을 마시던 그들은 서서히 말을 멈추고 스테이지를 보기 시작했다.

"우리도 나가요!"

선영과 민지는 엉덩이가 근질거려 안 되겠는지 세진의 팔을 잡아끌며 일어섰다.

"어, 어, 난 싫어."

"에이, 그냥 서 있기만 해도 돼요. 뭐랄 사람 아무도 없어요. 자유롭게 몸 흔들면 되는 거예요."

그녀들이 팔을 잡아당겼지만 세진은 좀처럼 엉덩이를 떼지 않았다. 그러자 진성이 잡아 일으켰다.

"그럼 다 같이 사이좋게 손잡고 나갑시다."

남자의 힘에 세진이 반강제로 일어섰다. 그녀를 잡아당기던 팔을 놓은 민지는 준에게 다가가 팔을 잡았다.

"김 피디님도 가요!"

결국 모두 사이좋게 스테이지로 나갔다. 선영과 민지는 물 만난 고기처럼 신나게 몸을 흔들었다. 저들이 저렇게 춤을 잘 추는지 몰랐다. 평소 원고를 보면 저런 에너지를 뿜고 있는 사람들이 아니었는데 숨겨 둔 끼가 있는 고수였다. 스테이지로 나오자 진성을 알아보는 사람들이 몰려들어 그는 순식간에 인파 속으로 사라졌다.

"연예인이긴 했네."

세진은 슬쩍 옆을 보았다. 그러다 또다시 놀라야 했다. 어느 틈에 여자들이 준을 둘러싸고 있었다. 준은 딱히 춤을 추지는 않았지만 기본적인 리듬감이 있는지 그들과 잘 어울렸다.

"혼자 왔어요?"

갑자기 말을 걸어오는 남자로 인해 시선이 돌아갔다. 처음 보는 남자가 활짝 웃으며 알은체를 했다.

"저 아세요?"

"알죠, 그럼. 미모의 여인이잖아요."

남자의 말을 듣는 순간 온몸의 털이 동시에 솟구쳤다. 어디서 그런 닭살 돋는 말을 아무렇지도 않게 하는 거냐. 세진이 팔을 쓸어내리며 입꼬리를 올렸다.

"그런데 전 처음 보는 사람이네요."

"처음 보면 어때요. 같이 즐기면 되지. 아까도 질문했는데, 혼자 왔어요?"

남자는 춤을 추듯 슬쩍슬쩍 세진에게 몸을 부딪치며 가까이 다가왔다.

"아, 아뇨. 일행 있어요."

"그렇구나."

남자가 더 가까이 밀착하더니 세진의 허리를 잡으며 뒤쪽에서 몸을 흔들었다. 소위 말하는 '부비부비' 춤이라는 걸 그제야 깨달았다. 남자의 손이 허리에 닿자 세진은 저도 모르게 몸을 부르르 떨었다. 생각하고 싶지도 않은 과거의 일이 머릿속을 훑고 지나갔다.

알지도 못하는 여자한테 이러고 싶을까. 황급히 남자의 손을 잡아 내리고 몸을 돌리려는데 남자가 먼저 세진을 앞으로 돌려 껴안듯 밀착했다. 화들짝 놀라 떨어지는 세진을 보며 남자의 입꼬리가 올라갔다.

"오우, 생각보다 가슴이 크시네요. 몸매도 훌륭하고."

위아래로 훑으며 말을 하는 남자를 본 세진의 얼굴이 순식간에 굳어졌다. 남자가 재킷 안쪽에서 명함을 내밀었다.

"생각 있으면 오늘 같이 잘래요? 난 그쪽이 엄청 마음에 드는데."

여자 피디로서 성적 농담을 받기도 하고 권위적인 남자들에 의해 수치심을 느끼기도 했지만 이렇게 대놓고 받아 본 건 처음이었다.

장소가 장소이니만큼 이런 남자들도 있다는 걸 머리로는 알지만 마음이 따라 주지 않아 점점 얼굴에 열이 올랐다. 그래서 말을 듣자마자 저도 모르게 손이 올라갔다. 탁. 뺨을 때리려는데 손목을 잡아끄는 사람으로 인해 몸이 그쪽으로 기울어졌다.

"파트너 있으니까 그만 집적대요."

차가운 눈으로 남자를 주시한 준이 세진의 팔을 잡은 채로 스테이지를 나왔다.

"놔! 왜 막아! 저런 자식은 본때를 보여 줘야……."

자리로 와서야 준은 손을 놓았다.

"아무 데서나 손 쓰는 것 좀 고칠 수 없어? 저 남자가 어떤 사람일 줄 알고 때려. 그러다 너 고소당해."

"먼저 성희롱한 건 저 놈이야!"

"증거 있어? 저 남자가 성희롱했다고 증언할 사람 있냐고."

"그거야⋯⋯!"

"방송국 안에만 있어서 세상이 어떻게 돌아가는지 잘 모르는 것 같은데 이런 곳에선 그런 말을 했다고 해서 크게 문제될 거 없어. 그러려고 온 사람들도 많으니까."

준은 한심한 듯 숨을 내쉬고 소파에 앉았다. 뭐라 퍼붓고 싶었지만 전부 옳은 말이라 반박할 거리가 떠오르지 않았다.

"거기 그렇게 서 있지 말고 와서 앉아."

애꿎은 스테이지만 노려보다 소파로 다가가던 세진은 또 그의 말대로 하고 있는 자신을 깨닫고 거친 숨을 쏟았다. 왜 자꾸 저 녀석의 꼬임에 넘어가는 거야. 맥주병을 들어 벌컥벌컥 마셨다. 서로 아무 말 없이 다른 곳을 보았다.

한참 씩씩대던 세진은 점차 기분이 가라앉자 문득 궁금해졌다. 예쁘고 몸매 좋은 여자들에게 둘러싸여 한창 기분 좋았을 텐데 왜 이러고 앉아 있는지, 뺨을 때리려던 자신은 언제 보고 와 준 건지.

"넌 춤 안 춰?"

준이 시선을 돌려 세진을 보았다.

"재미없어. 이런 곳."

"그럼 왜 따라온다고 했니. 그래, 이참에 묻자. 너 여기 왜

긴 거야. 네가 낄 자리가 아닌 것쯤은 알 텐데?"

준이 흥미로운 얼굴로 입꼬리를 올렸다.

"왜? 끼면 안 돼?"

너무도 태연한 얼굴을 하고 있는 준을 보자 도리어 세진의 말문이 막혔다. 너랑 내가 같은 테이블에 앉아 있을 사이냐고, 불과 몇 시간 전에 나보고 싸구려라 다그치지 않았었냐고, 넌 아직 우리 팀이 아니라는 말은 입 밖으로 나오지 못했다.

"또 사고 치고 다닐까 봐 감시하려고. 아무에게나 손 날릴까 봐 걱정돼서. 위험한 줄도 모르고 아무 데서나 잘까 봐 사전에 차단하려고."

그녀의 얼굴이 순식간에 붉어졌다. 그와 동시에 준의 입가에 미소가 그어졌다. 머리끝까지 열이 뻗쳐 소리를 지르려는데 진성이 옆에 와서 앉았다. 팬들에게 한창 시달리다 왔는지 힘든 기색이 역력했다.

"역시 나이 먹고 클럽은 무리야. 늙으니까 몸이 받쳐 주질 않네."

발악하려던 세진은 진성을 보며 마음을 다잡았다. 그래도 송별회인데 마지막까지 추태 부리는 모습을 보여 주고 싶지는 않았다.

"너 두고 보자."

세진은 중얼거리며 준을 노려보다가 진성에게로 몸을 돌렸다.

"우리 스튜디오 안에서 진성 씨는 완전 진상이었는데 그래도 연예인이긴 한가 봐요. 좀 인기 있네요."

"세진 씨만 몰랐지 다른 사람들은 다 나 보려고 몰려와요. 이래 봬도 한류 스타 아닙니까."

"한류 스타는 서주영이죠."

세진이 콧방귀를 뀌며 놀렸다.

"그 자식은 아직 어려요, 아. 맞다. 이번에 김 피디님 라디오 디제이라면서요?"

"네."

"흠, 대세긴 한가 보네. 여기저기서 러브콜이 쇄도하고. 서주영이 디제이면 청취율 걱정은 덜겠어."

"왜, 왜요. 우리도 정재민 있잖아요! 앞으로 서주영보다 정재민이 더 뜰 거예요. 두고 봐요."

세진의 흥분한 얼굴에 진성이 슬쩍 웃었다. 그리고 세진처럼 자신도 턱에 손을 대고 그녀를 바라보았다.

"우리 이 피디님은 참 멋지고 예쁘고 똑똑한데 왜 남자한테 인기가 없을까."

"허, 그거 굉장히 불쾌한 발언인 거 알아요?"

"그랬나? 김 피디님, 우리 이 피디 어때요?"

"아니 그걸 왜 저 사람에게 물어봐요!"

좋은 말이 나올 리가 없잖아! 세진은 진성의 입을 막다시피 손바닥을 대었다.

"흥분만 안 하면 나무랄 데 없는 여자죠."

담백한 목소리에 세진의 눈동자가 준을 향했다. 그는 세진의 얼굴을 보며 어깨를 으쓱하고 입꼬리를 올렸다.

"흥분만 안 하면."

"빙고! 역시 김 피디님은 사람 보는 눈이 있다니까. 내 장담하건대 세진 씨는 흥분하는 것만 고치면 올해 안에 시집갈 거야."

"흥. 됐어요! 결혼 안 하고 잘 살 수 있거든요!"

괜히 씩씩대는 세진이 귀여운지 진성은 활짝 웃었다.

"내가 애인만 없었어도 세진 씨 확 낚아채는 건데."

"응? 진성 씨 애인 있어요?"

눈을 똥그랗게 뜨고 바라보자 진성이 잔잔한 미소를 지으며 시선을 돌렸다.

"음…… 아주 소중하지만 함부로 알리고 싶지 않은 사람이죠. 그것 때문에 지난 1년 동안 힘들기도 했고."

처음 듣는 진성의 사연에 세진은 멍한 얼굴을 했다. 지난 1년 동안 비협조적이고 천하태평인 진성을 보며 너무한다고 생각했다. 도대체 무슨 생각을 하며 사는지 궁금했고, 라디오 일도 이딴 식으로 하는데 연기는 제대로 하나 의문이었다.

그런데 따지고 보면 진성을 제대로 이해하려고 하진 않았던 것 같다. 그의 개인적인 부분까지 관여하고 싶지 않았고 솔직히 귀찮았다.

알면 알수록, 연결 고리가 많아지면 질수록 피곤한 일이 배로 많아지기 때문이다. 하지만 좀 더 일찍 서로의 처지를 알려고 했다면 지금처럼은 되지 않았을 수도 있었다.

홀이 너무 시끄러워 룸으로 자리를 옮긴 그들은 계속해서 술을 마셨다. 세진도 주는 술을 마다하지 않고 모두 마셨다. 오늘은 정말 술이 고팠다. 기나긴 하루를 맨정신으로 버티는 건 힘든 일이었다.

한 병 두 병 쉴 새 없이 마시다 보니 어느새 정신이 몽롱해지기 시작했다. 술 취하면 반가사유상이 되는 세진의 술버릇을 보며 진성이 웃음을 터뜨렸다.

"세진 씨 또 취했네."

세진만 취했을 뿐 다른 사람들은 지나치게 멀쩡했다. 가만히 사색에 잠겨 눈을 감은 세진을 보던 준이 작가들을 향해 나지막이 입을 열었다.

"이 사람은 왜 국장님에게 찍힌 겁니까?"

뜬금없는 물음에 사람들의 시선이 일제히 준에게 쏠렸다. 준은 미소를 지으며 그들을 보았다.

"그냥 궁금해서요. 국장님뿐만 아니라 남자 피디들은 대부분 적인 것 같던데⋯⋯. 처음엔 모두에게 미움을 받는가 싶었는데 가만 보니 미워하는 쪽은 죄다 남자들이더군요."

"아⋯⋯."

작가들은 준을 보며 어색한 웃음을 지었다.

"그러고 보니 나도 궁금했습니다. 이 피디 성격이 좀 까칠하고 올곧다는 건 알지만 그게 그렇게 미움 받을 일인가 싶기도 하고."

진성도 궁금한 듯 그녀들을 보았다. 선영이 맥주를 마시고

116

테이블에 내려놨다.

"지나친 오지라퍼의 최후라고 할까요."

"탁월한 단어 선택이네요."

민지가 덧붙였다.

"우리도 좀 이상하다 싶은데 이 피디님은 유독 남녀 간의 문제에 있어서는 감정 조절이 되지 않는 것 같아요. 여기서 남녀 문제라는 건 이성 교제를 말하는 게 아니라 XY와 XX 염색체의 차이를 말하는 거예요."

"거기다 윗사람에게 아부하는 걸 못 하세요. 예를 들면 국장님이 개인적인 미팅 자리에 여자 피디들을 데려가는 것, 각종 행사나 모임 등에 참석해서 애교 떠는 것, 선배가 말하면 고분거리며 수긍하는 모습을 보이는 것. 이 모든 게 이 피디님에게는 힘든 일인가 봐요. 국장님은 이 피디님의 싹싹한 모습을 보고 싶은데 그러질 못하죠."

"그건 너무했다. 요즘 같은 남녀 평등 시대에 아직도 남자가 위라고 생각하는 사람들이 있어?"

진성이 목소리를 높였다. 그녀들은 진성을 보며 고개를 저었다.

"변진성 씨는 여성들이 평등하게 살고 있다고 생각하세요? 겉으로 그럴지는 모르겠지만 어떤 직장이든 여성들이 약자의 위치에 놓이는 게 현실이에요."

"그런가?"

"남자들이 잘못했다고 말할 수 없는 조직 사회에서 이 피디님은 유독 할 말을 다 하고 사는 사람이에요. 여자 피디에게 문제가 생기면 대신 나서서 싸우고요. 그게 아무리 하늘 같은 선배라고 할지라도 말이죠."

"난 이 피디 멋지기만 하네."

진성은 여전히 반가사유상이 되어 눈을 감고 있는 세진을 보며 웃었다. 그런 진성을 향해 선영이 혀를 끌끌 찼다.

"정의의 사도가 되면 뭐해요. 결국 화살은 전부 이 피디님에게 쏠리는데. 생각해 봐요. 후배가, 그것도 여자인 후배가 한마디도 지지 않고 대들면 어떻겠어요. 당연히 싫겠죠. 그런 이유예요."

"거기다 변진성 씨가 기름을 부었죠. 작년 한 해 진성 씨가 우리 프로그램에서 밥 먹듯이 잠수 타고, 멘트 실수하고, 사고 치는 바람에 사람들이 '얼씨구나, 잘 걸렸다' 하고 이 피디님을 공격했거든요. 덕분에 이 피디님은 점점 더 쌈닭으로 변해 갔고요."

민지는 일부러 진성의 눈을 주시했다.

"아하하, 이거 정말…… 내가 죽을죄를 지었었구나."

진성은 진심으로 미안한지 얼굴을 굳혔다. 시말서를 여러 번 썼다는 건 알고 있었지만 다른 피디들에게 그 정도로 까이는지는 몰랐다.

준은 세진을 바라보았다. 정의로운 건 어릴 때부터 알고 있었다. 하지만 그게 왜 유독 남자들에게만 해당될까. 눈을 감은 세진을 빤히 바라보던 준은 옅은 한숨을 쉬었다. 왠지 그 원인이 자신에게 있는 것 같은 느낌이 들었다.

"죽을죄? 그게 뭔데. 아…… 속 쓰려……."

갑자기 벌떡 일어섰던 세진이 혼자 중얼거리더니 소파 위로 털썩 쓰러져 누웠다. 황당한 눈으로 바라보던 이들 중 진성이 먼저 입을 열었다.

"아무래도 오늘은 내가 데려다줘야겠다."

"이 피디님은 남의 도움 받는 거 싫어한다니까요."

"그럼 술 취한 사람을 이리 놔둬? 언제 깰지도 모르고 방송 국이랑 가까운 거리도 아닌데."

"제가 데려다주겠습니다."

준이 진성을 보며 옅은 미소를 지었다.

"전에 보니까 같은 동네 살더라고요."

준은 소파에 누워 잠이 든 세진의 어깨를 흔들었다.

"이세진, 세진아."

"응? 뭐야, 누가 또 시비야."

벌떡 일어나 앉으며 눈을 부릅뜨는 세진을 보자 준의 입가에 웃음이 터졌다.

"세진아."

귓가에 대고 작게 속삭였다.

"집에 가자."

"으응, 싫어. 나 더 있을래."

세진은 다시 눈을 감으며 턱을 괴고 앉았다. 다리를 꼬면서.

"저도 궁금한 게 있는데 김 피디님은 왜 검사를 그만두시고 나온 거예요?"

갑작스러운 진성의 물음에 준의 고개가 돌아갔다. 눈이 마주치자 진성은 싱긋 웃었다.

"기분 나쁘셨다면 미안합니다. 오해는 마세요. 제가 조사한 게 아니라 워낙 아는 사람이 많다 보니 자연스럽게 흘러들어 옵디다. 검사 임용되고 6개월도 안 되서 나오셨다고 하던데."

"에? 정말요? 김 피디님 예전에 검사셨어요?"

선영과 민지가 매우 놀란 얼굴로 준을 바라보았다. 피디로서의 능력만으로도 부러움을 사고 있는데 전직 검사였다니 혀를 내두를 수밖에 없다. 외모만 출중한 줄 알았더니 일 잘해, 일만 잘하는 줄 알았더니 매너도 좋아, 매너만 좋은 줄 알았더니 전직 검사셨어. 그녀들의 눈이 작아질 기미가 보이지 않자 준은 희미한 미소를 짓다 멈추었다.

"다 옛날 일입니다. 너무 그렇게 놀라지들 마세요."

준은 진성을 보며 한쪽 입꼬리를 올렸다.

"남의 이야기를 공개적인 자리에서 막 지르는 분인 줄은 몰랐으나 변진성 씨 인맥이 두텁다는 건 알게 되었네요. 다음에 필요한 사람 있으면 진성 씨 인맥을 좀 써도 되겠습니까?"

"물론이지요. 언제든 환영입니다."

진성은 뭐가 좋은지 실실 웃으면서 준의 살벌한 눈빛을 받아 내었다. 단순히 전직 검사라는 것에서 그치지 않는 내력이지만 눈에 불을 켜고 노려보니 이쯤에서 멈추기로 했다.

세진의 어깨를 흔들며 일으키는 준의 모습에 미소가 지워지지 않았다. 김준이란 남자의 약점이 뭔 줄도 알게 되었고. 세진을 챙기는 그가 어쩐지 예사롭지 않았다. 본인은 모르는 것 같지만 계속 세진을 챙기며 신경을 쓰는 모습이 시선을 사로잡았다. 세진과 준, 잘 어울렸다.

이 바닥에서 잔뼈가 굵은 진성은 남녀의 각만 봐도 어느 정도의 그림이 그려졌다. 여동생처럼 느껴지는 세진을 잘 챙겨 주고 싶었다. 비록 지난 과정이 그리 아름답진 않았지만 이제라도 만회하면 되니까. 이참에 잘되길 바라며 준의 약점은 잘 쥐고 있다가 그가 세진을 힘들게 하면 알려 줘야겠다.

회식 비용을 내던 세진이 인사불성이라 준이 대신 내었다. 선영과 민지는 괜히 죄송스러워 옆에서 죽은 듯이 지켜보았다.

"죄송해요, 김 피디님. 나중에 저희가 돈 모아서 드리겠습니다. 청구서 보내세요."

선영이 가는 목소리로 말하자 준이 미소를 지었다.

"괜찮습니다. 새로운 피디 잘 봐 달라고 드리는 뇌물입니다."

준은 세진의 팔을 제 어깨에 둘렀다. 자꾸만 쓰러지려는 세진의 허리를 제 팔로 단단히 고정하고 택시 쪽으로 갔다.

"월요일에 뵙겠습니다."

먼저 떠나가는 택시를 그들은 하염없이 바라보기만 할 뿐이었다.

"왠지 우리는 못 올라갈 나무 같네."

"그러니까요. 높아도 너무 높아서 목 부러지겠어요."

진성이 중얼거리는 그녀들의 어깨를 다독였다.

"김 피디는 알아서 잘 살라 그러고 우리는 2차 어때요. 주당 셋이서."

"좋아요. 가요."

택시를 타고 여의도로 넘어온 준은 또다시 그녀를 자신의 오피스텔로 데리고 올 수밖에 없었다. 그리고 또다시 침대에 던지다시피 눕혔다. 뻗어서 세상모르고 자는 세진을 보자 절로 미간이 구겨졌다. 며칠 전의 상황이 오버랩되는 느낌이었다.

"천하태평이구나."

냉장고 문을 연 준은 생수를 꺼내 마셨다. 침대에서 뒤척이며 이불을 찾아 덮는 세진을 보자 헛웃음이 터져 나왔다.

달밤 팀 작가들이 찾아와 세진이 그만둔다는 소리를 했을 때 자기도 모르게 화가 치밀었다. 세진에게서 그만둔다는 말이 나올 줄은 몰랐다. 제가 아는 그녀는 그만한 일로 포기하는 여자가 아니었다.

오전에 투데이 포커스 방송을 진행하는데 장현민이 스튜디오로 찾아왔다. 자기가 맡은 주도 아닌데 아침 일찍 나왔기에 웬일인가 했더니 디제이 이주연 아나운서를 보러 온 것이었다. 제삼자인 저가 뭐라고 하고 싶은 마음은 없지만 사무실에서 세진에게 망신을 주고 아무렇지 않게 같은 방송국 내의 다른 여자와 사귀는 남자를 이해하고 싶지는 않았다. 이주연과 불꽃을 튀기며 애정을 쏟는 현민을 보자 더욱 마음에 들지 않았다.

현민은 준을 보더니 주연의 칭찬을 늘어놓았다.

"우리 이주연 아나운서 어때. 잘하지? 신입 치고 훌륭하다니까. 내가 잘 골랐어."

현민은 준을 보더니 주변을 경계하듯 목소리를 낮췄다.

"얼굴만 예쁜 게 아니라 몸매도 끝내줘."

그는 뭐가 좋은지 연신 싱글벙글 웃었다.

"아, 헤어지길 잘했지. 애교 없고 답답한 이세진하고 사귈 때는 느껴 보지 못한 환상이라니까."

준이 시선을 돌려 현민을 보았다. 그는 준도 같은 생각이라 생각했는지 신이 나서 떠들었다.

"듣자니 김 피디도 이세진하고 사이가 좋지 않다면서. 알 만해. 매사 화내고 사고 치고 다니는데 어느 누가 좋아하겠어."

현민을 향해 한쪽 입꼬리를 올린 준이 디제이 부스로 고개를 돌리며 입을 열었다.

"전 이세진 피디가 더 낫습니다."

준의 목소리에 현민은 입을 다물었다. 맞장구 좀 치면서 이주연을 띄우려고 했는데 비협조적인 준을 보자 흥미가 싹 가셨다. 지가 잘나가는 피디면 다야. 어디서 선배에게 고따위로 굴어. 대놓고 무시하는 준의 분위기에 그도 말없이 주연만 바라보았다.

준은 그 뒤로 한 번도 현민에게 시선을 주지 않았다. 방송이 끝날 때까지 말 한마디 없다 주연이 부스를 나오자 수고했다는 말만 건네고 스튜디오를 나왔다.

똑똑한 척은 혼자 다하더니 여기저기서 두들겨 맞는 세진에게 화가 났다. 어릴 때 봤던 당당하고 카리스마 넘치던 여자는 온데간데없이 사라져 있었다. 그땐 제게 고개 빳빳이 들고 맞서던 여학생이었다. 할 말 다하면서 똑소리 나게 행동하는 모습이 멋져 보이기도 했다. 저를 제치고 전교 회장까지 거머쥐었던 세진이었다.

세진으로 인해 성적과 스펙도 자연스럽게 덕을 보았다. 서로 이기기 위해 밤을 새워 공부하고, 각종 경시 대회에도 경쟁적으로 참가하여 승부를 보았다. 물론 그럴 때마다 세진은 악에 받쳐 히스테리를 부리고 화를 냈지만 준은 재밌었다.

성질이든 뭐든 저에게 본래의 성격을 그대로 드러내는 여자는 세진이 유일했다. 가식적이지 않고 지나치게 정직한 세진이 흥미롭기까지 했다. 하지만 그녀는 어느 날 갑자기, 제대로 대화해 볼 겨를도 없이 자취를 감추었다.

준은 맥주 캔을 들고 소파로 와서 앉았다. 클럽에서 느끼하게 다가오는 남자를 뿌리치지 못하고 멍하니 서 있던 세진이 떠올랐다. 계속해서 몸을 밀착시키는데 얼어 버렸는지 가만히 서 있기만 했다. 그대로 있으면 느끼한 남자가 곧 무슨 짓이든 할 것 같았다. 그래서 둘러싸고 있는 여자들을 뿌리치고 다가갔다. 본인은 모르겠지만 겁이 났는지 눈동자가 거칠게 흔들렸었다.

혼자서는 아무것도 할 줄 모르는 어린아이를 보는 것처럼 그녀가 걱정되었다. 왜 이렇게 신경이 쓰이는 건지. 아마 자신은 어릴 적 세진의 모습을 찾고 싶은 걸지도 모르겠다. 당당하고 야무지고 모든 남성들의 여신이었던 과거의 그녀를.

창가로 햇빛이 가득 들어왔다. 떠지지 않는 눈을 힘겹게 뜬 세진은 또다시 벌떡 일어나 앉았다. 일전에 느꼈던 기분 좋은 향기, 그리고 눈동자 안에 비친 낯익은 물건들에 고개를 푹 숙이고 얼굴을 묻었다. 미쳤어. 미쳤어. 왜 자꾸 김준 집에서 잠을 자는 거야. 제 머리를 한참 쥐어뜯다 고개를 들었다.

"이 녀석은 버려두고 갈 것이지 왜 또 데려왔어."

침대에서 내려선 세진은 소파에 준이 누워서 잠든 것을 보고 흠칫 놀라다 서서히 발뒤꿈치를 들었다. 한공간에서 잤다는 사실을 느낄 겨를도 없이 고개를 이리저리 흔들며 눈으로 핸드백을 찾았다. 소리를 최소한으로 줄이고 걸어가 테이블 위의 백을 집은 세진은 슬쩍 그의 얼굴을 보다 다시 몸을 돌려 살살 발을 움직였다.

"이틀치 숙박비 내라."

세진의 고개가 급히 돌아갔다. 준은 눈을 감은 채로 말을 이었다.

"고마움도 모르는 인간은 별로야."

세진은 찔끔한 마음에 허리를 힘주어 세우고 한 손을 얹혔다.

"어, 어제는 고마웠다. 숙박비 보낼 거니까 계좌 번호 불러."

"아, 맞다. 회식비도 내가 대신 냈어."

점점 얼굴이 붉어지며 심박수가 늘어났지만 세진은 목소리를 침착하게 다듬었다.

"그래. 그 비용도 첨부해."

준이 눈을 뜨고 일어나 앉았다. 머리가 부스스한 모습은 처음 보는 것 같았다. 깔끔하고 완벽한 너도 까치집을 만드는 남자긴 하구나, 란 생각이 잠시 머릿속을 스치고 지나갔다.

"이세진, 앞으로 넌 술 마시지 마라. 감당하지 못할 거면 입에 대지도 말라고."

"뭐?"

"술만 먹으면 뻗는데 집에는 어떻게 오려고 그래. 내가 본 모습이 처음은 아닐 테고 예전에도 그러고 다녔을 텐데 무슨 일 안 난 게 다행이다."

"무슨 일이 생기든 말든 너한테 도와 달라는 소리 안 할 테니까 신경 꺼."

준이 일어서서 천천히 다가왔다.

"배고프다. 밥 먹을래?"

"헐, 내가 너랑 밥을 왜 먹니. 너 뭐 잘못 먹었어?"

세진은 어이없는 눈으로 그를 바라보았다.

"전부터 묻고 싶었는데 너 성장 과정에서 대체 무슨 일이 있었던 거냐."

분노 조절 장애에 이어 이젠 성장 과정 이야기까지 듣게 되었다.

세진은 화가 나기도 했지만 점점 준이 별스럽게 느껴졌다. 무시하면 되지 세심하게 챙겨 주는 것도, 먼저 밥 먹자고 하는 것도 이상했다.

"내 성장 과정은 흠잡을 데 없었어. 너도 알 거 아냐."

"말은 바로 해. 흠은 많았지. 그리고 대학교는 왜 빼먹어. 난 정확히 열여덟 살까지의 이세진만 봤을 뿐이야. 그 뒤에 네가 어떻게 살았는지는 전혀 모르지."

"하! 나 대학교에서도 완벽했거든?"

세진은 백을 바닥에 던지다시피 내려놓으며 본격적으로 싸울 태세를 했다. 준도 흥미가 일었는지 팔짱을 끼고 그녀를 바

127

라봤다.

"너야말로 성장 과정에서 뭔 일이 있었냐. 그냥 예전 너처럼 무시하고 다녀."

"난 정말로 성장 과정에 문제가 있었지."

대수롭지 않게 말하는 준을 보며 세진은 역시나 하고 코웃음을 쳤다.

"그래, 그럴 거야. 너처럼 재수 없는 놈은 반드시 성장 과정에 문제가 올 거야."

"그런가?"

순순히 인정하는 준이 이상해서 세진은 눈을 치켜떴다.

"뭐야. 새로운 공격 방식이야? 그냥 평소처럼 해. 내가 요즘 변화에 둔감해서 적응하기 힘들거든. 제발 하던 대로 싸우자."

갑자기 준의 입에서 웃음이 터져 나왔다.

그가 소리 내어 웃는 모습을 처음 본 세진의 눈이 동그랗게 커졌다. 그 모습에 준의 웃음소리는 더욱 커졌다. 웃는 그를 멍하니 바라보던 세진은 고개를 살짝 젓고는 나머지 손도 허리에 대었다.

"이렇게 하자. 이틀 숙박비에서 하루치는 밥 먹는 걸로 때워."

한참 웃던 준이 세진의 말에 고개를 끄덕이며 받아 주었다.

"시켜 먹을래, 나가서 먹을래."

잠시 고민하던 준은 고개를 들어 세진을 보며 입꼬리를 올렸다. 뭐야, 불안하게 왜 웃고 난리야. 그의 미소가 악마의 웃음처럼 서늘하게 느껴졌다.

"네가 요리하는 걸로 퉁치자."

"뭐?"

너무 놀라 비명에 가까운 소리가 나왔다.

"난 시켜 먹는 음식 별로 안 좋아하고 나가서 먹는 건 귀찮아. 그러니까 네가 요리를 하는 거야."

"야. 그래도 그렇지 내가 직접 하는 게 말이 돼?"

"왜 안 돼? 설마 요리도 못하는 거야?"

저런 말에 적응이 될 때도 됐는데 왜 난 쿨하지 못한가. 살살 긁는 준의 말에 세진은 다시 발끈했다.

"그래. 한다, 해! 내가 만든 음식 먹고 기절하지나 마."

세진은 발을 옮겨 부엌으로 갔다. 준의 입가에 다시 미소가 걸쳐졌다. 이세진 다루기 생각보다 쉽네. 왜 진작 몰랐을까.

부엌에서 분주히 움직이던 세진은 문득 이게 뭐하는 짓인가 싶어 잠시 멍하니 섰다. 왠지 그의 꼬임에 넘어간 것 같은데 이제 와 물릴 수는 없는 노릇이었다.

사실 요리는 잘하지 못했다. 그런데 사실대로 말하는 건 죽기보다 싫었다.

냉장고를 열자 제집에 있는 냉장고보다 훨씬 깔끔하게 정돈된 내부와 보기 좋게 손질된 먹거리가 눈에 띄었다. 한 칸에는 생수가 가득 들어차 있었다.

"너 혹시 혼자 장도 보고 요리도 하고 그러니?"

거실에 앉아 라디오 방송 계획표 같은 A4 종이들을 보던 준이 고개를 들었다.

"왜? 혼자 장도 보고 요리도 하고 그럴 것 같아?"

"토 달지 말고 대답이나 해."

"네 마음대로 생각해."

한마디도 지질 않는다, 한마디도. 세진은 말하기를 포기하고 식재료로 눈을 돌렸다. 손질된 양파, 당근, 애호박, 감자 등이 있었다.

그나마 잘할 수 있는 건…… 세진은 머리를 굴려 한참 생각하다 감자를 집었다. 프라이팬을 들어 기름을 두르고 갖은 재료를 쓱쓱 썰어 볶았다. 조리 도구를 찾지 못해 여기저기 찬장을 열어 볼 때마다 기가 막히게 정돈된 물건들에 저절로 탄성이 흘러나왔다.

소금 조금 넣고 달달 볶다 올리고당을 넣어 당분을 첨가했다. 밥솥에서 밥을 꺼내 함께 볶았다. 원래는 볶음밥을 하려고 했는데 하다 보니 오므라이스로 변경해도 좋을 것 같았다. 그래서 다시 냉장고에서 달걀 두 개를 집었다. 톡톡 깨트려 살살 섞은 다음 작은 프라이팬을 꺼내 지져 냈다.

두께와 질감이 생명인 지단을 사수하고자 온 신경을 집중했다. 뒤집기가 잘되지 않아 지단이 슬슬 찢어졌다. 우려하던 참사가 나올 것 같아 손이 주춤거렸다.

그때 다가온 손이 프라이팬을 들고 살짝 쳐 올려 지단을 뒤

집었다. 조금 찢어진 부분을 제외하곤 예쁘게 뒤집혔다. 세진은 옆에서 거든 또 다른 손의 주인을 올려다보았다.

"힘들어하는 것 같아서 도와줬다. 깨진 지단은 먹고 싶지 않거든."

준이 테이블에 엉덩이를 대며 웃었다. 그 후로도 그는 바지 주머니에 손을 넣고 뒤에서 그녀를 계속 지켜보았다.

"너 혼자 장 보고 요리하는 게 맞구나?"

세진이 아주 잠시 존경의 눈빛으로 바라보자 준이 다시 웃음을 터트렸다. 왜 자꾸 웃는 거야. 내 말이 웃겨? 세진은 미간을 구긴 채 고개를 돌렸다.

준의 눈총을 받아 더욱 긴장된 손으로 오므라이스를 완성했다. 마무리 단계에서 밥이 다 쏟아지는 위험 지경까지 갔으나 무사히 넘겼다. 군데군데 영광의 상처들로 마무리된 오므라이스가 식탁 위에 놓여졌다.

"케첩."

식탁 의자에 앉아 주문하는 준을 노려보다 발을 돌렸다. 냉장고에서 케첩을 찾아와 내밀자 그가 고개를 저었다.

"네가 뿌려야지."

부글부글 끓어오르는 속을 달래고 달래며 뚜껑을 열었다. 널찍한 노란 지단을 바라보다 갑자기 눈썹을 꿈틀거린 세진은 빨간 글씨로 무언가 남겼다. 그리고 반대편 의자에 앉아 팔짱을 꼈다.

"먹어 봐."

준에게 내민 접시에는 '왕재수'라는 글씨가 쓰여 있었다.
흠, 숨소리를 내던 준은 숟가락으로 케첩을 문질러 넓게 폈다.
글씨는 금방 사라졌다. 행복은 짧게 지나갔다.

숟가락으로 퍼서 입속에 넣은 준은 무표정으로 음식을 씹었
다. 다시 한 숟갈 퍼서 넣었다. 입안에 있던 걸 다 씹고 나서야
준이 세진을 보았다.

"너 요리 못하지."

세진은 뜨끔했지만 고개를 빳빳이 들었다. 절대 지면 안 된
다.

"맛이나 말해."

"솔직히……."

뜸을 들이는 준의 말을 기다리기 힘들었다.

"맛없어."

그 말에 기운이 쫙 빠지며 허리가 축 처졌다. 세진은 믿을
수 없어 숟가락을 가져와 한 숟갈 퍼서 입속으로 넣었다. 한입
씹던 그녀의 표정이 굳어졌다. 야채를 충분히 익히지 못했다.
작게 썰지 못해서 굵직한 야채들이 입안에서 돌덩이처럼 씹혔
다. 젠장.

세진의 굳어진 표정을 보던 준이 손가락으로 그녀의 얼굴을
가리켰다.

"이건 내가 먹든지 버리든지 알아서 할 테니까 넌 거울 좀
보는 게 어때."

"뭐?"

요리의 충격으로 멍하니 앉아 있던 세진이 눈을 들어 마주했다.

"어제의 화려하던 눈 화장이 하루 지나면 어떻게 됐겠어."

친절하게 설명해 주는 준의 말을 듣던 세진이 급격히 얼굴을 붉히며 일어섰다. 그리고 테이블로 가서 가방을 들고 현관을 후다닥 뛰쳐나갔다.

쾅 소리가 나도록 문이 닫히자 준의 입가에 미소가 진하게 걸렸다. 아이라이너와 마스카라가 번져서 눈은 너구리가 되었고 눈두덩은 아이섀도가 뭉개져서 한 대 맞은 것 같았다. 그런데 그 모습이 귀엽게 느껴졌다.

접시를 내려다보던 준은 다시 한 숟가락 들어 먹었다. 맛은 없지만 먹을 만은 했다. 천천히 접시에 놓인 오므라이스를 전부 먹었다.

"그냥 거절하고 나갈 줄 알았더니 제 손으로 요릴 다 하고. 참 너도 별나다."

핸드폰 진동이 울려 소파로 이동했다.

〈계좌 번호 불러. 앞으로 너랑 밥 먹을 일 절대 없으니까 하루 숙박비랑 회식 비용 청구해.〉

문자를 본 준은 슬쩍 입꼬리를 올렸다.

"과연 그럴까?"

준은 답장을 보내고 욕실로 들어갔다. 흥분한 그녀의 얼굴을 떠올리며.

〈채무자는 조건을 걸 수 없어. 무조건 채권자의 말을 들어야
하는 거야.〉

#4
아이러니

"꺄아악!"

세진이 비명을 지르며 벌떡 일어났다. 그리고 거친 숨을 내쉬며 제 앞섶을 손으로 더듬거렸다. 고개를 내려 보았다. 잠옷이다. 헉헉, 한참 동안 숨을 내쉬다가 이마에 맺힌 땀을 닦고 온전히 돌아오지 않은 정신을 진정시켰다. 요즘 기가 약해지긴 했나 보다. 이런 꿈은 거의 꾸지 않았는데.

침대에 앉아 화장대 거울을 바라보았다. 땀에 젖은 머리카락과 공포에 질려 상기된 얼굴을 한 여자가 눈에 들어왔다.

"넌 참 사람 보는 눈 없어. 과거나 현재나. 호되게 배신을 당했으면서 또 그런 남자를 만났니."

입 밖으로 꺼낸 말인지도 모를 소리가 가냘프게 새어 나왔다. 거울 속 여자의 얼굴이 처참하게 일그러졌다. 그 거울, 차가운 바닥을 지금도 잊을 수가 없다. 수치심보다도 믿었던 남자에게 배신당한 괴로움이 더 컸다. 그 자리를 무슨 정신으로 빠져나왔는지 모르겠다. 지금도 그때를 생각하면 이렇게 온몸이 땀으로 젖어 내렸다.

세월이 지나 어렵사리 현민과 사귀었지만 도저히 잠자리를 할 수 없었다. 그가 분위기만 잡을라치면 일단 그 자리를 피하고 봤다. 아마 현민은 그런 자신에게 진절머리가 났을 수도 있다.

더는 일그러질 수 없을 정도로 얼굴을 찡그린 여자가 흐리멍텅한 눈으로 세진을 주시했다. 한참 서로를 바라보다 세진은 계속 진동하는 핸드폰을 깨닫고 침대 아래로 서서히 발을 내렸다.

"여보세요."

―뭐하느라 이렇게 늦게 받니.

"죄송해요. 자고 있었어요."

―목소리가 잠겼는데 악몽 꿨니?

아버지는 정말 귀신이다. 제가 힘들 때면 어김없이 아버지에게서 전화가 걸려 왔다.

"아니요. 자다 일어나서 그런 거예요."

―아무래도 그 직업, 수면 시간이 너무 불규칙한 거 아니냐. 애비는 늘 그게 불만이다.

세진은 벽시계로 눈을 돌렸다. 3시에 바늘이 가 있었다.

"지금이 낮이에요, 새벽이에요?"

―창문 봐라.

"참 시크한 아버지세요. 그냥 말해 주지. 하긴 새벽은 아니 겠네요."

세진은 웃음소리를 흘리며 커튼을 거뒀다. 그러자 눈부신 빛이 눈을 공격했다. 미세 먼지로 몸살을 앓던 도시 위로 오랜만에 청명한 하늘이 드러났다. 세진은 창문에 이마를 대며 햇빛이 주는 비타민 D를 흡수했다.

"요새 농장 일은 어떠세요."

─똑같지, 뭐. 애비가 누구냐. 타고난 사업가 아니냐. 조금만 기다려라. 너 피디 같은 거 하지 않아도 충분히 먹고 살게 해 주마.

세진의 입가에 미소가 걸쳤다. 아버지는 어릴 때나 지금이나 한결같이 딸내미의 고생을 걱정했다. 번듯한 직업을 가지고 있어도 일이 힘들면 내 딸 고생시킨다고 생각하는 사람이 아버지였다.

"아버지 요즘 내 방송 안 듣죠? 내가 얼마나 유능한 프로듀서인데요."

─그건 모르겠고 재미는 없더라.

아버지는 안티였던 것인가. 세진은 핸드폰을 살짝 흘겨보다 입꼬리를 올렸다.

"걱정 마세요. 이제부터 진짜 재미있을 거니까."

─어떻게 할 예정인데?

"일단 들어보세요. 아버지라도 청취율을 올려 주셔야죠. 딸 생각해 주는 건 아버지밖에 없는데."

─들어서 재미없으면 갈아 탈란다. 그 밤 사랑 프로그램으로.

"하! 그 밤 사랑 피디 이제 우리 방송국으로 왔거든요?"

─에, 그러냐? 그렇다면 할 수 없이 네 방송 들어야겠구나.

말은 이렇게 해도 아버지가 매일 제 프로그램을 듣고 있다는 걸 알고 있다. 아버지는 언제나 그런 존재였다. 힘들 때마다 위로해 주는 어머니 같은 사람이었다.

─이번에 네 엄마 기일에는 올 수 있겠니?

"음……."

세진은 책상으로 가 달력을 펼쳤다. 개편하고 일주일 뒤였다.

"당연히 가야죠. 아버지는 왜 그런 걸 물어보세요."

─아니, 바쁘면 오지 말라고. 그래도 일이 먼저 아니냐.

"걱정 마세요. 다 알아서 마무리하고 갈 거니까."

─그래. 밥 잘 챙겨 먹고. 누가 괴롭히면 애비한테 당장 이르고.

"그렇잖아도 요새 리스트 작성하고 있어요. 다 완성되면 보고할게요."

중얼거린 세진이 소리를 내서 웃었다.

─이만 끊으마.

세진은 핸드폰을 서서히 내리며 달력을 보았다. 그러고 보니 엄마 기일이었다. 아버지가 전화해 주지 않았다면 잊었을 것이다. 아무리 요즘 힘든 일이 많았다고 해도 잊을 뻔하다니.

세진은 머리를 헝클이다가 다시 거울을 보았다. 기다란 머리카락이 지저분하게 내려왔다.

큰 사업체를 가지고 있던 아버지 덕분에 어릴 때부터 떵떵거리며 살았다. 부의 상징인 운전기사는 물론이고 넓은 집에 한 번 입은 옷은 두 번 입지 않을 정도였다. 무남독녀인 세진은 집안의 사랑을 독차지했고 예쁜 외모 덕분에 인기도 많았다.

회사 일로 공식적인 자리에 참석하면 그녀의 외모를 칭찬하는 어른들이 넘쳐났다. 세진은 도도함의 극치를 달렸다. 모두가 저를 떠받들어 주었고 치켜세워 주었다. 공부도 잘해 전교 1등을 놓쳐 본 적이 없었다. 모든 일이 쉬웠다. 세상이 재미있었다. 사람들의 관심은 너무도 당연했다. 그게 고등학교 2학년까지의 세진이었다.

아버지는 기본적으로 정이 많은 분이었다. 사람을 너무 믿었기 때문에 배신을 당하게 되었고 결국 회사는 망했다. 그들은 하루아침에 거리에 나앉게 되었다. 으리으리하던 집과 회사, 값비싼 물건들은 모두 경매 딱지가 붙었고, 아버지는 매일 경찰서에 조사를 받으러 다녔다. 잘살 때는 그렇게 옆에 와서 비위를 맞추던 사람들이 한순간에 돌아서서 문을 닫아 버렸다. 그 사람들 속엔 외가도 포함되어 있었다. 결국 파산 처리를 하고 가족은 정든 곳을 떠났다.

말 그대로 비가 새는 단칸방도 겨우 구했다. 땡전 한 푼 없이 하루하루를 견뎌야 하는 건 생각보다 곤혹스러웠다. 화려한 생활을 하다 갑작스럽게 모든 것을 포기하고 멈춰야 하는 현실에 가족들은 한동안 정신을 차리지 못했다.

아버지는 거의 집에서 술만 마셨고, 평생 손에 물 한 방울 묻히지 않던 엄마는 뒤늦게 생계 전선에 뛰어들었다. 미성년자인 세진이 할 수 있는 일은 많지 않았다. 학교가 끝나면 밤까지 아르바이트를 하고 집에 오면 밤새 공부를 했다. 하지만 한 번도 눈물을 흘리지 않았다.

일을 끝내고 오던 엄마가 교통사고로 갑작스럽게 세상을 떠나셨을 때도 세진은 있는 힘을 다해 눈물을 삼켰다. 여기서 울어 버리면 아버지가 얼마나 죄책감에 빠질지 예상이 됐기 때문에 도저히 울 수가 없었다.

아버지는 엄마가 돌아가시고 나서야 뒤늦게 정신을 차리고 다시 살길을 알아보기 시작했다.

인생에서 가장 힘들고 처절했던 때였다. 믿었던 사람에게 배신을 당하고 집안은 망하고 어머니는 돌아가시고. 삶을 포기해도 백번은 할 수 있는 시간이었다. 하지만 세진은 포기하지 않았다. 주먹을 움켜쥐며 눈물을 삼키고 몇 번이나 좌절하려는 마음을 다잡았다.

주변에서 다들 포기하라고 대학이 가당키나 하냐고 했지만 이 악물고 공부하였다. S대를 목표로 했지만 전액 장학금을 받을 수 있는 Y대에 입학하였다. 중·고등학교 때 각종 경시대회 수상과 전교 회장 등의 이력이 많은 도움이 되었다.

악착같이 생활한 20대였다. 매일 열심히 살고 공부했다. 그러다 보니 어느새 아름다웠던 외모는 먼 옛날의 설화처럼 '그랬다더라'의 과거형이 되어 버렸다.

한참 거울을 보고 앉아 있던 세진은 지갑을 들고 현관으로 갔다. 이렇게 무너지면 내가 아니야. 어떻게 살아왔는데 겨우 이런 일로 포기해. 말도 안 돼. 난 다시 살아날 거야. 그렇게 만들 거야.

엘리베이터 앞에서 세진은 준을 마주칠까 봐 미간을 찌푸렸다. 자신이 먼저 터 잡은 곳인데 굴러 온 돌이 박힌 돌을 빼려고 한다는 생각이 들었다. 코웃음을 치던 그녀는 1층에 도착해 문이 열리자 발이 경직된 듯 굳은 채 섰다. 저 녀석은 역시 호랑이였어. 미간을 잔뜩 구긴 세진의 얼굴에 준이 그녀를 위아래로 훑었다.

"마실 가냐."

어이없는 표정을 지은 세진이 닫히려는 엘리베이터의 열림 버튼을 눌렀다.

"웬만하면 이사 가라. 먼저 온 사람이 임자야. 네가 나중에 왔으니까 다시 나가."

"내가 왜 나가야 돼?"

"마주치는 건 한 곳이면 족해. 피차 얼굴 보는 거 곤혹인데 좀 꺼져 줄래?"

준은 운동을 하고 왔는지 트레이닝복 차림이었다. 부지런하기도 하여라.

"미안하지만 난 이 집이 좋아서 말이야. 나가려면 네가 나가."

엘리베이터에 오르던 준이 뒤를 돌아보며 입꼬리를 올렸다.

"참, 요새 집값 많이 올랐던데 이사 갈 여유 자금은 있는지 모르겠다."

문은 닫혔다. 잠시 멍하니 닫힌 엘리베이터를 바라보던 세진의 얼굴이 급속도로 빨개졌다.

"안 돼. 참자. 참아야 하느니라. 이제 모든 일에 욱하지 않기로 결심했잖니. 참자."

세진은 혼잣말로 기도문 외우듯 중얼거렸다. 그랬긴 하지만 마지막으로 한 번만 좀 욱하자.

"야! 이 재수 없는 놈아!"

소리를 빽 지르자 속이 다 후련해지는 것 같았다.

의자에 앉아 거울을 보던 세진은 미용사가 다가오자 등을 곧게 폈다.

"어떻게 해 드릴까요."

"확 쳐 주세요. 단발로."

세진은 손가락을 제 목에 대었다.

"음, 머리카락이 많이 상하셨다. 영양도 좀 해야 될 것 같은데요."

"해 주세요. 비싼 걸로 팍팍."

"평소에 트리트먼트 안 하시죠."

"네…… 어떻게 아세요?"

"머리가 푸석푸석해서요. 얼굴은 예쁘신데 머리카락이 받쳐

142

주질 않네요."

"그, 그래요. 볼륨 매직도 해 주세요. 머릿결 좀 빛내야겠어
요."

"네. 알겠습니다."

미용사의 손에 의해 짧아지고 매끈해진 머리카락이 점점 모
습을 드러내었다.

"와, 훨씬 예뻐 보이세요."

"그런가요. 잘 보이지 않아서……."

세진은 앞에 놓인 안경을 집어 꼈다. 미용사 말대로 사람이
달라 보였다. 금을 처발랐는지 단발로 자르고 볼륨 매직을 하
는 데 30만 원이나 나왔지만 확실히 기분 전환하는 데는 최고
였다. 미용실에서 나와 거리를 걷던 세진은 옷 가게 하나를 골
라 들어갔다.

"어서 오세요."

"옷 좀 보여 주세요. 굉장히 예쁘고 어른스럽고 직장인 같
은 느낌으로요."

들어가자마자 이어진 요구에 잠시 세진을 빤히 보던 직원이
곧 여러 개의 옷을 가지고 나왔다. 재킷과 치마, 정장 바지, 원
피스가 줄줄이 걸렸다. 세진은 입어 보지도 않고 나와 있는 열
댓 개의 옷을 전부 사겠다고 했다.

"사이즈는……."

"전부 44로 주세요."

점원이 손에 들려 준 쇼핑백을 낑낑대며 들고 나온 세진은

곧 옅은 한숨을 쉬었다.

"내가 지금 뭐하는 짓이냐. 옛날 버릇 다 없어졌다고 생각했는데 이렇게 질러 버리다니. 아…… 이번 달 카드 값."

세진은 울상인 얼굴로 쇼핑백을 짊어지며 걸어갔다. 있는 힘을 다해 들고 온 짐들을 집에 오자마자 내팽개치고 소파에 가서 쓰러지듯 엎어졌다.

"두 번만 예뻐졌다간 죽겠다. 나도 이젠 한물갔네. 어릴 땐 종일 돌아다녀도 괜찮더니. 하긴, 그땐 짐 들어 주는 아저씨가 있어서 발품 팔 일은 없었지."

잠시 죽은 듯이 누워 있던 세진이 벌떡 일어서며 오디오를 켰다. 라디오 피디가 되면서 아버지가 취직 선물로 사 준 스테레오 오디오 박스였다. 음향과 음질은 최고였지만 매일 방송국에서 살다시피 해서 듣는 일은 극히 드물었다.

볼륨을 최대한 크게 올려놓고 부엌으로 갔다. 어제 김준에게 창피를 당한 오므라이스 재도전이다. 오늘은 무조건 될 때까지. 요리를 하며 중간중간 리듬에 맞춰 춤을 추기도 했다. '호두까기 인형' 음악에 맞춰 다리를 쫙 벌리다가 몸을 한 바퀴 빙그르르 돌려 한 발로 착지했다. 허리에 손을 올리고 다리를 점프하며 빠르게 뻗었다가 접었다. 흥에 겨워 점점 빠른 춤사위를 펼쳤다. 클럽에서 추는 춤은 못 춰도 정통 춤은 자신 있었다.

갑자기 인터폰이 울렸다. 경비 아저씨다.

"네."

―701호에서 시끄럽다고 항의 들어왔어요. 조용히 해 주세요.

"아, 죄송합니다."

뒤돌아 들어오던 세진은 문득 701호라는 말에 눈썹이 꿈틀거렸다. 그래서 아까보다 더 쿵쿵 뛰었다. 심지어 소파에서 뛰어내리기도 했다. 그러다 소파에 털썩 앉았다.

"아무리 그래도 이건 좀 아니다."

춤추느라 거친 숨이 쏟아졌다. 흘러내린 땀을 닦고 있는데 그때 핸드폰으로 문자가 왔다.

〈더 뛰지 그래. 층간 소음으로 고소하려고 했는데.〉

"너 예뻐서 멈춘 줄 아냐. 착각하지 마. 그냥 내가 안 한 거야."

그 뒤로도 세진은 핸드폰을 오래도록 바라보았다. 김준 이 녀석과는 대체 무슨 인연이기에 이렇게 얽히는지 모르겠다. 항상 부정적인 일에만 얽히는 것 같다. 역시 악연인 거겠지.

아침에 눈을 뜬 세진은 다른 날보다 더 공들여 화장을 하고 옷을 챙겨 입었다. 어제 산 하늘거리는 원피스 위에 트렌치코트를 겹쳐 입었다. 또각또각 구두 굽 소리를 내며 방송국으로 가는 길을 걸었다. 이별할 줄 알았는데 다시 보니 반갑구나. 세진은 괜히 가로변에 서 있는 나무들을 툭툭 치며 반가움을 표했다.

"너희들, 이 언니 오늘 개편 첫 방송 하는 날이다. 일찌감치 라디오 앞에 앉아서 기다리고 있거라. 알겠느냐. 이따 끝나고 물어볼 것이다."

세진은 입꼬리를 올리며 화려하게 핀 꽃길을 걸었다. 방송 국 로비로 들어가자마자 사람들이 입을 다물지 못하고 바라보는 것이 느껴졌다. 변해도 너무 변한 세진이 적응되지 않는지 몇 번이나 눈을 비볐다가 떴다. 엘리베이터 앞으로 가는데 국 장의 모습이 보였다.

"안녕하세요!"

우렁찬 목소리에 국장이 고개를 돌리다가 세진을 보고 눈을 크게 떴다.

"이세진 피디."

"좋은 아침입니다, 국장님."

세진은 꾸벅 인사를 하고 도착한 엘리베이터의 버튼을 눌렀 다.

"먼저 타시죠."

국장은 얼떨떨한 얼굴로 탔다. 뒤이어 탄 세진이 7층을 눌 렀다.

"오늘 어디 가나?"

"가긴 어딜 가겠습니까. 일해야죠. 국장님께서 벼르고 계신 데."

세진이 고개를 돌리며 국장을 향해 활짝 웃었다.

"곧 폐지될지도 모르는데 열심히 해야죠. 많이 가르쳐 주세요. 아직도 부족합니다."

"어, 어. 그러지."

사람이 갑자기 변하면 죽는다는 말을 귀가 아프도록 들었다. 가는 곳마다 무슨 일 있냐며, 어디 아프냐며, 드디어 미쳤냐는 말까지 하면서 놀라워했다. 그리고 모두가 훨씬 낫다는 반응을 보였다. 휴게실에 모인 피디들은 달라진 세진을 보며 돌아가면서 한마디씩 했다.

"난 자기 진짜 그만두는 줄 알았어. 이제 괜찮은 거야?"

"이세진이 누군데. 당연히 괜찮아야지. 겨우 이런 일로 무너질 사람이 아니야."

"그런데 갑자기 스타일을 바꾼 이유가 뭐야. 정말 장 피디 때문에 그런 거야?"

"아니에요. 내가 보기엔 김 피디 때문이에요. 지난주에 들으셨잖아요. 사무실 앞에서 대판 싸웠다고."

"아, 분노 조절 장애 소리 들은 거?"

"정말 김 피디랑 아는 사이야?"

"그건 그렇고 사람이 진짜 달라 보인다. 난 자기가 이렇게 예쁜 줄 몰랐어."

여자 셋만 모여도 접시가 깨진다고 하는데 다섯이 모이면 그 위력은 실로 어마어마하다. 세진은 한마디도 하지 않았는데 자기들끼리 서로 떠들며 합의를 봤다. 그들의 대화를 가만히 듣고만 있던 세진이 활짝 웃었다.

"죽을 날 받아 놓은 것도 아니고 장 피디 때문에 그런 것도 아니에요. 김 피디 때문에 그런 건 더더욱 아니고. 그냥 저 스스로에게 변화를 주고 싶었어요. 이번엔 정말 잘하고 싶거든요. 마지막일지도 모르니까."

"난 이 피디 잘할 거라고 믿어."

"고맙습니다."

스타일이 사람을 변화시킨다고, 하늘거리는 원피스에 곱게 단장한 화장, 그리고 친절한 말투로 사람들을 대하는 세진을 보자 하루아침에 함부로 할 수 없는 분위기가 느껴졌다. 아니면 숨겨 놨던 포스가 드러나는 것일 수도 있다. 어쨌든 그 자리에 있던 여자 피디들은 세진을 보며 묘한 질투심과 부러움을 느꼈다.

회의실에서도 세진은 작가들의 호들갑 떠는 소리를 들어야 했다. 그들의 말을 한 귀로 듣고 흘리며 앉아 있으려니 정재민이 매니저와 함께 들어왔다.

"늦어서 죄송합니다. 차가 조금 막혔어요."

처음 봤을 때처럼 웃음기를 한껏 머금은 꽃돌이가 꾸벅 인사를 하자 여인네 세 명은 흐뭇한 표정을 지었다.

"늦는 건 오늘까지예요. 내일부턴 1분 늦을 때마다 벌금 만원입니다."

세진이 미소 띤 얼굴로 재민에게 말하자 그도 사람 좋은 웃음을 지으며 고개를 끄덕였다.

늦는 건 재민뿐인 줄 알았더니 한 사람이 더 있었다. 다들 모여 김준을 기다리는데 한참을 기다려도 오지 않았다. 참기로 했는데 자꾸만 성질이 뻗쳐 나오려고 해서 세진은 거친 숨을 연거푸 내쉬었다.

〈어디 야. 빨리 와. 아까 내 문자 못 봤어? 방송 들어가기 전에 회의하기로 했잖아.〉

잠시 뒤 준에게서 답장이 왔다.

〈다시 제대로 말해 줄게. 국장님한테 네 프로그램 맡겠다고 했지만 난 지금 하고 있는 프로그램으로도 벅차. 그러니까 회의 진행, 방송 진행 모두 네가 책임지고 해. 난 정말로 가끔씩만 참여해서 봐 줄 테니까. 너도 그게 낫잖아.〉

"그럼 그렇다고 진작 말할 것이지……!"

문자를 보며 저도 모르게 소리를 지르던 세진은 놀란 눈으로 자신을 보고 있는 재민을 느끼고 가까스로 웃어 보였다.

"이해하세요. 내가 지금 정신 수련 중이라 최대한 심신을 다듬고 있지만 가끔씩 이렇게 가다듬어지지 않은 반항아들이 튀어나올지도 몰라요."

"괜찮아요. 그게 더 인간적으로 보이고 좋네요."

재민의 미소에 세진은 흠흠거리며 목소리를 가다듬었다.

"김 피디님은 참여 못 하신다니까 우리끼리 회의해요."

작가들과 재민이 허리를 곧추세웠다.

"개편 첫날이에요. 청취자들에게 우리를 알리는 첫날이기도 하고요. 프로그램 자체가 바뀐 것이 아니라 디제이만 바뀐 것이다 보니 사람들은 재민 씨에게 더 집중할 것이고 조그만 실수에도 이 잡듯 물어뜯을지 몰라요."

"네, 알고 있습니다."

"실수해도 괜찮아요. 그러니까 진심을 다해서 임해 줘요. 가장 중요한 건 재민 씨의 마음가짐이니까."

"무슨 말인지 알겠습니다, 피디님."

부드러운 목소리에 그녀들은 왠지 기분 좋은 예감을 받았다. 그래서 서로 눈빛을 마주 보며 고개를 끄덕였다.

"그럼 본격적으로 회의 들어갈게요. 오늘은 음악과 사연으로 진행될 거예요. 첫날이니만큼 멘트보다는 음악을 주로 넣을 거니까 재민 씨는 큐시트 보면서 따라오면 돼요."

진지하게 회의에 임한 뒤 스튜디오에 들어온 그들은 전자시계를 보며 스탠바이를 했다. 밤 10시. 'On Air'에 불이 들어왔다.

"달콤한 밤의 유혹 정재민입니다. 혹시 그런 경험 있으신가요. 매일 같은 길을 가다 보면 어느새 그 길에만 익숙해져 새로 들어선 길은 가기를 주저하는 일이요. 괴물이 있으면 어떡하지, 뭔가 엄청난 모험을 해야 할지도 몰라, 길을 잃으면 어떡해. 이런 생각들이 머릿속을 지배하곤 합니다. 그런 생각을 품고 있는 달밤 바라기분들이 계시다면 저를 보면서 지금의 낯선 기운을 즐겨 주세요. 그리고 가끔씩 들여다보세요. 그러다 보면 낯설었던 그 길도 어느새 익숙한, 편한 길이 되어 있을 거예요. 오늘 첫 곡입니다. 성시경의 '처음처럼'."

첫 멘트에 잔뜩 긴장하던 세진은 재민이 눈을 들어 자신을 보자 비로소 미소를 지었다. 그리고 손으로 오케이 모양을 했다. 그의 얼굴에도 미소가 지어졌다.

"피디님, 어쩜 목소리가 저렇게 좋을 수 있죠."

"저도 방송 작가 하면서 정재민 같은 목소리는 처음 들어요."

"그렇죠. 이 작가님도 그렇게 생각하죠. 이상하다. 평소에는 저렇게 들리지 않았는데."

"저게 타고난 목소리라고 하는 거야. 노래 부르는 사람이니까 목소리 하나는 자유롭게 내는 것 같아."

세진도 긴장을 덜어 낸 듯 숨을 길게 내쉬었다. 목소리가 좋으니까 얼굴은 더 잘생겨 보였다. 예감이 좋다.

두 시간의 방송은 순조롭게 지나갔다. 첫 방송인데도 정재민은 차분하게 실수 없이 멘트를 이어 나갔다. 심지어 간간이 농담을 섞는 여유까지 부렸다. 11시 30분이 지났을 때 스튜디오로 들어오는 준을 보고 작가들이 일제히 일어서서 인사했다. 그리고 그녀들의 눈이 세진에게로 향했다. 세진은 재민과 큐시트를 오고 가며 집중하고 있는 중이었다.

"재민 씨, 목소리 조금만 키워 주세요."

재민의 목소리가 살짝 커지자 그녀는 다시 고개를 끄덕이며 웃어 보였다. 콘솔 단자를 옮기면서 그의 목소리가 잘 들리도록 조절하였다. 선영이 어색하게 웃으며 준을 보았다.

"이 피디님 한번 집중하면 다른 소리는 잘 듣지 못하세요."

선영에게 고개를 끄덕이고 일 보라고 손을 들어 준 준은 뒤편에 서서 방송을 진행하는 세진을 보았다. 디제이가 처음인 재민이 부담을 느끼지 않도록 계속해서 잡아 주고 한두 마디씀 들일 때는 괜찮다고 엄지를 세워 주었다.

"재민 씨, CM 끝나는 대로 멘트 치면서 내일 방송 예고해 주세요. '사랑을 전하는 편지' 코너 소개요."

CM이 끝나고 재민은 마이크에 입을 가져갔다.

"오늘 저와의 낯선 길 어떠셨나요. 계속 무섭고 걱정되셨나요. 그렇다면 내일은 더 친숙하게 느껴지도록 미리 나와서 길을 닦고 기다리겠습니다. 편안한 마음으로 오시기 바랍니다. 내일 코너 예고해 드릴게요. 이번 봄 개편부터 새롭게 들어온 코너인데요. 평소 연인에게 전하고 싶은 말이나 아니면 좋아하는 사람, 혼자서 끙끙 앓고 있는 분들에게 사랑을 고백하는 편지를 읽어 드립니다. 원하시면 직접 상대방의 집에 우편으로 보내 드리는 서비스도 진행할 거예요. 게시판에 들어오시면 좀 더 자세한 방법이 안내되어 있습니다. 게시판에 올려 주셔도 되고, 편지로 보내 주셔도 돼요. 주소는……."

"그 코너, 이렇게 살렸습니까?"

갑자기 들리는 남자의 목소리에 세진이 화들짝 놀라며 뒤를 돌아보았다.

"뭐, 뭐야. 언제 왔어······요?"

반말을 하려다 옆에 작가들을 보고 끝말을 높였다. 심장이 덜컹 내려앉는 줄 알았다. 인기척 좀 하지. 자신을 노려보는 세진을 가볍게 누르면서 준이 옆으로 다가왔다.

"훨씬 낫네요. 저번 기획안보다."

"당연하죠. 제가 또 한번 물고 늘어지면 끝을 보는 성격이거든요."

콧방귀를 뀌며 재민을 향해 고개를 돌리는 세진을 보고 준은 입꼬리를 올렸다. 마지막 멘트를 끝으로 노래가 흘러나왔다. 세진은 그제야 의자에서 일어섰다. 방송을 시작한 뒤로 한 번도 엉덩이를 떼지 않고 앉아 있었더니 온몸이 굳어 버린 것 같았다. 기지개를 켜며 목을 돌렸다.

"김 피디님은 안 가세요? 곧 방송 시작이에요."

세진이 전자시계를 보다가 떨떠름한 표정으로 준에게 고개를 돌렸다. 준은 원피스를 입고도 몸을 자유자재로 움직이는 세진을 보고 헛웃음이 나왔다. 원피스 치맛자락이 허벅지 위에 아슬아슬하게 걸쳐져 있었다. 잠시 뒤 재민이 디제이 부스에서 나왔다.

"피디님, 작가님 고생하셨습니다."

"오늘 정말 잘했어요."

"목소리가 어쩜 그렇게 좋아요."

작가들이 한목소리로 칭찬하자 재민은 쑥스러운 표정으로 웃으며 고개를 숙였다.

"아직 한참 멀었죠. 잘 봐 주셔서 감사합니다."

몸을 이리저리 움직이던 세진이 이번엔 허리를 옆으로 기울였다.

"재민 씨 작곡하고 노래만 부르기엔 아까운 사람 같네. 성우 해도 되겠어요."

"하하, 그래도 전 음악이 좋습니다. 한길만 파려고요."

"그것도 좋은 자세죠. 어우, 긴장했다 풀리니까 힘이 다 빠지네."

한참 스트레칭을 하던 세진이 아직도 나가지 않고 있는 준을 돌아보았다.

"이봐요, 김 피디님. 방송 시작했어요. 안 가요?"

"이제 갈 겁니다."

준이 스튜디오 문 쪽으로 몸을 틀자 작가들이 안녕히 가세요, 인사를 했다. 문을 잡던 준이 뒤를 돌아보았다. 세진은 재민을 향해 활짝 웃으며 등을 두드려 주고 있었다. 제겐 눈길도 주지 않으면서.

준과 스치듯 들어온 매니저가 재민을 데리고 나가자 그들도 스튜디오를 정리했다. 서류를 웬만큼 정리한 민지가 황홀한 목소리로 말했다.

"꽃돌이 디제이에 잘생긴 김 피디님까지, 요새 우리 팀 그동안 밀렸던 복을 한 번에 받나 봐요."

"그러게 말이다. 요새 아주 눈이 호강하는 기분이야."

"꽃돌이는 인정하겠는데 김 피디는 어딜 봐서 잘생겼다는 말이 나오는 거니."

"피디님 안목 참 독특하세요. 김 피디님처럼 생긴 사람이 잘생긴 사람이에요."

"김 피디님 보면서 아무런 느낌이 없는 건 이 피디님이 유일할 거예요."

"흥! 난 '1'도 모르겠더라. 자, 남자들 이야긴 이쯤에서 끝내고 우린 내일도 최선을 다해 봅시다. 파이팅!"

여자 셋은 서로를 보며 팔을 들어 보였다.

다음 날, 출근을 하며 꽃길을 걷던 세진은 여전히 반가운 나무들을 보며 어제 못다 한 대화를 나눴다.

"어제 언니 방송 들었어? 오, 들었어? 잘했어. 어땠는데? 정말 괜찮았다고? 당연하지. 좋았을 줄 알았어. 짜식들."

세진은 나무 기둥을 팔꿈치로 살짝 찍으며 혼자 히죽거렸다. 첫날 짧은 원피스를 입었더니 몸을 움직이는 것이 불편하여 오늘은 정장 바지로 바꿨다. 그랬더니 한결 걷기가 수월했다. 예전엔 어떻게 매일 교복을 입고 다녔는지 모르겠다.

방송국에 들어오다 진동을 느끼고 가방에서 핸드폰을 꺼냈다. 가연이다.

─너 설마 진짜 이세진이니? 지금 전화받는 거 이세진 맞지?

세진은 전화기 속에서 흥분하는 가연의 목소리를 들으며 로비를 훑어보았다. 엘리베이터 앞에서 놀란 눈으로 다가오는 가연이 보였다.

"세상에나. 이세진 변했다는 소리가 우리 아나운서실까지 들리긴 했지만 이 정도일 줄은 몰랐어."

"엥. 내 소식이 왜 거기까지 갔어."

"왜긴. 이주연 있잖아. 걔 덕분에 우리 아나운서실은 지금 핫한 이슈와 소용돌이 속에 들어와 있지. 그나저나 너 이렇게 변한 거 장현민 때문은 아니지?"

"미쳤니."

"그래. 아닌 줄 알았어. 아무튼 이렇게 바꿔 입으니 이제야 진짜 이세진이 된 것 같네."

가연은 뭐가 좋은지 실실 웃으며 세진을 이리저리 훑어보았다.

"이따 같이 점심 먹을래?"

"나 바빠. 오늘 코너는 준비 시간이 좀 필요하거든."

"오— 이세진. 이렇게 반짝반짝 빛나는 게 얼마 만인지 모르겠네. 좋은 징조다."

세진은 가연에게 손을 흔들고 7층으로 올라왔다. 사무실 문을 열다 밖으로 나오는 현민을 마주했다. 그도 세진의 바뀐 모습에 적잖이 놀란 눈치였다. 세진은 그를 무표정으로 보다 미소 지으며 고개를 숙였다.

"안녕하세요, 선배님."

"어, 어. 그래. 세진아."

세진은 자신을 당황한 눈으로 보는 현민을 지나쳐 걸어갔다.

"혹시 지난번에 내가 한 말 때문에 이러는 거라면 그냥 평소대로 해. 바뀐다고 해서 다시 널 만날 마음은 없으니까."

세진이 현민을 돌아보았다. 놀랐던 표정은 사라지고 자신을 보며 비열하게 웃고 있었다. 당장이라도 얼굴을 붉히며 열불을 낼 거라 생각했는지 그는 눈썹을 꿈틀거리며 한쪽 입꼬리를 올렸다. 세진은 그를 빤히 바라보았다.

그래, 열 받아. 당장이라도 얼굴을 갈기고 싶어. 하지만 절대 네 뜻대로 해 주지 않을 거야. 너 좋은 일 시키지 않아.

세진은 주먹을 꼭 쥐고 미소를 지었다.

"걱정 마세요. 저도 선배님께 매달릴 생각 없으니까요."

그리고 몸을 돌려 안으로 들어갔다. 혼자 남은 현민은 평소답지 않은 세진의 모습에 당황했는지 멍한 표정을 짓고 서 있었다.

사무실 안으로 들어온 세진은 제일 먼저 청취율 표가 붙어 있는 벽으로 갔다. 심장이 두근거리고 입술이 바짝 말랐다. 그동안 1%에 머물던 청취율이었다. 제발 그것만은 아니길.

두 손을 얌전히 모으고 표를 보았다. 한동안 벽을 가만히 바라보던 세진이 눈을 비비고 다시 시선을 고정했다. 3%.

"우와!"

저도 모르게 소리를 지르는 바람에 사무실 사람들이 동시에 쳐다보았다. 세진은 민망한 웃음을 지으며 손으로 입을 막았다. 피디가 되고 처음 맡은 프로그램의 최고 청취율이 5%대였다. 그땐 지금의 국장이 아니었고 찍히지도 않았고, 나름 성적도 잘 나오는 피디였다. 그러다 갑작스럽게 곤두박질치며 내려갔던 청취율이 드디어 빛을 보고 있었다. 3%, 대단한 발전이다. 이얏호!

"제법이네."

지나가던 권 피디가 혼자서 헤벌쭉한 세진을 보며 툭 내뱉었다.

"감사합니다."

"그런데 아직 국장님 성에는 안 찬다는 거 알지?"

"그럼요. 내일은 더 오를 거예요."

세진은 권 피디에게 눈웃음을 짓고 자리로 갔다. 그녀의 모습을 멍하니 보던 권 피디가 헛웃음을 지었다.

"정말 죽을 때가 됐나. 왜 저래."

밤 10시 방송. 스튜디오 안의 사람들은 열광의 도가니에 휩싸였다.

"우리 여기서 그칠 게 아니라 더욱 정진하며 갈고 닦자!"

"물론이죠!"

"멈출 수 없죠!"

재민도 첫 방송 청취율이 꽤 높게 나왔다는 소리에 진한 미소를 지었다.

"정말 걱정 많이 했는데 다행입니다. 이 피디님 이번 시기 중요하다는데 제가 도움을 주지는 못할망정 망칠까 봐 엄청 조마조마했거든요."

"이봐요, 정재민 씨. 내 프로그램과 생사는 내가 알아서 챙길 테니까 그대는 그런 걱정하지 말고 편하게 방송하면 돼요. 어디서 피라미 주제에 상어 걱정을 하고 그래요."

세진의 미소에 재민도 소리 내어 웃었다.

"아, 상어인 줄은 미처 몰랐어요. 그럼 앞으로 걱정 붙들어 매겠습니다."

재민이 디제이 부스에 들어가자 선영이 다가와 작게 속삭였다.

"어린 것이 말도 참 예쁘게 하네요."

세진도 고개를 끄덕이며 동의했다.

On Air.

"달콤한 밤의 유혹 정재민입니다. 12시 종이 울리자 도망가던 신데렐라를 기억하십니까. 구두가 벗겨질 정도로 열심히 뛰지만 결국엔 반도 못 가 원래의 모습으로 돌아오고 말지요. 이쯤에서 한 가지 궁금한 점이 있습니다. 신데렐라의 본모습은 재투성이일까요, 아름다운 아가씨일까요. 물론 아버지가 재혼하지 않았다면 계모와 언니들의 구박을 받지 않고 원래의 아름다움을 뽐내며 살 수 있었겠죠. 하지만 진짜 문제는 신데렐라에게 있는 게 아닐까요. 아버지가 재혼할 때 격렬히 반대했다면, 계모와 언니들이 구박할 때 맞서서 대들었다면, 그래서 집안일을 혼자서 독차지하지 않았다면 훨씬 더 나은 삶을 살았을 테니까요. 신데렐라는 계모와 언니들이 없었더라도 원래부터 재투성이 아가씨였을지 모릅니다. 결국 나 자신이 변화되지 않는다면 왕자님은 평생 다가오지 않겠지요. 우리 달밤 바라기 가족들은 스스로 변화되길 바라 봅니다. 노래 한 곡 띄울게요. 엘비스 프레슬리의 '마이 웨이'. 참 뜬금없는 선곡입니다."

마지막 멘트에서 갑작스럽게 제 속마음을 꺼낸 재민을 보며 세진은 격하게 웃었다. 노래가 나가자 세진이 스피커를 켜고 말했다.

"왜요, 에미넴의 '8마일' 하려다가 만 건데."

재민은 세진을 황당한 눈으로 보다가 헤드폰을 벗고 스피커를 켰다.

"차라리 god의 '길'로 하지 그러셨어요."

"오, 그거 재밌겠다! 그럼 우리 지금부터 주체성과 관련된 노래 찾아서 띄울까요? 청취자들 신청곡도 받고."

"피디님, 그거 재밌겠어요."

작가들도 동의하여 그들은 예정되어 있던 멘트들을 급히 수정하였다.

"피디님, 게시판 반응도 좋아요. 별의별 노래들 다 올라오는데요. 임상아의 '뮤지컬', 젝키의 '폼생폼사', 윤도현의 '나는 나비', 신해철의 '민물 장어의 꿈' 등등."

"재민 씨, 여기 신청곡 중에서 주제와 어울리는 것들로 재민 씨가 선곡해 줘요. 이런 건 그대 전공이니까."

두 시간의 방송은 시간 가는 줄 모르고 지나갔다. 3·4부의 '사랑을 전하는 편지'도 순조롭게 마무리했다. 끝나 갈 때쯤

돼서 스튜디오로 들어온 준은 후끈한 스튜디오 공기와 벌겋게 달아오른 사람들의 얼굴을 보며 미소를 지었다.

"뭔가 재미있는 일을 벌였던 모양입니다."

"아, 김 피디님 오셨어요? 오늘 진짜 재밌었어요. 피디님이랑 정재민 씨가 급히 떠오른 아이디어로 신청곡을 받았는데 반응이 좋았어요."

준의 시선이 세진에게로 향했다. 오늘은 바지를 입고 왔다. 그녀는 여전히 재민을 보며 함박웃음을 짓고 있었다. 세진을 본 이래로 저런 웃음은 처음인 것 같다. 활짝 웃던 세진이 고개를 돌리다가 준을 발견하고 잽싸게 입꼬리를 내렸다. 그 모습이 가히 유쾌하진 않았다.

준의 차가운 눈을 본 세진은 잠시 고민을 하다가 입을 열었다.

"김 피디님에게는 미리 말 못 했는데 오늘 코너 구성을 변경했어요. 갑작스럽게 아이디어가 떠올라서. 별로 마음에 들지 않으면 다음번엔 넣지 않겠습니다."

준은 한동안 세진을 빤히 바라보다가 미소를 지었다. 참으로 오랜만에 보는 이세진의 눈동자다. 얼굴에 생기가 도는 것이 예뻐 보인다.

"이 피디가 하고 싶은 대로 진행하세요. 난 그런 것까지 관여하지 않습니다."

"네, 뭐…… 알겠어요."

세진은 퉁명스럽게 대답하고 고개를 살짝 숙였다.

"그럼 내일 뵐게요."

눈도 마주치지 않고 고개를 돌려 버린 세진이 괘씸했지만 준은 그곳을 벗어났다. 알아서 잘하네. 걱정할 일도 없고. 확실히 살아난 것 같은 세진을 보자 마음이 가벼워졌다. 어릴 때 자신감에 넘쳐흐르던 눈빛을 이제야 다시 만난 것 같다.

일주일은 바쁘게 지나가 금요일을 맞이했다. 오늘은 밤 방송에 주말 방송까지 녹음으로 진행해야 해서 평소보다 양이 많았다. 그래서 작가들과 재민은 평소보다 일찍 모였다.

"여러분, 미안합니다. 내 개인적인 일로 시간을 앞당겼어요. 특히 재민 씨에게는 더 미안하네요. 바쁜 사람 시간을 자꾸만 잡아먹어서."

"아닙니다. 다음에 제가 곤란할 때 피디님이 도와주시면 됩니다."

"음…… 나 원래 이런 거 잘 안 봐 주는데 오늘은 내가 급하니만큼 그 약속은 꼭 들어줄게요. 하지만 딱 한 번입니다."

재민은 활짝 웃는 것으로 대답을 대신했다. 비어 있는 스튜디오에서 녹음을 진행하고 있는데 가연에게서 문자가 왔다.

〈오늘 아주머니 기일이네. 나 방송 다 끝났는데 기다렸다가 같이 갈까?〉

세진은 빙그레 웃으며 답을 보냈다.

〈됐어. 가정 있는 여자가 어딜 밤에 쏘다녀. 네 안부는 내가 대신 전할 테니 넌 집에서 남편과 닭살 떨고 있어.〉

〈오케이. 이따 몇 시에 출발해?〉

〈글쎄다. 제사 지내려면 여기서 5시엔 내려가야지. 회의가 빨리 끝나야 할 것 같은데 모르겠어.〉

〈그래. 잘 다녀오고. 아저씨한테도 안부 전해 줘.〉

김천으로 내려갈 버스는 미리 예약해 두었다. 문제는 제시간에 탈 수 있는가였다. 오늘 오후에 잡힌 라디오국 전체 회의가 길어지면 차질이 생길 수도 있었다.

연달아 3일치의 방송을 녹음하고 스튜디오를 나왔다. 다음 방송 팀이 대기하고 있어서 빨리 자리를 비워 줘야 했다. 세진은 작가들과 재민에게 수고했다 인사하고 사무실로 들어왔다. 종일 신경을 곤두세우느라 뻐근한 목을 돌리고 있는데 재민의 매니저가 들어왔다.

"이세진 피디님."

고개를 돌리자 매니저가 D 카페 로고가 그려진 컵을 내밀었다.

"이거 드시면서 하세요."

"뭔데요?"

"커피예요. 재민이가 피디님이랑 작가님 드리라고 해서 커피 심부름하고 있는 중입니다."

163

아니나 다를까. 매니저가 들고 있는 캐리어의 두 군데는 비어 있었다.

"그럼 다른 하나는 누구 거예요?"

"이건 김 피디님 드리라고…… 아! 저기 오시네요."

매니저는 사무실을 눈으로 훑다가 안으로 들어오는 준에게 다가갔다. 세진은 멀어지는 매니저를 보며 헛웃음이 나왔다. 살다 살다 이런 오지라퍼는 처음이다. 저 인간 뭐가 예쁘다고 커피까지 사다 바치나 몰라. 방송도 거의 들어오지 않아서 남이나 마찬가지인데. 세진은 재민의 심성에 고개를 내저었다.

준은 커피를 받더니 매니저에게 살짝 고개를 숙였다. 그러다 세진과 눈이 마주쳤다. 그녀도 갑작스러운 일이라 그저 어깨만 으쓱했다. 정재민 덕분에 달밤 팀의 분위기는 더없이 좋아졌다. 어쩌면 저보다도 사회생활을 잘하는 건지 모르겠다.

오후 3시 회의. 라디오국 피디들이 모두 모인 자리에서 국장은 주간 보고를 받고 평가를 했다. 거의 모든 프로그램이 봄 개편으로 새롭게 단장을 했다. 그중 단연 돋보이는 프로그램이 바로 달밤이었다. 골칫덩어리에서 5일 만에 청취자가 뽑은 가장 기대되는 라디오 프로그램으로 선정되었다. 청취율은 어느덧 4%대를 찍었다. 국장은 이게 다 김준 피디가 옆에서 도와줘서 그런 거라며 준을 칭찬했지만 세진은 아무래도 좋았다. 개편 일주일 만에 보란 듯이 모두가 모인 자리에서 정상 궤도에 올라간 모습을 보여 주는 게 제일 큰 목표였으니까 말이다.

남들의 시선이 어떻든 상관없었다. 김준이 도와준 건 손톱의 때만큼도 없었다. 전부 자신의 손으로 이룬 거였다. 그 사실만으로도 좋았다. 두고 봐. 다음 개편 때 시원하게 사표 던지고 나올 거야.

회의는 마라톤같이 길었다. 4시는 이미 한참 전에 넘었고 5시 차를 타기에도 아슬아슬한 시간이었다. 제 프로그램 보고가 끝난 뒤 계속 손목시계만 들여다보고 있는 세진을 주시하던 국장이 마이크 앞으로 입을 가져갔다.

"오늘 간만에 라디오 팀 식구들 회식 한번 하지. 모두 모이라고."

국장이 법인 카드를 손가락에 끼워 흔들자 여자 피디들의 얼굴은 일그러지고 남자 피디들은 환호했다. 세진은 시계만 노려보고 있느라 국장이 한 말을 제대로 듣지 못했다.

"이세진 피디."

갑자기 자신을 부르는 국장의 목소리에 세진의 고개가 급히 올라갔다.

"네."

"자네는 반드시 참석해. 그동안 회식 때 계속 빠졌잖아. 마침 밤 방송도 녹음했다며. 술 한잔하면서 즐기라고."

"저…… 국장님, 오늘은 곤란합니다."

피디들의 시선이 일제히 세진에게 쏠렸다. 스타일 바꾸고 며칠 얌전하게 지내나 싶더니 결국엔 제 성격 나오는 거냐는

165

눈빛이었다.

"다음번엔 꼭 참석하겠습니다. 그런데 오늘은 개인 사정이 있어서 힘듭니다."

"여기 개인 사정없는 사람이 어디 있어! 다들 바쁜 시간 쪼개서 나름 친목 도모하기 위해 모이는 거지."

"어쨌든, 이번엔 안 됩니다. 녹음도 개인적인 일 때문에 했던 겁니다."

끝까지 단호하게 나오는 세진을 노려보던 국장이 책상에 주먹을 쾅 내리쳤다. 그리고 자리에서 벌떡 일어섰다.

"잔말 말고 참석해. 난 이세진이 참석하는지 두고 볼 거니까."

국장은 제 할 말만 내뱉고 회의실을 나가 버렸다. 남아 있는 피디들은 회식 일정을 투덜거리기도 하고 세진을 나무라기도 했다.

"웬만하면 참석하지. 국장님이 기분 내려고 이 피디 부르는 것 같은데."

"그러게. 이럴 때 잘 보이면 좋잖아."

세진은 그런 소리를 흘려 들으며 시계만 내려다보았다. 간신히 사람들의 시선에서 벗어났다고 생각했는데 이번 일로 다시 찍히긴 싫었다. 회식에 참석하면 국장은 예전과 다른 태도로 세진을 대할지도 모른다. 이제야 정말로 이세진이 정신 차렸구나, 생각하면서 겉으로는 시비 걸 일이 줄어들 수 있다. 거기다 라디오 식구들 전체가 모이는 자리이니만큼 어느 한 피디가 빠지는 건 모양새도 좋지 않고 민폐였다.

하지만 세진은 그 어떤 것보다 엄마가 중요했다. 비록 살아 계시는 분은 아닐지라도 1년에 두어 번 내려가는 게 전부인데 이마저 포기할 수는 없었다. 분명 아버지에게 전화하면 오지 말라고 하실 테지만 그렇게 하기 싫었다.

그렇다고 제 사정을 다른 피디들이 아는 건 까무러칠 일이었다. 뭐 어떠냐고, 그거 좀 안다고 뭐가 달라지냐고, 사정을 알면 국장님도 이해하지 않겠냐고 말하는 사람들도 있을지 모르겠지만 세진은 타인이 저를 동정이든 이해심이든 불편하게 바라보는 시선을 참을 수 없었다.

고개만 숙이고 있는 세진을 빤히 보던 준은 회의실을 나갔다.

"하아. 미치겠다, 정말."

이젠 빨리 뛰어간다고 해도 버스를 탈 수 있을지 장담할 수 없었다. 눈물이 차오르려고 해서 주먹을 있는 힘껏 쥐었다. 답은 이미 정해졌다. 회의실을 나가 터미널로 가는 것. 최대한 빨리 뛰어가서 버스를 타는 것. 답을 아는데도 주저하고 있다. 혹시 저가 모르는 답이 있을까 봐.

"데려다줄게."

갑자기 옆에서 들리는 목소리에 세진이 눈가를 가리며 몸을 일으켰다. 인기척도 없이 들어오는 건 대체 무슨 경우야.

고개를 돌리던 세진의 눈이 커졌다. 언제 들어왔는지 준이 테이블에 걸터앉아 저를 보고 있었다. 잠시 그가 한 말을 떠올리던 세진의 미간이 구겨졌다.

"새로운 공격 방식이야? 그냥 하던 대로 하라니까."

"너 지금 급하잖아."

준의 목소리에 세진의 눈동자가 흔들렸다.

"무슨 소리야."

"국장님한테는 내가 잘 말할 테니까 얼른 가라고. 급하지 않은가 봐."

"너 뭐야. 어떻게 알았어."

"분 단위로 시계를 보는데 너 같으면 모르겠어? 모른다면 바보지."

준은 세진의 손목을 잡아 일으켰다. 그리고 앞서 걸어갔다.

"같은 프로그램 진행하는 피디를 위한 배려라고 생각해. 그게 싫으면 정재민에게 커피 얻어먹은 답례로."

"그럼 그건 정재민에게 베풀면 되지, 왜 나한테……."

"네가 그 프로그램 담당자니까."

먼저 걸어가던 준이 뒤를 돌아 세진을 내려다보았다.

"난 빚지고는 못 사는 성격이니까 오늘 일은 그렇게 퉁쳐. 커피값으로 널 도와주는 거야."

준과 세진의 눈빛이 허공에서 부딪쳤다. 싫다고, 내가 왜 네 도움을 받냐고 거절하고 나가고 싶다. 네가 주는 도움 필요 없다고 소리 지르고 싶다.

"그래…… 고맙다."

하지만 이 상황에서 그녀에게 도움을 줄 사람은 준밖에 없었다. 국장의 절대적인 신뢰를 받고 있는 남자의 말이라면 국장도 그런대로 넘어갈 것이고 세진이 입을 타격도 적었다. 세진은 먼저 몸을 움직여 회의실을 나갔다. 나가자마자 뛰어가는 세진을 금세 따라잡은 준이 다시 그녀의 손목을 잡고 엘리베이터로 이끌었다.

"내 차 타고 가. 어딘지 모르겠지만."

"됐어. 지금 가면 돼. 그리고 내가 네 차를 왜 타."

날 선 세진의 눈빛에도 준은 아랑곳하지 않고 열리는 엘리베이터를 탔다. 세진의 손목을 놓지 않으며.

주차장에 내려온 준은 세진을 바라보았다.

"지금 결정해. 내 차 타고 빠르게 갈래. 아니면 구두 신은 발로 힘들게 뛰어갈래."

준에게 의지할 수밖에 없는 현실에 치가 떨렸지만 더 늦을 수는 없었다. 세진은 뻗쳐 오는 화를 있는 힘껏 누르며 살짝 고개를 숙였다.

"고속 터미널까지만 데려다줘. 부탁할게."

고개를 숙인 세진을 보다 준이 먼저 걸음을 옮겼다. 잠시 후 아우디 SUV 차량에 불이 들어왔다. 아이러니한 상황. 모순적인 상황. 감성과 이성이 혼재하며 머릿속을 어지럽게 하는 상황.

준의 차를 타고 움직이는 세진은 지금의 상황에 망연자실한 표정을 지었다. 그렇게나 싫어하던 남자의 차에 타고 이젠 그에게 부탁까지 하고 있다. 원수 같던 남자가 지금은 은인 노릇을 하고 있다. 왜 이런 상황이 자꾸만 일어나는 걸까. 이 녀석은 또 왜 그러는 걸까.

고속 터미널로 가는 동안 준은 한 번도 입을 열지 않았다. 세진도 뭐라고 할 말이 없어서 차 안은 침묵만 감돌았다. 차가 터미널에 멈추자마자 세진은 안전벨트를 푸르고 문을 열었다. 그러다 급히 고개를 돌렸다.

"오늘 일은 꼭 갚을게. 잘 가."

세진은 말을 마치고 준의 대답을 들을 새도 없이 뛰어갔다. 그녀가 간 곳을 눈으로 훑던 준의 입에서 옅은 숨이 나왔다.

회의실에서 내내 조급한 얼굴로 시계만 바라보고 있던 세진. 국장이 계속 주시하고 있었는데 그녀는 한 번도 고개를 들지 않고 시계만 바라보았다. 그러다 회식을 하겠다는 국장과 대립하는 그녀의 얼굴이 참으로 처절해 보였다.

차 안에 앉아서 그녀가 사라진 곳을 바라보던 준이 핸드폰을 열었다. 신호가 가고 상대방이 받았다.

"나 김준인데 뭐 좀 물어보려고."

준은 차를 몰면서 방송국으로 향했다.

#5
아닌 밤중에 홍두깨

"혹시 오래전에 나왔던 영화 '사운드 오브 뮤직'을 기억하십니까? 제가 처음으로 봤던 영화인데요. 장교와 수녀라는 전혀 매치되지 않는 조건의 두 사람이 진실한 사랑에 눈을 뜨게되죠. 그렇게 스토리로 기억하던 '사운드 오브 뮤직'을 최근에 TV에서 방영해 주어 시청해 보았습니다. 아— 어릴 땐 몰랐던 배경음악이 귀에 박히더라고요. 음악은 시종일관 흘러나오고 알프스의 풍경은 아름다웠죠. 1, 2부는 '사운드 오브 뮤직'과 함께 시간 여행을 떠나 보시죠. OST 중 제가 가장 좋아하는 노래입니다. 나치의 통제도 막을 수 없었던 'So Long, Farewell'."

재민이 능숙하게 오프닝 멘트를 치고 큐시트를 읽었다. 그런 재민을 뿌듯한 눈으로 보던 세진은 음악을 올리며 그를 보고 엄지를 들어 올렸다.

"시작 좋았어요."

재민은 사람 좋은 미소를 지으며 고개를 살짝 숙였다. 다음 멘트를 위해 부스에 앉아서 큐시트를 확인하는 재민을 보자 세진은 지난 시기의 고통이 다 치유되는 기분을 느꼈다.

새로 개편이 되고 보름이 지났다. 재민은 작가들이 써 준 멘트 한 자 한 자를 정성을 다해 읽었고 거기에 자신의 감상과 코멘트까지 더했다. 목소리는 더할 나위 없이 좋았으며 발음도 훌륭했다. 청취율은 당연히 올라갈 수밖에 없었다.

처음엔 준이 하는 라디오 프로의 청취율이 월등히 높았는데 보름 만에 턱밑까지 따라갔다. 더군다나 요즘 대한민국에서 가장 핫하다는 정재민과 서주영의 목소리를 연달아 들을 수 있으니 청취자 입장에서도 일석이조의 효과를 누렸다.

어디서 저런 복덩이가 들어왔는지 모르겠다. 키도 크고 예쁘게 생긴 재민이 한 번 웃으면 스튜디오 내 사람들 모두가 사르르 녹았다. 재민보다 여덟 살이 많은 세진도 어린 남자가 예쁘게 웃는 걸 보며 완연한 봄을 만끽하였다. 스튜디오 분위기는 밝고 꽃 내음도 나는 것 같았다.

"다음 멘트부터는 영화와 OST를 소개할 때 '제가 봤던, 제가 들었던' 이란 표현은 빼도록 합니다. 디제이가 직접 본 영화를 가져와 소개할 때 그런 표현을 쓰고요. 청취자 입장에선 디제이 자신의 얘기라고 생각하겠지만 이건 작가들이 만든 글이잖습니까."

한 사람, 옆에서 태클 거는 이 인간만 없으면 완벽한데 말이다. 눈앞에서 알짱거리는 이 녀석 때문에 얼굴이 저절로 굳어졌다. 무시하면 좋으련만 옆 남자는 CP고 이 프로그램의 공동 피디기 때문에 결코 무시할 수 없는 존재였다.

"영화 파트는 내가 쓰는 거예요. 내가 저 작가들보다 본 영화가 많아서."

세진은 찔리는 듯 실실 웃는 작가들을 살짝 흘기며 준을 향해 얼굴을 들었다.

"그리고 피디와 디제이는 일심동체라고 생각해요. 내 생각이 곧 디제이 생각이에요."

세진의 말을 듣고 한동안 생각하던 준이 바지 주머니에 넣었던 손을 빼며 스피커를 켰다.

"정재민 씨, 글 좀 씁니까?"

큐시트를 확인하고 있던 재민이 고개를 들어 준을 보았다.

"잘 쓰는 건 필요 없고 세 줄 정도의 멘트여도 괜찮아요."

"아…… 왜 그러시는데요?"

"꼭지 하나 맡아서 써 보겠습니까? 물론 비중 있는 부분은 아닙니다."

"작가님들도 계신데 제가 마음대로 써도 되는 건가요."

재민은 선영과 민지를 바라보며 말을 머뭇거렸다. 작가들은 손으로 오케이 모양을 했다. 무엇이든 청취율만 올라간다면 상관없었다. 모든 부분을 쓰는 것도 아니고 코너 한 부분인데 안 될 이유가 없다.

"재민 씨는 음악 하는 사람이니까 아무래도 음악적 견해가 넓을 것 같습니다. 앞으로 영화 소개 코너에서 이 피디님과 돌아가면서 써 봐요. 물론 피디님이 재민 씨가 쓴 것을 수정해 주고 도움을 주는 것도 가능합니다. 어때요. 생각 있어요?"

재민의 얼굴 표정이 밝아졌다.

"사실은 저도 한 부분 맡아서 해 보고 싶었어요. 그런데 초보가 그런 걸 요구하면 분수를 알라고 하실까 봐 주저했습니다."

준이 말하려는 순간 세진이 먼저 치고 들어왔다.

"재민 씨, 앞으로 의견 있으면 주저하지 말고 다 말해요. 어떤 의견이든지 함께 공유하고 머릴 맞대야 좋은 게 나오니까. 나 그렇게 꽉 막힌 사람 아닙니다. 아니, 꽉 막혔어도 그대 의견은 잘 들어 줄 테니까 기탄없이 말해요. 그럼 말 나온 김에 다음 주는 그대가 써 와요. 오늘 내가 쓴 게 나갔으니까. 같이 봐 줄게요."

재민은 예쁜 웃음을 지으며 알았다고 대답했다. 싱글벙글한 세진의 얼굴을 보던 준은 어쩐지 불쾌한 기분이 들어 미간을 구겼다.

"간만에 좋은 아이디어 냈네요, 김 피디님."

세진은 눈도 보지 않으며 중얼거리고는 다음 코너를 준비했다. 준이 시선을 내렸다. 디제이 부스를 보며 집중하고 있는 세진의 모습이 보였다.

머리를 단발로 치고 화장을 하고, 세미 정장을 갖춰 입으니

다른 사람이 된 것 같았다. 안경은 포기할 수 없었는지 쓰고 있었지만 이젠 다 괜찮았다.

준은 세진에게 가 있던 시선을 다시 앞으로 옮겼다. 단 보름 만에 청취율이 눈에 띄게 올라간 세진의 프로그램은 사람들에게 제대로 각인되어 있었다. 여전히 국장은 제 손이 닿아서 그런 거라고 격려했지만 지시하는 부분은 거의 없었다. 가끔씩 와서 구경하는 것이 전부였다. 큰 흐름과 내용은 모두 세진의 의견대로 진행했고 자신은 부분적인 것만 수정했다. 지금처럼.

보름새 세진의 눈동자는 방송국 내 어떤 사람들보다 반짝거리며 빛났다. 처음 방송국에서 봤을 때의 흐릿하던 눈빛이 아니었다. 그건 준에게도 영향을 끼쳤다. 살아나는 생명체가 예쁘고 빛나기까지 하자 자꾸만 눈길이 향했다. 예쁜 꽃을 보면 자연스럽게 멈추어 보게 되는 그런 느낌이라고 시선을 정당화했다. 정체되어 있는 꽃보다 한마디도 지지 않는 그녀가 더 매력적이긴 했지만.

준은 무난하게 흘러가는 방송을 보다가 문 쪽으로 향했다.

"김 피디님, 벌써 가세요?"

민지가 아쉬운 목소리로 물어와 준은 살짝 고개를 끄덕이며 미소를 지었다.

"마무리 잘하세요."

그가 문을 닫고 나가자 세진의 고개가 문가로 돌아갔다. 아까부터 계속 바라보는 시선이 느껴져서 얼굴을 들 수가 없었다. 또 뭔 시비를 걸려고 보는가 싶다가도 특별히 시비 걸 만한 것이 없는데 바라본다는 느낌이 들어 고개를 갸웃거렸다.

"하여간 별꼴이야."

고개를 다시 재민에게 돌렸다. 올라가 있던 세진의 입가가 서서히 내려왔다.

준의 도움을 받아 아버지에게 내려간 다음 날, 올라오는 버스 안에서 가연에게 전화가 왔다. 준에게 전화가 와서 아주머니 기일이라 알려 줬다고. 길길이 날뛰며 그걸 왜 말했냐고 소리쳤지만 가연은 덤덤하게 대답했다. 그럼 너 도와준 남자에게 사정도 얘기 못 하냐고, 창피할 일도 아니라고 일축했다.

준은 그날의 일을 다시 꺼내지 않았다. 월요일 회사에서 마주한 국장은 세진을 보더니 다음번 회식엔 꼭 참석하라는 말만 내뱉고 더는 문제 삼지 않았다. 역시 무한 신뢰를 받고 있는 남자의 말은 강력했나 보다.

저 녀석은 왜 피디가 되었는지 궁금해졌다. 검사를 그만두고 피디를 한다는 말을 가연에게 들었을 때는 워낙 제 사정이 빡빡하여 관심이 없었지만 지금에 와서 다시 생각해 보면 참으로 의아한 일이었다. 문득 성장 과정에 문제가 있었다고 한 그의 말이 정말인가 싶었다. 그렇다고 가서, 왜 그런 정신 나간 선택을 했냐고 묻기도 애매했다. 그런 말을 할 정도로 사이가 괜찮지는 않기 때문이다.

벽에 걸린 전자시계의 숫자가 12로 바뀌자 사람들은 오늘 하루도 수고했다며 서로 인사를 나누었다. 재민이 세진에게 다가와 살짝 고개를 숙였다.

"오늘 피디님 덕분에 행운을 얻어 갑니다. 진성 형 말대로 정말 좋으신 분이에요."

"누가? 내가, 아니면 김 피디가."

"당연히 이 피디님이죠."

"그렇다면 너무 좋아하지 말아요. 김 피디님은 어떤지 모르겠지만 난 아니다 싶으면 바로 치우는 사람이니까. 다음 주에 해 보고 별로면 두 번 기회는 없어요."

미소를 짓는 세진에게서 거짓말하는 사람이 아니라는 것을 느낀 재민이 더욱 환하게 웃었다.

"그래도 좋은 분인 건 변함없습니다."

"어지러워요. 나 비행기 멀미납니다."

세진은 웃으며 테이블로 가 가방을 집었다.

"우리 오늘 요 앞 포장마차에서 술 한잔 겨냥한 회식 어때요?"

선영이 재민을 보며 슬쩍 물었고 전 시간 됩니다, 라고 대답한 그는 세진을 보았다. 세진도 흔쾌히 수락하며 진동이 울리는 가방을 뒤적였다. 문자메시지 내용을 읽던 그녀의 얼굴이 급격히 붉어졌다.

"이 미친 자식!"

"왜 그러세요?"

핸드폰 화면을 보며 손을 부들부들 떨던 세진은 이마에 손을 대었다. 잠시 마음의 안정을 시킬 필요가 있다. 욱하지 말자고 그리 다짐했잖아. 숨을 크게 들이쉬며 내쉬었다. 한참 심호흡을 하던 세진이 그들을 바라보았다.

"난 오늘 못 가요. 셋이서 먹어요."

"왜요. 같이 가요."

민지가 섭섭한 얼굴을 했다. 세진은 이미 단념했는지 그들의 등을 밀며 움직였다.

"불합리한 계약 조건으로 인해 피해 보고 있는 중이거든."

재민은 무슨 말을 하는 건지 모르겠다는 표정으로 세진을 보다 미소 지었다.

"그 불합리한 계약이 얼른 마무리되었으면 좋겠습니다."

"그래요. 빨리 마무리 지어야겠어요. 다들 재밌게 놀아요."

세진은 손을 흔들고 그들과 헤어져 사무실로 들어왔다. 그리고 아무도 없다는 걸 확인하고 가방을 제 책상에 내려쳤다.

"아오! 김준 이 자식!"

순식간에 뻗쳐 오른 열로 얼굴은 금세 달아올랐다.

"뭐! 아메리카노? 이 자식이 미쳤나!"

〈숙박비 아직 못 갚은 거 기억나지? 오늘 갚아. 이따 방송 끝나면 D 카페 가서 아메리카노 샷 추가한 다음 음악 도시 스튜디오로 들고 와.〉

그냥 계좌 번호 부르라니까 사람을 종 부리듯 시키는 행동에 짜증이 난 세진은 허리에 손을 얹고 씩씩댔다. 이틀치 숙박비에서 한 번은 집에서 요리를 해 주는 것으로 끝냈고 아직 한 번이 남아 있었음을 까마득히 잊고 있었다. 그러고 보니 아직 회식비는 갚지도 못했다. 게다가 저번에 터미널까지 태워다 준 빚도.

이 상태로 가다간 이 녀석의 노예가 될지도 모른다. 돈이 얼마가 들더라도 달라는 대로 줘 버리고 말리라.

D 카페 계산대 앞에서 세진은 문제에 봉착했다. 남의 스튜디오를 가는데 달랑 김준 것만 사 가는 것도 눈치 보이고 괜한 오해를 살 행동이었다.

"아메리카노 한 잔이랑 생과일주스 세 잔⋯⋯."

서주영의 취향을 알지 못해서 잠시 머뭇거리던 세진은 달달한 모카라떼를 시켰다.

"에이, 몰라, 몰라. 알아서 선택하라 그래."

커피 캐리어에 넣어서 꾸역꾸역 스튜디오까지 올라온 세진은 문 앞에서 숨을 골랐다. 이제 새 사람으로 살기로 했잖아. 마음을 안정시키고.

손을 가슴에 대고 문지른 세진은 문을 열고 들어갔다. 문가에서 음악 도시 팀의 방송을 마주했다. 사실 준의 방송은 처음 보는 것이었다. 그런데 분위기가 자신의 방송과는 사뭇 달랐다. 디제이 성향 차이도 있지만 팀 전체가 방송에만 집중하였고 스튜디오 안 공기가 후끈거렸다.

서주영은 활발한 성격답게 목소리에 힘이 있었고 재미있는 농담도 던져 가며 여유롭게 프로를 진행했다. 준은 콘솔 앞 의자에 앉아서 부스 안 디제이 멘트에 일일이 코멘트를 달았다.

세진은 음악이 나가는 동안 디제이에게 말을 걸기도 하고 곧바로 코멘트를 하는데 준은 음악이 나갈 때도 큐시트에만 기록할 뿐 주영에게 말을 걸지 않았다. 디제이가 방송을 끝마칠 때까지 어떠한 지적도 하지 않고 다만 종이에 기록할 뿐이었다.

세진과 싸웠던 최 작가는 준이 단 코멘트를 옆에서 보며 쉴 새 없이 다음 방송 멘트에 반영하고 있었다. 선영과 민지는 농담도 하고 자기들끼리 멘트 수정도 하면서 자유롭게 진행하는 반면, 이 팀은 메인 작가부터 막내 작가까지 군기가 바짝 들어 집중하고 있었다. 누가 보면 싸웠다고 생각할 정도로 스튜디오 분위기가 조용했다. 오직 부스 안에서 떠들고 있는 서주영의 발랄한 목소리만 들릴 뿐이었다.

CM이 나가자 세진은 일부러 흠흠거리며 안으로 들어왔다. 그렇게 하지 않으면 온지도 모를 것 같았기 때문이다. 마침 쉬게 된 주영이 제일 먼저 스피커를 켜고 알은 척 인사를 해 왔다.

"어? 달밤 이세진 피디님이다."

주영의 말에 준의 고개가 돌아갔다. 작가들도 그제야 세진을 보게 되었다.

"견학 왔습니다. 이거 마시면서 하세요."

세진은 테이블에 사 온 것을 내려놓으며 주변을 훑었다. 작가들이 반가운 기색을 하며 테이블로 모여들었다.

"뭘 좋아하는지 몰라서 생과일주스랑 모카라떼 사 왔는데…… 서주영 씨는 뭐 좋아하세요?"

"전 아메리카노 마시는데. 어? 거기 아메리카노 아니에요?"

"아, 이건……."

준이 사 오라고 했던 커피를 주영이 지목하자 세진은 난감해졌다. 그래서 준에게로 슬쩍 시선을 돌렸다. 준은 세진을 보기만 할 뿐 아무런 말도 하지 않았다. 이걸 서주영에게 주면 숙박비 클리어를 할 수 없기 때문에 다음에 또 사야 할 것 같고, 준에게 주면 서주영이 이상하게 생각할 것 같고.

"그럼 이건 서주영 씨 드세요."

세진은 주영을 보며 미소를 지었다. 주영은 좋다고 부스를 뛰쳐나왔다.

"커피가 고팠는데 감사합니다, 이 피디님."

매력적인 미소를 짓는 주영을 보자 세진은 요즘 자신이 연예인 복이 있나 싶은 마음에 심장이 몰랑몰랑 뛰었다. 잘생긴 사람들이 눈앞에서 살인 미소를 지으니 천국이 따로 없었다.

"My Pleasure."

세진은 다시 부스로 돌아가는 주영을 흐뭇한 눈으로 바라보다 준에게로 시선을 돌렸다. 저를 차갑게 주시하는 까만 눈동자에 움찔거렸지만 당당히 하나 남은 모카라떼를 내밀었다.

"이거 마셔요."

"난 단 커피 안 마십니다."

싸늘한 목소리에 세진은 이 녀석이 대체 왜 이러나 싶어 심기가 꼬였다. 제 것을 서주영에게 줬다고 심술 나서 저러나. 서로 불꽃이 튀길 정도로 노려봤지만 결국 세진이 옅은 숨을 내쉬며 고개를 돌렸다.

"기다려요. 다시 사 올 테니까."

세진의 말에 작가들이 놀란 눈으로 그녀를 바라봤다. 이세진이 누군가를 위해 커피를 사 오는 일이 있었던가. 그것도 커피가 마음에 안 든다고 하는 사람을 위해 굳이 다시 사 오는 정성이라니. 그들이 아는 이세진은 시키면 시켰지 사 오는 사람이 아니었다. 특히 남자들에게는 절대 그런 일을 하지 않았다. 마치 저가 커피 심부름이나 하는 다방 언니 같다면서.

세진은 그녀들의 시선을 느끼지 못했는지 문가로 갔다.

"됐습니다. 마신 걸로 칠게요."

문고리를 잡고 나서야 입을 연 준에게 열이 뻗쳤지만 세진은 곧 웃으며 몸을 돌렸다.

"그럼 전 이만 가 보겠습니다. 방송 잘하세요."

"견학 왔다면서요. 보고 가요."

준의 목소리가 등 뒤에서 들려왔다. 난 왜 저 녀석의 말에 일일이 반응하는가. 이젠 적응이 될 때도 됐는데 말이다.

"그래요, 이 피디님. 저 방송하는 것도 좀 봐 주세요."

부스 안의 서주영은 한껏 들뜬 목소리를 가다듬었다. 곧 방송이 다시 시작되었다. 나가기도 애매한 상황이라 세진은 테이블로 와서 엉덩이를 걸터앉았다. 디제이 멘트가 시작되자 사람들은 언제 웃고 떠들었냐는 듯 다시 엄숙한 분위기로 돌아왔다.

쭉 지켜보면서 느낀 점은 준이 이 프로그램을 전부 장악하고 좌지우지한다는 것이었다. 그 안에서 디제이, 작가는 맞물려 굴러가는 수레바퀴처럼 맡은 일을 묵묵히 하는 요소들에 지나지 않았다.

이전 방송국에서도 그랬을까. 그래서 청취율이 잘 나오는 걸까. 어떻게 보면 강압적인 분위기 때문에 반발이 일어날 수도 있는데 준은 교묘하게 그 사이를 조절했다. 전부 장악하고 있으면서 겉으로는 그들에게 모조리 맞춰 준다는 느낌이 들게 하니까 디제이나 작가도 불만이 생길 수 없었다.

역시 고단수다. 괜히 능력 있다는 소리를 듣는 게 아니었다. 준의 프로에 비해 자신의 프로는 주먹구구식으로 진행하고 있다는 느낌마저 들었다. 절대 노는 게 아닌데도 노는 것처럼 느껴졌다.

물론 제 프로그램 운영 방식이 잘못됐다는 생각은 들지 않았다. 9년 동안 쌓은 경험으로 만든 스타일이었다. 하지만 그의 방법을 보고 배울 필요는 있다고 생각했다. 여전히 재수 없는 녀석이지만 어릴 때나 지금이나 능력은 알아줬다. 얼굴과 백 믿고 나대는 부류가 아닌 진짜 실력파였다.

방송이 끝나자 시계가 2시에 가 있었다. 세진은 스튜디오를 정리하는 그들을 보며 일어섰다.

"잘 봤어요. 견학 도움 많이 됐습니다."

그들을 보며 웃어 주고는 얼른 문을 열고 나왔다. 엘리베이터 앞에 서 있는데 어느 틈에 서주영이 다가왔다.

"저번 일은 죄송했습니다."

뜬금없는 주영의 말에 세진의 눈썹이 꿈틀거렸다.

"이 피디님이 디제이 자리 제안하셨는데 거절했던 일이요. 계속 마음에 걸렸어요."

"아…… 전혀 불편해하실 필요 없어요. 그건 서주영 씨 선택이잖아요. 미안할 일 아닙니다."

세진이 한쪽 눈을 찡긋하며 웃었다.

"종종 스튜디오에 놀러 오세요. 아름다운 여성분이 오시니까 분위기가 밝아지는 것 같습니다."

대놓고 오글거리는 말을 하는 주영을 보며 세진은 입꼬리를 과장되게 올리고 웃어 주었다. 댁도 사람들 비위 맞추느라 힘들겠다고 생각하며.

"주변에 아름다운 여성분 천지면서 그런 말 하면 굉장히 신빙성 없게 들리는 거 아시죠. 하지만 듣기 좋으라고 한 말 기분 좋게 들을게요. 고마워요."

"정말인데? 이 피디님 굉장히 아름다운 분이세요."

허허 웃으며 어색한 미소를 지은 세진은 엘리베이터 도착음에 시선을 돌렸다. 엘리베이터를 타고 올라온 주영의 매니저가 눈을 크게 떴다.

"벌써 나와 있었어? 미안하다."

"괜찮아. 미모의 피디님과 대화했더니 시간이 금방 갔어."

세진의 눈이 주영에게로 향했다. 오글거리는 말을 늘상 하는 성격인 모양이다. 주변에 누가 있든 개의치 않는 성격. 세진은 주영의 능글거리는 말을 엘리베이터 안에서도 듣게 될 것 같아 한 걸음 물러났다. 세진이 물러나자 엘리베이터 안으로 들어가던 그들이 돌아보았다.

"아, 사무실에 자료를 놓고 온 게 생각났어요. 먼저들 가세요."

입꼬리를 올려 주고는 몸을 돌렸다. 세진은 오글거리는 말을 견디기 힘들어했다. 말에 진심이 담겨 있지 않으면 사람에 대한 감흥이 떨어졌다.

"아직 안 갔어?"

바로 뒤에서 남자의 목소리가 들려와 심장이 철렁 내려앉았다. 준은 눈동자가 왕방울처럼 동그래진 세진을 옆으로 밀며 사무실 안으로 들어갔다.

"내가 귀신이라도 된 것 같다."

준은 자기 책상에 서류를 내려놓고 의자에 걸린 외투를 입었다. 그리고 가방을 들고 나왔다.

"가자."

멍하니 그의 모습만 보던 세진은 준이 다가와 자신의 손목을 끌 때에야 정신을 차렸다.

"앞으로는 인기척 좀 해 줄래?"

잡힌 팔을 빼내고 아직도 쿵쾅대는 심장을 누르며 엘리베이터를 탔다. 준은 세진을 힐끔 보더니 엘리베이터 숫자를 눌렀다.

"'이세진' 이라고 난 분명히 불렀다. 그런데 귀 닫고 있던 건 너야."

치밀한 자식. 뭐 하나 틈이 없네. 그를 살짝 흘기던 세진은 엘리베이터가 도착하자 잽싸게 걸어 나왔다. 로비를 걸어가는데 준이 그녀의 팔을 잡아끌었다.

"야야, 이거 뭐야. 왜 이래."

"아까 못 사 준 거 지금 사 줘. 내 커피 다른 놈에게 줬잖아."

뭐 이 녀석아? 네가 가만히 있으니까 어쩔 수 없이 준 거잖아! 쏟아붓고 싶었지만 또 숙박비를 갚느니 차라리 잘됐다 싶었다.

"그래. 아주 업그레이드에 에스프레소 팍팍 넣어서 먹고 날 밤 새라."

"악담 고맙다. 안 그래도 밤새야 하는데."

또 이 녀석에게 졌다는 생각에 세진은 얼굴을 붉혔다. 그런 그녀를 보며 입꼬리를 올린 준이 먼저 카페 안으로 들어갔다. 24시간 커피숍이 방송국 앞에 있어서 얼마나 다행인지. 안 그랬다면 숙박비를 더 비싸거나 먼 거리에 있는 것으로 요구했을지도 모른다.

"아메리카노 샷 추가 두 번 해서 아주 큰 컵에 넣어 주세요."

점원은 세진의 불친절한 주문에도 친절히 웃으며 계산을 했다.

"넌 안 마셔?"

"네가 거부했던 모카라떼 먹어서 배불러. 평소엔 마시지도 않는 달달한 커피를 밤늦게 마셨으니 잠은 다 잤어."

메뉴판을 올려다보던 준이 계산대 앞으로 갔다.

"라벤더 차 주세요. 따뜻한 걸로."

준이 하는 모양을 무심한 눈으로 바라봤다. 커피에 차까지 마시려고 그러나. 동시에 그걸 다? 잠시 후 주문한 컵 두 개가 나오자 준은 양손으로 들고서 하나를 세진에게 내밀었다.

"네 거."

그가 내민 컵을 얼떨결에 받아 든 세진은 먼저 걸어가는 준을 바라보다 컵으로 시선을 내렸다. 라벤더 향이 컵 뚜껑 위로 솔솔 올라왔다. 예고도 없이 훅 치고 들어오는 배려는 대체 어떤 식으로 받아들여야 하는 건가. 어쩌다 저가 그에게 배려를 받는 존재가 된 것인지 한숨이 몰려온다. 그런데 그 배려가 생각보다 그녀의 마음을 세심하게 두드렸다. 겨우 라벤더 차 하나로.

커피숍을 나오자 준이 서서 커피를 마시고 있었다.

"안 가?"

"가."

"그럼 잘 가라."

세진은 어색하게 컵을 들어 보였다.

"잘 마실게."

등을 돌리고 걸어가는데 그가 어느새 옆으로 와 섰다. 뭐하는 짓이냐는 속마음이 얼굴에 그대로 드러났다. 준이 눈을 돌려 마주 보았다.

"왜 이리로 가."

"집 가는 방향이 여기니까 가는 거지."

"너 차 끌고 다니잖아."

"오늘 안 가져왔어."

"맨날 차로 출퇴근하는 놈이 무슨 소리야. 저번에도……."

"안 가져온 걸 가져왔다고 해야 마음이 편하겠어? 무슨 대답을 원해."

할 말이 없어진 세진은 고개를 돌려 묵묵히 앞을 걸었다. 아니, 왜 이 아름다운 꽃길을 이 녀석과 걸어야 하냔 말이야. 여긴 나만의 비밀 정원이라고.

벚꽃이 만개하여 흐드러지게 핀 길가엔 밤이 늦었는데도 사람들이 제법 많이 보였다.

"밤늦게 혼자 걸어가, 줄곧?"

세진은 대답하지 않고 걸었다. 준도 딱히 대답을 바라고 던진 말은 아닌 모양이었다. 한참 말없이 걷다 보니 아름다운 길도 불편해졌다. 단둘이서 길을 걸어 본 건 처음 있는 일이라 세진은 이 상황이 너무 어색했다.

"안경은 언제부터 썼어?"

서늘한 밤공기를 가르고 준의 목소리가 들려왔다. 세진이 올려다보았다. 그는 앞을 보고 걸을 뿐이었다.

"내가 기억하기로는 안 썼던 것 같은데. 안경."

세진은 그의 말을 들으며 제 안경을 매만졌다.

"하나를 얻으려면 그만큼의 대가를 치러야 해. 살아 보니 그렇더라고."

"공부하느라 그랬다는 거야?"

하여간 눈치도 좋다. 세진은 준을 힐끔 보며 표정을 살폈다. 무슨 생각을 하는지 모르겠다.

"눈 나빠지는 거 한순간이야. 너도 방심하지 말고 시력 관리 잘해."

다시 침묵이 찾아왔다. 욕설과 비난을 빼자 대화거리가 떠오르지 않았다. 애꿎은 꽃만 노려보던 세진은 결국 어색함을 못 참고 먼저 말을 꺼냈다.

"혼자서 청취율 다 가져갈 땐 도무지 이해가 안 갔는데 오늘 보니까 그럴 만했어. 확실히 내가 하는 프로랑 분위기가 다르더라."

"그렇겠지. 사람의 성격이 다 다르듯 거기에 묻어 나오는 스타일도 다르니까."

"네가 보기에 내가 하는 방식은 어때?"

준의 시선이 세진에게 돌아갔다. 어깨를 으쓱한 세진이 잔뜩 구겨진 얼굴로 말했다.

"CP니까 어떻다는 감상평은 있을 거 아냐. 형편없다든지, 아니면 그런대로 평균은 유지한다든지 뭐 그런 거."

"날 CP로 봐 주긴 하는 거야? 난 이세진이 하도 기어오르기에 동기로 생각하나 했지."

"하! 누가 인정한대? 지위가 그렇다는 거야, 지위가."

흥분한 얼굴로 준을 보던 세진은 그가 소리 내어 웃는 바람에 말을 멈추었다. 좀 전에 보았던 연예인들처럼 화려한 미소는 아니지만 세진이 느끼기엔 훨씬 더 강력한 웃음이었다. 평소엔 무표정인 사람이어서 그런가. 갑자기 왜 이런 생각이 드는지 모르겠어서 세진은 급히 머리를 흔들었다.

"잘하고 있어. 난 네가 하는 프로, 따뜻하고 정감 있어서 좋아. 네 성격과 다르게 프로그램은 굉장히 다정하고 순하니까."

이걸 좋아해야 하는 건지 기분 나빠해야 하는 건지 헷갈렸지만 어쨌든 프로그램을 개판으로 운영하진 않는다는 뜻이어서 안심이 되었다.

"그건 듣던 중 반가운 소리네."

"네가 하는 방송을 들으면 신기하게 마음이 편해져. 달밤을 만드는 피디가 이런 여잔 줄은 아무도 모를 거야."

"내가 어떤 여잔데?"

가시 돋친 세진의 목소리에 준은 말 대신 미소로 화답했다. 이 녀석은 아무 말도 안 했는데 왜 기분이 나빠지는 걸까.

"내가 평범한 여자는 아니지. 유일하게 널 깠던 여자가 나니까."

"중·고등학교 때 얘기야?"

"좋을 대로 생각해."

"말이 나와서 하는 말인데 넌 내가 왜 그렇게 싫었어?"

그걸 모르냐는 얼굴로 바라보는 세진을 보자 진심으로 궁금해졌다. 대체 이 여자는 저를 왜 그렇게 싫어했는지.

"재수 없잖아. 무슨 하렘의 왕도 아니고 여자들을 시녀 거느리듯 하는 네 행동, 굉장히 재수 없었어. 그리고 내가 하는 일마다 계속 경쟁적으로 붙어서 태클을 거는데 좋을 리가 있어?"

"하렘의 왕이라. 그건 그냥 너만의 생각이지. 난 한 번도 그러고 다닌 적이 없으니까."

"너 따라다니느라 줄 서 있는 여자들 못 봤어?"

"사돈 남 말 할 처지가 아닐 텐데? 너야말로 남자들 거느리고 다녔잖아. 그 덕에 전교 회장까지 하고."

"하! 덕이라니! 다 내 능력이고 인맥이었어!"

"그렇다면 나도 그랬던 거야."

한마디를 안 진다.

"무엇보다도 넌……."

세진은 금기처럼 여겨지는 그 사건이 떠오르자 말을 멈췄다. 지난번에 꾸었던 악몽이 되살아나 몸에 갑작스럽게 소름이 돋았다. 준은 갑자기 입을 다물고 묵묵히 걸어가는 세진을 향해 시선을 고정시켰다.

"솔직히 이유도 모르고 미움 받는 거 싫어. 그러니까 조만간 꼭 듣고 싶다. 네 마음."

세진은 걸음을 멈추고 준을 올려다보았다. 나야말로 정말 묻고 싶다. 넌 날 왜 그렇게 싫어했냐고. 내가 그렇게 싫었냐고. 얼마나 싫었기에 쪽지를 보내도 씹고 이상한 소문을 내고, 널 만나는 자리에 고재원을 보냈냐고. 고재원이 내게 무슨 짓을 했는지는 아냐고. 네 눈에 비쳤던 난 도대체 어떤 여자였냐고.

"내 마음은 알아서 뭐하게. 안다고 뭐가 달라져?"

"……"

"확실한 건 내가 알던 옛날의 김준과 지금의 김준이 다르다는 거야."

"그래? 난 항상 똑같았는데."

"그렇다면 내가 변한 건가 보지."

세진은 제가 말하고도 씁쓸해져서 시선을 앞으로 돌렸다. 다시 준의 목소리가 들려왔다.

"과거와 현재 중에 어느 쪽이 더 매력적이야?"

"무슨 개뼈다귀 같은 소리야."

"다르다며. 너는 김준의 어떤 쪽을 더 선호하냐고."

"당연한 걸 뭘 물어. 과거의 넌 완전 재수탱이었어."

"다행이네. 나도 지금의 네가 좋으니까."

"영광이다. 좋아해 주기까지 해서."

"어째 말투가 비꼬는 것 같다?"

"그럴 리가. 잘못 들은 거겠지."

하마터면 원망과 미움을 그대로 드러낼 뻔했다. 여전히 그는 괴롭고 미운 존재지만 이젠 세월이 많이 지났다. 과거에 깊은 상처를 받았다고 해서 이제 와 사과를 요구하고 싶은 마음은 없었다. 그러기엔 서로가 너무도 커 버려 강렬했던 미움도 제 색깔을 잃은 듯했다. 혼란스러운 마음으로 언제까지나 정체되어 살 수는 없으니까 말이다.

"저기요, 저희 사진 좀 찍어 주시겠어요?"

한 남자가 다가와 준에게 핸드폰을 내밀었다. 서로를 향하여 고정되어 있던 눈이 남자에게로 향했다. 준은 다정하게 서 있는 커플을 보며 핸드폰을 받았다. 포즈를 취하고 있는 그들에게 사진을 찍어 주자 남자가 활짝 웃으며 다가왔다.

"그쪽도 찍어 드릴게요."

"아뇨, 됐어요."

세진의 말보다 준의 핸드폰이 더 빨랐다. 남자는 핸드폰을 받아 멀어졌다. 세진이 황당한 눈으로 준을 보았다.

"뭐하자는 시추에이션이야."

"그럼 저렇게 말하는데 됐다고 해야 돼?"

"당연하지. 너랑 내가 사진을 왜 찍어."

"꽃들이 예쁘니까."

준은 입꼬리를 올리고 세진의 어깨에 손을 둘렀다. 그녀의 눈이 휘둥그레졌다.

"손 안 치워?"

"저 사람들의 눈엔 우리가 이런 사이로 보일 거야."

"이런 사이가 무슨 사인데? 불륜?"

준이 넌 어째 생각이 그러냐는 얼굴로 세진을 보다가 남자의 '찍습니다' 소리에 고개를 돌렸다.

"연인 사이로 보겠지. 그러니까 맞춰 주자고. 재밌잖아."

준은 팔에 힘을 주어 세진을 움직이지 못하게 막았다.

"여자분! 좀 웃으세요!"

저 남자는 그냥 사진이나 찍고 말 것이지 뭔 표정까지 관리하려고 그래. 세진은 남자를 흘겨보다 이제 와서 아니라고 발뺌하는 것도 웃긴 노릇이라 옅은 숨을 내쉬고 핸드폰을 바라보았다.

"너 이따 두고 보자."

어깨에 두른 준의 손에 힘이 들어갔다. 남자가 다가와 핸드폰을 건네자마자 세진이 휙 낚아챘다. 미쳤어. 왜 웃고 난리야. 웃으랬다고 진짜로 웃는 머저리가 어디 있냐고. 세진은 미소를 지은 제 사진에 경악하며 삭제 버튼을 눌렀다.

"어딜!"

준이 손을 뻗었지만 세진은 더 빠르게 몸을 돌려 막아섰다. 그러나 뻗어 오는 준의 손 때문에 흔들려 버튼을 누르기가 쉽지 않았다. 급기야 준이 뒤에서 세진의 몸을 움직이지 못하게 안고 팔을 뻗었다. 그의 집에서 맡았던 향기가 확 밀려오자 몸이 굳어졌고 준은 손쉽게 핸드폰을 가져갔다.

어어, 방심한 탓에 핸드폰을 뺏긴 세진이 다시 움직였지만 두 번이나 당할 김준이 아니었다. 손을 이리저리 돌리며 안전하게 저장하고 비밀번호까지 설정해 놓았다. 당황한 세진이 그의 등짝을 퍽 치고 걸어갔다.

멀리 걸어가는 세진을 보는 준의 입가에 호선이 그어졌다. 그녀가 걸어간 길 위로 벚꽃들이 비처럼 흩날렸다. 하얀 벚꽃들이 조명을 받아 빛나고 있었다.

준은 핸드폰을 들어 꽃잎이 흩날리는 풍경 속으로 걸어가는 여자의 뒷모습을 찍었다. 함께 찍은 사진과 방금 찍은 사진을 세진에게 보내 주었다. 핸드폰 소리에 멈춰 섰던 세진이 고개를 숙이고 잠시 그대로 있다가 뒤를 돌아 준을 보았다.

"뭐해. 얼른 와."

발걸음을 옮기는 준의 눈동자에 세진이 오롯이 들어왔다. 벚꽃이 휘감아 데리고 갈 듯이 그녀의 몸을 감싸는 것 같아서 발걸음이 빨라졌다. 성큼성큼 걸어와서 세진의 손목을 잡았다.

"가자."

세진은 손을 탁 쳐 내려다 그가 힘주어 잡아끌고 걸어가자 속절없이 따라갔다. 분위기 탓일까, 꽃잎의 특수 효과 때문일까. 마법에 걸린 것처럼 한 번도 손을 놓지 않고 오피스텔 앞까지 걸어왔다. 엘리베이터 앞에 다다르고 나서야 준은 손목을 놓았다.

"잘 놀았다. 덕분에 세 시간만 버티면 되겠다."

손목시계 바늘이 3시에 가 있었다. 그제야 세진은 30분이면 충분한 거리를 한 시간 동안 걸어왔다는 걸 알았다.

"왜 밤새우려는 거야? 아메리카노를 샷 추가까지 하면서."

"꽃이 아름다운 밤이니까."

"어울리지 않는 소리 집어치우고 왜 밤새냐고."

준은 미소를 지으며 엘리베이터를 탔다.

"내일 투데이 포커스 생방 진행해야 해."

"그렇다고 밤을 새?"

세진도 따라 타며 8층을 눌렀다.

"어릴 땐 일주일 밤을 샌 적도 있었는데 이젠 나이가 들었는지 그렇겐 못 해. 이틀에 한 번 정도."

"그냥 두 시간이라도 자는 게 어때. 그래야 정신을 집중하지."

"자면 못 일어날 것 같거든."

"내가 깨워 줄……."

세진은 급히 하던 말을 멈췄다. 저 녀석이 지각을 하든 말든 내가 무슨 상관이야. 잠을 왜 깨워 줘. 내가 뭐 알람이야.

7층 문이 열리자 준이 엘리베이터를 내려섰다. 세진은 그에게 손을 흔들어 주었다.

"그럼 잘 버텨라."

엘리베이터 열림 버튼을 누른 준의 시선이 세진을 향했다. 한동안 빤히 바라보다 미소를 지었다. 또 그런 미소. 내 눈이 잘못된 건가. 세진은 그의 시선을 피해 엘리베이터 안의 숫자를 보았다.

"회식비 갚을 기회가 생겼어."

구미가 당기는 말이었지만 일단 경계심이 들었다. 워낙 고단수니까 말이야.

"사실 커피는 밤새는 데 아무런 효과가 없어. 그러니까 네가 선택해. 세 시간 동안 너도 자지 말고 나랑 놀아 주든가, 아님 아침에 모닝콜을 해 주든가."

거래 조건이 편파적인 것 같아 세진은 멍하니 그를 보았다.

"둘 중에 하나만 해도 된다고?"

"그래."

"그걸로 50만 원 상당의 회식 비용을 퉁친다고?"

준은 눈썹을 꿈틀거리는 걸로 대답을 대신했다. 세진은 저절로 얼굴이 밝아졌다. 이제 그 지긋지긋한 채무 관계에서 벗어나나 싶었다.

"당연히 모닝콜이지."

그럴 줄 알았다는 듯 준은 살짝 고개를 끄덕였다. 그리곤 다시 옅은 미소를 띠었다.

"그럼 앞으로 내가 아침 방송을 할 때마다 모닝콜 해 주는 걸로."

말이 끝나자마자 준의 손가락이 떨어졌고 엘리베이터 문이 닫혔다. 엘리베이터가 올라가고 나서야 상황 파악이 된 세진은 얼굴을 붉혔다. 또 저 여우 같은 녀석한테 당했다. 그럼 그렇지. 단순히 모닝콜로 끝나나 싶었다. 순순히 들어줄 김준이 아닌데 말이야.

세진은 뻗쳐 오는 열 때문에 발을 쿵쿵 움직여 문을 열고 들어왔다. 생각하면 할수록 더욱 열 받았다. 저 자식 깨우려면 자신도 6시 전에 일어나서 전화를 해야 한다는 소리였다. 말도 안 되는 거래는 애초부터 시작하질 말아야 했다. 세진은 당장 핸드폰을 들어 전화를 걸었다.

―놀아 주는 쪽으로 생각이 바뀌었어?

"하나 묻자. 너 대체 나한테 왜 그러는 거야? 그냥 돈 받고 깔끔하게 끝내는 게 서로에게 좋은 거 아냐? 언제까지 돈 가지고 협박할 거야!"

—뭔가 오해한 것 같은데 난 너 협박한 적 없어. 생각이 바뀐 게 아니라면 모닝콜 하는 걸로 알고 끊는다. 두 시간이 생각보다 짧거든.

"내가 모닝콜을 해 줄 거라고 생각해? 웃기지 마."

—해 줄 것 같은데.

"천만에!"

—……알았다.

준이 먼저 전화를 끊었다. 툭 끊긴 핸드폰을 들여다보던 세진은 갑자기 등골이 서늘해지는 기분에 미간이 구겨졌다. 왜 이 시점에서 마지막에 들린 준의 목소리가 신경 쓰이는지 모르겠다. 액면 그대로 알았다는 말은 모닝콜을 해 줄 필요가 없다는 것인데 왜 그의 낮은 목소리에 심장이 내려앉는 기분이 드는 걸까.

핸드폰을 노려보던 세진은 준이 화가 났다는 것을 느꼈다. 도무지 이유를 알 수 없어 속이 탔다. 화를 내든 말든 제 알 바 아니건만 지금 저가 그의 눈치를 보고 있다는 것을 깨닫고 혼란스러움이 밀려왔다.

"아, 몰라! 내가 모닝콜을 왜 해 줘!"

씩씩대며 욕실로 들어간 세진은 오늘 내내 다정했던 준이 떠올랐다. 아니, 사실은 개편 후 내내 챙겨 주던 그였다. 꽃길에서는 자신도 그의 다정함에 물들어 평소와 다르게 행동했다. 그와 스스럼없이 웃고 떠들었던 것이다.

언제부터인지 모르겠지만 요 며칠 자신은 그를 원수였던 김준이 아닌 그냥 인간 김준으로 보고 있었다. 하물며 상처 받은 기억이 나는데도 그런대로 넘길 수 있었다. 몸으로 쏟아지는 물줄기가 정신을 더 어지럽게 했다.

"정말 미운 정이라도 들었나."

세진은 수건으로 머리를 말리며 욕실을 나왔다. 핸드폰을 들여다보았다. 아무것도 없었다. 당연히 준에게서 문자든 전화든 와 있을 줄 알았다. 그런데 화면이 깨끗하자 괜스레 허전함이 밀려왔다.

"잘됐네. 아침에 깨지 않아도 되고."

세진은 침대로 와 이불을 끌어 앉으며 다시 핸드폰을 켰다. 쓸데없이 자꾸 핸드폰을 만졌다. 누우면 바로 잠들 줄 알았는데 잠이 오지 않았다. 몸을 이리저리 뒤척이며 눈을 감고 잠을 청할수록 오히려 정신은 또렷해졌다.

다시 눈을 뜬 건 창가에 햇빛이 비치고 난 뒤였다. 한참을 뒤척이다 잠이 들었었나 보다. 핸드폰을 들여다보니 6시는 이미 한참 전에 지나 있었다. 세진은 바닥을 바라보다 옆으로 돌아누워 다시 잠을 청했다.

"알아서 잘 갔겠지, 뭐."

그러나 결국 벌떡 일어나 앉았다. 그깟 모닝콜 때문에 마음이 이렇게 불편할 줄이야. 머리를 쥐어뜯던 세진은 다시 이불을 머리끝까지 뒤집어쓰며 누웠다. 언제부터 그 녀석을 신경 썼다고. 애초에 모닝콜을 해 주는 게 더 이상한 거야.

출근길을 걸으며 세진은 지난밤 비밀의 정원을 준과 공유한 것이 떠올랐다. 밝은 낮에 보니 벚꽃이 그다지 예쁘지 않았다. 분명 어젯밤에 봤을 땐 정말 예뻤는데 이상했다. 불편한 마음 으로 라디오국에 올라와 눈으로 준을 찾았다. 12시면 아침 방 송은 예전에 끝났을 테고 점심 먹으러 갈 시간이었다. 점심 사 주면서 모닝콜 얘기를 해 볼 생각에 세진의 눈이 바쁘게 움직 였다.

사무실 안으로 들어와 책상에 가방을 놓으며 준의 자리로 시선을 돌렸다. 그는 자리에 없었다.

"이 피디, 점심 먹으러 가자."

세진은 생각 없다며 여자 동기들을 보내고는 본격적으로 라 디오국을 돌아다녔다. 어디에 꽁꽁 숨었는지 코빼기도 보이지 않았다. 어디서 찾아야 하나 고민하고 있는데 가연에게서 전 화가 왔다.

"한 열흘 만인가. 잘 살고 있니?"

—그러니까 전화했겠지, 이 여자야. 방송국? 같이 점심 먹 자.

"아……."

전화 통화를 하던 세진은 스튜디오 밖 복도를 걷다 앞에서 걸어오는 준을 보며 발을 멈췄다.

"이따 다시 통화하자."

얼른 핸드폰을 덮고 준을 기다렸다. 분명 눈이 마주쳤다고 생각했기에 자신의 앞에서 멈춰 설 줄 알았다. 그런데 준은 그 대로 세진을 지나쳐 갔다. 입가에 미소를 띤 채 그를 보던 세 진은 멍하니 서 있다가 고개를 돌렸다.

"김준."

말이 들리지 않는지 준은 그대로 걸어갔다. 자신도 모르게 그에게 다가가 팔을 잡아 세웠다.

"사람이 불렀는데……!"

따지려던 세진은 몸을 돌리는 준의 얼굴을 보며 저절로 팔 을 놓았다. 얼음처럼 차가운 눈동자가 자신을 주시하고 있었 다. 하지만 그뿐, 그는 도통 말할 생각이 없는 것 같아 세진이 다시 입을 열었다.

"오늘 잘 갔는지 궁금해서."

준은 여전히 말이 없었다.

"점심 아직 안 먹었지? 같이 가서 먹자. 내가 살게. 오늘 모 닝콜 못 해 준 셈 쳐."

"그럴 필요 없어."

표정 하나 변하지 않고 그가 입을 열었다. 뚫어지게 바라보 는 그 눈빛이 못 견디게 숨 막혔다. 어릴 때 봤던 그 무심한 눈 동자 같았다.

"문자로 계좌 번호 보낼 테니까 입금해. 앞으로 이 문제로 더는 귀찮게 할 일 없을 거다."

준은 세진에게서 눈을 떼고 가던 길을 걸어갔다. 뒷모습을 바라보던 세진은 그가 시야에서 사라지고 나서야 정신을 차렸다. 원하던 대답을 들었는데 하나도 기쁘지 않았다. 기쁘기는커녕 허탈감만 생겼다.

"뭐야…… 너."

하루아침에 다른 사람이 되었다. 지난밤에 그리도 다정했던 사람이.

가연과 점심을 먹으면서도 세진은 준에게서 받은 충격에 혼이 나가 그녀의 말을 듣는 둥 마는 둥 했다.

"앞으로 너랑 밥 안 먹을래."

가연이 새침한 표정으로 먹던 숟가락을 내려놨다. 세진이 정신을 차리고 가연을 보았다.

"미안. 잠깐 딴생각을 하느라. 뭐라고 했어?"

가연은 세진을 빤히 바라보다 턱을 괴고 미소를 띠었다.

"넌 참 인생이 파란만장해서 재밌어. 이번엔 또 무슨 일이야?"

사람을 잘 꿰뚫어 보는 가연이라 세진은 머뭇대다가 힘겹게 입을 열었다.

"있지, 잘해 주던 사람이 갑자기 싸늘하게 바뀌는 건 왜 그러는 거야?"

"누가?"

"그런 건 묻지 말고. 어제까지 다정하던 사람이 오늘 갑자기 차가워졌어."

"이유도 없이?"

순간 멈칫했지만 그게 큰 이유일 거라고 생각하지는 않았다. 그래서 고개를 끄덕였다. 가연도 잠시 생각하더니 대수롭지 않은 표정을 지었다.

"볼 장 다 봤다는 거지 뭐야. 잘해 주던 사람이 갑자기 변심하는 건 대개 그런 이유지."

"원래부터 볼 장 볼 일도 없던 사람인데? 아쉬운 건 나지 그 사람이 아니거든."

가연은 세진이 식탁만 내려다보며 혼란스러워하자 고개를 갸웃거렸다.

"누군지 되게 궁금하네."

"그런데 웃긴 건…… 갑자기 바뀐 그 사람이 나도 적응 안 된다는 거야. 아니, 원래는 귀찮고 제발 안 보고 살았으면 했는데 오늘 바뀐 행동을 보니까 섭섭해지는 거 있지. 이건…… 대체 뭐야?"

"너 혹시 지금 김준 이야기 하는 거야?"

정곡을 찌르는 가연의 말에 세진의 눈동자가 커졌다. 가연은 세진의 표정을 보고 대답을 들은 듯 웃음을 흘렸다.

"넌 진짜 거짓말하면 안 되겠다. 얼굴에 다 드러나는데 어떻게 속여."

"갑자기 무슨 말이야?"

"네가 귀찮아하고 안 보고 싶은 남자가 김준하고 장현민 말고 더 있어? 그런데 장현민이 네게 잘해 줬을 리가 없으니 남은 건 김준뿐이지."

"난 남자라고 말 안 했다."

"야야, 다정하게 잘해 주다가 갑자기 매몰차게 행동하는 동성도 있니?"

역시 가연이다. 세진은 들켰다는 생각에 얼굴이 붉어졌다.

"그, 그래. 김준 그 녀석이 어제까진 다정하더니 오늘 갑자기 냉기가 흐르는 거야. 어떻게 생각해?"

"흠……."

가연은 팔짱을 끼며 세진을 주시했다. 갑자기 냉기가 흐른 데에는 뭔가 이유가 있겠지. 하지만 이세진 성격에 절대 말할 리 없고. 세진은 고민을 상담하러 온 의뢰인처럼 간절한 표정을 지었다.

"김준이 널 좋아하는데?"

"뭐?"

천장을 뚫을 것처럼 소리를 지른 세진의 목소리에 주변 테이블의 시선이 모였다. 하지만 세진은 그 시선들을 의식하지 못했다.

"그리고 너도 김준을 좋아하고."

"오가연 미쳤어?"

"지극히 정상이시다."

세진은 충격에서 벗어나지 못한 사람처럼 눈동자를 이리저리 돌리며 혼란스러워했다. 가연은 재미난 얼굴로 세진을 보았다.

"물론 인정하기 싫겠지만 팩트야. 다정했던 김준이 갑자기 차가워진 건 네가 뭔가 실수를 했다는 거고, 그런 바뀐 행동에 적응하지 못하는 넌 김준에게 마음이 있다는 거지."

"장현민한테 차인 지 얼마나 됐다고 김준을 좋아해! 그게 말이 되냐!"

"사람 좋아하는 데 시간이 뭐가 중요해."

"말도 안 돼. 너도 알잖아. 김준과 내가 어떤 사이였는지!"

"허 참, 13년이나 지난 과거 일에 아직까지 매여 있는 거야? 과거는 과거일 뿐이야."

"아니, 좋아. 다 떠나서, 그 녀석하고 얼굴 맞대며 생활한 지 이제 겨우 한 달이야. 그런데 무슨 마음이 있겠어!"

"넌 이럴 때 보면 참 답답하리만치 바보야. 네 생각대로라면 나랑 올 신랑은 어떻게 결혼했겠어. 네 속도에선 적어도 1년은 충분히 지나야 한다는 건데 나랑 올 자기는 만나고 하루 만에 사귀자고 했어. 일주일 만에 잤고."

"네 기준에 날 맞추지 마. 난 절대 그렇지 않아."

"그럼 백번 양보해서 넌 아니라고 치자. 그럼 준이 행동은 어떻게 설명할래?"

"그거야 내가……."

말하기도 창피한 일이라 세진은 끝내 입을 다물었다. 모닝콜을 안 해 줘서 화났다는 말을 내 입으로 어떻게 하니.

"아무튼 그런 거 아냐."

"아무것도 아니라면 너도 그렇게 죽을상 하고 있을 필요 없어. 네 말대로 귀찮았던 남잔데 오히려 잘된 거지. 다시 옛날처럼 날 세우며 다니면 되겠네."

세진이 세상을 다 잃은 표정으로 멍하니 앉아 있자 가연은 선심 쓰듯 숨을 크게 쉬었다.

"내가 이것까진 말하지 않으려고 했는데 생각하는 데 보태라고 투척해 준다. 너 저번에 김준 차로 터미널 갔잖아. 준이는 어떻게 알고 널 데려다줬을까."

"······."

"난 준이가 널 데려다주고 난 뒤 전화가 와서 어쩔 수 없이 아주머니 이야기한 게 다야."

"그야 뭐, 당연히 상황이······."

"그 상황에서 어떤 피디가 사색이 된 네 얼굴을 보고 국장에게 대신 말해 준다 그러고 데려다준다고 하겠어. 네가 신경이 쓰이니까 그런 거야. 물론 눈썰미가 좋아서 그렇기도 하겠지만 특히나 너한테는 더한 것 같아."

"말도 안 돼. 그 녀석이 날 좋아할 이유가 없어."

"에구, 이 답답한 여자야. 장현민한테 된통 당해서 정신을 차리지 못하는 것 같은데 너 어디 내놔도 부끄럽지 않은 여자야. 자신감을 가져. 김준이라고 네게 마음이 있지 말란 법 있어? 걔도 남잔데 없는 게 이상한 거지."

"그럼 나는 왜······."

"글쎄다. 드디어 오랜 썸의 결실인가?"

"오가연 너 죽을래?"

"하하, 농담이고. 뭐, 원수를 사랑하라는 신의 깊은 뜻인가 보지."

실없는 소리를 한다며 가연을 흘겨보았지만 세진은 좀처럼 마음이 안정되지 않았다. 가연은 연애 문제만큼은 자신보다 많이 알고 천리안처럼 꿰뚫는다. 그건 곧 그녀의 말이 대부분 맞다는 소리다. 그러니 더 미치고 팔짝 뛸 노릇이다.

"그렇게 남자에게 배신을 당하고 차였으면서 또 남자를 좋아한다니⋯⋯. 말도 안 돼. 왜 김준을⋯⋯ 말이 안 되잖아. 김준은⋯⋯."

"김준이 다정했다가 갑자기 차가워졌다며. 흠, 내가 생각하기에 넌 다정한 남자에게 약한 것 같아. 네 오래된 친구로서 봤을 때 네가 남자에게 호감을 가졌던 건 거의 그런 경우야. 맞지?"

"모르겠어. 아니⋯⋯ 그런 것 같기도 해. 나 정말 왜 그럴까. 사랑도 듬뿍 받고 자랐으면서⋯⋯."

"그렇다고 그게 이상한 건 아니야. 때마침 질 나쁜 남자가 네 옆에 있었던 것뿐이지 다정한 남자를 좋아하는 건 지극히 당연한 일이야."

세진은 흔들리는 눈빛으로 고개를 숙였다.

"그렇다면 더더욱⋯⋯ 김준은 나쁜 남자가 아닐까, 가연아. 날 싫어하던 놈이 이제 와서 내게 관심을 보인다면 경계를 해야 하는 게 맞지 않을까⋯⋯?"

"일단은 좀 더 지켜봐. 너도 마음의 준비를 할 시간이 필요

할 테니까."

가연과 점심을 먹고 사무실로 올라온 세진은 충격이 채 가시기도 전에 사무실 자리에 앉아 있는 준을 보자 심장이 두 근반 세 근 반으로 뛰었다. 소리가 들릴세라 급히 고개를 돌려 자리로 와 앉았다.

다이어리를 펼쳐 스케줄을 확인하던 세진은 다시 뜨악했다. 오늘 오후에 국장 주재 전체 회의가 있었다. 각 분야별 상황보고와 함께 이후 일정 논의가 잡혀 있는 걸 보고 머리를 쥐어뜯다 고개를 저었다. 어디까지나 가연의 생각이다. 저나 김준어느 누구 하나 그런 마음일 리가 없다.

오후 회의 시간. 옆자리에 나란히 앉은 세진은 가연의 말이 자꾸 떠올라 갈수록 기분만 이상해졌다. 그리고 여전히 냉기가 풀풀 풍기는 준이 신경 쓰여서 미칠 것 같았다.

"요즘 분야별로 희비가 극명하게 엇갈리는 것 같아. 교양 프로부터 보고해 봐."

국장의 말에 시사 교양 쪽 피디들이 성과와 미흡한 점에 대해 보고를 했다. 혼자만의 생각에 빠져 있던 세진은 옆자리에서 준의 목소리가 들리자 불현듯 정신이 들었다. 그의 목소리에 레이더를 단 것도 아닌데 신경 세포가 일제히 반응하는 것이 정말 죽을 맛이었다.

"좋아. 투데이 포커스가 매번 타 방송국과 신경전을 벌여서 고민이었는데 이번에 한시름 놨어. 역시 김 피디 실력 알아줘."

국장이 껄껄 웃으며 준을 칭찬했다. 투데이 포커스는 현민이 예전부터 진행해 온 프로그램으로 청취율은 보통 수준을 유지했다. 원래 아침 시사 교양 프로는 방송국별로 사이좋게 나눠 가져서 큰 굴곡이 없는 편이었다. 그런데 이번에는 월등히 높은 청취율을 보였다. 그게 정말로 준의 능력 때문인지는 모르겠지만 눈에 보이는 결과는 그랬다. 그러니 현민의 표정이 좋을 리 없었다. 저보다 어린 피디가 같은 프로그램에서 성과를 내는 모습은 언제나 불편한 일이었다.

"이번엔 음악 프로 보고해 봐. 아! 이세진 피디 먼저 해 봐."

갑자기 이름을 불리어 화들짝 놀란 세진이 곧 서류를 들었다.

"달콤한 밤의 유혹 이세진입니다. 저희 방송은 새로운 디제이, 정재민 씨가 생각보다 잘해 주고 있습니다. 또 각 코너마다 청취자들의 반응과 호응도도 높아 매주 새로운 아이디어를 더하고 있습니다. 청취율 비교표를 보시면 첫 개편부터 어제 방송까지의 비교 추이를 알 수 있습니다. 현재 청취율은 5%대에 올라섰습니다."

세진은 일부러 국장 들으라는 듯 청취율 부분에서 목소리를 높였다. 다른 피디들은 세진의 보고서를 보며 박수를 치기도 하고 휘파람을 불며 환호하기도 했다. 높은 청취율을 대놓고 부러워하는 피디도 있었다.

"그게 어디 이 피디 때문이야? 김 피디가 애써 줬으니까 그렇지."

대놓고 씹는 국장의 말에도 세진은 평온한 미소를 지었다. 청취율이 잘 나오니 마음까지 유해지는 건지 국장이 어떤 말로 시비를 걸어도 다 웃어넘길 여유가 생겼다.

"맞습니다. 김 피디님이 조언해 주셔서 도움을 많이 받았습니다."

세진은 국장의 눈을 피하지 않고 응수했다.

"앞으로도 계속 도움받으며 프로그램을 갈고 닦을 예정입니다."

"아, 오늘부터 김 피디는 자네 프로그램에서 빠지기로 했네."

"네?"

"김 피디가 말 안 했어? 오늘 오전에 김 피디가 찾아와서 프로그램을 세 개나 맡는 게 체력적으로 무리라고 하기에 내가 자네 프로그램에서는 손떼라고 했어. 김 피디 말마따나 같은 피디가 음악 프로그램을 연달아서 진행하는 게 청취자 입장에서는 보기 좋지 않을 것 같고. 마음 같아서는 쭉 맡아 주면 좋겠지만 김 피디가 힘들어하고 이제 어느 정도 청취율도 나오니까 나머지는 이 피디 자네가 제대로 맡아서 해 봐. 이제부터가 진짜로 자네 실력을 입증할 기회니까 정신 차리고 해 보라고."

세진은 대답 대신 옆자리 준을 보았다. 그는 옆모습을 보인 채 무표정으로 앉아 있었다. 환호성을 지르며 드디어 꼴도 보기 싫은 김준에게서 탈출이라고 춤을 추어야 정상인데 마음이 좋지 못했다. 말도 없이 혼자서 결정하고 화내고, 정말 요상한 놈이야.

"업무 보고 보니까 생각보다 잘해 주는 사람도 있고 여전히 바닥을 헤매는 사람도 있네. 다음 개편까지 보고 회생 불가능한 프로는 폐지할 거니까 그리 알아."

그놈의 폐지, 폐지. 국장의 저 말에 스트레스로 그만두는 사람도 꽤 될 것 같았다. 국장은 프로그램들의 성적이 생각보다 좋아서 그런지 싱글벙글한 표정으로 말을 이었다.

"그리고 5월 초에 하는 야유회는 한 명도 빠지지 말고 참석해. 이런 자리에서 개인 행동하는 사람은 알지? 이세진!"

세진은 국장의 부름에 급히 고개를 들었다. 그리고 활짝 웃었다.

"이번에도 빠지는지 볼 거야."

"반드시 참석하겠습니다."

국장이 부라리던 눈을 거두어 가자 세진도 웃던 표정을 거두었다. 지난번 회식에 빠졌으니 이번엔 무조건 가야 했다. 가기 싫어도 가야 하는 게 직장인의 바람직한 자세라 따라야겠지만 아직도 의미를 찾진 못했다. 하루 종일 국장 눈치만 보다 오는 곳. 그런데도 이런 행사는 꾸준히 진행된다.

회의가 끝나고 피디들이 하나둘 일어서서 나갔다. 세진도 종이들을 정리하며 준을 힐끔 보았다. 제게는 말도 없이 프로그램을 그만둔다고 했단다. 단단히 화난 것 같은데 대체 어떻게 해야 하는지 모르겠으니 그저 답답했다.

"김 피디님."

세진은 발을 떼고 가려던 준을 불러 세웠다. 준이 뒤돌아보자 의자에서 일어섰다.

"얘기 좀 해요."

세진은 피디들이 전부 나갈 때까지 뜸을 들이다가 준을 보았다. 그는 테이블에 엉덩이를 붙이고는 세진을 보았다.

"진짜 우리 방송에서 빠지는 거 맞아?"

"그래."

"갑자기 왜?"

준은 도리어 눈썹을 찡그렸다.

"바라던 바 아닌가?"

"물론 그걸 원하지만 말도 없이 일방적으로 국장님에게 보고한 건 좀 그러네."

"너한테 말할 틈도 없이 오전에 국장님과 대화하면서 나온 말이야. 시간적으로 안 맞았던 것뿐이지 너한테도 말하려고 했어."

"어제 일 때문이야?"

준의 눈빛이 바뀌었다. 눈동자가 매섭게 변했다.

"나도 이런 말 하는 거 말도 안 되고 우스운 것 아는데 도저히 설명이 안 되거든. 네가 갑자기 이렇게 쌀쌀맞게 구는 건 분명 어제 모닝콜 사건 이후니까."

준은 말이 없었다. 어디 실컷 떠들어 보라는 듯 입을 열 생각이 없는 것 같았다.

"그렇다면 너 굉장히 치사하고 쪼잔한 놈이야. 겨우 그딴 걸로……."

준은 바지 주머니에 손을 넣고 고개를 살짝 끄덕였다.

"겨우 그딴 일로 화가 났다면?"

"……뭐?"

"겨우 모닝콜 안 해 준 걸로 화를 낸 치사하고 쪼잔한 놈이라면 어쩔 거냐고."

"어, 어쩌긴. 그냥 생각보다 대범하진 않구나, 뭐 그렇게 생각하는 거지."

준은 테이블에 기댄 몸을 세워 세진에게 한 발 다가왔다.

"같이 밤새 놀아 달라 그러고 모닝콜 해 달라고 하는 걸 넌 어떤 의미로 받아들인 거야. 단순히 내가 돈 갚으라고 그런 피곤한 소리를 했을 것 같아?"

준은 한 걸음 더 다가왔다.

"요즘 내가 했던 행동들을 넌 그냥 아무렇지 않게 넘겼다는 거지. 왜 그랬는지는 전혀 모르면서."

준은 더 다가올 공간도 없을 정도로 밀착하여 세진을 보았다. 더 이상 커질 수 없을 정도로 동그래진 눈으로 그를 올려다보는 세진의 심장이 미친 듯이 뛰었다.

"너 혹시…… 나 좋아해?"

목소리가 떨려 와 세진은 눈을 질끈 감았다. 금기어를 꺼낸 것처럼 오금이 저려 왔다. 말도 안 되는 소리를 제 입으로 꺼내 놓고 뒷수습도 못 하고 있다. 세진은 다시 눈을 떠서 두 손을 들어 막았다.

"아니야. 됐어. 대답하지 마. 정신 나간 질문이었어. 생각하지 마."

"맞아."

간결한 목소리에 세진의 눈이 저절로 그에게 향했다. 준의 얼굴은 무슨 생각을 하는지 읽을 수가 없었다.

"그리고 공교롭게도 너도 같은 마음이라고 생각했어. 나한테 틱틱대지만 그건 원래 네 성격이 지랄 맞으니까 그런 거고, 너도 내게 아주 조금은 마음이 있을 거라고 착각했지."

준의 눈동자는 세진을 집요하게 바라보았다.

"그런데 지난밤도 그렇고 지금도 그렇고, 넌 전혀 그런 마음이 아닌 것 같다. 내가 제대로 착각했어."

"그래! 네 멋대로 착각해 놓고 왜 멋대로 화를 내는 거야!"

준은 한쪽 입꼬리를 올리며 한 걸음 물러났다.

"왜 화를 냈다고 생각해? 네가 원하는 대로 해 주는 건데. 걱정하지 마. 더 이상 너 피곤하게 할 생각은 없으니까."

준은 차가운 얼굴로 발을 돌려 회의실을 나갔다. 애써 버티고 있던 다리가 풀려 의자에 털썩 주저앉았다.

"저 녀석이 정말로 날……."

세진은 왼쪽 가슴에 손을 얹어 미친 듯이 뛰는 심장을 눌렀다. 뚫을 듯이 바라보던 준의 눈동자가 자꾸만 생각났다. 몸에 닿을 듯이 가깝게 다가온 그의 몸에서 나는 향기에 정신이 아득해졌다. 두근거리는 심장 소리가 줄어들지 않았다.

대체 저 녀석은 내 어디가 마음에 든다는 거야. 그렇게 개무시를 했으면서 이제 와서 마음에 든다고? 얼마나 대화했다고. 날 얼마나 안다고.

사무실로 들어오자 자연스럽게 눈길이 움직였다. 준은 자리에 없었다.

차라리 준이 공동 피디에서 빠진 게 다행이라는 생각이 들었다. 이 시점에 방송까지 같이하는 건 도저히 무리였다. 얼굴을 볼 생각만 해도 저절로 숨이 가빠 오고 얼굴이 붉어졌다.

방송을 하는 중에도 세진은 자꾸만 멍해지는 정신에 결국 의자에서 일어섰다.

"집중하자, 집중."

"이 피디님 오늘 유난히 움직임이 많으시네요."

선영이 세진을 힐끔 보았다. 작가들도 김준이 공동 피디에서 빠졌다는 소식을 들었다. 눈에 띄게 아쉬워하는 표정의 그녀들에게 내가 별로냐며 투덜댔지만 사실 누구보다 허탈한 사람은 세진이었다.

따지고 보면 그가 자신의 프로그램에 도움을 준 건 손에 꼽기도 민망할 정도로 적었다. 모두 저가 일궈 낸 것이고 제 힘으로 청취율을 이끌었다. 그러니 허탈할 일도 없는 것이다. 그런데 작가들은 물론이고 세진도 뭔가 큰 덩어리가 빠져나간 느낌이 들었다.

"김 피디님 있을 때는 매사 조신하시더니."

"난 언제나 조신해."

세진의 말에 작가들이 허허 웃으며 고개를 끄덕여 줬다. 말을 말자는 뜻이었다. 디제이 부스 안에서 차분히 멘트를 읽는 재민을 보며 집중하려고 애를 썼다. 잘생긴 연예인 보면서 생각을 돌리자고, 그딴 자식보다 백배 잘생기고 착한 정재민 보면서 마음을 다잡자고.

그런데 재민을 보고 있어도 준이 떠올랐다. 분명 얼마 전까지만 해도 재민이 백배 잘생겨 보였는데 지금은 그저 그런 얼굴로 보였다. 오히려 준이 더 잘생겼다는 생각이 들었다. 예전에 준을 두고 여자 피디들과 작가들이 외모 칭찬을 했던 것이 떠올랐다. 그때는 분명 별로라고 생각했는데 지금에 와선 그게 정답이라는 생각마저 들었다.

세진은 저가 어쩌다가 이 지경까지 왔는지 자괴감이 들어 머리카락을 마구 흐트러뜨렸다. 충격적인 일을 하루아침 꼴로 겪다 보니 드디어 뇌가 어떻게 되었나 보다. 그렇지 않고서야 김준을 보고 이럴 리 없다.

스튜디오 분위기는 좋았다. 이 상태로 가면 청취율도 무난할 것 같고 일이 잘 풀릴 것 같았다. 누구보다 기분 좋은 감정을 누려야 하는데 도리어 한숨이 나왔다.

세진은 화장실을 다녀오겠노라 고하고 스튜디오 바깥으로 나왔다. 깜깜한 어둠이 내려온 복도 창문을 보며 큰 숨을 내쉬고 이마를 창문에 대었다. 고체의 차가운 기운이 이마에 느껴졌지만 오히려 머리는 시원해졌다. 한참을 그대로 있다가 시

끄러운 소리에 몸을 일으켰다. 준이 같은 팀 작가들과 대화를
하며 걸어오고 있었다.

"어? 이 피디님 지금 방송 중이지 않아요?"

최 작가가 알은 척을 하며 세진을 보았다. 그냥 가면 좀 좋
아. 꼭 여기서 말을 건단 말이야.

"머리 아파서 잠깐 나왔어요. 가던 길 가요."

세진은 옆으로 비켜서 주며 지나가게 했다. 사실 그렇게 하
지 않아도 충분히 지나갈 공간이 있는데 어지러운 감정이 저
절로 물러나게 만들었다. 준은 한 번도 세진을 보지 않고 지나
갔다. 그런데 그게 왜 이렇게 자존심 상하는지 모르겠다. 세상
은 나를 중심으로 돌아간다는 세진 사상에 심취해 있을 시기
도 지났건만.

#6
봄처녀

"예스!"

국장실에서 나온 세진은 주먹을 불끈 쥐며 소리를 질렀다.
저 국장이 오고 난 이래 처음으로 칭찬을 받은 것 같았다. 물
론 뱅뱅 돌리다 정말 하기 싫은 티가 난 한마디였지만 그게 어
디냐.

"개편하고 나서 정신 차렸나 봐. 이제야 좀 살 것 같네. 그동안
내가 자네 걱정에 잠 못 이룬 것 생각하면 이루 말할 수가 없어.
뭐, 음악 도시 덕분에 따라 올라가는 효과가 있는 것도 같지만 어
쨌든 수고했어."

이유인즉슨 청취율이 김준의 음악 도시와 대동소이해졌기

때문이다. 그와 동시에 정재민에 대한 주가도 상승 곡선을 그렸고 광고 협찬도 대폭 늘어났다. 개편되고 불과 한 달 만에 이룬 성과기 때문에 국장도 특별히 짚고 넘어간 것이었다.

"난 김 피디가 빠지면 과연 자네 혼자서 성적을 낼 수 있을까 반신반의했거든. 작년에 하도 사고 친 게 있어서 말이야. 그런데 요즘 보면 참 의외의 성과를 내 주고 있어."

"감사합니다."

"골칫덩이 프로그램이 하루아침에 DBS를 먹여 살리는 노릇을 하고 있다는 게 참 아이러니한 상황이야."

"두고 보세요. 음악 도시보다 더 높은 청취율을 보여 드릴게요. 자신 있습니다."

세진이 주먹에 힘을 주며 눈을 빛냈다. 국장은 오버한다는 표정으로 세진을 바라보았다.

"김 피디를 뛰어넘을 생각을 한단 말이야? 조금 칭찬해 줬다고 또 천지 분간 못 하고 날뛰네. 지금 하는 만큼이나 잘해. 모험을 할 생각은 하지 말고."

"진짜 자신 있는데……."

김준은 그렇게 믿으면서 자신에게는 참 야박하다는 생각을 하던 세진은 혼잣말로 중얼거렸다. 이 녀석은 참 좋겠다. 저리도 무한 신뢰를 주는 사람이 곁에 있어서. 무슨 복을 타고 난 거야.

"참, 그리고 이건 내가 생각한 건데 언제 한번 자네 프로그램이랑 김 피디 것이랑 공동으로 공개방송 해 보면 어떨까. 마침 두 디제이 효과도 톡톡히 볼 수 있고 시너지가 날 것 같은데."

"그건 저 혼자 결정지을 사안이 아닌 것 같은데요."

"당연하지. 자넨 김 피디가 오케이 하면 그냥 군말 없이 따라오면 되는 거야. 그냥 김 피디한테 묻기 전에 먼저 알려 주는 것뿐이야."

네네, 미리 알려 주셔서 고맙습니다. 제 의견은 중요하지도 않지요. 세진은 천연덕스럽게 웃음을 날렸다.

"그럼요. 저야 두 분이서 결정하시는 것 따라가야죠."

"이세진 철들었나? 예전엔 왜 내 의견을 무시하냐며 길길이 날뛰었잖아. 사람이 갑자기 변하면 죽는다던데 보험은 들어 놨어?"

농담도 참 살벌하게 한다고 생각하며 세진은 고개를 끄덕이며 미소 지었다. 국장은 감기 기운 때문인지 잦은 기침을 하는 세진을 힐끔 바라보다 책상 서랍에서 작은 상자를 꺼냈다.

"괜히 감기랍시고 내일 야유회 빠질 생각하지 말고 미리 챙겨서 먹어."

세진은 책상 위에 놓인 종합 감기약을 보다가 국장에게 시선을 돌렸다. 그가 흠흠거리며 탁상 달력을 집었다.

"봐서 야유회 지나고 날 좋은 시기에 공개방송 진행해 봐. 지금 분위기로 봐서는 굉장히 성황리에 될 것 같으니까."

"저…… 국장님. 김 피디에게는 국장님께서 직접 물어봐 주시는 겁니까?"

"왜. 이세진더러 장소 정하라고 할까 봐 걱정돼?"

"아니요. 무슨 그런 말씀을."

"이따 김 피디 오면 논의해 볼 거야. 자넨 그리 알고 있어."

사무실로 와서도 계속 기침이 나와 세진은 연신 물을 들이켰다. 몸은 감기 기운에 비틀거렸지만 마음은 날아갈 듯 가벼웠다. 이래서 사람은 칭찬을 먹고 사는 동물인가 보다.

한창 서류 작업을 하고 있는데 사무실 입구에서 왁자지껄한 소리가 들려 고개를 돌렸다. 준이 몇몇 피디들과 들어오고 있었다. 그리고 자연스럽게 준의 자리로 모였다.

입꼬리를 올리며 웃는 준을 멀리서 보던 세진은 저절로 주먹이 쥐어졌다. 이젠 알겠다. 저 표정에 진심이 담겨 있지 않다는 것을. 그는 적당히 웃어 주며 사람들을 받아 주고 있었다.

보름 정도 그를 지켜보며 관찰한 결과 준은 좋고 싫음이 뚜렷한 사람이었다. 하지만 처세술 또한 뛰어나 절대로 적을 만들지 않았다. 한마디로 자기 관리가 철저한 남자였다.

준은 모닝콜 사건 이후 더 이상 세진을 특별하게 보지 않았다. 단둘이 마주칠 땐 가벼운 목례 이외에 어떠한 말도 없었고 여럿이 있어도 딱히 세진을 보지 않았다. 한마디로 무시했다.

처음에 방송국에서 마주쳤을 때 시니컬했던 준은 지금에 비하면 양반이었다. 다정한 때가 있긴 했는지 시종일관 무표정이었다. 말을 걸어 보려 해도 먼저 지나쳐 갔다. 그래서 대화를 시도할 기회조차 주어지지 않았다.

같은 오피스텔에 살면서 한 번을 만나기가 힘들었다. 오며 가며 가끔은 마주칠 만도 한데 준은 코빼기도 보이지 않았다. 예전엔 보기 싫은데도 기어코 만나게 되더니 지금은 얼굴 한 번 보는 일이 소원일 정도로 힘겨웠다.

그러다 보니 준을 애타게 기다리고 찾는 건 세진이 되었다. 어쩌다 이렇게 되었는지 모르겠지만 준이 그리웠다. 말 한마디 지지 않고 험한 말도 마구 쏟아부었던 예전의 준이 보고 싶었다.

가연은 그런 세진을 보며 가서 시원하게 고백하라고 했다. 과거가 무슨 상관이냐고, 어쩌면 과거의 악연을 풀 수 있는 기회이니 더 잘된 거라며 등을 떠밀었지만 도저히 그럴 수가 없었다. 김준에게 마음이 가 있는 상황 자체가 스스로 용납이 되지 않았다. 13년 동안 그를 증오하며 살아왔는데 고작 두 달

만에 바뀌어 버린 마음이 너무 가볍게 느껴졌기 때문이다.

가연은 넌 생각이 너무 많다며 혀를 찼지만 또다시 연애에 실패하고 싶지 않았다. 다시 새로운 남자를 만나 험난한 과정을 거치며 괴로움의 끝을 맛보긴 싫었다. 저처럼 사람 보는 눈이 없는 여자는 더더욱 위험했다.

내일 있을 라디오국 전체 야유회 때문에 피디들이 바쁘게 움직였다. 세진도 주말 녹음을 위해 스튜디오로 발을 옮겼다. 피디들에게 둘러싸여 있는 준을 힐끔 보았다. 잘생긴 사람은 인기도 많은지 그의 주변엔 항상 사람들이 끊이지 않았다.

세진은 시선을 돌리며 발을 움직였다. 그들이 함께 보았던 만개했던 벚꽃은 예전에 다 떨어져 없어졌다. 애초에 준과 함께 그 길을 걸으면 안 되었다.

이젠 아침 출근길마다 그가 생각났다. 그래서 몇 번은 택시를 타고 출근하기도 했다. 이렇게 눈 뜨는 순간부터 눈 감는 시간까지 준을 생각하고 있는 자신에게 피로감이 밀려왔다. 왜 이렇게 김준을 의식하고, 왜 이렇게 마음이 갑갑한지 모를 일이다.

어제 회식에서 너무 무리했는지 세진의 기침이 점점 심해졌다. 날 풀렸다고 가볍게 입고 나온 것이 화근이었나 보다. 밤바람은 생각보다 차가웠다. 녹음을 하는데 자꾸만 재채기가 나오고 콧물이 흘러나와 연거푸 휴지로 코를 푸는 세진을 작가들이 걱정스러운 눈으로 바라봤다.

"이젠 회식도 힘겨울 나이인 거예요?"

"어제 춥지 않았어? 왜 다들 멀쩡해. 나만 아픈 거야?"

세진이 기침을 하며 작가들을 보았다. 쌩쌩한 젊음이 느껴졌다.

"그러니까 재민 씨가 겉옷 덮어 준다고 할 때 가만있지 한사코 거절하더니 결국 감기 걸렸나 보네요."

어제 방송이 끝나고 다 같이 회식을 하며 포장마차에서 술을 마셨다. 마실 땐 몰랐는데 시간이 지나자 추위가 느껴져 양팔을 위아래로 쓸어내렸다. 그 모습을 보던 재민이 권유했으나 세진은 거절했다. 성격 참 유별나다는 작가들의 잔소리를 들으면서도 고집을 꺾지 않았다.

"피디님 한 번은 아플 줄 알았어요. 그동안 마음 고생하느라 힘들었을 텐데 멀쩡한 게 이상하죠. 그나저나 내일 야유회인데 큰일이네요. 갈 수 있겠어요?"

"가야지. 국장님이 눈에 불을 켜고 찾을 텐데. 혹시 내가 늦더라도 그대들이 먼저 가서 국장님께 잘 말씀드려."

"이제 나이 든 피디님과는 술도 못 마시겠네요."

"이 작가랑 나 두 살밖에 차이 안 나거든? 그대도 자만하지 마. 지금 그렇게 술 마시다가 한 번에 훅 간다."

"어머, 전 아직 쌩쌩해요."

선영은 그럴 리 없다는 얼굴로 주먹을 불끈 쥐어 보였다. 녹음을 마친 세진은 점점 더 몸을 쑤시는 기분에 자리를 털고 일어났다.

"안 되겠다. 나 밤 방송 전까지 수면실에서 좀 잘 테니까 혹시 내가 늦더라도 방송 차질 없이 해 줘."

"많이 안 좋아요?"

아까보다 몸이 더 으슬으슬했지만 세진은 옅은 미소를 짓고 고개를 저었다.

"아냐. 조금 자면 괜찮을 것 같아."

수면실로 온 세진은 자리를 잡고 침대에 누웠다. 갑작스럽게 찾아온 몸살에 이불을 끄집어 덮었다. 기침은 점점 심해지고 목구멍이 따끔거리는 것이 편도도 부은 것 같았다. 건강 빼면 시체라는 소리를 들어가며 체력만큼은 철저하게 유지했는데 이번에 와르르 무너졌다. 어제 술을 마시지 말았어야 했는데 주는 술을 마다하지 않고 마셨더니 몸이 이기지 못했나 보다.

끙끙대며 잠을 자던 세진은 머리를 울리는 두통 때문에 일어나 앉았다. 핸드폰을 들어 불빛에 비춰진 숫자를 보았다. 11시가 넘어 있었다. 세상모르고 잤다는 생각에 침대에서 벌떡 일어나다 눈앞이 핑 돌아 다시 주저앉았다. 울렁거리는 속을 달래며 천천히 걸음을 옮겼다. 스튜디오 앞에서 심호흡을 한 뒤 문을 열고 들어갔다.

"오셨어요?"

작가들의 시선이 세진에게로 쏠렸다. 방송 중인 재민도 세진을 보며 괜찮냐는 입 모양을 보냈다. 하얗게 창백해진 얼굴로 안쪽 테이블로 온 세진은 약 봉투를 보며 작가들 쪽으로 시선을 돌렸다.

"김 피디님이 놓고 가셨어요."

준? 준이 놓고 갔다고? 세진은 약 봉투로 시선을 내렸다.

"참, 김 피디님 대단하세요. 바쁜 와중에 피디님 얼굴은 또 언제 살피셨대요. 아무튼 반할 수밖에 없다니까요."

선영이 엄지를 척 들어 올리며 봉투 안에서 알약과 쌍화탕을 꺼냈다.

"그런데 김 피디님이 약까지 챙겨 주시고…… 두 분 무슨 사이예요?"

"그냥 어릴 적에 알던 사이니까 측은했나 보지."

"흐음. 김 피디님도 그렇고 피디님 얼굴도 그렇고, 전혀 측은해 보이지 않지만 피디님께서 측은한 거라고 하시니 그렇게 넘어가 줄게요."

눈치가 백단인 선영이 세진을 보며 씨익 웃었다.

"쓸데없는 생각 할 시간에 방송이나 똑바로 해."

"에이, 아픈 피디님이 할 말은 아니네요."

놀리듯 말하는 선영을 보며 세진은 눈을 흘겼다. 피디 닮아 그런가 한마디를 안 진다. 세진은 선영에게서 시선을 거두고 테이블 위에 놓인 약을 한참 바라보다 입안에 넣었다. 머리를 울리는 어지러움 때문에 생각이 제대로 굴러가지 않았지만 준이 가져다 놓았다는 건 확실히 머릿속에 들어왔다. 괜히 눈물이 핑 돌아 눈시울이 붉어졌다. 생각지도 못한 곳에서 따뜻한 위로를 받았다.

재민이 방송하는 것을 보다 세진은 눈을 돌려 테이블 위에 놓여 있는 쌍화탕 병을 보았다. 그리고 오늘 마지막 큐시트를 살폈다. 한참 들여다보던 세진은 민지를 불러 마지막 멘트와 선곡을 바꾸도록 지시하고 직접 작성해서 넘겼다.

"어느덧 봄이 깊숙이 들어왔습니다. 이제 조금 있으면 여름이 달려와 어서 내놓으라고 재촉하겠죠. 그런 봄이 가는 걸 아쉬워하는 분께서 신청해 주신 곡입니다. 그분 마음속에 봄이 찾아왔나 봅니다. 어떤 봄일지 무척 기대가 되는데요. 마침 제 마음속에도 떠오르는 분이 있습니다. 그분을 보면 꽃비가 내리는 것처럼 찬란히 빛나죠. 그분께 바칩니다. 홍난파 선생님의 '봄처녀'. 봄처녀는 원래 이은상 선생님이 쓴 시조에 멜로디를 입힌 음악입니다. 피아노와 함께 흘러나오는 바이올린 소리, 전 이 가곡이 이렇게 슬프도록 아름다운지 미처 몰랐습니다. 달밤 바라기분들, 혹시 놓치고 보낸 님이 계시다면 이번 기회에 여쭤 보세요. '절 보러 오신 건가요?'라고요. 분명 대답을 들려주실 겁니다. 오늘 마지막 곡 들으시면서 전 내일 이 시간에 다시 오겠습니다. 달밤 바라기 분들, 사랑합니다."

봄 처녀 제 오시네. 새 풀 옷을 입으셨네.
하얀 그름 너울 쓰고 진주 이슬 신으셨네.
꽃다발 가슴에 안고 뉘를 찾아오시는고.
님 찾아 가는 강에 내 집 앞을 지나시나.
이상도 하오시다. 행여 내게 오심인가
미안코 어리석은 양, 나가 물어볼까나.

세진이 좋아하는 봄처녀였다. 오늘 마지막 곡에 넣고 싶어 급히 큐시트를 바꾸고 재민에게 전달했다. 갑작스러운 변경에도 재민은 불만 없이 침착하게 진행했다. 그리고 자신의 개인적인 감상평까지 덧붙였다.

재민이 디제이 부스에서 나오며 허옇게 뜬 얼굴로 미소를 짓고 있는 세진을 보았다.

"피디님 괜찮으세요?"

"네, 괜찮아요. 오늘 마지막 좋았어요. 이젠 자유자재로 자기 생각을 집어넣네요? 그 짧은 순간에."

"이런 건 이제 식은 죽 먹기입니다."

"건방져지기도 하고."

세진은 웃음기를 거두지 않으며 말을 이었다.

"그런데 마음속에 떠오르는 그분이 누굴까 궁금하네. 찬란히 빛나는 그분."

"어? 피디님 말한 건데요? 이 피디님 꽃비처럼 찬란히 빛나세요."

"어어, 아까는 김 피디님과 썸 타시더니 지금은 두 사람 분위기가 이상한데요. 오글거리는 멘트도 수상하고."

선영이 놀리듯 다가왔다. 그녀의 말을 한 귀로 흘린 세진이 온몸이 쑤시는 와중에도 재민과 대화하기 위해 힘을 내었다.

"재민 씨, 이렇게 느끼한 사람인 줄 몰랐네. 아파서 허옇게 뜬 사람보고 찬란히 빛난다고 하면 누가 믿어 주겠어."

"아, 제가 말한 건 오늘이 아닙니다. 오늘은 빛나지 않으세요."

재민은 사람 좋은 웃음을 지으며 마침 스튜디오로 들어온 매니저를 보았다.

"집까지 모셔다 드릴게요."

"아니에요. 나 잘 갈 수 있으니까 어서들 가요. 바쁜 사람이 뭘 태워 준다고 그래."

"오늘 스케줄 끝났어요. 가는 길에 태워 드릴게요. 기름도 아낄 겸."

"아닙니다. 그냥 가세요."

"피디님! 그냥 못 이기는 척 오늘은 재민 씨 차 타고 가세요! 지금 이 상태로 가다간 길 위에서 쓰러질 수도 있습니다. 내일 야유회도 생각하셔야죠!"

세진은 강한 어조로 몰아치는 선영을 멍하니 보았다.

"이 작가 많이 컸다. 나한테 소리도 지르고."

목소리에 힘이 들어 있지 않았다. 그저 선영을 보며 있는 힘을 다해 전달할 뿐이었다.

"욕은 내일 들을 테니까 오늘은 그냥 제 뜻대로 하세요. 재민 씨, 피디님 부탁드려요."

"걱정 마세요."

"내일 오전 10시까지 관악산 등산로 입구로 오셔야 해요. 잊지 마시고요."

민지가 스튜디오 밖을 나오는 세진을 향해 소리를 질렀다.

세진은 옆에서 함께 걷는 재민을 보며 불편한 얼굴을 하였다.

"진성 형에게 들었어요. 피디님 남의 도움 받는 거 병적으로 싫어한다고. 그래서 웬만하면 넘어가려고 했는데 오늘은 도저히 그냥 보낼 수가 없어서 그럽니다. 제 뜻 따라 주실 거죠?"

거절해야 옳은데, 평소라면 당연히 거절하고도 남았을 텐데 지금 몸 상태가 그런 것을 가늠할 정도로 멀쩡하지 못했다. 대답도 못 하고 겨우 고개를 끄덕인 세진은 느린 걸음으로 스튜디오 복도를 걸어갔다.

"이세진 피디."

뒤편에서 부르는 소리에 세진의 몸이 힘겹게 돌아갔다. 준이다. 그렇게 보려고 안간힘을 썼을 땐 코빼기도 보이지 않던 그가 이렇게 아파서 다 죽어 가자 나타났다. 꼭 이렇게 추한 상태로 있을 때 마주친다. 멀쩡할 때 보면 좀 좋아.

"집에 가요?"

준이 빠른 걸음으로 다가와 세진을 내려다보았다. 세진은 말할 기운도 없는지 작게 고개를 끄덕였다.

"피디님 데려다주려고 합니다. 아무래도 이 상태로 혼자 보내는 건 마음이 놓이지 않아서요."

준은 재민에게 시선을 돌렸다. 준의 눈동자를 본 재민은 흠칫 놀라며 머뭇거렸다.

"정재민 씨는 그만 가 보세요. 이 피디는 내가 데려다주겠습니다."

"네? 하지만 김 피디님은 방송하셔야 하는데……."

재민의 말을 자르며 준이 힘주어 말했다.

"내 방송은 내가 알아서 할 테니까 재민 씨는 그리 알고 먼저 가세요."

"아…… 네. 그럼 그렇게 하죠. 이 피디님, 모처럼 착한 일 하려고 했는데 김 피디님이 도와주지 않네요. 그럼 먼저 갈게요. 얼른 몸 회복하시고요."

"네. 고마워요, 재민 씨."

세진은 재민에게 미소를 지으며 고개를 숙여 인사했다. 매니저와 함께 먼저 걸어가던 재민은 좀 전 준의 차가운 눈동자가 떠올라 뒤를 돌아보았다. 그는 세진에게 다가와 뭐라고 말을 하고 있었다. 김준 피디가 이세진 피디를? 재민은 입꼬리를 올리며 가던 길을 걸어갔다.

"아까 약은 잘 먹었다."

"집에 가자. 데려다줄게."

"됐어. 방송이나 해. 정재민은 잘 보내 줬어. 안 그래도 같이 가기 불편했는데."

세진은 손을 들어 보이고는 발을 움직였다.

"좀! 내가 하자는 대로 하면 안 돼? 그놈의 자존심! 어지간히 해!"

준이 소리를 지르자 세진이 놀란 눈으로 올려다보았다. 이렇게 화가 나서 목소리를 높이는 건 그를 알고 난 후 처음 본다. 준은 이마를 쓸어 올리더니 세진의 손목을 잡고 성큼성큼

231

걸어갔다. 세진은 그의 힘에 이끌려 따라갔다. 주차장으로 내려오는 동안 그들은 말없이 걷기만 했다. 준이 조수석 문을 열었다.

"타."

세진은 준의 얼굴을 바라봤다. 무슨 생각을 하는지 알 수가 없었다. 버티고 싶지만 자꾸만 주저앉으려고 하는 몸뚱어리 때문에 차에 올라탔다. 준은 조수석 문을 닫고 운전석으로 와 앉았다.

"너 데려다주고 다시 올 거니까 그렇게 오래 걸리지 않아."

운전을 하며 말을 건넨 준을 보았다. 왜 데려다주는 건데. 그 말이 목구멍까지 올라왔지만 입 밖으로 내뱉진 않았다. 세진은 등받이에 머리를 기댔다.

"술 마시지 말라니까 말 되게 안 들어."

"너도 피디면서 뭘 물어. 술을 안 마실 수 있는 직업이니, 우리가?"

"그럼 감기나 걸리지 말든가. 주변 사람 다 알게 하면서 그러고 있으면 민폐인 거 몰라?"

세진은 시비 걸려고 데려다준다고 했나 싶어 다시 그를 보았다. 준은 한 번도 세진을 보지 않았다. 하지만 그의 눈동자가 흔들린다는 건 알 수 있었다. 차를 탔더니 집까지 순식간에 도착했다. 세진은 안전벨트를 푸르며 문을 열었다.

"데려다줘서 고마워. 방송 잘하고."

"이세진."

저를 부르는 소리에 세진이 돌아보았다. 준의 시선이 그녀를 향해 있었다.

"봄처녀 잘 들었어."

세진의 눈동자가 살며시 커졌다. 심장이 쿵쾅 뛰기 시작했다. 준이 가볍게 미소를 지었다.

"이따 전화할게. 자면 안 받아도 돼."

"자라는 거야, 말라는 거야?"

준이 하하 웃으며 고개를 끄덕였다.

"네 맘대로 하란 소리야. 나 신경 쓰지 말고."

"어렵다. 나 이런 거 되게 못해. 알잖아. 전에도……."

"그럼 자지 말고 있어. 이렇게 알려 주면 되는 거지?"

세진은 뭔가 마음에 들지 않는 해결책이라 미간이 구겨졌지만 고개를 끄덕였다. 어쨌든 준이 제시한 대로 하면 굉장한 보상이 기다리고 있을 것 같은 느낌이 들었다.

꽁무니를 보이며 가는 준의 차를 보던 세진은 오피스텔 안으로 들어왔다. 머리는 아까보다 더 울리고 기력을 모두 소진한 탓에 걷기도 힘들었지만 마음은 날아갈 듯 가벼웠다. 문을 열고 들어와 소파에 앉은 뒤 몰랑몰랑 피어오르는 감정에 쿠션을 끌어안고 뒹굴었다.

"아아."

몸을 흔드니 머릿속의 뇌도 함께 구르는 것 같았다. 소파에 길게 누워 천장을 바라봤다. 자지 말아야지. 내일 야유회에 늦더라도 오늘 꼭 기다려야지.

세진은 갑자기 테이블에 울리는 진동 소리에 벌떡 일어났다. 기다린다고 했는데 잠들었나 보다. 윙윙거리며 줄기차게 테이블을 두드리던 진동 소리가 멈췄다.

"안 돼."

세진은 중얼거리며 핸드폰을 집어 들었다. 부재중 목록을 확인하고 버튼을 눌렀다.

―안 잤어?

"방금 깼어. 잠들었었어."

―그럼 다시 자. 괜히 깨웠다. 미안해.

"어디야?"

―나?

세진은 냉장고에서 물을 꺼냈다.

"그럼 나겠니?"

―네 집 앞.

세진의 고개가 문가로 돌아갔다. 그리고 곧장 현관으로 가 문을 열었다. 벽에 기대어 있던 준이 문 여는 소리에 고개를 돌렸다. 세진의 심장이 다시 쿵쾅 뛰었다. 준은 손을 흔들며 몸을 일으켰다.

"몸은 좀 어때?"

"네가 사다 준 약이 효과가 있나 봐. 한결 나아졌어."

"다행이네."

"그렇게 무시하더니 아픈 건 언제 봤어?"

"사무실에서 계속 기침했잖아. 그런 건 원래 듣지 않으려고 해도 들리게 되어 있어. 내가 좋아하는 여자의 소리는 더더욱."

"김준."

"전화를 하겠다고 했지만 사실 좀 망설였어. 네가 언제 그랬냐는 듯이 마음을 감출까 봐."

"김준."

"하지만 네가 마음을 숨기더라도 이젠 내가 감추기 힘들다."

준의 눈동자가 세진을 집요하게 바라보았다. 막상 중요한 말을 꺼내야 하자 힘에 부쳤다. 감당하기 힘든 일이 눈앞을 스쳐 지나갔다. 그의 손이 세진의 머리카락을 쓸어내리며 귀 뒤로 넘겨 주었다.

"잠깐 들어올래?"

"아니."

손이 아래로 내려와 세진의 손을 잡았다.

"들어가면 네가 감당하기 힘든 일에 한 가지 더 추가하게 될까 봐 그만둘래."

준의 입가에 미소가 지어졌다. 연예인보다 잘생긴 미소. 세진이 보기엔 그런 미소. 하지만 한 걸음 다가가는 것도 힘에 부쳤다. 그들을 가로막고 있는 보이지 않는 장벽이 그녀를 주춤거리게 했다.

"네 자존심 지켜 줄게. 내가 애원하고 부탁해서 만나 주는 걸로 해 줄게."

세진은 눈을 들어 준을 올려다보았다.

"그러면 돼? 네 복잡한 마음 줄여 주는 거야?"

"준아."

"그냥 오늘은 너 보고 싶어서 찾아온 거야. 쉬어. 나중에 다시 이야기하자."

준은 세진의 얼굴을 가볍게 쓸고 몸을 돌렸다. 엘리베이터는 8층에 그대로 있었다.

"얼른 자. 내일 데리러 올게."

준은 손을 흔들고 엘리베이터로 사라졌다. 그가 가고 없는 공간에 덩그러니 남은 세진은 심장을 톡톡 두드리는 감정에 주먹을 힘껏 그러쥐었다.

"이 피디, 먼저 올라간다!"

"그러게 평소에 체력 좀 비축하지 그랬어!"

남자 피디들이 세진에게 한마디씩 하며 그녀를 앞질러 갔다. 세진은 남들보다 느린 속도로 걸었고 후발대로 출발한 사람들에게서도 슬슬 뒤처졌다. 숨을 거칠게 몰아쉬며 발을 멈춘 세진은 나무 기둥을 잡고 허우적댔다. 이 사람들은 죄다 산악인인지, 날다람쥐인지 순식간에 사라졌다. 같이 가던 작가들도 도저히 피디님이랑 못 가겠다며 어느 틈에 사라져 버렸다.

평소에도 산 타는 건 정말 싫어했는데 감기 몸살이 낫질 않아 더 힘들었다. 어제보다 몸은 한결 가벼웠지만 체력은 바닥이 났는지 좀처럼 돌아오지 않았다.

"헬스장을 다녀야 하나. 죽겠다."

데리러 온다던 준은 오피스텔 앞으로 찾아온 남자 피디들과 먼저 가 버렸다. 준과 같은 곳에 산다는 건 아무도 알게 하고 싶지 않았기에 세진은 그들이 가고 한참이 지나서야 출발할 수 있었다. 그래서 보기 좋게 지각했고 눈에 불을 컨 국장에게도 한 소리 들어야 했다.

세진은 눈을 돌려 준을 찾았다. 준은 야유회 행사 준비를 도와주고 있었다. 스카우트되어 왔다고 하지만 여기서는 1년 차기 때문에 선배 피디들의 텃세가 상당했다. CP기 때문에 대놓고 부리지는 못하지만 지금 같을 때 성가신 일들을 도맡게 하였다. 그런데 준도 딱히 싫은 내색 없이 즐겁게 참여하였다. 그러니 사람들이 준을 좋아하는구나 싶었다.

오늘 일정은 관악산 정상을 찍고 내려와 오후 3시까지 근처 운동장에 모여서 가벼운 체육대회를 한 뒤에 뒤풀이를 가는 것이었다. 누가 그렇게 알찬 구성을 계획했는지 세진은 야유회 관리자의 어깨를 잡고 흔들어 주고 싶은 심정이었다.

선발대, 후발대로 나눠서 등산을 시작했고 세진은 먼저 출발했지만 제대로 뒤처졌다.

"하아, 저길 언제 올라가."

한숨을 내쉬며 중얼거리던 세진이 발을 내미는데 옆을 스쳐 지나가는 남자가 그녀의 손을 잡고 끌었다. 무의식적으로 주변을 훑은 세진은 곧 아무도 없다는 것을 깨달았다.

"이세진 운동 좀 해야겠다. 너무 저질 체력 아니야?"

"나도 반성하는 중이다."

"렌즈 꼈어?"

준이 손가락으로 눈가를 가리켰다. 아, 응. 세진이 고개를 끄덕였다. 세진의 손을 잡아 끌어 주는 준이 옅은 숨을 내쉬었다.

"같이 가 주고 싶은데 내가 지금 그럴 상황이 아니다. 기다리는 사람들이 워낙 많아서."

알다마다. 여기저기서 부르는 통에 준은 몸이 두 개라도 모자를 지경이었다. 세진은 산 아래서 올라오는 후발대 인원들을 보자 손을 급히 놓았다. 준은 빙그레 웃으며 손을 흔들고 올라갔다.

사람이 참 이중적인 것 같다. 다른 사람에게는 들키고 싶지 않은데 손은 잡고 싶고. 스스로가 진실하지 못한데 누굴 평가하고 지적할 수 있을까. 이젠 준을 증오하고 싫어했던 자신이 철없게 느껴졌다. 어쩌면 그는 처음부터 거기 서 있었는데 혼자서 멋대로 상상하고 평가하고 싫어했던 것은 아닐까. 세진은 이미 시야에서 사라진 준을 상상하며 느린 발걸음을 옮겼다.

세진이 산에서 내려온 것은 3시가 훌쩍 넘은 시간이었다. 후들거리는 다리로 겨우 정상을 올라갔고 그땐 이미 1시를 넘겼었다. 10시 반에 출발했는데 올라가는 데만 세 시간이 넘게 걸린 것이다.

세진은 산 정상에 오른 스스로에게 만족하며 셀카도 한 장 찍고 여유를 부렸다. 올라올 땐 죽을 것처럼 힘들고 숨이 가빴는데 정상에서 시원한 바람을 맞고 숨을 내쉬다 보니 기운도 회복되는 것 같았다. 뻐근함에 괴로웠던 몸도 한결 편안해졌다.

여기저기서 문자가 왔다. 어디냐며, 내려오긴 하는 거냐고 물어 왔다. 그러게 진작 좀 챙길 것이지 내팽개치고 갔으면서 이제 와 걱정이 되나. 세진은 콧등을 찡그리고 핸드폰 화면에 혓바닥을 쏙 내밀었다. 그러자 진동이 울렸다. 세진은 허허 웃으며 받았다.

"넌 정말 양반은 못 돼."

―내 생각 했어?

"응. 했지."

―어떤?

"김준은 내려가서 뭐할까, 지금 무슨 생각을 할까. 김준과 같이 여기서 풍경 감상했으면 좋았겠다…… 뭐 이런 생각."

―김준은 잠깐 틈나서 너한테 전화하고 있고, 지금 네 생각하고 있고, 아까 정상에서 나도 같은 생각을 했어.

바로 어제만 해도 준과 이런 대화를 할 거라곤 상상도 못 했다. 괜히 울컥한 마음에 목구멍이 아려 왔다.

―그래서 언제 내려오려고?

"이제 내려가야지. 아― 체육대회 하기 싫어. 나 그냥 어디

숨어 있다 끝날 때쯤 갈까?"

─국장님이 너 어디 있냐고 제일 먼저 물으셨다.

"하여튼 그 사람은 날 너무 사랑한다니까. 이제 내려갈 거야."

─그래. 조심해서 내려와. 넌 무거워서 내려올 때 더 조심해야 돼.

알았다, 이놈아. 세진은 핸드폰을 쫙 째려보며 종료 버튼을 눌렀다. 곧 문자가 왔다.

〈예쁜 사진 없어?〉

방금 정상에서 찍은 셀카를 찾아 보내 줬다. 몇 분 뒤 답문이 왔다.

〈넌 실물이 낫다.〉

이거 뭐야. 사진이 별로라는 거지, 지금? 비록 내가 병색이 짙어 얼굴이 제 색깔을 띠고 있지 못하다마는 그렇게 직설적으로 말할 것까지는 없잖아. 세진은 투덜거리며 산을 내려왔다. 티격태격하지만 이런 준을 다시 볼 수 있는 게 꿈만 같았다. 세진의 입가에 미소가 진해졌다.

체육대회는 순전히 국장 중심으로 돌아갔다. 직장 생리라는 게 원래 그렇다지만 너무 대놓고 그러니 보는 사람 입장에서는 재미가 반감되고 왜 하나 싶은 마음이 들었다. 한참 재미없는 축구와 족구를 하다가 이번엔 국장 앞에서 젊은 사람들이 재롱을 부릴 차례가 되었다.

커플끼리 장애물을 처리하고 반환점을 넘어오는 게임이었다. '식상해, 무식해, 재미없어'를 외치며 자리에 못 박히듯 앉아 있던 세진은 국장이 콕 찍어 참가하도록 그녀의 이름을 출전자 명단에 넣자 고개를 푹 숙였다.

"아, 상충살이야. 저 국장과 난 전생에 원한을 가졌던 게 분명해."

인상을 찌푸린 채 중얼거리며 출발점을 나왔다.

"오— 이세진, 전 남친과의 대결이냐?"

"이 피디님 힘으로 눌러 버리세요!"

출발선에 나와 보니 대결 커플은 장현민과 이주연이었다. 현민은 세진을 보더니 입꼬리를 올렸다.

"이것도 인연인가?"

세진은 한 대 갈기고 싶은 마음을 꾹꾹 눌러 담았다. 주변을 두리번거리다 주형진 피디가 옆에 서는 것을 보았다.

"오늘 제 파트너십니까?"

"그렇다네."

보아하니 형진도 얼떨결에 끌려 나온 것 같았다. 세진은 형진을 보며 눈을 빛냈다.

"선배님, 저 지는 거 무지 싫어합니다."

"알지. 이세진하면 승부욕이고, 승부욕 빼면 시첸데. 그럼 또 내가 힘 한번 쓸까?"

"좋죠. 반드시 이겨야 돼요."

"오케이."

세진은 사이좋게 서 있는 커플을 보며 콧방귀를 꼈다. 오늘 네 여자 친구 머리통이나 관리해라.

호각 소리에 맞춰 출발하였다. 청팀, 백팀으로 나눈 탓에 사람들은 각 팀을 열렬히 응원했다. 형진은 세진을 안고 가서 바닥에 놓인 풍선에 내리꽂았다. 풍선은 단번에 터졌고 세진은 벌떡 일어나서 하나 놓인 뿅망치를 향해 뛰었다. 한참이나 먼저 가서 뿅망치를 든 세진은 다가오는 그녀의 머리를 힘껏 내리쳤다. 굉장한 충격에 주연의 얼굴이 새빨갛게 변했다. 좀 아플 거다.

다음 코스에서는 남자들의 차례였다. 뿅망치를 내리치고 손을 깍지 끼우며 잽싸게 달려간 형진과 세진이 박도 먼저 잡았다. 형진이 현민의 머리에 내리치자 박이 와장창 깨졌다.

"이거 미안하게 됐어. 악감정은 없는 거 알지?"

현민보다 선배인 형진이 씨익 웃음을 지으며 손을 흔들었다. 세진이 곧바로 형진의 등에 달려들다시피 업혔다. 그리고 출발선을 향해 손가락을 들어 올렸다.

"출발선까지 고고!"

저들보다 한참이나 먼저 들어온 세진은 형진과 하이 파이브를 하며 환호했다.

"이세진 칼 갈았나 봐!"

"화려한 복수극이냐!"

다들 깔깔대며 세진의 힘과 승부욕에 열광하였다. 원래 자리로 돌아온 세진은 주변 사람들이 와하하 웃으며 박수를 치자 옷자락을 잡고 무릎을 굽혀 인사했다.

"이 정도는 식은 죽 먹기죠."

"하여튼 이 피디님 승부욕 대단하세요."

"아니야. 힘이 장사인 거죠."

세진 팀이 이겨서 승부는 청팀이 한 점 더 앞서갔다. 바닥에 앉은 세진은 눈앞이 핑핑 돌아 이마에 손을 대었다. 할 땐 몰랐는데 격렬하게 몸을 움직였더니 별들이 눈앞에서 춤을 추었다. 그렇게 고개를 돌리다가 준과 눈이 마주쳤다. 그의 표정이 어쩐지 차가워 보였다. 저 녀석은 또 뭐가 기분 나쁘기에 저런 표정이야.

"난 우리 팀 점수에 크게 일조했다고 생각해. 그러니까 이걸로 오늘 게임은 끝이야."

주변 사람에게 들으라고 한 말이었지만 세진은 마지막 경기에 또 나오게 되었다. 아무래도 청팀에서 세진을 빼고는 이길 수 없다고 생각했는지 그녀를 이어 달리기 멤버에 넣었다.

이 몸은 못하는 게 뭐란 말인가. 아, 등산은 조금 힘들지만 달리는 건 자신 있었다. 어릴 때부터 달리기 속도가 남들보다 빨라서 체육대회를 할 때면 매번 계주 대표로 나갔다. 정말 티내고 싶지 않은데 사람들이 자꾸 이렇게 부탁을 한다. 이래서 체육대회니 행사니 참가하지 않으려고 버티는 거라고. 결국 또 이렇게 잘남을 부각시킬까 봐.

앞에서 뛰는 청팀 사람들이 너무 느려서 자꾸만 백팀과 차이가 났다. 드디어 세진이 바통을 잡고 뛰자 간격은 순식간에 좁혀졌다. 앞에서 뛰던 사람들과 확연한 차이가 느껴졌다. 사람들은 또다시 입을 벌리며 세진을 보았다. 단숨에 백팀 주자를 따라잡고 거리를 벌려 놓았다. 마지막 주자는 세진이 벌려 놓은 거리로 손쉽게 흰색 테이프를 뚫었다.

"와아! 이겼다!"

"이 피디님 대단해요!"

세진은 사람들의 환호에 적당히 손을 흔들어 주다가 바닥에 주저앉았다. 이제 정말로 체력이 바닥난 기분이었다. 여기서 술을 마신다면 완전히 뻗을 것 같았다. 선영과 민지가 와서 일으켜 주었다.

"피디님 이렇게 달리기 잘하는 줄 몰랐어요. 하여간 승부욕 하나는 끝내준다니까요."

"이게 승부욕으로 보이니? 평소 실력이야."

숨을 거칠게 내쉬면서도 말투는 내려놓지 않았다. 작가들은 세진을 양쪽에서 거들며 걸었다.

"집에 가서 쉬고 싶다."

"뒤풀이 갔다가 일찍 집에 가는 걸로 해요."

결국 뒤풀이까지 끌려오게 되었다. 세진은 최대한 국장과 멀찍이 앉으려고 끄트머리에 자리를 잡았다. 그리고 작가들과 옆 테이블 사람들과 고기를 먹으며 적당히 술잔을 부딪쳤다.

그런 다음 마시지는 않고 몰래 내려놨다.

"이세진!"

세진은 고기를 먹다 국장의 목소리에 눈을 질끈 감았다. 밥 먹을 때만큼은 좀 편안히 먹었으면 싶다.

"네에!"

하지만 금방 활짝 웃고 일어섰다.

"이리 와. 내 술 한 잔 받아. 오늘 청팀 승리의 주인공인데."

"아……."

거절은 거절하는 국장의 눈빛에 세진은 가운데 테이블 앞으로 갔다. 세진은 국장 맞은편에 있는 준의 옆에 앉으며 술잔을 내밀었다. 국장이 아까부터 술병을 들고 기다리고 있었기 때문이다.

"요즘 이세진 예뻐 죽겠어. 평소에도 좀 그렇게 잘하지 그랬어! 싹싹하니 보기 좋구먼."

국장은 껄껄 웃으며 술잔에 술을 따랐다. 옆에 있는 남자 피디들이 동의했다.

"그러게요. 국장님 이제 한결 마음이 놓이시겠습니다."

"그러니까 말이야. 이제 이 피디한테 마음 놓고 프로그램 맡겨도 되겠습니다."

대체 프로그램 진행과 이런 아부가 무슨 상관관계가 있는지는 모르겠다만 세진은 술을 받았다.

"자, 쭉— 들이켜."

세진은 어색하게 웃고 몸을 살짝 돌리다 준과 눈이 마주쳤다. 그는 무표정한 얼굴로 세진을 보고 있었다. 눈을 질끈 감고 마셨다. 썼다. 바닥난 체력 때문인지 금방 취기가 올라왔다.

"이렇게 같이 보니 둘이 참 잘 어울리는구먼."

국장은 나란히 앉은 준과 세진을 보며 뜬금없는 말을 꺼냈다. 주변 사람들의 시선이 그들에게 쏠렸다. 준은 그대로 있었고 세진은 눈에 띄게 당황한 얼굴을 했다.

"에이, 국장님. 김 피디가 뭐가 아쉬워서 이 피디하고 사귀겠어요."

옆에 앉은 남자 피디들은 국장의 안목을 타박했다.

"그리고 이 피디는 이제 사내 연애 못 할걸요?"

"맞아요. 거기다 전에 사무실 앞에서 소리 질러 가며 싸운 거 생각하면 둘은 연애 못 하죠."

"아무리 봐도 김 피디가 아까워."

"어머, 세진 씨가 어때서요. 외모로 보면 절대 꿀리지 않는다고요. 스타일 바꾸고 얼마나 예뻐졌는데!"

세진을 옹호하는 사람은 대부분 여자였다. 격세지감이다. 어릴 때는 대부분의 여자들이 저를 싫어했는데 이젠 동성에게 인정을 받으니. 아마도 남자들을 적으로 돌릴 때부터 이렇게 된 것 같다.

"이 피디가 꾸미질 않아서 그런 거지 본바탕은 나쁘지 않아요."

강수미 피디의 말에 준의 입가에 작은 호선이 그어졌다.

246

"어? 김 피디도 그렇다고 생각하는 거지?"

수미가 준의 얼굴을 보며 관심을 보였다. 준의 시선이 세진에게로 향했다.

"네. 예뻐요."

세진의 얼굴이 급격히 붉어졌다.

"어머! 뭐야. 이 피디 얼굴이 왜 빨개져."

피디들의 놀리는 말에 세진의 얼굴이 더욱 붉어졌다.

"예, 예쁘단 소리를 듣는 게 오랜만이라 그럽니다!"

세진은 괜히 버럭 소리를 높이며 시선을 돌렸다. 국장이 또다시 술병을 들었다. 무심코 잔을 들던 세진의 팔을 내리고 준이 잔을 올렸다.

"이 피디 대신 제가 받겠습니다. 어제부터 몸살기 때문에 힘들어했는데 계속 아프면 방송 진행에도 영향을 줄 것 같으니 지금부터 이 피디 술은 제가 마시겠습니다."

국장은 누가 받든 술을 받으면 다 좋은지 흔쾌히 고개를 끄덕이며 준에게 술을 따라 주었다. 그때부터 세진에게 오는 술은 전부 준이 마셨다. 사람들이 뭐냐며 흑기사냐, 이세진 대리인이냐 놀려도 준은 그저 웃기만 할 뿐 대꾸를 하지 않았다.

"섭섭해요. 이 피디님만 챙기시는 거예요?"

평소 준에게 관심을 보이던 젊은 여자 피디들과 작가들이 다가왔다. 그 여인네들은 세진을 흘겨보며 준에게 가깝게 밀착했다. 선배 피디라 대놓고 노려보지는 못하겠고 딴에는 소심하게 눈을 흘기는 정도로 세진을 시기했다.

엉덩이를 들이밀며 치고 들어오는 여인네들 때문에 슬슬 준에게서 멀어진 세진은 아예 구석으로 자리를 옮겼다. 여인네들에게 둘러싸인 그를 보자 어릴 적 기억이 떠올랐다. 저 녀석은 항상 저렇게 여자들에게 둘러싸여 있었다. 새삼 놀라울 것도 없다.

세진은 준이 앉은 테이블을 보다가 고개를 반대로 돌렸다. 제길, 이곳에도 암 덩어리가 포진해 있었군. 현민이 주연과 도란도란 얘기를 나누며 술잔을 주고받았다. 세진은 주연을 슬쩍 보았다.

아까 꽤나 아팠을 거다. 있는 힘껏 내리쳤거든.

세진은 킥킥대며 웃다가 현민을 바라보고 있는 주연에게 시선을 고정시켰다. 피디, 작가들이 전부 모인 자리에서 보란 듯이 현민의 옆에 앉아 당당하게 연애를 하고 있는 주연이 눈에 들어왔다. 나이는 어리지만 연애만큼은 전혀 어리지 않았다.

현민의 손이 주연의 허벅지를 쓰다듬었다. 주연을 보는 그의 눈빛에는 사랑이 넘쳐흘렀다. 저 사람은 세진보다 주연에게 사랑의 감정을 느껴 돌아섰다. 세진은 문득 현민과의 연애를 떠올렸다.

나는 현민에게 어떤 여자였을까. 꽤 오랫동안 만났는데 그는 내가 왜 싫어진 걸까. 내가 정말 드세서, 나무토막 같아서 정나미가 떨어진 걸까. 남자들과 싸우고 다니는 모습이 옆에서 보기에 한심하다고 생각한 걸까. 아니면, 남들 다하는 잠자리를 2년 동안이나 철벽 치며 방어한 탓에 질려 버렸을까.

뭐든 현민은 내게 애정을 느끼지 못한 것이다. 내가 또 연애를 한다고 해도 그런 일이 생기지 않으리란 보장은 없다. 그게 두렵다. 마음을 주었는데 버려질까 봐.

세진은 다시 준에게로 시선을 돌렸다. 그러던 그녀의 눈동자가 커졌다. 준이 저를 보고 있었다. 눈이 마주치자 그가 살며시 미소를 지었다. 핸드폰 봐. 그가 입 모양으로 속삭였다. 세진은 테이블 아래로 눈을 내려 핸드폰을 보았다.

〈나가자. 20분 뒤에 주차장 앞에서.〉

세진은 준을 보고 고개를 끄덕였다. 사람들 눈을 따돌리는 게 관건이긴 하지만 오늘 하루 종일 떨어져 있었기 때문에 얼른 만나고 싶었다. 둘이 있고 싶었다. 못다 한 대화도 나눠야 했다.

국장은 주변의 남자 피디들과 거침없이 술을 들이켰다. 여자 피디들과 작가들도 이쪽을 신경 쓰지 않았다. 세진은 문제없었다. 문제는 준이었다. 워낙 부르는 곳이 많은 데다 저렇게 옆에 앉아서 지속적으로 매력을 어필하는 여인네들을 떨치고 나올 수 있나 모르겠다.

20분 뒤, 세진은 제시간에 준의 차가 서 있는 주차장으로 도착했다. 그리고 주차 방지 턱에 걸터앉아 밤바람을 맞았다. 다리에 알이 배겼는지 그새 단단해졌고 몸은 여기저기가 쑤시며 아우성이었다. 고개를 숙이고 다리를 매만졌다. 그 순간 세진의 손등 위로 겹쳐 온 손이 그녀의 다리를 주물렀다.

뒤에서 안은 남자의 따뜻한 몸이 느껴진다. 익숙한 향기가 코끝을 자극한다. 알코올 냄새에 가려진 옅은 비누 향. 아니, 향수 향인가. 귓가에 남자의 숨소리가 들린다.

"다리가 많이 부었네."

세진의 고개가 돌아갔다. 준의 시선이 닿았다.

"준아."

"겨우 같이 있네."

준은 팔을 풀지 않고 꼬옥 안았다. 귓가가 자꾸만 간지러웠다.

"다른 남자랑 스킨십을 아무렇지도 않게 하더라. 나빴어."

스킨십? 도대체 뭘 말하는지 몰라 세진이 몸을 돌리려 했지만 준이 꼭 안아 움직이지 못하게 가뒀다. 벗어나려고 안간힘을 쓰던 세진은 낯선 남자의 등장에 잠잠해졌다.

"대리 부르셨죠?"

대리 기사가 묻는 소리에 그녀의 몸을 감싸던 팔이 풀어졌다. 준은 일어서서 차 키를 주었다. 그의 얼굴에 붉은 기운이 도는 것을 보니 꽤나 마신 것 같았다. 준과 세진은 뒤쪽 좌석에 앉았다. 그는 세진의 어깨에 기대어 눈을 감았다.

"얼마나 마신 거야?"

"음…… 세 병 정도."

"그사이 그렇게 많이 마셨어?"

"간……다고 하니까…… 이것만 마시고 가라고 주는 거야. 그래서…… 다 마셨지, 뭐."

말하기가 힘든지 준은 느릿하게 호흡했다. 그의 손이 세진의 허리를 감아 왔다.

"좋다."

술에 취한 준의 모습이 어쩐지 귀엽게 느껴졌다. 감정을 얼굴에 그대로 드러냈다. 어린아이같이 투정도 부린다. 집에 오는 동안 준은 잠이 들었다. 그래서 세진은 잘생긴 얼굴을 오래도록 바라보았다.

주차장에 차를 댄 대리 기사가 가고 나서도 세진은 한참을 그대로 있었다. 얼마나 시간이 흘렀는지 모르겠다. 세진은 그저 영원처럼 잠식되어 있는 그 시간을 즐기며 고요함을 누렸다. 그러다 갑자기 울리는 요란한 핸드폰 소리에 화들짝 놀라며 화면을 노려보았다. 선영이다.

─피디님 언제 가셨어요?

"어…… 피곤해서 먼저 나왔어. 미안. 말도 없이 사라졌네. 잘 끝났어?"

─이 사람들 징글징글해요. 2차 가자고 해서 지금 이동하는 중이에요.

"그대도 어지간히 놀다 들어가. 혹 간다니까 그래."

─그럴게요. 피디님 그럼 쉬세요. 참! 김 피디님 못 보셨어요?

"어, 어? 못 봤는데. 왜?"

—아니요. 최 작가가 김 피디님 안 보인다고 해서요. 전에 두 분이 집 방향 같다고 했던 것 같아서 혹시 아시는 거 있나 하고요.

기억력도 좋네, 이 여자. 세진은 괜히 심장이 쿵쾅 뛰어 숨을 연거푸 내쉬었다.

"내가 어떻게 알아."

—아, 그렇구나. 알았어요. 월요일 날 봐요.

핸드폰을 내리며 준의 얼굴을 보던 세진의 눈이 커졌다. 그의 입꼬리가 올라가 있었다.

"요즘 이세진 씨 당황하는 모습, 자……주 본다?"

"깼어?"

준의 목소리에 세진은 놀란 심장을 누르며 그의 머리를 들어 올렸다.

"깼으면 일어나."

준은 머리를 들어 세진을 빤히 보았다. 시선이 허공에서 부딪쳤다.

"왜 자꾸 봐."

"예뻐서 보지, 왜 보겠어."

"취중진담이니, 감언이설이니?"

"둘 다."

준의 웃음소리가 귓가에 울렸다. 세진은 그를 살짝 흘겼다.

"아까 했던 스킨십 얘기 더 해 봐. 내가 언제 스킨십을 했다고 그래."

준의 얼굴이 점점 더 가까이 다가왔다. 세진은 당황해서 살짝 뒤로 물러났다.

"나 아닌 다른 남자가 네 몸에 손대는 거, 난 굉장히 싫어해."

"웃겨. 내 몸의 소유권은 내게 있거든?"

자꾸만 가까워지는 그의 얼굴에 세진은 심장이 벌렁거리는 와중에도 목소리를 힘주어 내었다. 절대 굽히면 안 된다는 생각이 들었다. 굽히는 순간 준에게 와르르 마음이 넘어갈 것 같았다.

코앞까지 다가온 준의 눈동자가 세진을 흔들었다. 버티기가 힘들 정도로 긴장이 되었지만 끝까지 눈에 힘을 주었다. 팽팽한 기싸움 끝에 준의 입매가 올라갔다.

"네 소유권 양도해. 내게."

"소유권이 빌려주고 빌려 오는 그런 거냐? 넌 정말……."

준의 손가락이 세진의 입술을 막아 버렸다. 하지만 손가락 때문이 아니었다. 정말로 조금만 더 성질대로 말했다간 그다음 일을 예상할 수 없을 정도로 준의 눈빛이 강렬했다.

"더 말할 거야?"

질문하고 얼굴이 매치가 안 되잖아. 절대 말하지 말라는 표정을 하고 있으면서 묻긴 왜 물어. 세진은 고개를 저었다. 준은 만족한 듯 손을 내리며 빙그레 웃었다.

"오늘 하루 종일 보고 싶었어. 그런데 가만히 있지를 않더라고. 좀 보려고 하면 사라지고, 다른 남자랑 게임하며 몸 부비고 있고, 다른 남자랑 웃고, 얘기하고……."

설마 스킨십이 아까 주형진 피디랑 게임했던 걸 말하는 건
가? 세진은 이 녀석이 질투도 한다는 걸 알고 눈을 크게 떴다.
어쩌면 이 사람은 자신이 평소 알고 지내던 것과 굉장히 다른
남자일 수도 있겠다. 어린애처럼 자기중심적이지만 어린애처
럼 솔직한 남자. 그게 준의 원래 모습일지도.

"그건 내가 하고 싶은 말이야. 하루 종일 바쁘고, 다른 여자
랑 말하고, 웃어 주고, 챙겨 주고. 누가 더 억울한지 대볼래?"

준은 등받이 시트에 머리를 기대며 세진의 얼굴을 손으로
쓸어내렸다.

"이세진이 날 보고 있는 줄은 몰랐네. 워낙 잘 감추는 여자
라."

"몰래 숨어서 봤다. 됐니?"

"만족스러운 대답이야."

"너야말로 그동안 본 척도 안 하더니만 갑자기 왜 마음을
바꿨어?"

"네가 답을 줬으니까."

세진의 얼굴이 별안간에 화르륵 불타올랐다.

"그거야 뭐…… 마침 봄이기도 하고 내가 좋아하는 노래이
기도 하고……."

"거짓말."

세진은 할 말을 못 찾고 힘겨워했다. 준은 세진의 머리를
당겨 안았다.

254

"거짓말이어도 좋다. 가까이서 보니까. 널 외면하면서 지낸 보름은 나도 정말 힘들었거든."

"힘들긴 했어?"

"당연하지. 넌 내가 정말로 네게서 마음이 돌아선 줄 알았어?"

"그래."

"바보야. 그랬다면 그렇게 무시하면서 일부러 피하고 그러지도 않았지. 피곤하게 그런 짓을 왜 하겠어."

세진이 준의 가슴을 밀며 고개를 들어 올렸다. 억울하면서도 정말 다행이라는 복잡 미묘한 감정에 가슴 저리도록 멋진 그의 미소가 번지니 눈시울이 뜨거워졌다.

"그럼 뭐야. 일부러 그런 거야?"

준이 다시 미소를 지었다.

"내가 널 좀 아는데 넌 스스로 깨닫지 않고서는 어떤 말도 듣지 않으려고 하고 자꾸 의심만 하더라고. 네 감정조차도."

"하여간 눈치도 빨라."

"맞아. 그래서 내가 머리를 좀 썼어. 이세진을 어떻게 하면 자각시킬 수 있을까. 어떻게 제 마음을 돌아보게 할까. 그런데 생각지도 못한 상황이 생긴 거야."

세진의 시선이 준의 눈동자에 박혔다. 그의 까만 눈동자가 그녀의 마음속에 깊이 들어왔다.

"바로 나. 내 감정을 무시했던 거지. 사실 내가 더 힘들었어. 괜히 묵언 수행 시작했나. 저 여잔 관심도 없는 것 같은데 나만 애태우는 건가. 그냥 지금이라도 가서 너 좋다고, 그러니까 싫어도 한번 만나나 보자고 할까. 별별 생각을 다 했지."

"그랬구나."

준의 미소가 좋다. 이렇게 저를 보면서 환하게 웃어 주는 그의 얼굴이 너무 설렌다. 세진도 따라 웃었다. 처음으로 준에게 마음을 다한 미소를 보냈다.

"이제야 웃어 주네. 이세진."

그의 목소리에 세진은 금세 울 것 같은 눈을 하며 준을 보았다.

"네가 날 모르는 사람처럼 무시하고 외면하는 거 못 견디겠더라."

"못 견디지."

"동료 이상으로 봐 주지 않는 것도 정말 힘들었어."

"힘들지."

"그런데 있지……."

세진은 또다시 거기서 막혔다. 널 만날 자신이 없어. 다시 사내 연애할 용기가 나지 않아. 넌 자꾸만 힘들었던 과거를 떠올리게 하니까. 그냥 모른 척, 아무 일도 없는 척 살아갈 수가 없어. 이런 말들이 머릿속을 맴돌았다. 그의 설레는 고백을 받고나서도 주저하는 이유였다.

준은 그런 세진을 아는지 모르는지 빤히 보았다. 차 시트에 기대어 그녀의 눈을 집요하게 바라봤다. 그의 눈빛이 뚫어질 듯하여 세진은 시선을 돌렸다.

"넌 내가 왜 좋아?"

세진은 겨우 목소리를 냈다. 도대체 이 남자는 저를 왜 좋아할까.

"예뻐서 좋아."

"그건 당연한 거고."

"그럼 어떤 거?"

"너 나 싫어했잖아. 아주 많이."

"난 너 싫어한 적 없어."

"거짓말. 걸레라고 소문냈잖아. 아무에게나 몸을 주는 그런 여자라고 했잖아."

세진은 추억거리를 꺼내듯 담담히 말했다. 결국엔 이 문제를 언급하지 않을 수 없었다. 그를 볼 때마다 불편한 마음을 쏟아 내지 않고서는 준을 마주할 수 없었다. 준의 미간이 살짝 구겨졌다.

"그게 무슨 말이야."

"뭘 놀라고 그래."

"너 여태 그렇게 날 오해하고 있었던 거야?"

준은 충격을 받았는지 얼굴이 굳어졌다. 세진을 보며 한숨을 내쉬었다.

"난 절대로 그런 말 한 적 없어. 이건 정말이야. 네게 그런 소문이 도는 건 알았지만 그 근원지가 나는 절대 아니라고. 어떻게 그런 생각을 할 수가 있어?"

"여자애들은 전부 네가 말한 줄 알던데? 날 마치 무슨 창녀

257

보듯 바라보는데 정말 기분 더러웠어. 그리고 그날도…… 내가 네 뺨을 때린 그날 네 눈빛도…… 딱 그랬어."

"맹세코 난 그렇게 보지 않았어."

"그럼 내가 혼자 또 망상을 한 거라고?"

"아……."

준은 답답한 듯 이마를 연신 쓸어 올렸다. 이 남자, 분위기만으로는 정말 억울해 죽기 일보 직전이네.

"내 쪽지는 왜 씹었어? 내가 여러 번 보냈는데."

"쪽지? 그건 또 무슨 말이야?"

그의 눈이 다시 흔들렸다. 이것도 모른다고 할래. 세진은 원망의 눈빛으로 준을 바라보았다. 그런데 그는 정말 모르는 얼굴을 하고 있다. 연기를 잘하는 건지, 사실인 건지 이젠 헷갈린다.

"일종의 화해 메시지였어. 매일 이렇게 경쟁하는 거 피곤하니까 이제라도 잘 지내보자는 그런 거."

"난 못 받았어."

"내가 네 사물함에도 넣었고, 고재원이 네 책상에다가도 넣었는데 못 봤다는 게 말이 돼?"

"왜 나한테 직접 안 줬어? 나야말로 묻고 싶다. 왜 그런 소문이 내게서 시작되었다고 생각하는지. 그리고 쪽지는 어디로 갔는지."

"그땐 직접 줄 상황이 아니었잖아. 어딜 가든 여자애들이 눈에 불을 켜고 날 주시하는데 네 손에 턱하니 줄 수 있었겠어?"

"……."

"난 최선을 다해 내가 할 수 있는 방법으로 네게 쪽지를 보냈어."

"난 못 받았어. 받았다면 네게 답장을 했을 거야."

"알면서 씹은 게 아니라 정말 못 받았다고?"

세진의 흔들리는 눈동자를 보며 준은 옅은 한숨을 내쉬었다.

"여태 그걸로 날 죽일 듯이 싫어했다니…… 혹시 날 때린 것도 그것 때문이야?"

"어? 어…… 그건…… 몰래 보낸 쪽지 내용을 네가 아무렇지도 않게 다른 애들에게 발설하고, 심지어 내가 너랑 한번 자고 싶어 한다는 얼토당토않은 소리를 지어 냈고, 고재원을…… 나한테 보냈으니까."

"고재원?"

정말 모르는 거야, 모르는 척하는 거야. 세진은 준의 눈동자를 바라보며 답을 찾느라 애썼다. 준은 잠시 생각하다가 미간을 찌푸렸다.

"그럼 너 그때…… 옷이 그렇게 구겨졌던 게…….

그날 일은 13년이 지났지만 아직도 생생하기 때문에 서로가 어떤 옷차림이었는지, 어떤 얼굴이었는지 또렷이 기억했다. 세진은 말도 못 하고 그의 얼굴만 바라보고 있었다. 준은 잠시 세진을 빤히 바라보다가 그녀의 머리를 당겨 품에 안았다.

"미안하다. 다 내 잘못인 것 같다."

"……."

"얼마나 놀랐을까. 너무 미안해. 미안해, 세진아."

"네가 보낸 게 맞아?"

"아니야. 맹세해. 난 정말 아무것도 몰랐어. 그래서 더 미안해. 그렇게 신경전을 벌일 시간에 네 모습에 눈길을 줄걸. 조금만 더 관심을 가질걸."

"김준."

"다친 덴 없었어? 혹시…… 뭐 나쁜 일은……."

세진이 준의 품에서 벗어나 그의 눈을 바라보았다. 그의 눈동자가 거칠게 흔들렸다.

"난 그렇게 쉽게 당하는 여자 아니야. 아버지가 워낙에 잘 키워 놔서 호신술 정도는 할 수 있거든. 하지만 그렇다고 해서 그 일이 아무렇지 않은 건 아니야. 넌 창고에 오지도 않았고 엉뚱한 고재원이 와서 나한테……."

세진은 잠시 숨을 고르고 말을 이었다.

"그런 짓을 하려고 했어. 네가 보냈다고 하면서. 너 같으면 어떻겠어? 네가 나라면 어떻게 생각할 것 같아. 그 상황에서도 내가 점잖게 행동했어야 했던 거야?"

"세진아."

"그때 난 정말 힘들었어. 학교에서도 집에서도……. 정신 똑바로 차리지 않으면 미쳐서 돌아 버릴 것 같았다고. 난 널 증오하는 힘으로 하루하루 버텼어. 그런데…… 네가 그런 게 아니라고?"

세진의 눈에서 참고 참았던 회한이 굴러 떨어졌다. 우는 줄도 모르고 눈물을 흘려 보냈다. 세진을 아프게 바라보던 준이 볼을 타고 흐르는 그녀의 눈물을 엄지손가락으로 닦아 주었다.

"고재원이 갑자기 학교에 안 나온 건 네가 그런 거야?"

"우리 아버지가 바로 조치를 취했어. 그 자식 얼굴을 학교에서 계속 보면서 살 수는 없잖아."

"그래. 그건 정말 잘했다."

준은 한참 동안 생각에 잠겼다. 세진은 그를 기다려 주었다. 이 사람도 생각할 시간이 필요하니까. 과거의 일이 저처럼 또렷하게 기억나지는 않을 테니까. 그는 한참 만에 세진에게로 시선을 옮겼다. 그리고 그녀의 머리를 착한 아이 칭찬하는 것처럼 쓰다듬었다.

"자존심이 하늘을 찌르던 네가 나한테 쪽지도 먼저 주고 대화를 시도하려고 노력했네. 그런 널 모르고 난 나대로 널 오해하고 있었으니…… 참 한심하다 내가."

눈물로 붉어진 세진의 눈이 준을 바라보았다.

"내가 알기로 고재원은 널 많이 좋아했어. 남자애들이 거의 다 알 정도였으니까. 그래, 너랑 말도 섞지 않던 나도 알고 있을 정도니 고재원이 널 어떤 눈으로 봤는지 알겠지?"

세진의 시선이 아래로 떨어졌다. 다시 고재원을 떠올리는 건 끔찍하지만 그 사건이 일어나기 전까지 재원은 세진에게 둘도 없는 친구였다.

"고재원은 너와 경쟁 관계에 있는 나에게 굉장한 열등감을 가지고 있었어. 같은 반이었을 때 날 바라보는 그 녀석의 눈빛이 예사롭지 않았거든. 솔직히 난 네 주변의 남자들에게 관심도 없었는데 그 녀석이 태클 거는 게 달갑지 않았어. 이유 없이 싸늘한 눈초리를 받는 게 기분 좋은 일은 아니잖아."

이 남자, 사돈 남 말 하듯 하고 있다. 김준 너 때문에 내가 여학생들에게 시달린 건 모른 체 할 거냐고 따지고 싶었다. 준을 바라보는 세진의 눈동자가 흔들렸다. 아니다. 사실 우린 서로가 비슷한 스트레스를 받고 있었던 거다. 그걸 우린 서로의 문제라고 생각했던 거야, 바보처럼.

"나쁜 아니라 다른 남자들의 시선도 싫었겠지. 널 혼자서 독차지하고 싶은데 자꾸만 접근하는 남자들을 못마땅하게 생각했겠지. 그래서 그런 소문도 낸 것 같아. 남학생들이 네게서 좀 떨어져 나가도록 하기 위해 참다 참다 저지른 거겠지."

"……!"

"효과가 있었는지는 모르겠지만 이유는 그랬을 거야. 그리고 이참에 나란 놈을 이세진에게서 완벽하게 떨어뜨리고 싶었겠지."

사람이 사람을 오해하는 데에 뭔가 대단한 사건이 원인인 경우는 거의 없다. 대부분은 아주 사소한 것이 단초가 된다. 단순한 말실수, 주변의 편견, 험담…… 이런 것들이 딱 한 바퀴만 돌고 나면, 아니 도는 척만 해도 게임 끝이다.

준과 제 성격을 잘 아는 친구들은 그렇게 그들에게 유리한 방향으로 룰을 만들어 나갔다.

우리가 서로를 의심하도록, 조금 더 날을 세우도록 뒤에서 조종하면서 자신들의 빗나간 애정을 충족시켰다. 그렇게 아무것도 모른 체 전투 인형이 된 우리는 서로를 격렬하게 미워하였다.

"하지만…… 난 이해가 안 돼. 재원인 그전까지 누구보다 날 이해해 주는 남자애였어. 고1 때부터 지내 온 시간을 생각하면 혼자서 단독 행동할 그런 애가 아니었다고."

그렇게 믿고 싶다. 비록 결국엔 쓰레기 짓이나 하는, 생각하기도 싫은, 남자에 대한 불신만 가져오게 하는 사람으로 전락했지만 그전까진 오랜 시간 옆에서 도와주던 착한 남자였다고 믿고 싶다. 그게 아니라면 세진의 고등학교 시절은 온통 거짓과 배신, 미움으로 가득 찬 날들일 뿐이었다.

"널 좋아하니까 그랬겠지. 그건 맞을 거야. 쪽지도 그렇게 사라진 것 같고."

"정말…… 네가 그런 게 아니라고?"

믿어지지 않는지 세진은 계속해서 되물었다. 여태 그렇게 죽도록 미워했는데 준은 아무런 상관도 없는 사람이었다니 미안하다 못해 도망가 버리고 싶었다.

왜 자신은 김준이 당연하게 나쁜 사람이라고 생각했던 것일까. 모든 일의 시작엔 왜 준이 맨앞에 있었다고 믿었을까. 이 녀석에 대해 잘 알지도 못했으면서. 제대로 대화해 본 적도 없으면서.

서러움, 속상함, 부끄러움, 회한. 말로는 다 담을 수 없는 감정들이 머릿속을 흔들어 댔다.

이 복잡한 감정들이 갈 곳을 잃었다. 꽤 오랜 시간 묵혀 두며 버렸는데 저 혼자 착각하고 오해한 빈 껍질에 지나지 않은 허무한 것이었다. 그렇게 세진의 13년은 뻥 뚫린 구멍이 되어 버렸다.

"그래서 전학을 가 버린 거야?"

세진의 눈이 준을 향했다. 준은 세진의 손을 잡으며 달래듯 미소를 지었다.

"그때 너한테 뺨 맞고 화가 많이 나긴 했지. 그런데 참 이상하더라. 네가 다시 보이는 거야. 울지 않으려고 무지 노력하는데도 눈물이 나오는 널 보며 이 여자애가 울 줄도 안다는 걸 그때 처음 알았거든. 눈물범벅인 얼굴로 날 노려보는데 그 모습이 애처롭더라고."

"죽을힘을 다해서 참았으니까."

"처음이었어. 널 보면서 그런 느낌이 든 건. 내가 널 잘못 알았다는 느낌이 들었어. 그래서 제대로 말해 보고 싶었는데 네가 감쪽같이 사라져서 참 허무하고 황당했지."

"아……."

세진은 깊은 한숨을 내쉬며 고개를 숙였다. 잔뜩 긴장해서 13년이나 묵혔던 과거의 일을 쏟아 내고 나자 피로감이 물밀듯이 몰려왔다. 준이 그녀의 머리를 서서히 당겨 제 어깨에 기대게 했다. 세진은 잠시 눈을 감고 마음을 다스렸다.

"그때 우리 집 망해서 지방으로 내려갔었어."

"망해? 아…… 너희 집 잘나갔었지. 생각난다."

"넌 절대 모를 거야. 화려했던 생활을 하다가 갑자기 하루 아침에 길거리에 나앉게 되면 사람이 얼마나 황폐해지는지."

"그런 줄은 정말 몰랐어."

"아무한테도 말 안 했으니까. 그건 내 마지막 자존심이었거든."

세진의 목소리는 덤덤하게 흘러나왔다. 그것도 다 과거의 일이었다. 고생하며 겨우 살 곳을 마련하고 대학에 진학해서 죽기 살기로 공부하고 일했던 모든 것이 다 지나간 것들이었다.

"파란만장한 과거였지. 곱게만 자란 도련님은 절대 모를 거야."

세진의 입술이 종알거리며 움직였다. 준의 시선이 제 어깨에 기댄 세진의 이마에 닿았다. 기다란 속눈썹, 그 아래로 곧게 뻗은 콧날, 그가 마음을 뺏긴 붉은 입술이 눈에 들어왔다.

"대단하다. 넌 정말 대단한 여자가 맞는 것 같아."

"파란만장한 과거를 알고 나니 그런 생각이 들어?"

"그런 게 아니라 나보다 용감하고 씩씩해서 좋아. 그렇게 힘들었으면서도 전혀 내색하지 않은 강단도 부럽고."

"뭐, 부러울 것까지야. 망하지 않고 계속 부자였으면 더 좋았을 거야. 그럼 우리 엄마도 살아 계셨을 거고."

말을 하던 세진은 갑자기 무슨 생각이 났는지 급히 머리를 들어 준을 바라보았다. 입술이 닿을 듯 너무 가까운 거리에 그의 얼굴이 있어 심장이 또 한 번 요동쳤다.

"지난번엔 정말 고마웠어. 그때 가연이한테 들었다고 하던데. 이제야 제대로 인사하네."

"아…… 잘 갔으면 된 거지. 고마워할 일 아니야."

"그래도 고마운 건 고마운 거지. 고마워, 준아. 그때 도와줘서 정말 고마웠어."

"My pleasure."

준은 환상적인 미소를 지으며 세진의 눈을 바라보았다.

"넌 이상하게 생각할 거야. 엄마 돌아가신 게 뭐 부끄러운 일이라고 사람들에게 말하지 못했는지. 말하면 사람들도 이해할 텐데 괜히 긁어 부스럼 만든다고 생각할지도 몰라."

"……."

"나도 알아. 그게 부끄러운 일은 아닌 거. 그런데……."

"말하고 싶지 않은 거잖아. 그냥 네 사정을 다른 사람들이 아는 게 싫은 거잖아."

어려운 말을 꺼내려고 하는데 이 남잔 그때마다 먼저 꺼내서 안심시켜 준다. 마치 마음속을 들어갔다가 나온 사람처럼 꿰뚫어 보고 있는 느낌이 들었다.

세진은 하려던 말을 멈추고 모든 것을 빨아들일 것 같은 그의 눈을 보았다.

"네 사정을 들으니까 왜 그랬는지 알 것 같아. 사람들이 널 불쌍하게 생각할까 봐, 혹시라도 동정할까 봐 그렇게 했던 거."

"귀신이네."

"내가 좀 사람 마음을 잘 꿰뚫어 봐. 타고난 능력이야."

"그럼 선생님, 제 병은 어떻게 고쳐야 하나요. 가르쳐 주세요."

"마음을 편안히 가지십시오. 이세진 씨는 조금만 마음을 내려놓고 편안해졌으면 좋겠어요. 그게 이 사람의 처방입니다."

둘은 동시에 웃음을 터트렸다. 한참 웃던 세진은 입꼬리를 내리고 가까이서 숨을 쉬고 있는 남자의 눈을 올려다보았다.

"처방전 고마워. 제대로 치료가 될 것 같아. 이제야…… 내 질병을 고칠 수 있을 것 같아."

"My pleasure."

"그리고 널 오해했던 거 정말 다행이야."

"오해한 건 미안하다고 말하는 게 자연스러운 거 아닌가?"

"나한텐 다행스러운 일이야. 사실이 아니라 내 오해였다는 것이. 그래서 결국 감사한 일이고."

준은 세진의 머리카락을 흐트러트렸다.

"다행일 것도 감사할 것도 없어. 나도 네가 내 험담을 하고 다니는 걸로 꽤나 날이 서 있었거든."

"난 너에 대해 뭐라고 했다던?"

"여성 편력이 심해서 매일 여자를 갈아 치운다고."

준은 자신이 말하면서도 어이가 없었는지 헛웃음을 지었다. 그의 입김이 세진의 코끝을 간질였다.

"야, 그런데 그건 거짓말이 아니지. 너 정말로 매일 여자를 바꿔 가며 데리고 다녔잖아. 내가 볼 때마다 옆에 다른 여자가 있던데, 뭐."

"따라오는 여자들까지 마다할 만큼 지고지순하진 않으니 까."

"거봐, 여자를 갈아 치웠다고 해도 안 이상해."

입이 삐죽 나온 세진이 마음에 들었다. 질투하는 세진의 모 습이 예뻤다. 준은 그녀의 도톰하게 붉은 입술에 자꾸만 눈이 갔다.

"이제 모닝콜 해 줄 마음 있는 거지? 나 혼자 일어나지 않 아도 되는 거지?"

"모닝콜에 한 맺혔니?"

그의 입꼬리가 묘하게 움직였다.

"난 정말로 네가 모닝콜 해 줄 줄 알았다. 말은 그렇게 했어 도 아침엔 해 줄 줄 알았어."

"너 보기보다…… 치사한 구석이 있어."

"인정."

표정은 환한 미소를 머금었는데 세진을 바라보는 눈빛만큼 은 너무도 강렬했다. 그만해라. 얼굴 뚫어지겠다. 어쩐지 눈빛 을 마주하기 힘들어 세진은 시선을 요리조리 돌렸다.

"그런 눈으로 보지 마."

"그런 눈이 어떤 눈인데?"

"잡아먹을 것 같아."

준의 웃음소리가 귓가에 울렸다. 아 정말, 웃음소리가 이렇게 멋지다니. 제대로 콩깍지가 쓰인 것 같다.

오해가 풀리고 나니 그간 꾹꾹 눌러 담았던 감정이 한순간에 소용돌이치며 폭발하는 기분이었다. 심장이 두근거리고 얼굴은 붉어지고 온몸이 떨려 왔다. 저를 보는 눈동자에 몸이 녹아내리는 것 같다.

"좋……아해, 준. 네가 좋아."

용기를 내어 고백했다. 이때만큼은 이성적이고 싶지 않았다.

"알아."

준은 세진의 목소리에 스르륵 눈을 감았다. 시트에 몸을 기대며 그녀의 음성을 들었다.

"그런데 나 다시 사내 연애할 생각하면 앞이 깜깜해져. 사람들이 내 연애에 감 놔라 배 놔라 하는 것도 힘들고, 또 사귀다 헤어졌을 때 계속 봐야 하는 것도 힘들어."

준이 눈을 떠서 세진을 보았다. 그녀의 목소리가 떨려 왔다. 고집스런 자존심도 최대한 낮추며 말하고 있었다.

"나 참 많이 변했지? 어릴 땐 이러지 않았는데. 네 말대로 싸가지는 없었어도 항상 당당하고 콧대는 하늘을 찌르고 무서울 것 없었는데 말이야. 지금은 겁쟁이에 남자랑 사귀다 헤어지는 걸로도 심장이 오그라들어."

"다 그래. 너만 그런 게 아니야. 모든 사람들이 다 그렇게 살아."

"넌 아니잖아. 예전처럼 무서울 것 하나 없이 살잖아."

"나도 그래. 똑같이 무섭고 겁이 나. 모든 일에."

준이 세진의 손등 위에 제 손을 살포시 올려놓았다. 그리고 빙그레 웃었다.

"예쁘다."

"뭐야. 멘트가 참 뜬금없다."

"예뻐. 예전에도 예뻤고 지금도 그래. 여전히 도도하고 당당하고 멋져. 아, 성격은 좀 예쁘지 않지만 그건 내가 충분히 감당할 수 있으니까 괜찮아."

세진의 눈동자가 흔들렸다. 그의 목소리는 부드럽게 차 안을 흐르며 그녀의 귓가에 내려왔다.

"장현민에 대한 트라우마가 생긴 것 같은데 난 정말 헤어진 걸 다행으로 생각해. 그 남자는 너무 형편없었거든."

세진은 어쩐지 목이 메어 눈시울이 붉어졌다. 현민에게 차이고 남자들은 아무도 세진의 편이 되어 주지 않았는데 준은 저를 알아주었다. 다들 세진의 성격을 문제 삼았는데 준은 현민이 이상하다고 했다. 그 사실이 세진의 마음을 울렸다.

세진은 그의 눈을 올려다보며 얼굴을 붉혔다. 눈빛이 뜨거웠다. 빤히 바라보던 준은 그녀의 뒷머리를 한 손으로 당겨 안으며 한 손은 턱을 살짝 들어 올렸다. 가까이 다가오는 입술을 보는 세진의 눈동자가 커졌다. 입술이 곧 닿을 것 같아 세진이 급히 고개를 돌렸다.

"나, 나 아직 감기 안 나았어. 옮아."

"괜찮아."

맙소사. 준의 목소리가 너무 달콤하게 들렸다. 그래서 심장 뛰는 소리가 10리 밖까지 들리는 것 같았다. 준은 옆모습을 보이고 있는 세진의 얼굴을 다시 제게로 돌렸다.

세진의 커다란 눈동자가 준을 보며 떨었다. 무섭고 두렵고 불안한 눈동자가 준을 향했다. 그의 옷자락을 잡은 손에 힘이 들어갔다. 그런 저를 한 번에 녹이는 미소를 짓는다. 그가.

세진의 입술에 제 입술을 내린 준은 그녀의 목덜미로 손을 내려 당겼다. 그리고 한 손은 그녀의 허리를 안았다. 바짝 끌어안은 세진의 몸이 준의 품 안에 쏙 들어왔다. 입술에 닿은 남자의 부드러움에 세진의 몸이 파르르 떨려 저절로 입이 벌어졌다.

그사이에 입술을 애무하던 혀는 더욱 집요하게 파고들었다. 도망 다니는 여자의 혀를 찾아 추격신이 계속되었다. 원래 남녀 간의 모든 추격신은 무조건 쫓는 자의 승리다. 왜? 도망가는 자가 도망갈 마음이 없으니까.

추격과 나포에 성공한 준은 세진의 도톰하게 부푼 입술과 그 안의 것을 놓아주지 않았다. 과학적으론 소리가 날 수 없는 상황인데 여전히 무언가 부딪치는 소리가 차 안에 울리며 귓가에 박혔다. 그 때문에 세진의 심장이 정신을 놓고 뛰었다. 몸은 녹아내리는 것 같았지만 반대로 배꼽 아래는 무언가 저릿하여 발끝까지 힘이 잔뜩 들어갔다.

한참을 괴롭히던 입술이 멀어졌다. 참았던 숨이 한꺼번에 쏟아졌다. 준은 팔을 풀지 않으며 그녀의 머리를 당겨 제 어깨에 기대게 했다.

"갑자기…… 말도 없이……."

"난 예고 없어. 미리 말한다."

"참 미리도 말해 줬다."

"미리 말해 줘서 마음을 숨기지 못하고 입술을 내줬구나."

"너 자꾸 놀릴래?"

얼굴을 붉히며 투덜거리는 세진의 목소리에 그녀를 안은 팔에 힘이 들어갔다.

"날 믿으라는 말은 안 해. 장현민과 다르다고 장담할 수도 없어. 하지만 한 가지는 약속할게. 널 배신하는 행동은 하지 않아."

배신이라는 말은 세진의 인생에서 빼놓을 수 없는 단어였다. 준은 그 단어를 콕 집어 알려 줬다.

"만나는 동안은 네게 충실할 거야. 너 혼자 힘들게 하지 않을 거고 가능한 네게 맞춰 줄 거야. 그러니까 이렇게 대놓고 매달리는 나한테도 기회를 줘. 이 정도로 네게 애원하는데도 모른 척하면 그건 반칙이라고."

"준아."

"한 번 더 용기를 내 봐. 어제 봄처녀를 들려줬던 것처럼 한 걸음만 더 다가와 줘. 그러면 나머진 내가 알아서 할게."

준의 목소리가 애절하게 들렸다. 그는 진심을 다해 세진에게 고백하고 있었다. 세진은 천천히 고개를 끄덕였다.

"너 되게 잘생겼다."

그의 눈매가 더욱 깊게 휘었다. 잘생겼다니까 기분 좋은가 보다. 세진도 따라 웃었다.

"만나는 동안만 잘생긴 거야. 착각하지 마."

"고마워서 눈물이 날라 그런다."

세진과 준의 대화는 끝날 기미가 보이지 않았다. 금방 끝날 거라 생각했는데 이야기가 꼬리에 꼬리를 문다. 그동안 쌓인 오해와 서로에 대한 감정이 봇물 터지듯 터져 나오니 준도, 세진도 하고픈 말이 너무나 많았다.

다른 건 다 이해한다면서 스킨십은 절대로 용납 못 한다고 하는 준이 괘씸했지만 타인과 몸을 공유할 생각 같은 건 해 본 적도 없으니 세진도 별 불만 없었다.

생각보다 중·고등학교 때 준과 많은 일들이 있었구나.

세진은 졸려 죽을 것 같았지만 대화를 그만두고 싶지는 않았다.

"넌 왜 피디가 됐어?"

"너도 알잖아. 나 예전부터 방송반 했었던 것…… 하암, 중학교 때는…… 쭉 방송반 했었고…… 으아암, 고등학교 와서도 1학년 때는 했어……. 전교 회장 하면서 그만뒀지만."

묻는 말에는 친절하게 대답을 했지만 세진의 목소리에는 졸음이 가득 묻어났다. 그러다가 다시 눈을 부릅뜨며 정신을 차리려고 갖은 애를 썼다.

"넌 왜…… 피디가 됐어?"

세진이 하품을 하며 느리게 말했다.

"예전엔 검사였다며. 좋은 직업 때려치우고 피디를 한 이유 말이야."

"네가 하는 프로그램을 듣고."

"정말……?"

세진이 졸음 가득한 눈으로 준을 올려다보았다. 준은 그녀를 보며 빙그레 웃었다. 그러다 서서히 입꼬리를 내렸다.

"사표 던지고 나와서 방황하다가 우연히 라디오를 들었는데 그게 세진이 네 방송이었어. DBS에 와서야 너였다는 걸 알았지만."

세진의 눈동자가 더는 버티지 못하고 반 이상 닫혔다. 중요한 얘길 하는 것 같은데 눈꺼풀이 너무 무거웠다. 솔직히 너무 졸리고 피곤했다.

"피디는, 특히 라디오 피디는 무엇보다 공감대가 중요하고 서로간의 신뢰가 바탕이 되어야 해. 보이지 않는 사람들과도 기본적으로 긍정적인 관계에서 마음을 열고 주고받아. 그게 좋았어. 법이 일상을 지배하지 않는 것이 행복해 보였어."

세진은 이미 잠이 들었는데 준은 혼자서 말을 끝맺었다. 그리고 어깨 위로 떨어지는 세진의 머리를 잘 받쳐서 기대게 했다. 새근새근 잠든 세진의 얼굴을 내려다보았다.

직장과 집을 박차고 나와 여기저기 떠돌아다니던 중에 듣게 된 라디오 프로그램이 있었다. 별똥별 스테이션. 여자 디제이의 멘트가 매번 마음을 울려 꾸준히 듣게 되었다. 멘트가 마음에 드니 관심이 생기고 그러다 보니 홈페이지까지 찾아보게 되었다.

거기서 담당 프로듀서 이세진의 이름을 보았다. 7년 만에 만난 낯익은 이름이었다. 물론 저가 아는 이세진이 아닐 수도 있다. 동명이인일 수도 있지만 준은 너무 반가웠다.

그게 저가 아는 이세진이든 아니면 모르는 사람이든 그 이름이 답을 주었다.

그는 그렇게 여행지 한가운데서 결심을 했다. 라디오 피디가 되기로.

준은 세진의 초승달 모양 눈썹을 손가락으로 따라 그렸다. 그러더니 팔을 내려 시트 위에 놓인 손을 잡고 제 머리도 그녀의 머리 위에 포개었다. 그리고 옅은 미소를 지었다.

"고마워, 세진아."

그게 너라서. DBS로 왔을 때 마주친 그 사람이 너여서. 잠시 잊고 있었던 그 이름을 생각나게 해 줘서. 날 지옥에서 꺼내 줘서. 네 이름이 이세진이라서. 내가 널 다시 만나 사랑할 수 있게 해 줘서.

눈을 떴을 땐 시곗바늘이 11시에 얌전히 놓여 있었다. 시간을 보고 벌떡 일어나던 세진은 오늘이 일요일이란 사실에 숨을 푹 내쉬었다. 세상에, 차 안에서 이야기하다 잠들었나 보다.

준은 팔짱을 끼고 다리를 꼰 채 창틀에 머리를 기대어 잠들어 있었다. 자는 모습까지 눈을 뗄 수 없게 멋있다. 세진은 자기도 모르게 미소가 지어졌다.

날이 새도록 대화하면서 세진은 그가 굉장히 따뜻하면서 비밀이 많은 남자라는 걸 깨달았다. 또한 멋지고 스킨십이 자유로운 남자라는 것도.

그의 입술에 눈이 갔다. 따뜻하고 부드럽던 입술. 세진은 심장이 다시 빠르게 뛰어 얼른 고개를 돌렸다. 남자의 체온과 향기, 단단한 힘이 세진을 두렵게 만들었지만 그런 것은 생각할 틈도 없이 휘몰아쳐 오는 키스가 혼을 빼놓았다.

다시 남자에게 빠져들었다. 상처를 받을 수 있음에도 사랑에 빠졌다. 그 역시도 나쁜 남자일지 모르겠으나 직진하기로 마음먹었다. 세진은 이제 더 이상 준을 부정하기 싫었다. 또다시 후회하더라도. 다시 상처 받을지라도.

"준아."

준을 흔들어 깨웠다. 곤히 잠들었는지 여러 번 흔들었는데도 꿈적하지 않았다. 세진은 운전석과 보조석 사이에 있는 콘솔 박스를 열어 메모지를 찾았다. 그리고 펜을 꺼내 적은 뒤자신이 앉았던 시트에 올려놓고 문을 열었다.

나 올라가서 잔다. 일어나면 연락해.

집에 들어온 세진은 배낭을 내려놓고 소파에 길게 누웠다. 가만히 천장을 바라보며 숨을 가늘게 쉬었다. 준과 키스하고 이야기하고, 밤을 새며 한공간에 있었다. 세진은 손으로 얼굴을 가리며 몸을 이리저리 굴렸다.

"어떡해. 어떡해."

몽글몽글 간질이는 감정에 가슴이 터질 것 같았다. 원수 같았던 남자가 하루아침에 정인이 되다니. 알다가도 모를 세상이다. 옆으로 돌아누운 세진은 금방 잠에 빠져들었다.

#7
우리 제법 잘 어울려요

〈깨우지도 않고 올라갔네. 이 여자.〉

〈난 깨웠어. 대답이 없었을 뿐.〉

〈조금만 더 추웠으면 입 돌아갈 뻔했다.〉

〈그 정도로 입 안 돌아가. 걱정 마.〉

〈그래서 날 버려두고 올라가 잠은 잘 잤니?〉

〈응. 몸도 한결 편해지고 감기가 싹 다 나은 것 같아.〉

〈그 감기 나한테 왔나 보다.〉

〈헉! 너 감기 걸렸어? 거봐. 그러니까 내가 안 된다고 했잖아.〉

〈이까짓 감기 백번 걸려도 되니까 내 마음대로 키스할 거야.〉

〈너 좀 욕구불만 있니?〉

〈건강한 남자의 정신 상태라고 말해 줄래.〉

〈어머, 남자들이란.〉

〈난 더 잔다. 심심하면 내 꿈에 와도 돼.〉

〈으악, 닭살. 제발 까칠했던 준으로 돌아와 줘. 적응 안 돼.〉

〈슬슬 적응할 때도 됐는데. 곧 적응될 거야.〉

✿   ✿   ✿

〈뭐해?〉

〈일어났어? 오므라이스 하는 중.〉

〈놀러 갈까?〉

〈오지 마. 오늘도 실패야.〉

〈더 궁금하네.〉

〈네 밥은 네가 해 먹어. 얻어먹으러 가진 않을게.〉

〈와도 돼. 특별히 오므라이스로 해 줄 테니까.〉

〈정말? 그럼 나 지금 간다.〉

✿   ✿   ✿

〈오늘 오므라이스 잘 먹었어. 혼자 장 보고 요리하는 남자가
맞았어.〉

〈굳이 혼자라는 단어를 쓸 건 뭐야. 다음엔 같이 가자는 말로
알겠어.〉

〈그래. 같이 가 줄게.〉

〈나 내일 일찍 일어나야 돼.〉

〈모닝콜해 줘?〉

〈당연하지.〉

〈모닝콜 귀신아. 이번엔 꼭 해 줄 테니까 얼른 김준 몸에서 나와 네 갈 길 가거라!〉

〈안 돼. 안 해 줄 때마다 닦달하려면 붙어 있어야 돼.〉

〈그럼 귀신님, 김준 몸 해하지 말고 얌전히 계셔 주세요.〉

〈오냐.〉

〈모닝콜해 주려면 일찍 자야겠다. 준아, 나 졸려.〉

〈나도. 잘 자.〉

귓가를 울리는 알람 소리에 세진은 떠지지도 않는 눈으로 핸드폰을 더듬거리고 찾아 전화를 걸었다.

—으응.

"일어나세요. 아침입니다. 지금 시각은 5시 30분입니다."

—성의가 없다. 다시.

"김준 님, 지금 일어나지 않으면 지각입니다. 허리 업! 무브 무브!"

—하하, 일어났어. 얼른 다시 자.

"응. 출근 잘해."

곧 그녀의 귀에서 핸드폰이 떨어지고 그녀는 잠이 들었다. 그녀의 침대 위에 놓인 핸드폰에서 진동이 울렸다.

〈고마워, 지니.〉

평소에는 한밤중일 시간에 일어나서 모닝콜을 해 주는 건 생각보다 에너지를 소모하는 일이었다. 그래서 다시 깼을 땐 점심때가 지나 있었다.

준비를 하고 방송국으로 가면서 세진은 감추기 힘든 감정에 숨을 크게 들이마셨다 내쉬었다. 막상 방송국에서 마주치면 어떤 얼굴로 봐야 할지 모르겠다. 현민과 사귈 때처럼 들키긴 죽기보다 싫었다. 얕은 숨을 내쉰 세진은 작가들과 회의가 잡혀 있어 회의실로 발을 돌렸다.

세진은 갑자기 걸음을 멈추었다. 다시 뒤돌아 갈 수도 없고 그렇다고 모른 척하기도 그렇고, 반갑다고 뽀뽀뽀를 하기도 뭐한 상황에 세진의 얼굴 표정이 시시각각으로 변했다.

준은 그대로 다가와 옆을 스쳐 지나갔다. 말 한마디 없이. 하지만 따뜻한 체온이 세진의 손을 살며시 잡아 주었다. 잠깐이었을 뿐인데 손가락이 불에 데인 듯 뜨거웠다. 그녀의 심장이 몰랑몰랑 움직였다.

밤 10시 방송. 내내 상기된 얼굴로 말을 흘려듣던 그녀를 수상하게 여긴 선영과 민지가 세진이 음악을 올리는 사이 물어왔다.

"피디님 얼굴 표정 굉장히 재밌어요."

"응?"

"딱 '나 지금 연애 중이에요' 라는 표정인데."

"무, 무슨 소리야! 감기가 아직 아, 안 나아서 그런 거지."

"지나친 부정은 긍정이라던데 말까지 더듬으시네."

"긍정이라니. 무슨 소리냐니까!"

눈에 띄게 당황하는 세진을 보며 선영은 요상한 눈빛을 보내고는 씨익 웃었다.

"김 작가, 저렇게 얼굴이 붉어져서도 아니라고 우기는 사람과 끝까지 말싸움해야 하나?"

"봐주세요. 모르는 척해 줘야 피디님 표정도 제자리로 돌아오지 않겠어요."

"그런데 누군지 궁금하네. 피디님 얼굴을 시시각각으로 변화시킨 사람 말이야."

"전 알 것 같은데요."

민지가 모니터 화면을 보면서 담백하게 말했다.

"좀 부러운데 어차피 못 올라갈 나무니까 질투 나지도 않네요."

"아, 나도 알 것 같다. 내 언젠가 그리될 줄 알았지. 그렇게 싸우는데 정들지 않는 게 이상한 거지."

둘이 나 모르는 새 자기들만 아는 말을 배우기라도 했는지 한국어를 쓰는데도 무슨 뜻인지 알기가 어려웠다. 아니, 더 알려고 했다간 모조리 들킬 것 같은 느낌이 들어 세진은 시선을 돌렸다.

"오, 오늘 '사랑을 전하는 편지' 재민 씨한테 잘 전달했지?"

"보세요. 벌써 예습하고 있네요."

큐시트를 차분히 읽어 내리고 있던 재민이 스피커를 켰다.

"작가님, 이 편지 주인공 누구예요?"

"익명입니다."

"아, 그래요? 아쉽네요. 이름 밝혔으면 선물드리고 싶은데. 편지 내용이 너무 좋아요."

사연 당사자의 이름을 밝혀야 선물이 제공되었다. 재민의 말에 세진은 큐시트로 고개를 내렸다. 회의할 때 편지들을 봤는데 저 사람이 좋단 말을 할 정도로 감동을 받은 편지는 없었다.

"아까 피디님께 미쳐 말씀 못 드렸는데 방송 바로 직전에 올라온 편지 내용이 너무 괜찮아서 첫 번째 편지를 급히 바꿨어요. 여기⋯⋯."

선영이 A4 용지를 세진에게 내밀었다. 세진은 그녀를 보며 콧잔등을 찡그렸다.

"피디가 말하지 않아도 알아서 괜찮은 내용으로 수정하는 모습은 굉장히 주체적이고 바람직한 일이야. 그런데 대체 무슨 내용이기에 여직 그런 적 없던 사람들이 갑자기 바꿨어?"

"피디님도 읽어 보면 왜 그랬는지 아실 거예요."

때마침 '사랑을 전하는 편지' 코너가 시작되었다. 재민은 준비되어 있던 큐시트를 손에 들고 마이크 가까이 입을 대었다.

"사랑을 전하는 편지가 도착했습니다. 오늘 제일 먼저 달밤 문을 두드린 편지를 읽어 드릴게요."

BGM이 나오자 재민이 목소리를 가다듬었다.

"사랑하는 그대 보십시오. 봄이오. 일전에 꽃잎이 흩날리던 날, 그대가 그 바람에 흔적도 없이 사라질까 봐 내내 마음 졸였던 나를 혹여 알고 있소? 멀어지는 게 싫어서 손목을 부여잡고 걸었던 날이었소. 그날 걸었던 그 길이 참 좋았는데 계속 함께 걸을 수 있어서 얼마나 기쁜 줄 모르오. 나는 그대의 두려움이 뭔지 알 것 같소. 아직도 많이 주저하고 힘들어한다는 걸 안다오. 그럼에도 불구하고 나에게 용기를 내어 다가와 준 그대가 참으로 고맙소. 혹여 아시오? 살면서 누군가를 내 옆에 있게 해 달라고 염원한 적이 없소. 아마 그대는 아주 오래전부터 내 삶에 숨을 불어넣어 준 존재가 아닐까 싶소. 그러니 천천히, 편하게 다가와 주시오. 그대의 어깨를 안아 줄 준비는 언제든 되어 있으니 마음에 짐 내려놓고 기분 좋게 날아와 주면 좋겠소. 우린 제법 잘 어울리니 말이오."

그 뒤로 재민은 계속해서 감상평 멘트를 읽었으나 세진의 귀에는 들어오지 않았다. 재민을 보고 있던 세진이 서서히 심장에 손을 얹었다. 심장의 바쁜 움직임이 손바닥에 전해졌다.

"피디님, 노래요."

옆에서 선영이 세진을 부르는 바람에 그녀는 다급하게 콘솔 단자를 올렸다. 손끝이 살짝 떨려 온다. 귓불이 붉어진다. 뺨에 열이 오른다. 세진은 혹시나 사람들이 눈치챌까 봐 얼른 손바닥으로 가렸다.

방송이 끝날 때까지 구름 속에 둥둥 떠 있는 것처럼 어딘지 정신을 차리지 못하던 세진은 사람들과 인사하고 사무실로 들

어왔다. 제 자리로 와 의자에 앉고 그제야 참았던 숨을 길게
내쉬었다. 감추었던 얼굴 표정도 겨우 모습을 드러내었다. 자
꾸만 넋을 놓으려는 정신을 겨우 수습하고 컴퓨터를 켰다. 준
의 방송이 끝날 때까지 기다릴 요량으로 보고서 작성을 했다.

새벽 2시. 방송을 마치고 사무실로 들어오던 준은 책상에
엎드려서 자고 있는 세진을 보았다.

"모닝콜 해 주느라 힘들었나 보네."

준은 제 책상에서 가방과 외투를 들고 와 세진의 책상 위에
엉덩이를 대고 앉았다. 조용한 사무실에 세진의 숨소리가 들
려왔다. 벽에 걸린 시곗바늘 소리만 규칙적으로 사무실을 울
렸다.

한참 단잠을 자던 세진의 눈이 급히 떠졌다. 부스스 일어나
다가 책상 위에 앉아 자신을 내려다보고 있는 준을 눈치채고
기겁을 하며 비명을 질렀다.

"잘 잤어?"

"뭐야. 언제 왔어? 왔으면 깨우지."

"너무 잘 자서 깨우기가 좀 그렇더라. 졸리면 집에 가서 자
지 왜 여기서 자."

세진은 컴퓨터를 끄더니 의자에서 일어섰다. 그리고 준의
손을 잡고 끌었다.

"너 기다렸지. 가자."

세진의 손이 이끄는 대로 따라가던 준은 그녀가 D 카페 문
을 열자 못 참고 물었다.

"밤새야 해?"

"아니. 너 재우려고."

세진은 계산대 앞에서 라벤더 차를 주문했다. 잠시 뒤 컵 두 개가 나오자 세진은 하나를 들고 다른 하나를 준에게 건넸다.

비밀의 정원을 나란히 걸었다. 찬란하게 휘날렸던 벚꽃은 어디로 가 버리고 새순이 한창 돋아나고 있었다. 그러나 아쉽지 않았다. 세진은 컵 안에 든 차만 마시며 천천히 길을 걸었다. 준도 길을 둘러보며 걸었다.

"전엔 벚꽃 축제 기간이라서 잘 몰랐는데 밤엔 좀 위험한 것 같다."

"……."

"앞으로 이렇게 밤늦은 시간엔 혼자 다니지 마. 가려면 나랑 같이 가고."

말이 없는 세진에게로 고개를 돌리던 준은 저절로 웃음이 나왔다. 무슨 생각을 하는지 심각한 얼굴로 앞만 보고 있는 세진이 눈에 들어왔다.

"세진아."

준이 귓가에 작게 속삭이자 세진이 화들짝 놀라며 커다랗게 뜬 눈으로 올려다보았다.

"내 편지가 그렇게 감동이었어?"

참 솔직하다. 얼굴이 순식간에 붉어졌다. 말도 못 하고 애처롭게 바라보는 세진을 보며 준은 웃음이 나오려는 표정을 일부러 숨겼다. 세진은 발을 멈추었다. 준도 따라 섰다.

"잘…… 받았어. 잠시 내가 조선 시대에 살고 있는 사람이 아닌가 하는 생각도 들었지만…… 정말 감동이었어. 솔직히 놀랐어. 너한테 그런 면이 있을 줄은 몰랐거든. 고……마워."

세진은 최대한 천천히 말하며 자신의 부끄러움을 숨겼다. 바닥을 보던 시선이 점점 위를 향했다. 그녀의 얼굴이 발그레 붉어졌다. 예뻤다.

"난 뭘 해 줘야 하나. 편지에 대한 답례로 말이야."

세진은 정말로 궁금한지 준의 얼굴을 빤히 바라보았다. 그는 제 손과 세진의 손에 들려 있던 컵을 길옆 쓰레기통에 버렸다. 그리고 갈 곳을 잃고 방황하는 세진의 왼손을 잡아챘다.

"이거면 돼."

준은 균형을 잃고 그에게 쏠린 세진의 몸을 둘러 안았다. 그리고 그녀의 얼굴에 씌워진 안경을 벗겼다. 목덜미를 손으로 감싸며 점점 가까이 다가왔다.

"네 입술."

말이 끝나기가 무섭게 준의 입술이 세진에게 닿았다. 뜨거운 숨결이 입술 사이를 비집고 들어왔다. 가만히 그의 옷자락을 잡고 있던 세진의 팔이 허리를 감아 왔다. 조금의 틈도 보이지 않을 정도로 단단히 서로를 안은 채 입술을 느꼈다. 숨결을 나누고 체온을 느꼈다. 향기를 공유했다.

비밀의 정원을 걸었지만 얼마 가지 못했다. 다시 찾아온 입술이 한껏 부풀어 윤기가 흐르는 그녀의 입술을 머금었다. 오래도록 부드럽게 달콤한 그녀를 느꼈다. 촉촉하게 빛나는 눈동자에 입 맞추고, 곧게 뻗은 콧등에 입 맞추고, 그녀의 약점인 귓불에 입 맞추고, 가장 취하고 싶은 입술에 입 맞추었다.

깜깜한 밤하늘과 살랑거리며 불어오는 바람, 붉게 물든 장미꽃들, 아카시아 향기가 오감을 자극했다. 그중 가장 강력한 건 귓가에 들려온 말이었다.

"사랑해, 세진아."

"달콤한 밤의 유혹, 정재민입니다."

재민의 부드러운 목소리를 시작으로 방송이 시작되었다. 콘솔 앞에 앉아 큐 사인을 올린 세진이 손으로 오케이 모양을 하였다. 오늘은 보이는 라디오를 하는 날이라 피디, 작가 모두 신경이 곤두서 있었다. 방송은 순조롭게 진행되었다. 재민이 한 통의 전화를 받기 전까진.

게스트와 대화하고 노래도 들으며 매끄럽게 진행하던 재민은 CM이 나가는 중간에 전화를 한 통 받았다. 그리고 급히 디제이 부스에서 나왔다.

"피디님."

세진에게 다가온 재민의 얼굴이 눈에 띄게 나빠졌다.

"저 지금 가 봐야 할 것 같습니다."

"네?"

너무 황당한 말이라 세진의 목소리도 저절로 높아졌다. 다른 방송도 아니고 보이는 라디오라 음악을 띄우기도 힘든 상황이었다. 더군다나 디제이가 갑자기 사라지는 건 방송 사고에 준하는 일이었다.

"재민 씨, 지금 무슨 말을 하는지 알고 있어요?"

"네. 너무 죄송합니다. 그런데 정말…… 급한 일이 있어서 가야 해요."

"방송 한 시간이나 남았어요."

세진은 너무 갑작스럽고 혼란스러워서 따질 말도 나오지 않았다. 재민의 얼굴색이 좋지 않았고 눈동자가 흔들렸다.

"무슨 일이에요?"

"오늘 일은 정말 죄송합니다. 제가 나중에 모든 책임을 지겠습니다."

"아니, 이게…… 책임진다고 질 수 있는 문제가 아니라……."

어쨌거나 재민은 지금 세진의 오더를 받아야 움직일 수 있다고 생각하는지 그녀만 애처롭게 바라보았다. 세진은 답답한 마음에 머리카락을 연신 쓸어 올렸다. 보다 못한 선영이 나섰다.

"정재민 씨, 그래도 이건 아니죠. 아무리 급해도 그렇게 쉽게 빠진다는 게 말이 돼요? 베테랑 디제이들도 중간에 빠지는 경우는 없어요. 하물며 재민 씨는 지금 한창 불붙여야 하는 사람이잖아요."

"작가님 죄송해요. 저도 지금 빠지는 게 말이 안 되는 상황인 거 누구보다 잘 압니다. 하지만 제가 지금 안 가면 그 사람 다신 볼 수 없어요. 가서 붙잡아야 돼요. 방송이 아니라 연예계 활동을 못 하게 된다고 해도 지금은 다른 방법을 생각할 수 없습니다."

재민은 고통스러운 얼굴로 선영과 세진을 번갈아 보았다. 난감하다. 디제이의 말도 안 되는 부탁은 딱 잘라 거절하면 되는데 그의 얼굴이 너무 힘들어 보여 도저히 외면할 수가 없다. 그동안 과할 정도로 열정을 다하던 그였기 때문에 세진은 더 복잡한 마음이 들었다. 한동안 재민을 올려다보던 세진이 입을 열었다.

"무슨 일인지 물어봤자 대답하지 않을 것 같으니까 더는 묻지 않을게요. 지금부터 한 시간, 디제이 없이 갑니다. 순전히 청취자들의 이해와 공감에 거는 겁니다. 나머지 시간은 게스트로 채울 거예요."

"피디님, 게시판 장난 아닐 텐데 뒷감당을 어떻게 하시려고요."

선영이 말도 안 되는 소리라며 목소리를 높였다. 세진은 재민을 주시했다.

"저 지금 도박하는 거예요. 오늘 일로 문제가 생기면 저는 물론이고 작가들까지 힘들어질 수도 있습니다. 그런데도 가겠다는 거죠?"

재민도 괴로운지 얼굴이 일그러졌다. 무슨 일이기에 책임감

강하고 착실하던 남자가 이런 결정을 내렸을까. 잘 모르지만 아마도 위험을 감수하면서까지 가야만 하는 중요한 일임에는 틀림없어 보였다.

"그나마 게스트 덕분에 대체할 인력이 있는 게 다행이라면 다행이네요. 곧 방송 시작합니다. 재민 씨는 변명할 거리 생각하고 있어요."

세진은 게스트를 밖으로 불렀다. 메이저 그룹은 아니지만 언더에서 유명한 인디 밴드였다. 그중 리더에게 자초지종을 설명하고 의중을 물었다. 리더는 흔쾌히 수락했고 한 시간 동안 공연처럼 음악을 들려주기로 했다. 디제이 멘트가 비중을 차지하지 않는 콘서트 형식으로.

"3부 시작하겠습니다."

재민은 갑작스러운 부재 사실을 알리고 양해를 구했다. 게시판 반응이 실시간으로 올라왔다. 무슨 황당한 일이냐는 반응부터 걱정 말고 얼른 가 보라고 하는 위로의 반응도 있었다.

세진은 침착하게 디제이 부스를 보며 게스트의 참여를 이끌었다. 워낙 다수의 공연을 하던 팀이라서 갑작스러운 상황에서도 노래의 질이 떨어지거나 하지는 않았다. 보이는 라디오 덕분에 멤버 각자의 얼굴과 세션도 자세히 보여 줄 수 있었다.

"원래 저희 밴드는 자작곡만 노래하는데 오늘은 특별한 날이기 때문에 신청곡 받습니다. 어떤 곡을 신청하시든 그 이상의 감동을 들려 드리겠습니다."

옆에서 선영과 민지는 게시판 글을 확인하면서 신청곡 챙기랴 바쁘게 움직였다. 재민은 바람처럼 사라졌고 한 시간은 아슬아슬 줄타기를 하듯 겨우 지나갔다.

'비틀즈' 팀은 원래 디제이인 것처럼 작가들이 실시간으로 써 주는 멘트에 적당히 살을 붙이고 유머를 섞어 가며 방송했다. 즉석에서 드럼, 기타, 베이스를 쓰며 신청곡을 노래하는 모습이 프로다웠다. 내일 후폭풍이 겁나긴 하지만 일단 지금은 어떻게든 넘어간 것 같았다.

"다행히 게시판 반응이 그렇게 나쁘지는 않아요."

민지가 실시간으로 올라오는 글들을 보며 평가했다. 연락을 받은 준이 스튜디오로 들어왔다. 무심결에 문가를 보던 세진은 준이 들어오자 눈이 커졌다.

"제가 연락했어요. 김 피디님은 먼저 알고 있어야 할 것 같아서요."

선영이 나서서 말했다. 세진의 미간이 구겨졌다. 남자 친구여도 이런 방송 사고는 보여 주고 싶지 않았다. 물론 작가들은 방송 사고에 대해 당연히 음악 프로 CP인 준에게 알리는 것이 옳다고 생각했을 터였다.

"어떻게 된 겁니까?"

작가들에게 묻지만 저를 향한 준의 시선이 느껴져 세진은 게스트에게 고개를 돌렸다.

"정재민 씨가 갑자기 급한 일 때문에 자리를 비우게 되었어요. 그래서 비틀즈분들께서 때워 주고 계세요."

"이 피디가 가도 좋다고 허락한 겁니까?"

"네. 제가 허락했어요."

세진이 다시 준을 돌아보았다. 준은 무슨 생각을 하는지 읽을 수가 없었다. 세진은 덤덤하게 말을 이었다.

"모든 책임은 제가 질 거예요."

세진은 때마침 디제이 부스에서 나오는 '비틀즈' 팀을 보고 다가갔다.

"오늘 너무 감사했습니다. 이런 부탁 드려서 정말 죄송해요."

"아닙니다. 저희도 오늘 재밌었습니다. 이런 게 바로 생방의 묘미 아니겠습니까?"

"그렇게 생각해 주신다면 더할 나위 없이 감사하죠. 아무튼 오늘 여러모로 고생하셨어요."

"저희는 피디님이 더 걱정되던데요. 오늘 방송 문제 생기는 건 아니에요?"

"뭐…… 잘 마쳐 주셔서 그것만으로도 걱정이 반은 줄었습니다."

세진이 그들을 보며 환하게 웃었다. 리더가 엄지를 척 들어 보이며 미소 지었다.

"아무튼 예전부터 느낀 거지만 피디님 참 강단 있어요. 저라면 절대로 디제이 보내지 않았을 텐데."

"두 번 다신 못 할 짓이네요."

세진의 미소에 그들은 하하 웃으며 인사를 하고 스튜디오를 나갔다. 세진은 한숨을 푹 내쉬고 뒤돌았다.

"김 피디님은 음악 도시 방송 가세요. 여긴 제가 알아서 처리할게요."

"왜 그런 결정을 내렸어요? 이 피디, 공과 사도 구분 못 하는 사람은 아니라고 생각했는데."

"욕하셔도 할 말 없으니까 욕하려면 얼른 하고 가세요. 지금부터 엄청 바쁠 예정이니까."

준의 눈동자가 날카롭게 변하는 걸 느끼려는 찰나 세진의 핸드폰이 울렸다. 국장이다. 세진은 심호흡을 하고 핸드폰을 들었다.

—야! 이세진! 너 제정신이야! 방송 중에 디제이가 펑크를 내!

"죄송합니다."

—한동안 잘한다, 잘한다 칭찬해 주니까 눈에 보이는 게 없지!

"아니요. 그런 거 아닌데요."

세진은 작가들에게 가라고 손짓을 한 뒤 전화를 이었다.

"디제이한테 급한 문제가 생겨서 어쩔 수 없었습니다. 다행히 방송은 별 탈 없이 잘 끝났습니다."

—야. 그게 말이 돼! 디제이 사정을 네가 왜 봐줘! 네가 뭔데! 피디가 디제이 신변까지 체크하는 거냐! 넌 네 프로그램이나 체크해!

"죄송합니다."

—너 딱 기다리고 있어!

국장이 전화를 끊어 버리는 바람에 세진도 얼떨결에 손을 내렸다.

"국장님이 뭐래요? 화 많이 나셨죠?"

선영이 목소리를 떨면서 말했다. 세진은 작가들을 보며 빙그레 웃었다.

"걱정 마. 그대들한테 피해 가는 일은 없을 거니까. 이건 모두 피디 개인의 결정이야. 알았지?"

"피디님, 지금 그런 말이 아니잖아요."

"얼른 집에 가서 자고 내일 일찍 출근해. 방송 사고 난 거 수습하려면 바쁠 거야."

세진은 작가들에게서 준에게로 시선을 옮겼다.

"김 피디님도 이제 스튜디오로 가세요."

태연한 세진을 보자 준은 답답한지 이마를 쓸어 올렸다. 뭐라고 한마디 하고 싶은 표정이었지만 그녀는 말할 틈을 주지 않았다.

세진은 아무래도 저가 나와야 사람들이 움직일 것 같아서 먼저 스튜디오를 나왔다. 방송국에 입사해서 수많은 방송 사고를 냈지만 디제이가 중간에 방송을 펑크 내고 간 적은 한 번도 없었다.

아예 처음부터 늦거나 시작할 때부터 다른 디제이로 대체한 적은 있었으나 멀쩡히 진행하다 갑자기 사라진 건 경우가 달랐다. 디제이가 방송을 진지하게 생각한다면 절대 일어날 수 없는 일이었다. 그렇기 때문에 더욱더 피디의 책임이 컸다. 아무렇지 않은 표정으로 있었지만 세진도 떨리긴 마찬가지였다. 마음을 다스리기 위해 주먹을 꽉 쥐었다.

스튜디오 복도를 걷고 있는데 어느새 다가온 준이 세진의 손을 가져가 꽉 쥔 주먹을 폈다.

"또 이렇게 주먹 쥐네. 넌 자학하는 게 취미야?"

"아닌데."

준은 세진의 손가락을 쫙 펴고 손바닥을 보았다. 수많은 손톱자국으로 난 흉터가 남아 있었다.

"주먹 쥐고 싶을 땐 내 손 잡아."

세진은 준을 올려다보았다. 사고 치고 국장에게 혼날 예정이라 웃으면 안 되는데 그를 보자 미소가 돌았다. 그의 입가에 작은 호선이 그어졌다.

"네가 그렇게 결정한 건 그럴 만한 사정이 있었을 거라 생각해. 하지만 앞으론 나한테 먼저 물어보고 나서 결정해. 그럴 때 도와주라고 CP라는 자리가 있는 거니까."

"응. 그럴게."

세진의 미소에 준은 그녀의 머리를 흐트러뜨리고 걸어갔다. 화를 낼 거라 생각했는데 웃어 주니까 어쩐지 마음이 놓았다.

국장실에서 세진에게 불같이 화를 내며 퍼붓던 국장은 급기야 디제이를 바꾸라는 소리를 했다. 신인 주제에 방송을 펑크낸다며, 한 번 했는데 두 번이라고 못 하겠냐면서 디제이의 행동을 문제 삼았다.

보통 이런 분위기에서는 겁먹고 꼬리를 내리거나 그저 머리를 조아리며 알았다고 해야 정상이거늘 세진은 고개만 내릴 뿐 따박따박 말대꾸를 했다. 절대 안 된다, 정재민으로 바뀌고 청취율이 올랐으니 기회를 줘야 한다며 제 의견을 피력했다. 결국 국장에게 정재민과 사귀냐는 소리까지 듣고 나서야 세진은 국장실을 나왔다. 사무실로 와서 의자에 앉으며 겨우 참았던 숨을 토해 내었다.

"잘리는 것밖에 더하겠어."

세진은 책상에 멍하니 앉아 있다가 핸드폰이 울려 돌아보았다. 정재민이다. 옅은 한숨을 내쉬었다.

"별거 아닌 걸로 튀었으면 가만 안 둬, 진짜."

초록색 동그라미를 옆으로 밀었다.

—피디님, 괜찮으세요? 이 작가님에게 들었어요. 국장님이 부르셨다고…….

"벌써 거기까지 소식이 갔어요?"

—정말 죄송합니다. 면목 없어요.

"됐고, 갔던 일은 잘 해결된 거예요? 죽을상을 하고 뛰쳐나갔잖아."

—아…… 네. 잘 마무리되었어요. 다신 이런 일 없을 거예요.

"당연하지. 또 그러려고 했어요? 두 번은 아웃이야."

—네. 정말 죄송해요.

"무슨 일이었는지 물어보면 실례인가?"

—아…….

재민은 한동안 말이 없다가 입을 열었다. 재민이 말을 하는 동안 세진의 눈동자는 점점 커졌다.

—피디님이 어디 가서 알리셔도 전 할 말 없어요. 그래도 전 원망하지 않을 거예요. 그렇지만 되도록 침묵해 주셨으면 좋겠습니다.

"그건 걱정 안 해도 돼요. 난 남의 복잡한 일엔 관심 없으니까. 하지만 정말 조심해야겠어요. 재민 씨 앞날이 창창한 사람이잖아."

—압니다. 하지만 아깐 정말 두 번 생각할 수 없었어요. 너무 급했거든요.

"도움 필요하면 말해요. 도와줄게요."

—오늘 일로도 충분합니다. 꼭 사례할게요. 다시 한 번 죄송합니다.

"날 위한다면 우리 방송이나 책임져요. 사례는 됐으니까."

—제가 어떻게 하면 될까요? 홈페이지는 괜찮습니까? 아직 확인을 못 했는데.

"직접 확인하고, 어떻게 하면 될 것 같은지 생각해서 내일 아침까지 나한테 문자로 보내요. 앞으로 어떻게 만회할지 고뇌하면서 말이야."

—네. 말씀 받들어 모실게요. 오늘 정말 감사했습니다.

핸드폰을 내려놓은 세진은 물끄러미 기계를 바라보았다. 정재민도 참 힘들겠다. 왜 그런 힘든 길을 가려고 하는 걸까. 하지만 그건 타인이 결정지을 수 없는 일이다. 모든 선택은 본인의 의지고 그로 인한 책임도 본인이 지는 것이다.

세진은 컴퓨터를 켜서 홈페이지를 확인했다. 몇몇 악성 댓글 빼고는 대부분 방송 잘 듣고 보았다는 말이었다. '비틀즈' 팀의 매력을 발산시킨 기회였고 종종 그런 시간을 마련해 줬으면 좋겠다는 의견도 있었다.

포털 사이트 실시간 검색어 1위에 '비틀즈', 2위가 정재민, 3위가 달콤한 밤의 유혹이었다. 검색어 5위까지 올라 본 적은 있었지만 1, 2, 3위를 줄 세운 것은 처음이다. 방송 사고로 프로그램 홍보를 한 꼴이 되었다.

세진은 시말서에 감봉 2개월 징계가 내려졌다. 시말서는 여러 번 썼기 때문에 크게 와 닿지 않았는데 감봉 2개월은 꽤 큰 타격이었다. 매달 월세 내며 사는 직장인에게 구멍 난 월급은 두려움이기 때문이다.

주변 피디들은 왜 그랬냐 타박하고 간도 크다며 혀를 내둘렀다. 정작 세진은 태평한 얼굴로 피디들의 잔소리에 적당히 고개를 끄덕여 주었다.

디제이는 재민이 계속 맡았다. 간부급 관계자들의 회의에서 디제이에게 주의 처사를 내려야 한다는 의견이 많았지만 재민은 별다른 징계 없이 종전과 동일한 조건으로 계속하게 되었다.

그동안 재민이 청취자들을 잘 휘어잡고 있었는지 이러한 사태에도 청취자들은 변함없이 그에게 응원 메시지를 보냈다.

청취율은 더욱 올라갔다. 대중은 생각보다 정재민이란 사람을 신뢰하고 있었던 것이다. 역시 슈퍼 루키라는 말이 괜히 나온 게 아니었다.

가연과 점심을 먹으며 세진은 은근슬쩍 자신을 보는 사람들 때문에 미간이 구겨졌다.

"가뜩이나 방송국에서 알아주는 독종인데 이러다 명물 되겠다."

"이세진다워."

가연은 인상을 찌푸린 세진을 보며 깔깔 웃었다.

"하여튼 너랑 있으면 심심할 일 없어서 좋아. 매번 사건 사고가 터져서 지루할 틈이 없어."

"이게 재밌니?"

"방송국을 폭파한 것도 아닌데 뭐 어때. 감봉이 조금 아쉬운 부분이지만 충분히 유능하게 잘 대처했어. 칭찬받을 일인데 지랄하다니. 너네 국장도 좀 삐뚤어졌어, 사람이."

"역시 오가연밖에 없다."

"왜, 네 비밀 남친은 그런 말 안 해?"

"출장 갔어."

가연은 세진과 준이 사귀는 것을 아는 유일한 방송국 동료이자 친구였다. 가끔 저렇게 세진을 놀리면 그녀는 얼굴이 빨개지며 주변을 두리번거리기 일쑤였다.

"그냥 공개하라니까 그러네. 보란 듯이 장현민에게 자랑해야지."

"나만 알고 싶은 남자야. 다른 사람들에게 김준 어떻다, 말해 주기 싫어."

입꼬리가 올라간 세진의 얼굴을 보던 가연도 따라 웃었다.

"이렇게 예쁘게 웃는 거 보니 연애를 하긴 하는가 보네. 예쁘다, 너."

"난 원래 예뻤어."

"그럼 예쁜이 이세진, 동창회 나가자. 다들 너 보고 싶어 한단 말이야."

"싫어."

세진이 정색을 하고 의자에서 일어섰다. 계산을 하고 나와 세진은 가연을 보며 돌아섰다.

"애들이 나랑 준이 만나는 거 알면 잘도 가만있겠다. 별걸 다 시킬 거야. 나도 그렇지만 준도 그런 거 딱 질색이야."

"하면 또 어때. 원래 커플은 그러라고 있는 거야."

고개를 저으며 앞서가는 세진을 흘겨보던 가연은 다른 방법이 떠올랐는지 씨익 웃었다. 그리고 빠른 걸음으로 다가가 세진의 팔짱을 꼈다.

"감봉 이세진 선생, 커피는 제가 사겠습니다."

"윤허하노라."

커피를 들고 사무실로 올라온 세진은 사무실 책상 위에 놓인 꽃바구니를 보며 눈동자가 커졌다. 한눈에 보아도 크고 화려한 자태였다. 가까이 다가가서 보니 카드가 꽂혀 있었다.

"이 피디 연애해? 이런 꽃 받아 본 것 처음이지 않아?"

"어머, 누구랑 만나는 거야."

주변에 있는 피디들이 관심을 보이며 묻자 세진은 빙그레 웃었다.

"그러게요. 누구지."

준이 보낸 건가? 평소 그의 성격을 보면 꽃바구니 보낼 사람이 아닌데 요 며칠 고생했다고 보낸 건가 싶었다. 예전에 현민이 그랬던 것처럼 준도 미국으로 출장을 가 있느라 세진이 감봉 징계를 받은 것은 전화로 알게 되었다.

감봉 받았으니 당분간 출퇴근은 자신이랑 하자고, 돈 아끼느라 먹을 거 못 먹지 말고 비번 알려 줄 테니까 자신의 집에서 갖다 먹으라고 했다.

준의 집에는 항상 식재료가 넉넉하게 채워져 있었다. 가만 보니 준이 장을 봐 오는 건 아닌 것 같고, 집도 한결같이 깨끗한 것이 도우미 아주머니가 있는 게 아닐까 싶었다. 어쨌든 은근슬쩍 챙기는 걸 보니 혹시 꽃도 보냈나 싶은 생각이 들었다. 괜스레 행복한 기분을 누리며 카드를 폈다. 기특하네, 생각하면서.

피디님, 주말에 시간 괜찮으세요? 좋은 곳에서 같이 식사해요. 꼭 대접하고 싶어요. 이건 앞으로도 잘 봐 달라는 뇌물입니다. 이따 방송할 때 봐요.

"누구야, 누구."

궁금한지 사람들이 재촉해서 물어왔다. 세진은 준이 보낸 것이 아니라 살짝 아쉬웠지만 풍성한 꽃을 보니 금세 미소가 차올랐다.

"정재민 씨가 보낸 거네요."

"정재민? 달밤 디제이 말하는 거야?"

"사고 친 장본인이요?"

"사고 쳤는데도 더 잘나간다는 그 남자?"

"네. 맞아요, 그 남자."

세진은 웃으며 고개를 끄덕였다. 같은 방송 피디에게 꽃바구니를 보내는 디제이. 흔한 일이 아니라 사람들이 놀란 얼굴로 세진과 꽃을 번갈아 보았다.

"왜들 그런 표정으로 봐요. 난 뭐 꽃 받으면 안 돼요?"

"정재민이 뭐가 아쉬워서 이 피디를."

"그러니까 말이야. 훨씬 젊고 예쁜 여자 만날 수 있는데."

"이 피디가 장 피디님한테 차이고 나서 스타일 바꾼 뒤로는 많이 괜찮아졌잖아요."

"그래도 정재민은 연예인인데 주변에 예쁜 여자가 얼마나 많겠어?"

"지금 무슨 말을 하는 거예요! 저……."

피디들이 착각도 자유인 모습을 보이자 세진이 목소리를 높였다. 하지만 곧 머뭇거렸다. '애인 있어요!' 라는 말을 꺼낼 수는 없었다.

"맞잖아. 디제이가 쓸데없이 피디한테 꽃바구니를 왜 보내."

"그거야 정재민이 나한테 빚진 게 있으니까 그런 거죠."

"빚진 거 있으면 직접 만나서 사례하거나 방송할 때 주면 되지 사람들 다 보는데 굳이 사무실로 보낼 이유가 있어?"

그게 아니라고 몇 번을 말해도 이미 사람들 머릿속엔 '정재민이 이세진을 좋아한다'는 생각이 박혀 버렸다. 세진은 난감한 얼굴로 슬쩍 준의 자리를 보았다. 내 남은 저기 있다고요. 이 말 한마디 하기가 힘들구나.

이마를 긁적거린 세진은 옆에서 흥분하며 떠드는 피디들을 무시하고 의자에 앉았다. 커다란 꽃바구니가 자리를 차지하고 있으니 책상이 꽉 차 보였다. 꽃바구니 덕분에 사무실에서 세진의 책상이 제일 눈에 띄었다.

향기를 맡아 보았다. 솔직히 감동이었다. 그날 방송 도중 튀어 나간 뒤로 재민은 청취자 게시판에 직접 자필로 사과 편지를 써서 올렸다. 그 뒤에도 필요하면 직접 게시판에 글을 남겨 청취자들을 끌어 모으고 전보다 더 신경 써서 진행했다. 덕분에 여기저기서 그를 알아보고 러브콜을 보내오느라 예전보다 배는 바빠졌다.

그 정도로도 충분한데 재민은 매일같이 피디, 작가에게 커피를 사 오고 간식거리를 제공했다. 밥도 사겠다고 여러 번 제안했는데 그때마다 됐다고 거절했더니 이렇게 꽃바구니를 보내왔다. 정성도 갸륵한데 한 번 먹어 주는 것도 나쁘지 않을 것 같다. 감봉 시즌이라 전기, 가스 아낀다고 않고 밖에서 모든 걸 해결하는데 잘됐다.

"미워할 수 없는 집착남이네."

세진의 입꼬리가 올라갔다. 밤 방송에서 작가실 두 작가에게도 꽃을 보냈다는 걸 알고 김이 빠졌지만 정재민답다고 생각했다. 인간관계 하나는 끝내주는 사람이다.

방송이 끝나고 집으로 온 세진은 소파에 걸터앉으며 핸드폰을 탁자에 내려놓았다. 항상 이 시간이면 준에게서 전화가 왔다. 퇴근 후 집에 오는 시간에 맞춰 전화를 거는 준의 배려가 녹아 있었다. 뉴욕은 지금쯤 정오를 넘기는 시간이었다. 냉장고로 가 물을 꺼내 마시던 세진은 전화벨이 울리자마자 뛰어가 받았다.

"헬로."

─오늘은 별일 없었어?

이 녀석도 어지간히 걱정이 되었는지 세진과 전화하면 이 말을 가장 먼저 꺼냈다. 별일이 꼭 있을 것만 같은가 보다.

"당연하지. 난 트러블 메이커가 아니야."

─메이커는 아니지만 항상 논란의 중심에 있지.

"이놈의 인기. 지긋지긋하다."

준의 웃음소리가 귓가에 파고들었다. 그의 숨소리가 바로 옆에서 들리는 것처럼 간질였다.

"뭐해?"

―방금 특파원 만나서 대선 후보 관련 인터뷰했고 조금 이따가 후보 관계자 만나기로 했어.

"거기서도 여전히 바쁘네."

준은 미국 대선 후보 관련 취재 차 출장을 갔다. 하지만 휴가를 포함해서 넉넉히 다녀오도록 국장이 배려를 해 주어 보름 일정으로 여유롭게 잡았다. 벌써 일주일이 지났다.

"나 버리고 가니까 재미있어?"

―너 없으니까 그냥 그래. 아! 미인은 많아.

세진은 핸드폰을 들고 노려보았다. 그래, 거기서 미인이나 실컷 봐라.

"좋겠네."

―응. 눈이 호강하는 기분이야.

호강? 아주 행복한가 보네. 여기까지 느껴진다.

―그런데 이세진 닮은 여자는 아무리 찾아도 없어.

"당연하지. 내가 아무 데서나 볼 수 있는 그런 흔한 얼굴은 아니거든."

준의 웃음소리가 전화기를 타고 흘러들어 왔다.

"언제 와?"

―공식 일정은 오늘로 끝이야. 같이 간 사람들 상황 봐서 결정하려고.

"빨리 와. 나 심심해."

세진이 소파에 기대앉으며 목소리를 끌었다.

"정재민이 오늘 낮에 꽃바구니를 보냈는데 네가 보낸 줄 알고 좋아했었어. 쓸데없는 생각한 거지."

—꽃바구니?

"응. 알고 봤더니 작가들한테도 보냈더라고. 그것도 모르고 우리 사무실 피디들은 정재민이 날 좋아한다는 둥 별소리를 다 하는 거야. 웃겨."

세진이 흘리는 웃음소리를 듣던 준이 입을 열었다. 그의 목소리가 낮아지고 차가워졌다는 걸 세진은 느끼지 못했다.

—정재민하고 거리 둬. 사무실에 꽃바구니 보내는 남자는 일단 경계해.

"김준은 못 하는 걸 정재민이 하니까 그렇게 느끼는 거겠지. 내가 봤을 땐 하나도 위험하지 않고 멋있기만 하더라."

세진은 콧방귀를 끼며 밝은 목소리로 소리를 높였다.

"역시 연하여서 그런지 센스하며 매너가 차원이 달라."

준에게서 말이 없자 세진은 소파에서 일어섰다.

"나 이제 씻고 잘래. 마무리 잘하고 잘 놀다 와. 특별히 미인들이랑 대화하는 건 허락해 줄게. 안녕."

전화를 끊은 세진은 핸드폰을 소파에 내려놓고 욕실로 들어갔다. 곧 다시 전화벨이 울렸지만 그녀는 받지 못했다.

토요일 오후, 세진은 재민의 끈질긴 청탁에 밥을 먹기로 하고 준비를 했다. 작가들도 좋아하며 헤어졌는데 아침에 선영에게서 전화가 왔다. 가족들이 야식을 부탁해서 한가득 사 먹었는데 탈이 났는지 내리 설사 시전 중이라 도저히 나갈 수가 없다고 했다. 민지는 오늘 소개팅이 잡혔던 걸 깜빡 잊었단다. 그럼 나중으로 미루자 했지만 그녀들이 그냥 피디님이라도 맛있게 먹고 오라고 해서 세진만 가게 되었다.

약속 장소가 귀빈들만 참석한다는 고급 음식점이라 대충 입고 가기에는 눈치가 보여 치마와 정장으로 차려입고 화장도 곱게 했다. 6시에 방송국 앞에서 만나기로 했기에 걸어갈 겸 느긋하게 나왔다. 오피스텔 앞을 나오던 세진은 건물 앞 하얀색 승용차에 기대어 서 있는 남자를 보고 눈이 커졌다.

"정재민 씨."

자신을 부르는 소리에 재민이 고개를 돌리고 웃으며 손을 흔들었다. 세진이 놀란 얼굴로 재민을 훑었다. 평소에는 앞 스케줄을 마치고 온 복장이거나 자유로운 캐주얼차림이어서 잘 몰랐는데 이렇게 슈트로 차려입은 걸 보니까 잘생겼다는 것을 새삼 느꼈다.

"우리 집은 어떻게 알았어요?"

"제가 정보력이 좀 좋습니다. 방송국에서 보는 것보다 제가 직접 모시러 오는 게 좋을 것 같아서 왔어요. 혹시 기분 나쁘신 건 아니죠?"

"뭐…… 그다지 유쾌하진 않지만 이미 왔으니 다시 가라고 할 수는 없죠."

"편하게 생각하셨으면 좋겠어요. 그냥 친한 사람이랑 밥 먹는다 생각하고."

재민이 사람 좋은 웃음을 지어 세진도 따라 웃었다.

"오늘 무슨 날이에요? 왜 이렇게 잘생겨 보여?"

"피디님이야말로 아름다우십니다."

"오글거리는 말 잘하는 거 보니까 완전히 사회생활 물이 들었네요."

세진도 싫진 않은지 호호 웃으며 재민이 열어 주는 조수석에 탔다. 재민은 능숙하게 운전을 하며 차를 몰았다.

"이제 오늘 사 주는 걸로 퉁치고 더는 미안해하지 않기예요."

"그래도 너무 죄송해요. 저 때문에 감봉 징계 받고. 진성 형이 그러더라고요. 자신이 펑크 냈을 때도 감봉은 없었다고."

"아— 진성 씨는 워낙에 사고를 많이 쳐 놔서 국장님이 그러려니 했죠. 제 문제라기보다는 디제이 본인의 문제였으니까. 그런데 이제 정말 괜찮아요."

"오늘 식사 대접하고 전망 좋은 곳에서 술 한잔해요. 진성형도 함께 보기로 했는데 괜찮으세요?"

세진은 재민을 빤히 보다가 빙그레 웃었다.

"당연하죠. 오랜만에 진성 씨 보고 좋네요."

재민은 세진과 한눈에 보아도 고급스러운 음식점에서 식사를 했다. 스테이크는 맛있었고 와인도 입에 착착 감겼다.

"저, 두 분이 사귀는 거 알아요."

재민은 생글거리는 얼굴로 말을 툭 내뱉었다. 그가 하는 말이 무슨 뜻인지 생각하던 세진의 눈이 커졌다. 재민의 입가가 더욱 진해졌다.

"그거 모르시죠? 두 분이 서로를 바라보는 눈빛이 다른 사람을 볼 때와는 다르다는 거."

"어, 어떻게 알았어요?"

"이래 봬도 내가 사랑 전문이거든요."

세진의 얼굴이 붉어졌다. 시선을 이리저리 돌렸다. 꽁꽁 숨기며 비밀 연애를 하고 있는데 디제이가 나 다 알아, 하고 던져 버리자 머릿속이 혼란스러웠다. 다른 사람들도 전부 눈치채고 있는 걸까.

"김 피디님이랑 굉장히 잘 어울리세요. 김 피디님도 성격이 꽤 강한 것 같은데 겉으로 드러나지 않게 조절 잘하시더라고요. 잘생긴 외모처럼 행동하는 것도 멋진 분이세요. 거기다 이 피디님을 잘 잡아 주는 것 같아서 정말 보기 좋아요."

벌써 그런 것까지 간파하다니 세진은 재민의 사람 보는 눈에 대해 감탄했다.

"스카이라운지 가서 한잔 더 해요. 기다리고 있대요."

재민이 핸드폰을 보더니 일어섰다. 세진도 따라 일어섰다. 도착한 곳은 호텔 앞이었다. 스카이라운지에는 진성이 기다리고 있었다.

"이 피디님 오랜만입니다."

진성이 손을 내밀며 다가왔다. 세진은 살짝 눈을 흘기더니 맞잡았다.

"앞으로 사랑싸움은 몰래 하세요. 한 번만 더 내 프로그램 방해하면 그땐 내가 재민 씨 뺏을 거예요."

세진의 말에 두 남자가 동시에 웃었다.

오랜만에 보는 진성은 조금 초췌한 모습이었다. 그는 방송 활동을 전면 중단한 채 두문불출하던 참이었다. 세상의 인정을 받지 못하는 사랑, 그리고 연예인이란 신분으로 언제든 밝혀질 수 있는 관계, 어린 남자의 발목을 잡고 있는 것 같은 죄책감 때문에 진성은 깔끔하게 떠나 주려고 했다. 하지만 그것도 쉽지는 않았으리라. 원래 마음이란 건 그렇게 칼로 자른다고 잘리는 것이 아니었다.

세진은 그래도 예전의 능글맞던 진성이 훨씬 낫다는 생각이 들었다.

"변진성 씨, 잘생긴 외모 썩히지 말고 얼른 방송 복귀하세요. 당신 팬들이 아직도 우리 홈페이지 들어와서 당장 내놓으라고 난리예요. 팬들 관리 안 할 거예요?"

"청취율 올리고 좋네, 뭐. 하지만 이 피디님이 부탁했으니까 특별히 여왕님 그만 괴롭히라고 할게요. 재민이만 칭찬해 주라고 해야지."

진성의 말에 재민의 고개가 그에게 돌아갔다. 두 사람이 서로를 보며 미소를 지었다. 세진은 웃어 주고 있지만 심난한 마음에 저절로 한숨이 새어 나왔다.

진성과 재민을 보며 사람에 대한 편견을 쉽게 가졌던 자신을 반성했다. 내가 저들의 사정을 어떻게 알고 감히 판단을 내릴 수 있을까.

가까이에 있는 내 남자만 봐도 그렇다. 혼자 오해하고 나쁜 놈으로 만들어 오랜 세월 그를 미워했다. 다른 이들은 모두 제 발 아래로 생각했던 못된 시절, 자존심만 높아서 남은 이해하려고 하지 않았던 시절이 머릿속을 스치고 지나갔다. 준, 진성, 재민을 만나지 못했다면 아직도 자신은 답답한 감옥에서 벗어나지 못하고 제 자신을 옭아맸을지도 모른다. 그런 생각들이 스치자 갑자기 준이 너무 보고 싶었다.

분위기 있던 술자리를 파하고 그들은 호텔 밖으로 나왔다. 주차 요원이 차를 가지고 올 동안 매니저가 도착하였다.

"나 정말 혼자 가도 된다니까요."

세진은 영 불편한지 울상이 된 얼굴로 재민과 진성을 번갈아 보았다. 하지만 두 남자는 단호한 얼굴로 세진을 보았다.

"평소에도 밤늦게 혼자 가는 거 정말 보기 힘들었습니다. 오늘은 거리도 머니까 무조건 타고 가요."

평소에는 볼 수 없던 진성의 강력한 목소리에 세진은 고개를 돌려 재민을 바라보았다.

"이하 동문입니다."

"이 피디, 가끔은 말이에요. 다른 사람의 호의를 받아 줄 넓은 마음도 필요합니다. 이건 자존심 세울 문제도 아니고 이 정도는 얼마든지 받아도 돼요."

세진은 옅은 숨을 내쉬며 고개를 끄덕였다.

"오늘만이에요."

재민의 차가 나오자 세진은 뒷자석 문을 열었다. 세진은 매니저를 보며 어색하게 웃었다.

"오늘만 실례하겠습니다."

"얼마든지 타셔도 됩니다."

"형, 난 이 피디님 데려다주고 갈 거니까 혼자 가."

"그래, 인마."

"어? 안 그래도 돼요."

세진이 미안한 얼굴로 손사래를 쳤다. 재민은 빙그레 웃으며 세진의 귓가에 얼굴을 가져와 속삭였다.

"매니저가 혼자 오기 심심하대요."

아, 세진은 고개를 끄덕이며 뒷좌석에 탔다. 재민이 따라 탔다. 세진은 진성을 보며 손을 흔들어 주었다.

"조만간 티비에서 볼 수 있었으면 좋겠어요."

"그래요. 이 피디 무서워서라도 얼른 일해야겠네."

진성이 웃으며 손을 흔들었다.

집으로 돌아오는 차 안에서 재민은 내내 세진에게 고맙다는 말을 했다. 같이 일해서 너무 좋다, 피디님을 만나서 행복하다, 받아들이기 힘든 부분도 쿨하게 이해해 주셔서 감사하다 등등.

"재민 씨, 고맙고 감사하면 앞으로 더 열심히 활동하세요. 그리고 더는 미안해하지 말아요. 약속해요."

"네. 압니다. 약속할게요."

자정에 가까운 시간이어서 그런지 차는 금세 여의도 오피스텔에 도착했다. 차 문을 열고 내리자 재민도 따라 내려섰다.

"오늘 잘 먹고 재밌게 놀았어요. 작가들 몰래 데이트하니까 더 좋았던 것 같고."

세진이 활짝 웃으며 재민을 올려다보았다.

"그리고 저…… 김 피디랑 나랑 사귀는 건……."

"비밀이에요."

재민의 입에서 먼저 그 말이 나오자 세진의 눈이 커졌다. 재민은 빙그레 웃으며 집게손가락을 제 입에 가져가 대었다. 세진의 입가가 올라갔다.

"역시 눈치가 빨라."

"그러고 보니까 우리 서로 약점을 공유하고 있는 거네요?"

"아 이런, 불리할 때 써먹으려고 했더니만 더 잘해 줘야겠네."

재민의 웃음소리가 터져 나왔다. 웃으며 고개를 돌리던 재민의 시선이 오피스텔 입구에서 멈췄다. 그를 따라 움직이던 세진의 눈동자가 커지며 동시에 미소가 지어졌다.

"김준!"

다크블루 셔츠에 블랙 진 차림을 한 준이 오피스텔 입구에 서서 세진을 보고 있었다. 그러던 그가 점점 가까이 다가왔다. 어둠에 잘 보이지 않던 그의 얼굴이 서서히 드러나자 활짝 웃던 세진의 입가도 점점 내려왔다.

뭔지 모르겠지만 화났다. 그것도 무척이나 열 받은 상태다. 어릴 때나 보았던 차가운 표정에 세진의 심장이 철렁 내려앉았다. 가까이 다가온 준을 향해 재민이 고개를 숙여 인사했다.

"오랜만에 뵙습니다, 김 피디님. 출장 가셨단 얘기는 들었는데 잘 다녀오셨습니까?"

"네. 그런데 정재민 씨를 여기서 볼 줄은 몰랐습니다."

"아…… 오늘은 이 피디님 저녁 사 드리고 바래다주느라 잠깐 오게 되었어요. 그럼 이만 가 보겠습니다."

재민은 세진을 보며 미소를 지었다. 세진도 재민에게 활짝 웃으며 손을 흔들어 주었다.

"그래요. 얼른 가 보세요."

재민이 탄 차가 멀어지자 세진이 준을 향해 돌아섰다.

"오늘 오는 날 아니잖아. 아직 사흘 정도 남지 않았어?"

준은 아무런 말없이 세진을 내려다보았다.

"왜 그래. 무슨 일 있었어?"

"무슨 일은 네가 하고 있었던 것 같은데."

준의 시선이 재민의 차가 사라진 곳을 향하자 세진은 문득 그가 오해를 하고 있다는 느낌이 들었다.

"너 혹시 정재민하고 같이 차 타고 온 것 때문에 이러는 거니?"

준의 시선이 다시 세진에게로 향했다. 그리고 그녀의 위아래를 훑었다.

"예쁘게 차려입고, 화장도 하고, 렌즈도 끼고. 그러고선 저 녀석과 만난 거야?"

"어? 아, 이거? 오늘 밥 먹은 장소가 고급스런 곳이라 아무거나 입고 가기 좀 그렇더라고. 예전부터 밥 먹자고 하도 졸라서 오늘 날 잡은 거야."

"너만?"

"작가들도 불렀는데 오늘 다들 일이 생겨서 나만 먹었지."

준은 다시 세진을 빤히 바라보다가 먼저 발을 돌려 걸었다. 그에게서 한기가 느껴져 세진도 얼른 따라 움직였다.

"너 화났어?"

준이 몸을 돌려 세진을 보았다. 말똥거리는 눈을 한 세진을 보자 화가 치밀어 오르는 와중에도 예뻐 보여 미칠 것 같았다.

"혹시 질투하는 거야?"

그 말을 왜 해서는. 세진이 그 말을 하자마자 준은 그녀를 밀어 엘리베이터 안으로 들어갔다. 그리고 구석으로 몰아 가두었다. 가까이에서 보는 준의 눈빛이 일렁거렸다. 세진은 심장 뛰는 소리가 밖으로 튀어 나갈까 봐 입술을 꼭 다물었다.

"내가 예전에 얘기했지? 스킨십은 봐주지 않을 거라고."

세진은 고개를 끄덕이고는 억울한 표정을 지었다.

"나 다른 남자랑 스킨십한 적 없어."

"바꿔야겠어. 다른 남자랑 같이 웃고 떠드는 것도 싫어. 나 말고 다른 남자와 눈 마주치면서 웃음 날리고 좋아하는 것 못 봐."

"그건 너무하잖아. 사회생활 하다 보면 그럴……."

준의 커다란 손이 세진의 입을 막아 버렸다. 눈빛은 더욱 일렁였고 눈동자 색이 짙어졌다.

"이제 보니까 너 아주 요물이야. 남자를 홀리는 요괴. 이래서 남자들이 자꾸만 네게 치근덕대는 거였어."

평소에 하지도 않는 말을 꺼내는 준이 이상했지만 그의 손이 계속 입을 막고 있어 그녀는 가만히 그를 올려다보았다.

분명 화가 난 상태고 얼굴은 무진장 차갑게 식어 있는데 그런 준이 반가웠다. 보고 싶었는데 눈앞에 있어 줘서 고마웠다. 예정일보다 일찍 먼 미국 땅에서 날아온 준이 너무나 사랑스러웠다. 세진은 그나마 자유롭게 놓여 있는 팔을 들어 그의 허리에 감았다. 입가에 미소가 돌았다. 그의 가슴에 제 머리를 기대고 허리를 두른 팔에 더욱 힘을 주었다.

"왜 이제 왔어. 보고 싶었는데."

"이세진, 얼렁뚱땅 넘어갈 생각 마."

"난 잘못한 거 없어. 하늘에 맹세코 바람피우지도 않았고 다른 남자랑 웃고 떠들지도 않았어. 널 기만한 적 단 한 번도 없단 말이야. 네 질투심 때문에 내 진심을 왜곡하지 마."

"진심? 네 진심이 뭔데."

"음……."

세진이 말을 잇지 못하자 준이 그것 보라며 넌 왜곡할 진심도 없다고 따졌다. 세진은 얼굴을 들어 준의 눈동자를 바라보았다.

"내 진심이 궁금해?"

세진은 8층 숫자를 누르고 기다렸다. 문이 열리자 그녀는 구석에 가둔 그의 몸을 밀고 밖으로 나왔다. 준은 세진을 속수무책으로 바라볼 뿐이었다.

"바보. 그냥 따라와."

세진은 엘리베이터 안에서 황당한 눈으로 보고 있는 준의 손을 잡아끌었다. 그리고 비밀번호를 누르고 문을 열며 그를 돌아보았다.

"정재민하고 내가 썸 타는 줄 알고 바짝 긴장한 거지? 내가 너 아닌 다른 남자랑 웃고 떠들고 다정하게 있는 모습 보면서 화난 거잖아. 아니야?"

세진은 눈을 들어 준을 바라보았다. 내가 지금 누굴 보고 있는지 보라고. 내 눈이 누굴 향하는지 자세히 보란 말이야.

준은 오늘 그녀를 만나고 처음으로 미소를 비쳤다. 아주 가물어서 잠깐 보이고 말았지만 입가에 작은 호선이 그어진 것을 똑똑히 보았다.

"네가 확인해. 내 진심이 뭔지 그 정도는 네 노력으로 알아내라고. 일일이 말해 주지 않아도 그 정도는 스스로 알아내야 남자 친구 자격이 있는 거 아니겠어?"

"알아내라? 내 마음대로 해도 된다는 소리지, 그거?"

준의 눈동자가 세진을 내려다보았다. 흑요석처럼 까만 눈동자가 일렁였다.

"아까부터 일부러 날 자극하는 말만 하는데, 자신 있어? 내가 무슨 짓을 해도 괜찮을 자신."

그를 올려다보던 세진이 가볍게 고개를 끄덕였다. 입가에 미소를 지었다.

"나 이제 괜찮아. 괜찮지 않을 건 또 뭐야. 넌 내가 아무것도 모르고 아무것도 못 할 줄 아는데 나 순진한 여자 아니야. 네가 무슨 짓을 해도 괜찮을 거야."

세진의 눈가가 붉어졌다. 빤히 바라보기만 하는 그의 눈동자가 무슨 생각을 하는지 알기 어려웠다.

"너 없는 열흘 동안 내가 얼마나……."

외로웠다고, 이 말을 꼭 해 주고 싶었지만 준이 다가와 입을 막는 바람에 다시 집어넣었다. 허리를 잡아채이고 목덜미에 손을 두르며 그의 입술이 닿자 세진의 몸에 짜릿한 전류가 흘렀다. 현관문이 쾅 소리를 내며 닫혔다. 그 소리에 세진의 심장도 같이 내려앉았다. 그리고 더 빨리 뛰기 시작했다.

세진의 입술을 부드럽게 다독이던 준의 입술이 더욱 깊이 파고들었다. 아래로 내려져 있던 세진의 손이 서서히 올라가 준의 목을 감았다. 그녀의 손길을 느끼자 준은 더욱 깊이 안으로 침투했다. 물컹한 혀가 여자의 연약한 입안을 공격하며 헤집고 혀를 휘감아 당겼다.

잠시 숨을 고르기 위해 떨어진 입술 사이로 타액이 섞여 나왔다. 깜깜함 속에서도 준의 눈동자는 또렷하게 보였다. 그 눈빛이 갖고 싶어 배꼽 아래가 아릿하게 저렸다. 참지 못하고 먼저 입술을 가져가 키스했다. 준의 입술을 애무하던 세진이 제 혀를 밀어 넣었다. 보고 싶었던 마음이 전부 입술로 향했는지 그녀의 입술은 뜨겁고 애틋했다.

"내 진심은 이랬어. 하루 종일 보고 싶었어, 준아."

자신을 올려다보는 세진의 얼굴을 손으로 어루만지며 준은 이마에 가볍게 키스했다.

"나도 많이 보고 싶었어."

세진의 눈가에 눈물이 맺혔다. 남자의 애틋한 말 한마디가 이렇게 가슴 뛰게 하는지 예전엔 미처 몰랐다. 현민을 만나는 동안에는 보고 싶을 때도 있었지만 남자에게서 애틋함을 받고 싶다는 생각 자체를 하지 못했다. 나의 감정에만 충실할 뿐, 다른 사람의 감정까지 기대하는 건 어리석은 일이라고 생각했다. 그래서 현민이 무얼하든 상관하지 않았고, 내게 관심이 있는지 없는지 궁금해도 묻지 않았고, 그가 무슨 생각을 하는지 알려고 하지 않았다.

그런데 사실은 다른 사람의 감정이 꽤나 궁금했던 것이다. 일부러 숨기고, 얼굴에 드러내지 않으려고 노력했지만 마음속으로는 다른 사람이 항상 날 생각하고 있었으면 하는 마음이 들어 있었다.

준이 항상 날 생각하기를 바랐다.

입술을 물어뜯을 듯 키스하던 그가 갑자기 정색을 하며 세진을 바라보았다.

"나 배고파."

한참 달아오른 세진은 그의 말에 멍한 표정을 지었다. 지금 뭐하자는 시추에이션이지. 번쩍 안아 들고 와서 침대에 눕히고 키스를 할 때까진 좋았다. 몸이 떨리고 긴장되며 두려움도 함께 느꼈지만 자신도 원하던 바이고 입술에 열이 올라 온몸이 붕붕 뜨던 참이었다. 준이 그녀를 내려다보며 입꼬리를 올렸다.

"배고파서 도저히 안 되겠어. 오늘 아무것도 못 먹었거든."

"야, 아무리 그래도……."

말을 하던 세진은 준을 밀치고 일어나 앉았다. 말을 말자. 이 타이밍에서 기대한 표정을 짓는 것도 우스운 일이다.

준은 침대에서 일어서더니 주방으로 갔다. 한동안 현실로 돌아오기 힘든 정신을 끌어다 붙인 세진이 느릿느릿 일어서며 따라갔다.

"뭐 별로 없을 텐데."

냉장고 문을 여는 준을 보며 세진이 뒷머리를 긁었다.

"내 집에서 가져다 먹으라고 했잖아."

"한 번 가긴 했는데 주인도 없는 집에서 음식 들고 나오는 게 어쩐지 좀…… 거지 같더라고. 굶어 죽는 한이 있어도 그 짓은 못 하겠더라."

세진이 머뭇거리며 어깨를 으쓱했다. 준은 그녀를 힐끔 보더니 고개를 끄덕였다.

"그래. 생각해 보니 내가 너라도 그 짓은 못 할 것 같다."

"뭐가 있더라."

세진이 다가와 열린 냉장고를 들여다보았다. 생수만 늘어서 있고 채소들은 숨이 죽은 채 흐물흐물했다. 냉장문을 닫고 냉동고를 열었다. 어! 있다. 전에 재워 두었던 불고기 한 덩어리가 남아 있었다. 꽤 오래된 것이긴 하지만.

"이번에도 내가 요리해 줄게. 넌 저기 식탁에 앉아서 얌전히 기다리렴."

세진이 밝아진 얼굴로 냉동고에서 덩어리를 꺼냈다. 밥솥에 밥이 없다고 슬퍼하지 말라. 그녀에겐 즉석밥이 있었다. 준은 신난 얼굴로 싱크대로 가는 세진을 어이없게 바라봤다.

"넌 결혼하면 살림 어떻게 할래? 이래서는 소박맞는다."

"살림은 같이하는 거야. 난 요리를 못하니까 남편이 요리를 하면 되는 거고. 바빠 죽겠는데 여자 혼자서 다 하는 게 말이 돼? 그럴 바엔 혼자 사는 게 낫지."

"문제는 넌 요리도 못하고 청소도 못하잖아."

준이 세진의 집을 눈으로 훑으면서 말했다. 맞는 말이라 잠시 침묵하고 얼굴을 찡그린 세진은 전자레인지에 고기를 넣은 뒤 해답을 찾은 듯 활짝 웃었다.

"그럼 빨래하면 되지, 뭐. 못질하고 무거운 물건 들고, 쓰레기 버리는 걸 내가 하면 돼."

아무것도 문제 되지 않는다. 세진은 콧노래를 불렀다. 준은 옅은 숨을 내쉬며 고개를 저었다. 확실히 보통 여자들과는 다르다.

식탁에 몸을 기대며 팔짱을 끼고 세진의 등을 바라보았다. 조금 전 그의 아래에 누워 두 눈을 꼭 감은 채 얼굴을 붉히던 세진이 떠올라 입가에 미소가 돌았다.

그 자리에서 당장이라도 옷가지를 벗기고 싶었다. 사랑스러운 얼굴로 누워 있는데 몸이 반응하지 않을 리가 없었다. 그런데 문득 골려 주고 싶은 마음이 들었다.

이렇게 온몸이 원한다고 반응을 하지만 그래도 초인적인 의지로 끊어 내고 말을 돌렸다. 이세진을 길들이고 싶었다. 나 아니면 안 되는 여자로 만들고 싶었다. 다른 남자에게는 눈길을 돌릴 생각조차 못 하게 하고 싶었다.

세진은 냉장고에 있는 반찬을 총동원하여 식탁에 차렸다. 즉석밥은 데워서 밥공기에 담아내었고 해동한 불고기는 프라이팬에 볶아 깨를 솔솔 뿌린 다음 접시에 담았다. 가연이 준 오이소박이도 내었다. 식탁에 수저를 내려놓으며 세진이 맞은편에 앉았다.

"앞으로 각자 밥은 먹고 다니자. 시간이 몇 신데 여태 밥도 안 먹었어?"

"너랑 먹으려고 바람같이 달려왔거든. 넌 다른 남자랑 먹었지만."

"굉장히 뼈 있는 말로 들린다? 너 되게 유치해."

"이제 알았어? 본격적으로 유치함의 끝을 보여 줄까?"

"됐다. 밥이나 먹어라."

세진은 놀리듯 웃는 준을 흘기며 의자에서 일어서 냉장고를 열고 생수를 꺼냈다.

"정재민은 왜 갑자기 도망간 거래?"

"아, 그건…… 도망가는 애인 잡으러 가려고."

"애인? 정재민 여친 있어?"

"어……."

세진의 얼굴을 빤히 보던 준이 한쪽 입꼬리를 올렸다.

324

"나한테 숨기는 거 있네."

세진이 당황한 얼굴로 준을 보았다. 그의 집요한 눈빛을 보며 고개를 돌렸다.

"없는데."

"정재민이 너한테 관심 있는 건 아니고?"

"아냐!"

말도 안 된다는 얼굴로 세진이 소리를 질렀다.

"솔직히 내 입장에서는 그래. 개인적인 일로 방송 펑크를 내고 갔으니 너한테 미안한 감정이 있는 건 알겠어. 하지만 꽃바구니 보내고 저녁 사 줄 필요까지 있는 건가 싶어."

"감봉 징계 받은 거 굉장히 미안해했어. 난 충분히 그럴 수 있다고 생각해."

"그러니까 정재민이 널 좋아하는 건 맞나 보네?"

"아니라니까?"

"그게 아니라면 나한테 뭔가 숨기고 있거나."

억울한 표정으로 얼굴을 붉히던 세진이 한숨을 푹 내쉬며 생수를 따른 물컵을 식탁에 탁 소리 나게 내려놓았다. 한껏 째려보고는 소파로 가 걸치고 있던 치마와 겉옷을 벗어 던졌다. 준이 보든 말든 집에서 입는 트레이닝복으로 갈아입고 욕실로 들어갔다.

저 녀석, 일부러 그러는 거다. 아닌 줄 알면서 심술 나니까 저러는 거다. 세진은 씩씩대며 씻었다. 잠이나 자야지. 뭘 기대한 거야.

감은 머리를 수건으로 두르며 나오는데 준이 욕실 앞 벽에 기대어 서 있었다. 세진은 새침한 얼굴로 준을 밀치고 거실을 지나쳐 화장대로 와 앉았다.

"아직 안 갔어?"

로션을 바르고 머리를 두르고 있던 수건을 빼서 말렸다. 준은 그녀가 하는 양을 지켜보다가 걸어와서는 세진이 잡고 있던 수건을 가져갔다. 그리고 젖은 머리카락을 말려 주었다. 갑작스럽게 남자의 몸이 등에 닿자 몸속 감각들이 일제히 일어섰다. 어딘가 나른한 것도 같으면서 부드러워 야릇한 기분이 들었다.

"밥 다 먹었어?"

"아니."

"배고프다며."

"배 안 고파."

"거짓말했어?"

머리카락이 짧아 금방 말랐다. 준이 수건을 화장대 위에 올려놓고 그녀의 어깨에 팔을 둘러 안아 왔다.

"응."

"왜?"

"얄미워서. 나한테 말도 안 해 주고, 미워서."

"그건 정재민과 한 약속 때문이야. 비밀이기도 하고. 하지만 절대 나와 관련 있는 건 아니니까 속상해하지 마."

"……."

"믿질 않네."

"넌 믿어. 정재민을 믿지 못할 뿐이지."

세진은 옅은 한숨을 내쉬며 제 몸을 감은 그의 팔을 살살 쓰다듬었다.

"정재민도 그럴 리 없어. 믿어 줘. 그 사람은 다른 사람 좋아해. 그렇게만 알아주면 안 될까?"

준의 손이 차츰 아래로 내려오더니 티셔츠 안으로 들어왔다. 동시에 세진의 목덜미에 입술이 닿았다. 입술은 그녀의 민감한 귓불을 괴롭혔다. 그러면서 손을 점점 위로 올렸다. 그의 손길을 따라 셔츠도 올라갔다.

"돼."

세진의 고개가 옆으로 돌아가자 준의 입술이 기다렸다는 듯 공격했다. 동시에 세진의 브래지어를 위로 올리고 풍만한 가슴을 어루만졌다. 부드럽고 말랑거리는 속살이 손안에서 춤을 추었다. 준의 팔을 잡은 세진의 손에 힘이 들어갔다. 가슴을 희롱하는 손가락 때문에 숨이 가빠 오는데 입술도 숨을 쉬기 힘들게 계속 빨아들여 정신을 차릴 수가 없었다.

"하아."

겨우 벌어진 입술로 세진의 뜨거운 숨이 쏟아졌다. 준은 세진의 티셔츠를 위로 올려 벗겼다. 그녀는 팔을 위로 들어 벗기기 쉽도록 도와주었다. 드러난 가슴이 고개를 내밀어 부끄럽게 솟았다. 그는 세진의 목과 다리에 팔을 넣고 안아 침대 위에 눕혔다. 그리고 걸터앉아 열이 오른 세진의 얼굴을 내려다

보았다.

"사실 상관없어. 다른 남자가 네게 관심을 보여도. 난 자신
있거든."

준의 입술이 세진에게 닿았다.

"내가 아니면 안 될 정도로 바라보게 할 자신 있어."

세진의 눈동자가 흔들렸다. 준의 눈빛이 너무나 뜨거워서
온몸이 녹아내릴 것 같았다. 그의 얼굴이 가까이 다가왔다. 세
진의 얼굴에 흘러내린 머리카락을 쓸어 올려 주면서 미소를
띠었다. 그녀의 귓가에 입을 가져갔다.

"너 굉장히 예쁠 것 같아."

그리고 숨을 불어넣는 준 때문에 세진의 몸이 순식간에 달
아올랐다. 시작도 하지 않았는데 입김 한 번으로 열이 온몸을
지배했다. 세진은 최대한 평정심을 찾으려고 눈을 똑바로 떴
다. 설렘보다 두려움이 먼저 앞섰지만 내색하지 않으려 눈도
깜박거리지 않았다. 누구에게도 주지 않았던 몸을, 사랑보다
는 배신으로 먼저 시작된 경험을 바꾸는 것은 생각보다 큰 용
기가 필요했다.

하지만 준의 눈동자가 자신에게 향하자 밀치고 싶지 않았
다. 왜 한 번도 원하지 않았던 육체적 욕망이 준에게 쉽게 열
리는지 의문이지만 준을 더 잘 알고 싶었다. 어렵게 얻은 사랑
이라서 그런 건지, 어린 시절부터 쌓아 온 정 때문에 그런 건
지는 모르겠지만 사랑을 나누어도 괜찮겠다는 마음의 준비가
되었다. 신기하지. 너무도 자연스럽게 그의 몸을 만지고 있잖

아. 심장은 10리 밖까지 튀어 나갈 것처럼 뛰고 있지만 최대한 숨을 골랐다. 파르르 눈빛을 떨고 손가락을 들어 올려 준의 어깨에 얹었다.

"실제로 예뻐. 그런 것은 보지 않아도 알아야지."

세진의 눈매가 아래로 휘었다. 눈웃음을 지었다. 그러면서 준의 셔츠 단추에 손을 가져갔다. 그의 눈동자에서 눈을 떼지 않은 채 손을 계속 움직였다. 손끝이 떨려 와 자꾸만 단추가 더디게 풀어졌지만 그녀는 고집스럽게 하나하나 풀었다. 1단계 끝. 세진의 입꼬리가 살짝 올라갔다. 준의 셔츠를 살짝 당겨 얼굴을 가까이 가져갔다.

"너야말로 내게서 벗어나지 못할 거야."

쪽. 그의 입술에 소리가 나도록 입을 맞추고는 셔츠를 등 뒤로 벗겼다. 2단계도 끝. 셔츠를 벗기자 준의 단단한 몸이 드러났다. 저도 모르게 가슴으로 손가락을 가져갔다. 눈빛이 흔들리는 세진을 보며 준은 그녀의 얼굴을 손으로 쓸어내렸다.

"무서운 거 아니야."

세진의 눈동자가 다시 흔들렸다.

"날 믿어. 네가 가지고 있는 두려움, 이겨 내도록 도와줄게."

"그래."

"나만 봐. 다른 곳으로 눈 돌리지 말고 나만 보고 있어. 그럼 괜찮을 거야."

"준아. 나 괜찮아. 정말로."

말이 끝나기가 무섭게 준이 세진에게 키스했다. 준의 몸에
서 옷가지가 전부 사라질 때까지 두 사람의 입술은 떨어지지
않았다. 세진의 손은 그가 옷을 벗는 걸 도와주었고 제 옷도
벗어 내렸다. 마침내 살갗이 맞닿았을 때는 전신에 전류가 흐
르는 것처럼 짜릿한 흥분을 몰고 왔다. 겹쳐진 서로의 육체가
대뇌의 전두엽까지 느낌을 전달했다.

준의 손이 탐스러운 여체를 휘어잡으며 구석구석을 탐험하
는 사람처럼 움직였다. 부드러운 입술로 쇄골을 지분대다가
혀끝으로 핥자 세진의 입에서 저절로 소리가 나왔다. 제 입에
서 나는 소리에 세진은 입을 꾹 다물었다. 하지만 잇새로 새어
나오는 소리가 제 귓가를 울렸다.

준은 세진의 봉긋한 봉우리가 맛있는 열매처럼 열려 있어
본능적으로 손과 입을 가져갔다. 한쪽 가슴은 준의 손아귀에
다 감싸지지도 않을 정도로 풍만하였다. 준은 양손을 사용하
여 그녀의 가슴을 가운데로 모았다. 그리고 파르르 떨고 있는
세진의 민감한 정점에 입술을 가져갔다.

"하웃."

깊어지는 신음 소리에 준의 혀끝은 더욱 신나게 휘몰아쳤
다. 잔뜩 솟아 있는 끝이 남자의 입술에 가려져 고개를 내밀
새도 없이 자취를 감췄다. 다시 나타난 정점은 더욱 붉은 빛을
띠었다.

준의 머리를 쓰다듬던 세진이 전율에 몸을 떨며 숨을 내쉬
었다. 점점 아래로 입술이 내려갈 때마다 세진의 숨소리는 끝

을 모르고 거칠어졌다.

납작한 배를 유영하던 입술이 비밀스러운 숲을 헤치고 들어올 땐 세진의 허리가 저도 모르게 휘었다. 마침내 세진의 전신에 키스를 한 준은 발끝까지 탐험하고 나서야 다시 올라왔다. 쾌락에 달뜬 세진의 얼굴을 보며 만족한 듯 미소를 지은 준이 아까 전부터 단단하게 아파 오던 남성을 그녀에게 들여보냈다.

"아아."

조금만 들어와도 아픈지 세진의 얼굴이 찡그려졌다. 입구에서부터 준은 숨을 다시 내쉬고 준비해야 했다. 생각보다 아프게 조여 오는 여체에 그의 몸도 순식간에 달아올랐기 때문이다. 조심스럽게 안으로 들여놓을 때마다 그녀의 소리는 점점 높아지며 준의 어깨를 아프도록 눌렀다.

"김준, 나 너무 아파."

준은 세진의 젖은 눈가를 혀끝으로 닦아 주며 자잘한 키스를 이어 나갔다. 그의 손가락이 여체를 부드럽게 어루만지며 쓸었다. 아까보다는 괜찮은지 세진이 스르륵 눈을 떴다. 서로의 눈빛이 허공에서 부딪치며 빨아들이듯 바라보았다. 촉촉이 젖어 일렁이는 눈동자에 그들은 다시 눈을 감아 버렸다. 사랑스럽다. 갖고 싶다.

자존심은 하늘을 찌르고 피도 차가울 것 같은 그녀였지만 안은 너무나 뜨겁고 격렬했다. 몸을 움직일 때마다 누구의 목소리라고 할 수 없는 음성과 신음이 섞여서 흘러나왔다. 단단하게 뚫고 들어온 준이 허리를 움직여 흔들 때 세진의 몸도 함께 리듬을 타 위아래로 움직였다. 단단한 몸을 끌어안은 세진은 꼭 감았던 눈을 다시 떴다. 준의 눈동자는 까맣게 빛났고, 눈빛은 사나웠으며, 눈길은 끝없이 집요했다.

"미치겠어. 너 때문에 숨이 안 쉬어져……."

세진의 목소리가 바람에 날아갈 듯 가냘프게 울렸다. 입꼬리가 활처럼 위로 올라간 준이 뜨거울 정도로 달아오른 세진의 몸 이곳저곳을 눈으로 훑었다. 입술은 다시 만났다. 격렬한 몸짓으로 승화되면서 숨결은 더욱 차오르고 정신은 혼미해졌다. 마침내 준이 절정의 순간을 만끽하며 몸을 부르르 떨었다. 서로에게만 맞춰진 시간이 그대로 멈춘 것 같았다. 거친 숨이 세진의 입에서 연신 쏟아져 나왔다. 아지랑이처럼 피어오르는 행복이었다. 세진은 전신이 몽둥이로 맞은 듯 아파와 축 늘어졌다.

"세진아."

눈을 뜨기도 힘들 만큼의 나른함 때문에 그가 속삭이는 말들이 제대로 들어오지 않았다.

"세진아, 내 목소리 들려?"

세진은 힘겹게 눈을 뜨며 겨우 고개를 끄덕였다. 준의 입가가 진하게 올라갔다. 그리고 그녀의 이마에, 눈에, 콧등에, 뺨에, 입술에 차례대로 입을 맞췄다.

"네 말이 맞았어. 너, 실제로는 훨씬 더 예뻐."

"응……."

"예뻐. 너 왜 이렇게 예쁘지?"

준의 이마가 세진의 이마에 닿았다.

"갈수록 네게 빠져드는 것 같아. 넌 요물이 맞아."

"준아. 요괴가 하고 싶은 말이 있는데……."

세진은 연거푸 내쉬던 숨이 안정을 찾자 눈을 떠서 그를 올려다보았다. 그리고 그의 얼굴을 양손으로 잡아 가볍게 입을 맞췄다.

"같이 자자. 나 너무 졸린데…… 네가 옆에 있었으면 좋겠어."

준이 빙그레 웃었다.

"난 요괴니까 네 양기를 모조리 뺏어 먹어야 돼. 그러니까…… 나랑 같이 있어 줘."

그의 미소가 더욱 진해졌다. 준은 세진의 옆에 머리를 괴고 누워 그녀의 어깨를 토닥여 주었다.

"나 졸음이 막 밀려와. 그런데 자기 싫어……."

"푹 자. 안 갈게."

"응…… 잘 자."

세진은 곧 잠에 빠져들었다. 준은 세진의 잠든 모습을 오래도록 바라보며 미소를 지었다. 꼼짝 못 하게 만든다고 했는데 도리어 저 스스로가 그녀에게 갇힌 것 같다. 세진은 최고였다. 그래서 계속 생각이 났다. 지금도 다 시들지 않은 그의 중요 부위가 꿈틀거려서 자제하느라 온몸에 힘을 주어야 했다.

"이제부터는 참지 않을 거야. 싫어도 어쩔 수 없어. 네가 너무 예쁜 탓이야."

그녀의 입에 가볍게 입을 맞췄다. 옅은 숨이 새어 나왔다.

"이래서 사람들이 애국가를 부르는군."

핸드폰 벨이 줄기차게 울려 세진은 웅얼거리며 눈을 떴다. 집 안 어디선가 벨소리가 흥겹게 울렸다. 부스스 일어나던 세진은 자신이 실오라기 하나 걸치지 않은 채로 잠들었다는 것을 알았다.

"다 벗고 잠을 자다니……."

이 녀석은 언제 옷을 입었는지 말끔한 상태로 옆에 잠들어 있었다. 그가 깨지 않도록 침대에서 슬쩍 일어선 세진은 갑자기 피가 거꾸로 솟는 것처럼 아릿한 감각에 몸을 부르르 떨었다. 다시 침대에 주저앉다가 빨간 흔적을 발견했다. 정말 준과 사랑을 나누긴 했구나. 그 증거가 밝은 햇빛에 적나라하게 드러나고 있었다.

세진은 준이 깨지 않도록 조심스럽게 이불을 덮어 흔적을 가리고 바닥에 떨어진 옷가지를 주워 입었다. 걸음을 옮길 때마다 찌릿한 아픔이 몸을 관통했다. 곧장 욕실로 가서 샤워를 하고 나왔다.

거실 테이블에 놓인 핸드폰을 들여다보니 선영에게서 부재중 전화가 세 통이 와 있었다. 아까 울렸던 전화벨이 생각났다. 평소라면 씹고 내일 직접 만나 이야기했을 텐데 일요일 아침부터 세 번이나 전화를 한 사실이 이상하여 통화 버튼을 눌렀다.

"일요일 아침부터 웬일이야. 주말엔 개인 시간 침범하지 않기로 약속해 놓고선."

—피디님! 왜 이제야 전화를 받으세요. 스캔들 났어요!

"에? 스캔들? 누가?"

—정재민 씨요!

재민에게 스캔들이 났다는 소리에 세진은 금세 얼굴이 어두워졌다. 세상 사람들이 알기엔 아직 넘어야 할 산이 많은데 어쩌다 걸렸는지 걱정이 앞섰다.

"많이 심각해? 아무래도 후폭풍이 클 것 같은데."

—기자들이 방송하면서 눈 맞은 것 같다고 썼어요. 피디님 우리 몰래 연애하고 다녔어요?

"응? 무슨 소리야."

—정재민 씨 스캔들 상대가 피디님이에요!

세진은 도무지 현실성이 없는 말에 한동안 멍하니 있다가 소리를 질렀다.

"뭐? 그게 무슨 말도 안 되는 소리야!"

—저도 아침에 기사 보고 깜짝 놀랐어요. 어제 재민 씨가 밥 사 준다고 해서 만난 사진이 뜬 것 같아요. 오보 맞죠?

"당연히 오보지. 일단 끊어 봐."

세진은 부리나케 포털 사이트를 검색했다. 실시간 검색어 1위가 정재민 스캔들, 2위가 이세진 피디, 3위가 가수 정재민과 이세진 라디오 피디였다. 황당하고 혼란스러워 냉큼 기사를 클릭했다. '피디와 디제이가 아니에요. 이제부터 연인이라고 불러 주세요'. 기사 제목부터 참 자극적이었다. 기사 내용은 어제 밥 먹고 호텔 스카이라운지에 간 사진들을 토대로 작성한 것이었다.

소설도 이런 소설이 없구나. 기자들이 사진에 유추하여 만든 기사에는 정재민과 이세진에게 다리를 놔 준 사람이 이전 디제이 변진성이고, 그와 함께 두 사람이 만나서 밥도 먹고 분위기 좋은 곳에 가서 술도 마셨다고 나와 있었다.

시종일관 웃고 서로를 배려하는 모습이 아름다웠다고. 호텔 앞에서 정재민의 차를 타고 가는 모습은 연인 그 자체였다고.

세진은 헛웃음을 지었다. 살면서 연예인과 스캔들 나 보긴 처음이었다. 화도 나지 않고 그저 멍했다. 핸드폰 벨이 다시 울렸다. 벌써 기사를 보았는지 방송국 동료 피디에게서 온 전화였다.

"무슨 일이야?"

잠결에 깬 준의 목소리가 허스키하게 들려왔다. 세진은 화들짝 놀라 저도 모르게 핸드폰을 등 뒤로 숨기고 돌아보았다. 언제 왔는지 준이 세진의 앞에 서 있었다.

"어? 어…… 아무것도 아니야."

세진은 활짝 웃어 보이곤 옆을 지나쳤다. 하지만 준의 손이 세진의 팔을 잡아 당겨 품에 안기게 되었다. 도망 못 가게 허리에 팔을 두른 그가 바짝 압박해 왔다. 그리고 소중한 물건인 듯 양손을 꼭 잡고 등 뒤로 숨긴 핸드폰을 너무나 손쉽게 빼서

336

열었다.

"이리 줘!"

세진이 손을 뻗었지만 준은 순식간에 통화 목록을 확인했다.

"이선영 작가?"

"그래, 이 작가야. 남자 아니고."

준은 세진을 힐끔 보다가 포털 사이트를 눌렀다. 으악, 망했어. 난 곧 잡아먹히고 말 거야. 세진은 차마 눈을 뜰 수가 없어 그의 가슴에 머리를 기대고 눈을 감았다.

한참을 보던 준이 어디론가 전화를 걸었다. 그가 하는 양이 궁금해 미칠 것 같았지만 머리를 들지 않았다. 차마 눈을 볼 용기가 나지 않았다.

"정재민 씨? 나 김준입니다."

이 녀석, 정재민한테 전화했어! 세진이 저절로 머리를 들었다. 하지만 준이 그녀의 머리를 당겨 가슴에 기대게 하고 움직이지 못하게 눌렀다.

"줘― 달란 말이야."

"스캔들 기사가 났던데 알고 있습니까?"

준의 목소리는 지나치게 차분했다. 그게 화가 나서 차분한 건지, 원래 성격이 그런 건지를 모르겠어서 세진의 심장은 정처 없이 날뛰었다. 야단맞기 전에 긴장되어 미칠 것 같은 딱 그 심정이었다.

"네, 사실이 아닌 건 알고 있으니까 어떻게 대처할 건지 말씀해 주세요. 그쪽의 대처 방법을 알아야 이쪽에서도 대비책을 마련하지 않겠습니까."

뭘 대처하겠다는 거야. 기사 낸 기자들을 모조리 찾아가서 아니라고 하겠다는 거야? 그냥 아니라고 하면 그뿐인데 준은 꽤 심각해 보였다. 역시 화가 났나 봐.

"그럼 일단은 정재민 씨를 믿고 있겠습니다. 이건 단순히 스캔들 문제가 아니라 우리 방송국의 신뢰 문제이기도 합니다. 네, 알겠습니다. 현명한 선택하세요."

전화를 끊고 세진이 다시 머리를 들려고 했지만 준은 아예 그녀의 얼굴을 보지 않으려는지 움직이지 못하게 눌렀다.

"정재민이 잡으러 갔던 사람이 변진성이었어?"

나오려고 발악을 하던 세진의 몸이 순식간에 잠잠해졌다.

"어떻게…… 정재민이 말했어?"

"자기가 먼저 밝히던데? 혹시라도 내가 오해하고 있을까 봐 알아서 말해 주더라."

"그 남자는! 그런 건 좀 조심해야지. 어쩌려고……."

"넌 그 남자를 신경 쓸 때가 아닌 것 같은데 말이야."

준은 다시 전화벨이 울리는 핸드폰을 보았다.

"여기저기서 너 찾고 물어보려고 난리 난 것 같다."

"아니라고 하면 돼. 당사자가 아니라고 하는데 어쩔 거야."

"사진이 나돌았는데 반박하기 쉬울 것 같아?"

준은 팔을 내려 세진을 놓아주었다. 그리고 바지 주머니에 손을 넣고 세진을 뚫어지게 바라보았다. 제 발 저린 도둑도 아닌데 세진은 그의 얼굴을 보기가 미안해졌다.

어젯밤 들었던 생각이 현실로 나타난 것하며 사진 속에서 활짝 웃고 있는 자신의 모습을 보자 괜히 죄를 지은 사람처럼 심장이 오그라들었다.

"선택은 두 가지야."

준의 입이 먼저 열렸다. 세진이 고개를 들어 준을 올려다보았다.

"정재민이 제 애인을 밝히든지 아니면 네가 애인을 밝히든지."

세진의 입이 저절로 벌어졌다. 둘 다 선택하기 쉽지 않았다.

"다른 선택지는 없어?"

준이 고개를 끄덕였다.

"이 두 가지 중 하나여야만 사람들이 수긍할 거야. 정재민은 자기가 밝히겠다고……."

"안 돼! 그냥 우리가 밝혀!"

아, 세진은 말을 하고 곧 얼굴을 찌푸렸다. 밝힌다는 건 곧 공개 연애를 또 하겠다는 것이었다.

세진은 준의 손에 들린 핸드폰을 가져와 통화 목록을 눌렀다. 재민에게 전화를 거는 세진을 보며 준은 재밌다는 표정으로 입꼬리를 올렸다.

"정재민이 밝히겠다고 했다니까?"

"너도 알잖아. 그 사람 여기서 밝히면 연예계 생활 힘들어져. 지금 한창 잘나가고 보기 좋은데 괜히 망가지는 건 못 보겠어. 아, 재민 씨!"

ㅡ피디님, 죄송해요. 제가 이따 기자 회견 열려고요. 신경
쓰지 않게 할게요.

"재민 씨 미쳤어? 그냥 가만히 있어요! 내가 아니라고 할 거
니까!"

ㅡ기자들이 쉽게 인정하려고 하지 않을 거예요. 피디님도
계속 눈치 보일 테고요.

"아 ,정말! 그냥 내 애인 밝히겠다고요!"

ㅡ네?

"난 한 번 창피당하고 말면 되지만 그대는 아니잖아요. 우
리 프로그램 또 흔들리는 건 절대로 못 참겠고. 그러니까 그냥
가만히 있으라고요."

ㅡ피디님, 하지만 자꾸 이렇게 신세 지는 건 못 하겠습니다.

"아, 그럼 마음대로 해요!"

세진은 재민에게 소리를 지르고 핸드폰을 껐다. 괜히 씩씩
대는 세진을 보던 준은 미소를 지은 채 그녀를 빤히 보았다.

"이세진이 언제부터 그렇게 남을 생각하셨을까."

"나 원래 정의감 넘치는 거 몰랐어?"

"그러세요? 그렇게 정의감이 넘쳐서 나한테도 정재민 애인
을 비밀로 한 거야?"

갑자기 준이 세진을 번쩍 안아 들고 움직였다. 그가 향하는
곳을 보던 세진이 뜨악하는 얼굴로 준을 보았다.

"우리 일어난 지 얼마 되지도 않았는데 또 하는 건 좀……."

"왜? 어떤데?"

"짐승 같지 않니?"

세진의 말에 준이 소리를 내어 웃었다. 그리고 침대에 눕히고 몸으로 누르며 그녀를 내려다보았다. 준의 눈빛이 물결치듯 일렁였다.

"사람은 곧 동물, 동물을 다른 말로 짐승이라고 하지."

"너무 원초적인 단어 연결이다. 짐승 씨."

준의 입술이 세진의 입을 막아 버렸다.

"정재민을 위해서 생각하기도 싫은 일을 하겠다는 거네?"

"정재민을 위해서란 표현은 좀 그렇다. 그냥 우리 프로그램을 위해서라고 하자."

세진이 허허 웃으며 숨을 내쉬었다. 방송국에서 다시 사람들의 성화를 들을 생각을 하니 한숨이 몰려왔다. 세진의 생각을 읽었는지 준이 그녀의 볼에 입을 맞추며 귓가에 속삭였다.

"괜찮아. 내가 같이 있을게. 너 혼자 독박 쓰게 하지 않아."

세진은 간지럽고 야릇한 기분에 눈을 찡그렸다. 미치겠다. 해님이 중천까지 납시어 훤한데 그의 입김에 또다시 몸이 달아오르니 말이다.

"난 세진이 네가 정의감 넘치는 여자라서 참 좋아. 한결같아서 좋아. 그런 예쁜 여자가 너라서 무척 마음에 들어."

심장이 두근거렸다. 준의 목소리가 귓가에 들어오며 욕구를 끌어 올렸다. 세진은 준의 눈을 바라보았다.

"화나지 않았어?"

"스캔들 기사가 너무 자극적이라서 도무지 믿음이 가질 않더라고. 난 이세진 말만 믿어. 네 눈이 다 말해 주거든. 거짓인지 진심인지. 그런데 화낼 필요 있어?"

세진이 준의 목을 와락 끌어안았다.

"난 얼마나 마음 졸였다고. 네가 기사 보고 화낼까 봐."

"그런데 혼은 좀 나야겠다."

"응?"

세진이 준의 몸을 떼어 내며 그를 보았다. 억울한 표정의 그녀를 보자 준은 더 이상 참지 못하고 세진에게 달려들었다. 굶주린 맹수처럼 그의 입술이 닿는 곳마다 붉은 생채기가 남겨졌다.

옷가지는 순식간에 사라졌다. 세진은 그의 입술과 손에 달뜬 정신을 겨우 일으켰다.

"봐⋯⋯줘⋯⋯. 이젠 다른 남자 보면서⋯⋯ 하웃⋯⋯ 웃지 않을게요⋯⋯."

세진의 음성이 쾌락에 차올라 거침없이 드러났다. 준은 그녀의 말이 마음에 들었는지 한결 부드러워졌다. 서로의 몸은 다시 절정을 향해 치달았고 교태 섞인 음성이 귓가를 울렸다.

세진은 야릇한 제 소리에 화들짝 놀랐지만 정신을 차릴 수 없이 휘몰아치는 남자의 움직임 때문에 그저 거친 숨을 내쉴 뿐이었다.

"사랑해, 준."

세진의 목소리가 달콤하게 집 안을 맴돌았다. 분명 준의 귀에도 들어갔을 것이다.

준은 아무런 말없이 세진의 몸 위에 쓰러진 채 숨을 골랐다. 준의 몸도 땀에 젖어 윤기가 났다. 밤엔 잘 보이지 않았는데 햇빛에 비친 그의 육체는 눈을 뗄 수 없을 정도로 섹시해서 정신을 잃을 것 같았다. 단단한 몸이 마음에 들었다. 매끈한 전신이 시선을 끌었다.

"세진아."

전부 쉬었는지 준이 팔을 세워 몸을 일으키고 세진을 내려다보았다. 그녀의 눈과 마주치자 준이 빙그레 웃었다.

"나도."

쪽. 도장을 찍었다. 제 입술로 그녀의 얼굴 이곳저곳에 도장을 남겼다. 한참 장난을 치던 준이 세진의 귓가에 얼굴을 가져갔다.

"그런데 나 진짜 배고파."

푸하, 세진의 입에서 웃음이 터져 준도 따라 웃었다.

"이 짐승남 같으니라고."

하루 종일 세진의 집에서 머물던 그는 깜깜해져서야 제집으로 내려갔다. 전화기 너머의 일도 궁금하긴 했지만 준은 생각할 틈도 주지 않고 계속 세진을 안았다.

종일 준과 지내는 동안 세진은 공개 연애하기로 결심을 굳혔다. 다른 사람들에게 이 녀석의 여자는 나라는 걸 알려야 했다.

이 남자는 내 것이니까 탐내지 말라는 무언의 압박도 필요했다. 밝힐 생각에 한숨이 나오긴 했지만 준이어서 괜찮았다.

재민에게는 다시 전화를 걸어 내 애인을 알리는 게 더 좋은 선택이란 생각을 전했다. 그리고 교훈을 얻었다. 연예인과는 절대 사적으로 만나면 안 된다는(?) 교훈.

"이 피디님, 오후에 전체 회의 있대요."

복도를 걷는데 후배 피디가 세진을 향해 목소리를 높였다. 세진은 손으로 오케이 모양을 하고 걸어갔다. 후배는 소위 김준 빠순이 중 한 명으로서 준과 사귄다는 걸 공식적으로 알렸을 때 울고불고 난리 치던 여자였다.

보름 전 월요일, 방송국은 발칵 뒤집혀 타 방송국 기자들까지 세진을 보겠다고 찾아오는 등 아수라장이 따로 없었다. 평소 연락도 없었던 옛 친구들과 얼굴도 모르는 동창들이 전화를 해 대서 핸드폰은 불이 날 지경이었다. 결국 세진은 방송국 로비에서 저도 모르게 소리를 질렀다.

"저 만나는 사람 있어요! 정재민 씨 아니고!"

하필 준은 출장 갔다 온 일로 한창 바빠 같이 있어 주지도 못했다. 같이 있을 때 말하려고 했는데 도저히 사람들 추궁을 감당하기 힘들었다.

"잘 들어요! 제가 만나는 사람은 여기 DBS 방송국 다니는 김준 피디예요! 그러니까 다시는 저한테 정재민하고 사귀냐고 묻지 마세요!"

씩씩대며 걸어가느라 사람들 표정을 보지 못했다. 사람들이 어떤 얼굴을 하는지 몰랐다. 물론 급작스러운 발표 이후 정재민과의 스캔들은 썰물 빠지듯 사라졌다. 대신 생각지도 못한 문제가 생겼다.

세상에, 김준 좋아하는 여자가 그렇게 많은 줄은 몰랐다. 방송국에 대부분의 여성이 김준에게 한 번쯤 눈길을 줬거나, 마음을 품고 있었는지 발표 이후 여자들은 세진만 보면 눈에 불을 켜고 노려보았다. 방송국에서는 여자들의 지지를 받던 세진인데 김준과의 연애 한 번으로 적이 돼 버렸다.

이 상황이 왠지 어렸을 때의 모습과 겹쳐 보여 깊은 한숨이 나왔다.

방송국 짬밥 때문에 세진 앞에서 대놓고 씹는 경우는 없었다. 하지만 돌아서면 수근거리기 일쑤에 소심한 복수를 하며 괴롭혔다.

예를 들면, 회의 시간을 잘못 알려 준다거나 초여름인데 아주 뜨거운, 입에 대자마자 혀를 델 것 같은 커피를 준다거나 하는 등등.

물론 그런 시선들을 일일이 의식하는 건 아니었다. 이미 현민과의 관계로 사람들의 입에 오르내렸던 과거가 있고 이쯤은 어느 정도 예상했던 일이었다. 그러나 준이 이 정도일 줄은 몰랐다. 중·고등학교 시절을 보면 당연한 일이라고 생각했어야 했는데, 세진은 과거에도 현재에도 준의 외모에는 별다른 감흥이 없었기 때문에 여자들의 애타는 마음을 느끼지 못했던 것이다.

세진은 남자 동기들과 대화를 하던 중에 새로운 사실을 알게 되었다. 그들의 말에 따르면 그동안 방송국에서 이세진의 이미지는 여전사 느낌이었단다.

여성으로서 불합리한 일이나 나서기 힘든 일에도 적극적으로 행동하는 모습에 감동을 받았다고. 자주적이고 독립적인 줄 알았는데 결국엔 남자의 외모와 능력에 넘어가는 여자였다는 생각에 배신감이 든 거라고.

남자들도 의외라고 했다. 세진은 절대 김준 같은 남자와는 연애하지 않을 거라 생각했단다. 김준처럼 완벽하다는 느낌마저 드는 남자를 제일 싫어하는 부류일 거라고 생각했는데 남자들도 부러워하는 김준과 연애하는 세진이 모순이라고 했다.

그들의 말을 듣고 나니 조금은 사람들의 심리를 이해할 수 있었다. 준을 좋아하게 된 이유가 절대로 외적인 요소는 아니었지만 사람들은 그렇게 생각했던 것이다.

그런데 참 이상한 점이 있었다. 현민과 사귈 때에는 애정 진도나 성격에 초점을 맞추어 사사건건 간섭하던 사람들이 준을 만날 때에는 다르게 행동했다. 진도나 성격보다는 얼마나 자상한지, 언제 제일 좋은지 등을 물어보았다. 세진은 친절하게 대답해 주었다. 마음껏 부러워하게, 끝내 그들이 포기하게 끔 여유로운 눈으로 그들을 바라보았다.

정작 준은 사람들이 알게 되자 여럿이 보는 앞에서 대놓고 세진을 챙겼다. 사무실에서는 사람들이 눈에 불을 켜고 보는데도 아랑곳 않고 세진의 책상에 라벤더 차를 놓고 가고, 정재민이 했던 꽃 배달 이벤트라는 것도 했다. 그때 질투했던 게 분명했다. 정재민이 줬던 것보다 배는 큰 장미꽃 바구니였다. 또 한 번 세진의 책상이 꽃으로 화려해졌고 사람들은 또 한 번 세진을 부러워해야 했다.

거기서 그만할 줄 알았는데 이 녀석은 스튜디오에 거의 매일 발걸음을 했다. 저가 담당했을 때보다 더 줄기차게 들락날락거렸다.

와서 이것저것 태클을 걸기도 했지만 눈빛을 숨기지 않았다. 오죽했으면 작가들이 '애정 행각은 아무도 없는 곳에서 해주세요!' 라고 했을까.

적극적인 준 때문에 여성들의 질투 어린 시선은 더 심해져서 한편으로는 불편한 마음이 들었지만 그의 사랑을 받는 지금 모든 것이 괜찮았다.

라디오국에선 요상한 분위기가 풍겼다. 국장이 세진의 눈치를 보기 시작했다. 방송국에서 준의 입지가 어느 정도인지 더욱 신랄하게 느낄 수 있었다.

"이 피디 능력도 좋아. 사귀는 남자마다 방송국 실세들이네."

배배 꼬여 내뱉은 어느 피디의 말에 기분 상할 필요도 없었다. 어쩌다 보니 그렇게 된 거지만 다른 사람의 눈엔 기회주의자로 보일 수도 있는 일이었다. 어쨌든 다양한 시선들 덕분에 세진은 요즘 사무실보다 스튜디오에 있는 시간이 많았다.

이렇게 일을 열심히 한 적이 있었던가. 어느 한곳에 집중할 필요가 있어 프로그램에 열을 올리다 보니 방송의 질은 더욱더 좋아져서 청취율은 날로 올라갔다. 그리고 스캔들 덕분에 모르던 사람까지 방송을 듣게 되어 고정 청취자들이 배 이상 늘어난 것도 한몫했다.

오후 회의까지 두 시간 정도가 남아 세진은 조용한 곳에서 작업하기 위해 스튜디오를 찾아다녔다. 그리고 아무도 없는 녹음실 안으로 들어갔다. 일반 스튜디오보다 절반 이상 작았지만 아늑하고 조용했다.

구석으로 테이블을 끌고 와서 의자에 앉아 노트북을 켰다. 이따 오후 회의에 공개방송 건으로 구체적인 계획서를 제출해야 했다.

장소 섭외부터 규모, 일정, 프로그램 방향 등을 작성하다 보니 스크롤하는 자료들을 따라 눈꺼풀도 내려왔다. 턱을 괴고 마우스를 움직이던 세진의 고개가 테이블로 떨어졌다.

테이블에 닿기 전 남자의 손이 떨어지는 머리를 받쳐 서서히 내렸다. 엎드려 잠이 든 세진의 옆에 앉아 준은 얼굴을 가린 그녀의 머리카락을 귀 뒤로 넘겨 주었다. 요즘 유명세를 톡톡히 치르고 있는 세진이 안쓰러웠지만 어느 때보다 사랑스러웠다.

저에게 성질 부리고 멋대로 해도 다 받아 주려고 했는데 한 번도 투덜댄 적이 없었다. 그 높던 자존심이 바닥을 치고 있는데도 자신을 보면 활짝 웃으며 아무렇지 않은 얼굴을 했다. 그러면서 스튜디오를 전전하는 모습이 짠하기도 했다.

세진의 잠든 모습을 한참 동안 바라보다가 준은 노트북 화면으로 시선을 옮겼다. 마우스를 움직이던 그의 입꼬리가 올라갔다.

"참 마음에 든단 말이야."

준은 노트북 키보드를 두드려 보충하고 일어섰다. 그리고 주머니 안에 있던 병 음료를 꺼내 테이블 위에 올려놓았다.

문 닫는 소리에 세진의 눈이 번쩍 떠졌다. 잠들었다는 것을 느끼고 급히 고개를 들었다. 부랴부랴 노트북 안을 들여다보던 세진은 옆에 놓인 음료수를 보았다.

"뭐지?"

병뚜껑을 따면서 노트북을 들여다보던 세진의 눈이 커졌다. 문서 작성이 거의 마무리되어 있었다. 마우스를 끝까지 내리던 세진의 입매가 올라갔다.

우렁 총각 왔다 감. 이따 비밀의 정원 같이 걷자.

제 안에 이런 감성이 있는 줄은 몰랐다. 남자로 인해 설레고, 두근거리고, 종일 봤으면 좋겠고, 다른 사람의 시선이 어떻든 상관없는 마음. 현민을 만날 때는 그를 사랑하고 있는 거라고 생각했는데 그건 사랑이 아니었다.

심장이 주체할 수 없을 정도로 뛰고 세상이 달라 보이는 느낌, 이게 사랑이었다. 팔을 쭉 펴며 기지개를 켰다. 손목시계로 시간을 확인한 세진은 천천히 노트북을 챙겨 일어섰다.

국장 포함 모든 피디가 모이는 라디오국 전체 회의가 열렸다. 세진이 들어가자 먼저 와 있던 사람들의 시선이 쏠렸다. 세진은 비어 있는 자리에 앉아 뽑아 온 자료를 나눠 주었다. 문서를 나눠 주고 나자 국장과 준이 들어와 자리에 앉았다.

사내 연애의 단점은 이런 것이다. 한공간에 커플이 같이 있으면 사람들의 시선이 자연스레 양쪽을 오가며 움직이기 마련이었다. 이상야릇한 표정은 덤.

그래서 세진은 얼굴을 보는 건 고사하고 시선을 그쪽으로 돌리는 것도 쉽지 않았다.

"자, 다들 바쁠 테니까 간략하게 보고하고 끝내자. 누구부터 할래."

이럴 때 선뜻 나서는 사람은 한 명도 보질 못했다. 다들 국장의 눈을 피해 고개를 숙이고 있었다.

"이세진 피디가 먼저 합시다."

준의 목소리가 회의실에 또렷하게 들렸다. 세진이 미간을 찌푸린 채 고개를 들어 준을 보았다. 그는 세진이 볼멘 얼굴로 바라보자 빙그레 웃었다.

"저번에 국장님께서 말씀하신 공개방송 건에 대해 이 피디가 정리한 자료입니다."

준이 국장의 테이블 위에 올려 있는 자료들 중에서 세진의 것을 꺼내 맨 위로 올렸다.

"그래? 그럼 이 피디가 먼저 해 봐."

"아…… 그럼 제가 먼저 하겠습니다. 장소는 두 프로그램을 합친 것이기 때문에 좀 더 넓은 장소를 물색했고 최종 장소는 올림픽 체조 경기장으로 정했습니다. 아무래도 장마철이라 실외보다는 실내가 적합할 것 같습니다. 공개방송 때 스태프들 도움이 필요하고. 프로그램 내용은 보고서에 작성한 것을 참고하시면 됩니다."

"방송 날짜는."

"당초 예상보다 조금 늦어져서 7월 초로 계획하고 있습니다."

국장은 요즘 세진에게 화를 내지 않는다. 화낼 일이 없었다. 프로그램 청취율은 준의 방송을 뛰어넘었고 현재 DBS라디오 전체 순위 중 3위를 달렸다. 언제부턴가 옷차림도 여성스럽게 갖춰 입고 다녀서 품위 유지로 태클을 걸 수도 없었다.

국장의 신수에 변화가 온 것인가도 생각했지만 몇몇 라디오 프로그램은 신나게 깨지는 걸 보면 성격이 바뀐 것은 전혀 아니었다.

준의 투데이 포커스 방송 보고가 이어졌다.

"투데이 포커스는 이주연 아나운서가 저녁 뉴스를 맡는 관계로 다음 주부터 새 디제이를 영입합니다. 지금 접촉하고 있는 사람은 서연호 아나운서입니다."

어쩐지 아까부터 표정이 좋지 못하더라니. 세진은 잔뜩 인상을 찌푸린 채 앉아 있는 현민을 힐끔 보았다.

"보고받았어. 장현민 피디, 시사 교양국 국장에게 들었는데 자네가 맡았던 프로그램 다음 주부터 다른 피디로 교체된다며?"

"네."

"잘 좀 하지 그랬어. 시청률이 저조해서 잘리면 그게 무슨 창피야!"

국장은 현민에게 목소리를 높였다.

"라디오 망신시킬 일 있어?"

"죄송합니다."

세진이 알기로 저 남자도 자존심이 하늘을 찌르는 편이다. 저런 소리를 듣는 게 괜찮을 리가 없었다.

"이제부터는 투데이 포커스에 집중해서 진행해. 그동안 김 피디가 자네 몫까지 두 배로 뛰었으니까 보답하라고."

"그래서 부탁드리고 싶은 것이 있습니다."

"말해 봐."

"저 혼자서 프로그램을 진행하고 싶습니다. 김 피디는 원래 하던 음악 프로에만 전념했으면 합니다."

"쓸데없는 소리 하지 말고 맡은 일이나 열심히 해. 그나마 김 피디마저 없었으면 투데이 포커스도 위험했어!"

"국장님, 하지만 그 프로는 원래……."

"청취율 다 올려놨더니 이제 와서 알맹이만 빼먹겠다는 심보야 뭐야! 잔말 말고 일이나 똑바로 해. 괜히 이상한 스캔들에 휘말리지 말고."

그 이상한 스캔들이라 함은 이주연 아나운서가 방송국 인맥이 많은 장현민에게 의도적으로 접근하여 저녁 뉴스 자리를 꿰찬 뒤 시원하게 차 버렸다는 소문을 말했다.

피디와 작가들 사이에서는 예전부터 말이 돌았지만 정작 두 사람은 잘 지낸다며 소문을 일축했다. 그런데 돌아가는 상황을 보니 틀리지는 않은 것 같았다. 현민은 얼굴을 잔뜩 구기며 고개를 숙였다.

그래도 한때 사귀었던 사람인데, 차였다고 하니 뭔가 안쓰러웠다. 어린 여자가 뭐가 아쉬워서 나이 많은 피디를 좋아하겠는가.

사랑에 눈이 멀어 간이고 쓸개고 모두 빼 주고 난 뒤 버려진 것이다. 그게 세진의 눈에 비친 현민의 모습이었다.

회의가 끝나자 사람들이 우르르 회의실을 나갔다. 세진은 자리에서 일어서는 준에게 사뿐사뿐 걸어갔다.

"우렁 총각, 아까 예쁜 짓 했네?"

"뭐 그 정도 가지고. 더한 것도 해 줄 수 있어."

"으악, 닭살. 김준 정말 보면 볼수록 의외라니까."

"감동받았어?"

"쬐—끔."

세진은 눈웃음을 지었다. 준은 세진의 머리카락을 흐트러뜨리며 따라 웃었다.

"이따 로비에서 보자."

휴게실로 들어온 세진은 원두커피를 내리며 핸드폰을 들었다. 밤 방송까지 시간이 남아서 간만에 가연을 볼 생각이었다. 그런데 갑자기 모르는 번호가 떴다. 스팸이라 생각하며 받지 않고 종료했지만 그 뒤로도 계속 진동이 울렸다.

"여보세요."

—이세진 양 핸드폰 맞습니까?

"네, 그런데요."

—나 준이 엄마예요.

수화기 너머의 음성에 세진의 눈이 커지며 심장이 빨리 뛰었다. 커피를 내리고 있다는 것도 잊고 휴게실 밖으로 나왔다.

"안녕하세요."

—갑자기 연락해서 미안해요.

"아닙니다. 말씀하세요."

—오늘 시간 되면 잠깐 보고 싶은데.

"아…… 오늘요?"

—방송국 앞은 사람들 보는 눈도 있으니까 세진 양 집 앞에

서 봤으면 합니다.

"저희 집이요?"

이 사람은 우리 집을 어떻게 알았을까. 아니, 핸드폰 번호는 어떻게 알았을까. 세진은 손끝이 떨려 와 주먹을 꼭 쥐었다.

—세진 양에 대해 조금 조사했어요. 내 입장에서는 그럴 수밖에 없었습니다. 이해해 줬으면 좋겠어요.

기분이 나쁜 게 당연한 일인데 세진은 너무 놀라 감정을 느낄 겨를도 없이 통화를 이었다.

—방송 끝나면 바로 퇴근하죠? 시간 많이 빼앗지 않을 거니까 그때 봤으면 해요.

목소리만 들어도 카리스마가 느껴지는 준의 어머니에게 저도 모르게 그러겠다고 대답을 하고 끊었다. 바탕 화면으로 돌아온 핸드폰을 들여다보고 나서야 통화 내용이 매우 공정치 못하다는 것을 느꼈지만 다시 전화를 걸어 반박할 용기가 나지 않았다.

그간 준에게 가족을 물어봐도 웃기만 할 뿐 이야기를 해 주지 않았다. 그 집에서는 나를 알고 있는지, 가족 관계는 어떻게 되는지 궁금했지만 준은 가족 이야기만큼은 꺼려하는 기색이었다. 본능적으로 그의 어머니를 만나는 건 비밀로 해야 한다는 것을 느꼈다.

방송을 어떻게 했는지 모르겠다. 어머니와의 통화 후 세진은 어딘지 나사가 하나 빠진 것처럼 멍한 상태로 시간을 보냈

356

다. 보다 못한 선영이 입을 열었다.

"피디님, 몸 안 좋으시면 먼저 들어가 쉬세요. 나머진 우리
가 마무리할게요."

"아니야…… 나 아프지 않아……."

세진은 영혼 없는 말을 겨우 이었다. 전자시계가 12시로 바
뀌자 세진은 서서히 정신을 차리기 시작했다. 언제까지 정신
을 놓고 있을 수 없었다. 급히 정리를 하고 작가와 디제이에게
손을 흔들며 스튜디오를 나왔다.

사무실에 서류를 놓고 나자 오늘 준과 함께 귀가하기로 했
던 것이 생각났다. 세진은 핸드폰을 들며 미간을 찌푸렸다.

"이것이 말로만 듣던 갈등의 서막인가."

준에게 갑자기 몸이 안 좋아 먼저 간다고 문자를 남기고 집
으로 향했다. 평소라면 걸었을 거리를 택시로 총알같이 달려
왔다.

택시에서 내린 세진은 오피스텔 앞에 서 있는 검정색 고급
세단을 보았다. 선팅이 진해 누가 타고 있는지 보이지 않았다.
괜히 긴장이 되어 마른침을 꿀꺽 삼켰다. 차로 다가가자 안에
서 남자 한 명이 내리더니 꾸벅 인사를 했다.

"기다리고 계십니다. 차에 타시죠."

"여……길 타라고요?"

무표정한 얼굴의 남자는 고개를 끄덕이며 뒷문을 열어 주었
다. 뒷자리에는 장년의 여인이 앉아 있었다.

참 안하무인에 남을 고려하지 못한다고 생각했다. 대체 나

는 뭘 믿고 이 여인을 만나려고 했을까. 준의 어머니인지 아닌지 확실하지도 않고 모든 것이 낯설기만 한데. 지만 몸은 생각과 다르게 이미 뒷좌석에 타고 있었다. 세진이 안에 타자 남자는 문을 닫고 바깥에 서서 기다렸다.

세진은 옆자리에 앉은 여인에게로 서서히 시선을 옮겼다. 굉장한 미인에 머리끝부터 발끝까지 귀티가 흐르는 우아함의 극치인 분이었다.

여인은 처음부터 쭉 세진을 보고 있었다. 저를 빤히 보고 있는 모습을 보자 또 다른 긴장감이 몰려왔다. 어찌 되었든 준의 어머니인데 자신이 어떻게 비춰질지 몰랐기 때문이다.

조사를 했다면 세진의 경제 사정이나 집안, 학벌 등을 안다는 소리인데 어떻게 받아들일지 살짝 겁이 났다.

혹시 오늘 보자고 한 이유가 우리 아들에게서 떨어지라는, 신파에 가까운 막장 드라마에서나 보던 것인가 싶어 몸이 떨려 왔다.

하지만 그럴수록 세진은 눈을 들어 똑바로 보았다. 자신의 모습 중 유일하게 마음에 드는 부분이 바로 어떤 상황에서도 당당할 자존심, 어떤 누구를 만나더라도 자신 있게 보일 자세였다. 차일 때 차이더라도 초라하고 형편없는 여자로 보이긴 싫었다.

한동안 두 여자의 기가 허공에서 부딪치며 서로를 탐색하는 시간이 이어졌다. 하지만 결국 조금 더 어리고, 어쨌거나 그녀보다 약자인 세진이 먼저 입을 열었다.

"죄송해요. 너무 갑작스러워서 인사도 제대로 못 했습니다. 이세진이라고 합니다."

고개를 숙여 인사를 했다. 세진을 빤히 보던 여인도 살짝 고개를 숙여 답례를 했다. 그러더니 오른손을 내밀었다.

"준이 엄마 서진영이에요. 지금 현재 법무부 대변인을 하고 있어요."

아! 이제 생각났다. 어디에서 본 것 같다 생각했는데 TV에서 본 것이었다. 굉장한 미인에 엘리트 대변인이라고 언론에서도 몇 번 보도가 되었다.

이 여인이 준의 어머니였다니. 세진의 눈동자가 커지며 진영이 내민 손을 맞잡았다.

"예전에 TV에서 본 적 있어요. 반갑습니다."

세진은 어색한 웃음을 지으며 시선을 내렸다. 그렇다면 정말로 헤어지라고 온 것인가 보다. 정확히 어느 정도의 집안 수준인지는 모르겠지만 풍기는 분위기만 봐도 보통은 아닌 것 같았다.

떵떵거리며 살았을 때도 준을 보며 항상 부티가 난다고 생각했었다. 그래서 더 그 녀석이 싫었다.

그 당시 세진은 잘생겼는데 공부도 잘하고 집안까지 빵빵한 남자가 제일 재수 없고 밥맛없었다. 표정이 시시각각으로 변하는 세진을 보며 진영이 살짝 입꼬리를 올렸다.

"오늘 내 연락 때문에 많이 당황스러웠으리라 생각해요. 세진 양 입장에서 충분히 오해할 만한 소지가 있을 것 같군요.

그 점은 정말 미안합니다."

어쩌면 한마디 한마디 전부 저렇게 기품이 있을 수 있을까. 저런 목소리는 단번에 나오는 것이 아니다. 오랜 시간 갈고 닦으며 유지해 온 세월의 흔적이었다.

"네."

"혹시 준이에게 오늘 나와 만난다고 말했나요?"

"아니요. 왠지 그러면 안 될 것 같아서 말하지 않았습니다."

"눈치도 빠르고 좋네요."

"하하, 별말씀을."

세진은 어색하게 웃으며 시선을 내렸다.

"준이도 이 오피스텔에 사는 건 알고 있어요. 그렇기 때문에 여기까지 오는 것도 쉬운 결정은 아니었어요."

"네?"

부모가 자식의 집을 아는 건 당연한 거 아닌가? 어려운 일도 아닌데 결정까지 내려야 하나. 진영은 세진을 보던 시선을 살짝 돌려 바깥을 보았다. 어쩐지 얼굴 표정이 어두워 보였다.

"우리 준이에 대해 얼만큼 알고 있어요?"

어떻게 말해야 할까. 준이란 남자 자체에 대해서는 전부 알고 있다고 자부하지만 그의 배경에 대해서는 솔직히 하나도 몰랐다. 이런 어머니가 계신 줄도 몰랐으니까.

"예전에 준이랑 같은 중·고등학교 다녔던데 그때부터 알고 지낸 사이인가요?"

"비슷해요. 그땐 그다지 좋은 사이는 아니었고 적에 가까웠어요."

"아, 혹시 고등학교 때 전교 회장 했었던 아가씨인가요?"

별걸 다 아시는군, 세진이 미소를 지었다.

"네. 아마 맞을 거예요. 준이가 세 표 차이로 떨어졌던 그거."

"준이가 자주 이야기했어요. 같은 학교 다니는 여자애가 있는데 정말 예쁘고 공부도 잘하고 똑똑하지만 싸가지가 없는 게 단점이라고. 그 여자애 덕분에 자연스럽게 스펙이 쌓인다고. 워낙 지기 싫어하는 여자애라서 경쟁하는 재미가 있다고 했죠."

"하하, 그 남잔 왜 쓸데없는 얘길 하고 그랬을까요."

세진은 식은땀을 흘리며 진영의 시선을 외면했다. 입꼬리를 올리던 진영은 다시 웃음기를 거두고 세진을 보았다.

"세진 양이 준에 대해 어디까지 알고 있는지를 모르겠어서 나도 섣불리 말하기 힘들지만 더 늦어지면 안 되는 일이라 찾아왔어요. 지금은 준이를 설득할 사람이 세진 양밖에는 없는 것 같아서."

"제가요?"

"얼마 전 있었던 스캔들을 듣고 나서야 준이와 사귀는 아가씨가 세진 양이라는 것을 알았어요. 그전까진 준이가 만나는 여자가 누군지도 모르고 있었죠."

"네……."

"준이가 몇 년째 가족과 연을 끊고 있어요. 나는 물론이고 제 형제들 전화도 전혀 받지 않아요. 찾아간 비서들도 차갑게 돌려보내면서 대화의 끈을 차단하고 있죠."

가족들과 사이가 좋지 못하다는 생각은 들었지만 이 정도일 줄은 몰랐다. 조금 심각하게 생각하자면 의절한 상태라는 소리다.

"이 자리에서 시시콜콜 전부 말할 수는 없고 용건만 간단히 할게요. 지금 준이 아버지가 많이 편찮으세요. 곧 돌아가실 수도 있어요."

"네?"

"합병증이 와서 미국으로 가 수술을 받아야 할 것 같은데 남편이 준이를 데려와야 갈 거라고 으름장을 놔서 아무것도 못 하고 있어요. 주치의 말로는 당장 수술하지 않으면 오래 버티기 힘들 거라고 합니다."

갈수록 태산인 그의 어머니 말에 세진도 덩달아 눈이 커졌다. 한마디로 아버지 돌아가시기 전에 찾아뵙고 인사드리라는 걸 자신이 준에게 대신 말해 달라는 것이었다. 세진의 생각을 읽었는지 진영이 살짝 고개를 끄덕였다.

"그래서 세진 양을 찾아온 거예요. 우리 식구들 말은 전혀 들으려고 하지 않기 때문에 방법이 없었어요. 아무리 부자 관계가 극과 극을 달린다고 해도 와 보는 것이 정상 아닐까요."

"네. 저도 그렇게 생각합니다."

평소 준은 상식에 어긋나는 행동을 하는 사람이 아니었다. 하물며 아버지라면 못 본 척할 남자가 아니었다. 분명 그의 어머니가 무언가 오해하고 있는 것이다.

"또 한 가지 부탁할 게 있어요."

드디어 헤어지라는 말인가 싶어 세진의 눈이 저절로 진영에게로 향했다.

"준이가 피디가 되기 전에 검사였던 건 알고 있어요?"

"네. 우연히 들었어요."

"사실 가장 부탁하고 싶은 말이에요. 준이를 설득해서 다시 우리에게 돌아오도록 세진 양이 도와줬으면 해요."

이건 전혀 예상하지 못한 일이라 세진은 어안이 벙벙한 채로 진영을 보았다. 그때 갑자기 차 문이 벌컥 열리고 세진의 손을 잡아채는 남자로 인해 두 여인의 시선이 문가로 향했다.

"준아……."

"너 여기서 뭐해. 나와."

차가운 준의 목소리에 세진은 입을 다물었다. 준은 시리도록 날카로운 눈빛으로 세진을 쏘아보았다. 그 기세에 당장 얼어 버릴 것 같았다.

"세진 양한테 뭐라고 하지 마라. 내가 보자고 한 거니까."

"그러니까요. 어머니가 세진이를 왜 만나고 있는지 모르겠습니다."

"어미가 자식이 만나는 여자도 궁금해하면 안 되는 거니."

"그걸 말이라고 하십니까."

준은 한결같이 차가운 목소리로 진영에게 날을 세웠다.

"다신 찾아오지 마세요."

그리고 세진의 팔을 끌어 차에서 내리도록 했다. 차 문을 쾅 닫은 준은 다짜고짜 세진의 손을 끌고 오피스텔로 향했다. 그에게 끌려가며 세진은 검정 세단으로 고개를 돌렸다. 그리고 살짝 고개를 숙여 인사를 건넸다. 바깥에서 당황해하고 있는 기사에게도 목례를 했다. 건물 안으로 들어와 엘리베이터 앞에 선 준은 한마디 말도 없이 움직이고 있는 엘리베이터 숫자만 올려다보았다.

"준아."

"아무 말도 하지 마."

한 마디라도 하면 가만 안 놔두겠다는 얼굴로 서 있는 준을 보던 세진이 다시 입을 열었다.

"방송할 시간인데 어떻게 왔어."

준의 시선이 세진에게 향했다. 세진은 괜히 오그라드는 심장에 시선을 피했다.

"거짓말 잘하네. 아프다고 하면서."

"아, 그건…… 미안. 말할 수가 없었어."

엘리베이터가 열리자 준은 그대로 세진의 손을 잡은 채 안으로 들어왔다. 8층을 눌렀다.

"난 네가 아프다고 그러면,"

차마 말은 못 하고 그의 눈만 빨려 갈 듯이 보는 세진에게 준이 옅은 한숨을 내쉬었다. 그가 세진의 머리를 당겨 품에 안았다.

"일이 손에 안 잡혀."

"내가 죽을병 걸렸어?"

"아니. 하지만 걱정돼. 그래서 잠깐 와 봤더니 넌 다른 여자를 만나며 또 거짓말을 했네."

"정말 미안해. 그래도 이건 이해해 줘. 네 엄마 만난 건데."

"앞으로 우리 집안 식구들은 누구도 만나지 마. 만날 이유 없어."

단호한 준의 목소리에 세진이 그를 빤히 보았다.

"왜?"

엘리베이터 문이 열리고 준이 내리자 세진이 물었다. 그녀의 단정한 목소리에 준의 미간이 살짝 구겨졌다.

"그러지 않아도 되니까."

가만히 서 있는 세진의 손을 끌어 엘리베이터에서 나오게 했다. 준이 앞장서서 세진의 집으로 향하고 비밀번호를 눌렀다. 그리고 문을 열어 세진이 들어오도록 옆에 섰다.

"난 다시 들어가 봐야 해. 너 때문에 잠깐 온 거니까."

세진이 말없이 집 안으로 들어서자 준이 문을 잡으며 말했다.

"끝나고 다시 올게. 쉬고 있어."

문이 닫히자 세진은 그제야 참았던 숨을 내쉬었다. 바람피운 것도 아닌데 심장이 내려앉는 기분이었다. 그의 어머니를 만난 것이 하등 불편할 일은 아니지만 거짓말을 했다는 사실에 죄책감이 들었다.

"역시 거짓말은 내 체질이 아니야."

혼자 중얼거리던 세진은 안으로 들어오다가 문득 떠오른 생각에 핸드폰을 들었다. 준에게 물어봤자 어차피 제대로 알려줄 리 없을 테고, 그의 방송이 끝날 때까지 가만히 앉아서 무슨 일인지 기다리기만 하는 건 고문이나 다름없었다. 그녀는 가방을 소파에 내려놓고 냉장고에서 생수를 꺼내며 전화를 걸었다. 신호가 가고 상대편이 받자 세진은 핸드폰을 고쳐 들었다.

"변진성 씨? 나예요, 이세진."

─잘 지냈어요? 우리 천사 양반.

"천사 두 번만 하다간 사람들 돌에 맞아 죽겠어요."

─하하, 미안해요. 이 피디님에게는 매번 미안한 짓만 하는 것 같네.

"알면 잘하세요."

─여부가 있겠습니까.

"오늘 전화한 건요. 김준 피디에 대해 뭐 좀 물어보려고요. 예전에 검사였다는 사실을 진성 씨가 알고 있는 것 같아서…… 과거 좀 캐려고요."

─김 피디님 과거?

"네. 진성 씨는 어떻게 알았어요?"

─김 피디님 예전에 검사였다는 건 이 바닥에서 알 만한 사람은 다 아는 일인데?

그, 그랬구나. 대체 난 왜 몰랐지?

─하지만 내가 누구예요. 정보력, 인맥으로 버틴 인생인데.

난 더 많은 걸 알고 있죠.

"역시…… 기대를 저버리지 않으세요."

—뭐가 알고 싶은 겁니까?

"김준 집안이요."

—음…… 이 피디님이 알면 좀 놀랄 텐데.

심장이 자꾸만 빠르게 뛰어 목소리가 떨렸다. 왜 괜히 긴장을 타는 거냐고, 정말.

"뭐 조폭쯤 되는 거예요?"

—뭐요? 하하, 차라리 그러면 낫게?

"그럼 뭔데요."

—내가 알기로는 김 피디님 친가, 외가 모두 법조계 집안일거예요. 김 피디님 할아버지는 과거에 검찰총장까지 지냈던인물이고 아버지는 얼마 전까지 서울지검장으로 있었대요. 어머니는…….

"법무부 대변인이죠?"

—어? 맞아요. 미모와 카리스마를 겸비한 대변인으로 한때언론에 보도가 났었죠. 김 피디님 외가는 대대로 판사 집안이라고 하더군요. 어머니 역시 판사셨고.

세진은 준의 집안에 대해 들으면서 점점 정신이 아득해졌다. 생각하던 것보다 훨씬 더 엘리트 집안이었다.

—더 듣고 싶어요? 아직 끝난 게 아닌데.

"뭐가 더 있어요?"

—있죠, 형제 관계. 김 피디님이 3남매 중 막내인데 큰형은

367

지금 검찰청 부장검사로 있고, 누나는 영신 그룹 아들과 결혼했죠. 영신 그룹 법무팀에서 일하다가 만났다고 하더군요.

이제 와서 드는 생각이지만 진영의 눈엔 세진이 얼마나 하찮게 보였을까. 그런데도 굳이 찾아와 부탁을 하고 간 건 어찌 보면 감탄할 일이었다. 준이 중간에서 차 문을 열지만 않았어도 그의 어머니는 많은 얘기를 해 주었을지 모른다.

"굉장히 뜬금없는 질문인데요. 그 집안에서는 날 어떻게 생각할까요? 피디 나부랭이에 지나지 않지만 그래도 나름 전문직인데 그들이 보기엔 티끌만도 못한 존재일 것 같아서요. 아, 그래서 준이에게도 돌아오라고 하는 건가."

─이 피디님이 뭐 어때서요. 난 세진 씨, 성격 지랄 맞고 털털해서 좋기만 한데. 그 집안에 꿀리지 않는 여자는 재벌 빼고는 없을 것 같은데 그런 점에서 이 피디는 절대 강자지. 어디 내놔도 지지 않을 자존심이 있잖아요.

"그거 위로 맞죠? 기분이 썩 좋진 않네요."

─난 그렇게 생각해요. 집안이 얼마나 잘나가든 결국엔 김 피디님이 싫다고 뛰쳐나온 거잖아요. 그런데 아무리 명문가라고 해도 무슨 의미가 있겠어요.

"진성 씨는 준에 대해 나보다 더 잘 알고 있네요. 난 여태 뭐했을까요? 그 사람이 뭐하던 사람인지 관심도 없었어요."

─과거보단 현재가 중요합니다. 과거에 뭘 했든 지금은 피디를 하고 있으니까 그게 그 사람의 전부인 거예요.

진성은 함께 일할 때는 원수 같던 사람이었는데 지금은 위로를 넘어서 조언을 주는 멘토 같다는 생각이 들었다.

"알려 줘서 고마워요. 준이 어떤 사람이었는지 더 잘 알게
된 것 같아요."

—별말씀을. 또 궁금한 점 있으면 언제든지 전화해요. 세진
씨에게는 무엇이든 말할 준비가 되어 있으니까. 내 영혼이라
도 팔아서 알아봐 줄게요.

"고마워요. 하지만 더 자세한 건 본인에게 직접 들을래요.
그래야 맞는 거예요."

—그래요. 혹시 김 피디가 괴롭히면 꼭 말하고. 세진 씨 대
신 혼내 줄 테니까.

"우와, 그건 솔깃한 제안이네요. 끊을게요."

전화를 끊고 세진은 소파에 털썩 들어 누웠다. 머리를 윙윙
울리는 뇌 속 충격파가 세진을 공격하며 두들겼다.

"완전 다른 세상 사람이네."

팔을 들어 이마에 대었다. 진영이 부탁하고 간 일이 계속
떠올랐다. 무시해도 될 일인데, 그냥 난 모른 척하고 빠져도
되는데 이미 그의 어머니를 만난 것 자체가 빠져나올 수 없는
일이었다. 두통이 일었다. 준은 왜 검사를 그만둔 것일까. 왜
피디가 된 것일까. 왜 부모를 등진 것일까.

얼마나 누워 있었는지 모르겠지만 정신을 차렸을 땐 초인종
소리가 들렸다. 인터폰을 보니 준이었다. 비번을 알려 줬지만
이 남자는 매번 벨을 눌렀다. 아까처럼 긴급 상황일 때 빼고

는. 문을 열자 준이 벽에 기대어 있다가 몸을 일으켰다.

"잤어?"

"잠깐."

"그럼 계속 자."

"싫어. 너랑 같이 있을래."

세진은 준의 손을 잡아 안으로 끌었다. 집 안으로 들어오자마자 준은 그녀를 뒤에서 안아 왔다. 잠시 그들은 그대로 서로의 숨결을 느꼈다.

"이세진 냄새."

"응?"

"좋아. 네 냄새."

준이 세진의 목덜미에 얼굴을 묻으며 감은 팔에 힘을 주었다. 목덜미에 닿은 그의 숨결에 세진의 몸이 금세 달아올랐다.

"퇴근 같이하자니까 내빼고, 정말 밉다."

"김준."

"난 너랑 비밀의 정원 같이 걸을 생각에 굉장히 설레었는데."

"내일 또 걸으면 되지. 내일 모레도, 그다음 날도 매일 같이 걷자. 내가 기다려 줄게."

"약속했다."

"그래, 이 치사한 놈아."

준은 팔을 푸르고 세진의 몸을 휙 돌려 마주 보았다. 분명 세진이 아는 준은 인기가 좀 많다는 것 빼곤 평범한 남자에 지나지 않았다. 마음에 있는 여자에게는 진심을 다하는 매너 좋고 부드러운 남자였다. 그런데 저가 모르는 그의 또 다른 모습이 있는 걸까.

입을 열려는 찰나 준이 그녀의 허리를 감고 입을 맞췄다. 세진은 눈을 동그랗게 뜨며, 셔츠 단추로 향하는 준의 손을 다급히 잡았다.

"자, 잠깐만. 나 말 좀 하자."

준은 듣고 싶지 않은지 좀처럼 세진의 입을 자유롭게 해 주지 않았다. 반쯤 풀어 헤쳐진 셔츠를 겨우 막으며 세진이 그의 몸에서 가까스로 빠져나왔다. 그리고 재빠르게 도망갔다. 짙어진 까만 눈동자가 바라보는 것만으로도 몸이 타들어 갈 것 같았다. 하지만 정신을 차리고 눈을 주시했다.

"나 할 말 많고, 듣고 싶은 말도 많아. 그전엔 어림도 없어."

준의 얼굴이 순식간에 굳어졌다. 그리고 곤란한지 손으로 이마를 쓸어 올렸다. 한참 동안 정적이 흐른 뒤에 이성을 찾은 준이 천천히 다가왔다.

"어, 다가오지 마. 어림도 없다고 했어."

그래도 그는 걸음을 멈추지 않았다. 세진은 뒷걸음을 치며 거리를 좁히지 않았지만 단숨에 다가온 준이 세진의 허리를 잡아채고 안았다.

"나도 이렇게 해 주지 않으면 아무 말도 안 할 거야."

"발 빠른 녀석."

그의 품에 폭 안겨 버둥거리던 세진이 조금씩 잠잠해지자 준도 힘을 느슨하게 풀었다.

"하아, 눈앞에 맛있는 음식이 있는데 바라만 봐야 하는 고통이 뭔지 넌 모르겠지?"

"그거 나를 두고 하는 말이니?"

"그래, 이 여자야."

"고진감래라고 들어는 봤겠지. 지금의 고통을 누려 봐."

"확…… 안아 버린다."

세진은 입을 꾹 막았다. 어쨌든 지금은 준의 심기를 거슬려서 좋을 게 없는데 이놈의 입이 방정이다. 준은 놓아주기 싫은지 굉장히 느린 모션으로 팔을 풀었다. 그러자 그녀는 발꿈치를 들어 그의 입술에 가볍게 입을 맞추고 부엌으로 갔다.

"요물."

준의 입에서 혼잣말이 새어 나왔다.

집 안에 원두 향기가 진동을 했다. 머신에서 방금 커피를 내린 세진이 머그 컵에 나누어 따랐다. 준은 테이블에 턱을 괴고 앉아 세진의 움직임을 눈으로 훑었다.

세진은 머그 컵을 가져와 준의 앞에 내려놓고 맞은편에 앉아서 양손으로 꽃 받침을 만들어 준을 바라보았다. 일부러 눈을 초롱초롱 빛내는 거 보니 할 말이 많은 모양새다. 예쁘게 봐 달라는 무언의 표시.

"그런 눈으로 바라보면 더 예쁘잖아. 그만 예뻐도 돼."

세진의 입에서 웃음소리가 경쾌하게 터져 나왔다. 손으로 입가를 살짝 가리며 웃는 모습이 사랑스러웠다. 한참 웃던 세진은 빤히 바라보는 준의 얼굴을 보며 자세를 고쳐 앉았다.

"있지, 오늘 네 엄마를 몰래 만난 건 정말 미안한데 두 가지만 질문할게. 성심성의껏 답해 줬으면 해."

"내가 말할 수 있는 것이면."

"왜 검사를 그만둔 거야? 왜 가족들과…… 의절한 거야?"

"그 질문이 다야?"

"일단은."

준은 머그잔 둘레를 손가락으로 그리며 시선을 내렸다. 원두의 향이 알싸하게 올라왔다.

"커피 향 좋다."

"……."

"그거 알아? 향기가 좋으면 대부분 맛이 좋을 것이라고 생각하지만 그 기대를 충족시키지 못했을 때 많은 실망을 하게 돼."

"그렇지. 맛집이라고 해서 갔는데 생각보다 못하면 실망하기 마련이지."

"나에게 검사는 그런 향기였어. 어릴 때부터 의심할 여지 없이 한길만 팠고 또 그게 당연한 일이라고 생각했어. 머리도 좋았고 그 덕에 성적도 좋았고, 모든 일이 쉬웠지. 중간에 이 세진이란 여자 때문에 골치 아픈 일도 있었지만."

세진은 일부러 웃어 주었다. 왠지 이 상황에서 자신의 역할이 엄청 큰 비중을 차지하는 것 같았다. 저가 잘해 줘야 준도 편해지리라는 생각이 들었다. 그는 그 뒤로 다시 오랜 시간을 침묵했다.

"내 나름대로 생각해 봤어. 네 말대로 넌 검사 되기를 바랐던 사람이고 또 이뤘는데 왜 얼마 지나지 않아 그만두었을까. 분명 무슨 사건이 있었을 것이고 그 사건이 너에게 고통을 주었을 거야."

"제법이네."

"내가 아는 김준은 굉장히 이성적이고 논리적이며 상식적이야. 세상과 잘 타협하는 것 같지만 옳고 그름이 매우 분명한 사람이거든. 그런 네가 집안을 등지고 나오면서까지 검사를 그만두었다는 건 너로서는 감당하기 힘든 부조리를 느꼈기 때문일 거야. 물론 이건 오로지 내 추측이지만 김준을 사랑하는 여자로서 내 예상이 어느 정도 일치한다고 생각해."

세진의 입 모양을 보던 준의 입가에 작은 호선이 그려졌다. 그리고 다시 턱을 괴고 세진의 눈을 빤히 보았다.

"참 똑똑해. 그래서 마음에 들어."

"항상 듣던 말이라 신선하진 않네."

"신선하지 않아도 새겨들어."

"네, 알겠습니다."

"그런데 가끔 네가 무서울 때가 있어. 지나치게 똑똑해서 대충 넘어가는 법이 없거든."

"그게 또 내 장점이지."

준의 웃음소리가 허공을 가르며 잔잔하게 흘러나왔다. 그러다 다시 무표정으로 돌아왔다. 잔잔한 침묵이 이어졌다.

"검사 임용 되고 나서 첫 번째로 맡은 사건이 있었는데 증거, 진술 모두가 피고인을 가리키는 너무나 쉬운 사건이었어. 그래서 처음엔 피고인을 대상으로 사건을 조사해 나갔는데, 차츰 의구심이 드는 거야. 이상한데, 왜 이런 진술이 나오지, 왜 증거가 교묘하게 조작된 것 같지, 왜…… 이 사람이 범인이 아닌 것 같지."

준의 눈동자가 세진에게 향했다. 담담하게 자신의 이야기를 풀어 내는 준을 가만히 바라보았다.

"하지만 재판은 일사천리로 진행되었고 사건을 파고들 새도 없이 판결이 나는 모습을 지켜볼 수밖에 없었어. 판결이 난 뒤에야 죄를 지은 사람은 따로 있고 엉뚱한 사람이 뒤집어썼다는 것을 알았지만 이미 늦은 상태였어. 나 때문에 피고인은 10년 선고를 받았고 죄를 지은 사람은 아무 일도 없는 듯 더 높은 자리로 올라갔어."

준의 눈이 세진을 보며 답답함을 호소했다. 그녀에게 답을 갈구하는 것 같았다.

"아버지, 형을 붙잡고 불합리함을 주장했지만 돌아오는 말은 '받아들여. 이것 또한 네가 감당해야 할 일이야. 법은 약한 사람을 도와주라고 있는 게 아니야. 그저 법전에 나와 있는 대로 판결할 뿐이야', 그런 것뿐이었어. 난 이러려고 검사가 된 게 아닌데, 난 강자에게 약하고 약자에게 강하자고 법조인이 된 게 아닌데 그게 내 현실이었던 거야."

"준아."

"물론 알아. 그런 일이 비일비재하고 정의를 실현하는 일이 쉽지만은 않다는 걸. 그게 잘 실현되었으면 우리 사회가 부조리로 가득차진 않았겠지."

"그래. 그럴 거야."

"하지만 적어도 우리 부모님은, 내 형제는 다를 줄 알았어. 순진하게도 실력이 좋아서, 정의를 실현했기 때문에 높은 자리에 올라갔다고 생각했어. 존경해 마지않던 아버지, 형도 사실은 권력자의 힘에 의해 조종당하는 더러운 인간들에 지나지 않았던 거야."

"그럴 수 있어. 네가 받아들이기 힘들겠지만 부모님과 형님 입장에서는 그럴 수 있었을 거야."

"그래, 그렇게 생각할 수도 있어. 그런데 날 가장 힘들게 했던 게 뭔지 알아? 그런 부조리함을 알면서도 나서서 바꾸려고 하지 않는 나 자신이었어. 내 자신에게 드는 혐오감, 분노. 그게 가장 날 힘들게 했어."

준의 손이 세진의 손을 힘주어 잡으며 답을 갈구했다.

"너는 날 용서할 수 있겠어? 법이 올바른 법을 집행하지 못한다면 그 법으로 밥 벌어먹고 사는 난 사기꾼에 더러운 탐욕자인 거야. 그래도 이해할 수 있어?"

"준아."

세진은 흔들리는 준의 눈동자를 보았다. 그는 꼭꼭 숨겨 두었던 치부를 그녀에게 털어놓았다. 처음으로 그의 고통을 마주했다. 그의 처절한 민낯을 보았다.

"난…… 하루도 견딜 수가 없었어. 사무실로 들어가는 것 자체가 구역질 나올 정도로 힘들고 발걸음이 떨어지지 않았지. 그러다가 그 피고인이 자살했다는 소식을 들었어. 그동안 여러 번 투서하고 결백하다며 항소했다는데 난 그 종이 한 장 받아 보질 못했어."

세진은 급히 일어나 준의 옆으로 가서 그의 머리를 품에 안았다. 그리고 머리카락을 쓰다듬었다. 그렇게 하지 않으면 준이 와르르 무너질 것 같았다.

그의 몸이 떨려 왔다. 힘겨움을 참느라 눈빛이 거칠게 흔들렸다. 준이 너무 안쓰러웠다. 세진은 그를 꼭 안아 주며 옅은 한숨을 내쉬었다.

준도 자신도 세상의 부조리함을 눈감아 주기엔 지나치게 솔직하고 정직하다. 아마 세진 자신이 그 상황이었어도 못 참고 뛰쳐나왔을 것이다. 그래서 준이 더 이해가 되었다.

"다시는 검사를 하지 않을 거라고 집안 식구들에게 말했는데 관심도 없었어. 네가 제대로 신고식을 했구나, 이제 진정한 검사가 되었다면서 칭찬해 주기까지 했지. 이런 사람들이 내 부모가 맞을까. 죄 없는 사람이 투서하다 죽었다는데 저렇게 아무렇지 않을 수 있을까."

"준아……."

"아버지는 지금 그만두고 집을 나가면 당신과는 의절이라면서 못을 박았고 집안 어른 누구 하나도 날 이해해 주지 않았어. 형과 누나는 도리어 날 설득하며 회유했고 어머니는 방관

했어. 난 우리 가족을 경멸했고, 그들은 날 버렸지."

"난 네 마음 이해해. 나라도 그랬을 거야. 그러니까 괴로워하지 마. 네가 틀린 게 아니라 그들이 틀린 거야."

"세진아."

"얼마나 힘들었을까. 네 성격에 괴로움을 감추고 밝게 생활하려고 얼마나 노력했을까."

"난 괜찮아. 이미 지난 일이니까. 그저 네가 궁금해하고 언젠가는 말해야 할 것 같아서 말한 거야."

"응. 고마워."

"집을 나오고 한참을 방황하는데 문득 이런 생각이 드는 거야. 난 뭐 때문에 그렇게 갑갑하게 살았을까. 나 한 사람의 안위도 책임지지 못하는데 말이야. 정의를 실현한다는 얼토당토않은 생각을 했던 내가 우스운 거지. 그렇게 생각하니까 마음이 좀 편해지더라고."

"그래서 지금은 적당히 타협하며 산다고 생각해?"

준의 몸이 살짝 떨려 왔다.

"처음엔 나도 널 보며 그런 줄 알았어. 넌 굉장히 사회생활을 잘하는구나. 사람들을 적으로 만들지 않고 적당히 넘어가 주는구나. 그런데 너를 알면 알수록 나와 비슷한 사람이라는 생각이 들어."

"그런 것 같기도 하네."

"단지 난 감정을 그대로 사람들에게 드러냈던 것이고 넌 이성적으로 조절한 것뿐이지. 그런데 그것도 어떻게 보면 능력이야. 대단한 능력."

"위로의 말이야?"

세진의 팔을 잡은 준의 손에 힘이 들어갔다. 그녀는 그의 머리를 더욱 힘주어 안으며 등을 토닥여 주었다.

"정의를 실현하지 못했다는 낭설로 널 괴롭히지 말라고. 정의는 슈퍼맨, 배트맨이 지키라고 하고 우린 그냥 우리 앞가림이나 잘하자. 그게 곧 정의를 실현하는 길이야."

준의 입가에 작은 미소가 걸쳤다. 그녀의 허리에 팔을 둘렀다.

"명쾌한 결론이다."

준이 머리를 들어 가까이에 있는 세진을 보았다. 미소를 짓다가 옅은 숨을 내쉬는 그녀의 모습에 준이 한쪽 입꼬리를 올렸다.

"또 무슨 말이 하고 싶다는 표정이네."

세진의 눈빛이 흔들렸다. 시선을 옆으로 돌리자 준이 그녀의 얼굴을 잡아 눈을 마주 보게 했다.

"없어."

"거짓말."

"진짠데…… 으악!"

준이 세진의 허리를 휘감아 바짝 당겼다. 그리고 그녀의 가슴에 머리를 묻었다.

"지금 말 안 하면 1단계 진보한다."

"야…… 넌 지금 이 상황에서……."

"이 상황이 뭐. 내가 괴로운 거지 네가 괴로운 거야?"

"그래도……."

준의 손이 점점 세진의 셔츠 안으로 들어와 맨살을 쓰다듬었다. 너무 쉽게 브래지어 후크를 푸르고 손을 앞으로 모아 가슴을 어루만졌다. 가슴을 가리고 있는 옷가지가 거추장스러웠지만 아쉬운 대로 손으로 달래고 있었다.

"마, 말할게…… 말한다니까."

세진의 목소리가 떨려 와서 준은 손길을 멈추고 그녀의 눈을 올려다보았다.

"네 아버지가 위독하시대."

세진은 떨리는 숨을 길게 내쉬었다. 그리고 준의 눈을 마주 보았다.

"많이 편찮으신가 봐. 지금 수술받지 않으면 얼마 못 사실 거래."

그는 아무런 말이 없었지만 심장 박동수가 달라졌음을 느꼈다.

"아버지가 널 봐야지만 수술받겠다고 그러셔서 아무것도 못 하고 있다나 봐."

준은 그저 세진의 눈을 바라보기만 했다. 방금 전 그녀에게 장난치던 얼굴로 올려다보기만 했다.

"가 볼 거지?"

"아니. 안 가. 난 이제 그 집안과 아무런 상관없는 사람이야."

"준아."

"가면…… 또 시작이야. 지겨운 말싸움. 달라질 것 없어. 아버진 당신의 병세를 이용해서 날 돌아오게 하려는 수작을 부리는 거야."

"정말로 돌아가시면 어떡할 거야."

"상관없어."

"바보. 상관이 왜 없어. 네가 존경하던 분이잖아."

"이젠 아니야."

"김준."

"내가 지금 아버지에게 간다는 건 피디 생활 접고 다시 검사가 된다는 뜻이야. 넌 그걸 원해?"

"아니. 그저 아버지 뵙고 인사드리라는 거야. 내가 바라는 건 그게 다야. 자식 된 도리를 하는 거. 그래도 네 아버지잖아."

"그렇게 간단한 문제가 아니야. 세진이 너처럼 간단명료하고 깔끔했으면 좋겠는데 그렇지가 않아. 더럽고 복잡해. 집안 어른들과도 연결되어 있고 상식이 허용되는 집단이 아니야. 그들에게 얼굴을 보이느니 이대로가 훨씬 낫겠어."

"바보야. 똑똑한 남자가 왜 그래. 단순하게 생각해도 돼."

"그만. 이제 그 얘긴 그만해."

"준아."

"난 더 이상 검사가 아니야. 그러니까 더 말할 것 없어."

그들은 잠시 서로의 눈을 보며 기싸움을 했다. 한 번도 눈을 깜빡이지 않으며 눈빛을 주고받았다. 그러던 얼굴이 점점 가까워졌다. 마침내 닿은 입술이 서로를 찾았다. 손길로 입술로 상대방을 갈구하며 원했다.

결코 쉽지 않았던 서로의 과거를 온전히 이해할 수 있기에, 말하지 않아도 그 고통을 알기에, 그들은 그저 말없이 서로를 다독여 줄 뿐이었다. 여기서 저가 뭔가를 하라고 요구하는 것은 지나친 간섭이고 참견이었다.

다만 위로해 주면 그만이었다. 그러라고 함께 있는 거니까. 서로가 힘들 때 옆에 있어 주려고 만나는 거니까. 단지 그거면 되었다.

한 차례 사랑을 나누고 샤워를 한 뒤 또다시 커피를 마셨다. 세진이 눈앞을 오갈 때마다 젖은 머리에서 나는 샴푸 향기가 준의 코끝을 자극했다. 동일한 샴푸를 쓴 두 사람은 같은 향기를 내뿜고 있었다. 준은 세진에게서, 세진은 준에게서 서로의 향기를 느꼈다.

소파에 나란히 앉은 준과 세진은 머그 컵 윗부분을 손가락으로 만지작거렸다. 두 사람의 동작이 닮아 있었다. 세진의 집에 조용한 정적이 흘렀다.

"내일 출근해야 하는데 이러고 있네."

먼저 틈을 깬 건 세진이었다. 벽시계를 보던 그녀의 눈이 커졌다.

"4시야. 어쩌지?"

준은 계속 생각에 잠겨 있느라 듣지 못한 것 같았다. 세진은 가만히 그를 바라보다가 어깨에 머리를 기댔다. 세진의 샴푸 향에 준의 시선이 돌아왔다.

"이번 주 투데이 포커스 네 담당이지?"

"응."

"또 밤새네."

"괜찮아."

준이 웃으며 그녀의 머리를 쓰다듬었다.

"혼자가 아니라 만족해. 너도 같이 밤새니까."

"난 너 간 다음에 자면 되지만 넌 잘 수도 없잖아."

"걱정되면 너도 같이 출근하든가."

갑자기 세진이 고개를 내리고 눈을 감으며 자는 척을 하자 준의 입매가 올라갔다.

"얼른 자고 함께 가겠다는 뜻이지? 좋아. 한 시간이라도 자라."

"아니, 그게 아니……."

'라 너 졸릴까 봐 그러는 거지' 라는 말은 입술에 묻혔다. 한참 키스를 하던 준이 세진의 귓가에 속삭였다.

"맛있어."

이런 말에는 평생 적응이 되지 않을 것이다. 세진의 얼굴이 금세 붉어지자 준은 만족한 듯 빙그레 웃었다.

"오늘 같이 놀아 줘서 고마웠어. 얼른 자. 너 자면 내려갈게."

그리고는 다짜고짜 세진을 안아 들고 침대로 향했다. 그녀를 침대에 내려놓고 걸터앉으며 어깨를 다독여 주었다. 세진은 눈을 감았다가 급히 뜨고 준을 올려다보았다.

"참! 그런데 넌 왜 많고 많은 직업 중에 라디오 피디를 하게 된 거야?"

"응?"

"그렇잖아. 지금이야 가장 어울리는 직업인 것 같지만 아직도 난 좀 의아하긴 해."

"그건 예전에 내가 말해 줬는데."

"그래? 언제? 왜 기억이 안 나지?"

"넌 그때 잠들었으니까."

아주 쿨쿨 잠이 들었지. 세진의 궁금한 눈빛에도 준은 미소로 일관했다.

"난 두 번은 말 안 해."

"치사하다, 너."

"원래 치사해. 도대체 언제쯤 날 제대로 알게 되려나."

"힌트도 안 줘?"

"힌트라…… 2009년, 별똥별 스테이션, 이세진 피디."

"별똥별? 그거 내가 처음 맡은 프로그램인데!"

세진이 반색을 하며 눈을 반짝였다. 눈매가 금방 휘었다.

"그 프로그램을 기억하는 사람이 있었다니, 대박이다. 가만, 그럼 너 내 프로그램 들었었어?"

준은 말없이 세진을 바라보았다. 활짝 웃는 그녀를 보는 것만으로도 묵혔던 가슴의 통증이 가라앉는 기분이었다.

"뭐야, 뭐야. 처음에 방송국에서 나 마주쳤을 때는 신기하게 쳐다봤으면서."

"그랬지."

그 사람이 너인지 몰랐으니까. 너이길 바랐지만 정말 너일 거라고는 생각 못 했으니까. 준은 빙그레 웃으며 세진의 눈가를 손바닥으로 가렸다.

"이제 자. 너무 늦었다."

"세상에, 완전 신기해."

세진은 그 뒤로도 30분을 깍깍거리며 좋아하다가 잠이 들었다. 잠든 그녀를 내려다보는 준의 얼굴에 미소가 감돌았다.

"그래. 정말 신기해. 인연이 이렇게 깊을 수 있을까."

준은 세진의 흘러내린 머리카락을 넘겨 주며 손가락으로 쓸어내렸다. 그녀를 보며 웃던 입매가 서서히 내려왔다.

아버지의 병환을 걱정함과 동시에 그 사람에게 느끼는 환멸감, 홀로 감당해야 하는 괴로움을 세진에게도 전해 준 못난 이기심, 가족에 대한 끝없는 절망.

그런 것들이 머릿속에서 복잡하게 떠다녔다. 준은 그 뒤로도 한참 동안 세진을 바라보다 출근 시간이 임박해서야 그녀의 집을 나왔다.

늦잠을 자고 방송국으로 출근한 세진은 진동하는 핸드폰을 올려다보았다. 번호 저장은 하지 않았지만 단번에 그게 누구인지 알 수 있었다. 얼른 비상계단 문을 열고 나가 휴대폰을 귀에 가져다 댔다.

"여보세요."

—세진 양, 준이에게 말해 봤어요?

"아…… 말은 했습니다."

—그래요. 난 세진 양이 잘해 줬으리라 믿어요.

"그런데요. 전 준이 다시 검사가 되는 건 원치 않습니다. 준이는 지금 가장 행복하고 또 여기서 잘하고 있어요."

—그건 세진 양이 판단할 문제가 아니에요. 세진 양이 원하지 않는다고 해서 끊어 내고 그럴 문제가 아닙니다.

"네. 물론 압니다. 하지만 준이는 굉장히 힘들어하고 고통스러워해요. 집안 어른들이 조금만 양보해 주시면……."

—내가 세진 양을 잘못 봤군요. 날 설득하라고 말해 준 게 아닌데. 지금 준이 마음을 되돌려 줄 수 있는 사람이 세진 양뿐인 것 같아서 찾아간 건데 헛수고를 했네요.

진영의 목소리가 차갑게 들렸다. 세진은 옅은 한숨이 나왔다.

"전 사실을 전달했고 판단은 준이 내릴 겁니다. 아버지를 찾아가는 것도 준이 결정할 문제예요."

—그렇군요.

"죄송합니다. 어머니께서 일부러 찾아와 주셨는데 이렇게밖에 말씀드리지 못해서요. 하지만 전 준의 생각을 지지합니다."

—알았어요.

진영은 전화를 끊었다. 세진은 천천히 핸드폰을 내리며 숨을 가늘게 쉬었다. 맞는 일인지는 모르겠지만 자신이 할 수 있는 일은 여기서 준의 편을 들어 주는 것이 전부였다.

사무실로 향하던 세진은 자신의 앞에 서는 남자 구두를 보고 바닥에 내려졌던 시선을 들어 올렸다. 그녀의 미간이 찌푸려졌다. 현민이 막아서고 있었다.

세진은 고개를 숙이고 인사를 하며 옆으로 몸을 돌렸다. 그런데 현민이 다시 그 길을 막아섰다. 뭐하자는 거야. 세진이 눈을 치켜뜨며 현민을 보았다.

"뭐 하실 말씀이라도 있으세요."

"너 웃긴다. 나랑 사귈 때는 그렇게 철벽을 치고 다녔으면서 김준 그 자식하고는 벌써 끝까지 간 거야?"

현민이 무슨 수작을 부리는 건지 파악하기 위해 눈동자를 이리저리 굴리던 세진은 그의 손가락이 자신의 목을 가리키자 그제야 이해할 수 있었다. 목덜미에 준이 남긴 자국이 보였나 보다.

얼굴이 급격히 붉어졌으나 최대한 마음을 숨기며 주먹을 꼭 쥐었다.

"무슨 말인지 모르겠네요."

다시 몸을 돌리려는 세진의 팔을 현민이 꽉 움켜잡으며 돌려세웠다. 아프다. 세진의 미간이 구겨졌다.

"이세진, 내가 충고 하나 할게. 김준하고 사귀니까 세상을 다 가진 줄 아나 본데 그 자식 너무 믿지 마. 그 녀석이 뭐가 아쉬워서 너랑 만나겠어. 그저 몸이 좀 되니까 데리고 놀다 버리려는 속셈이지. 정신 차려."

현민의 시선이 세진의 몸을 위아래로 훑어 내렸다. 벌레가 온몸을 기어 다니는 기분이 들어 급히 팔을 쳐 내려고 했지만 너무 꽉 잡혀서 빼기가 쉽지 않았다.

"놀다 버리든 말든 내가 알아서 대처할 테니까 선배님은 신경 쓰지 마세요. 잊으신 것 같은데 성희롱 고발 건으로 이름을 가장 많이 올린 사람이 저예요. 좀 전에 그런 발언은 성희롱으로 고발할 사유가 충분한데, 그러길 원하세요?"

현민의 손아귀에 힘이 들어갔다. 팔목이 점점 더 시큰거리며 아파 왔다. 그 순간 뚜벅뚜벅 다가온 남자가 현민의 팔을 들어 올리며 허공에 내던지고 그녀를 끌어당겼다. 남자는 한 팔로 세진을 품에 안고서 시선을 현민에게 돌렸다.

"이세진의 팔을 잡을 수 있는 건 저뿐입니다. 장 피디님은 기본적인 상식이 없는 분이군요."

"김 피디."

죽일 듯이 노려보는 준의 눈을 보며 현민은 당황한 얼굴을 하다가 금세 입꼬리를 올렸다.

"궁금해서. 나무토막 같던 여자의 몸을 취해 보니 어때? 생각보다 죽여줘? 아님 역시 별로야?"

준은 일부러 웃으며 대답했다. 하지만 눈매는 시리도록 차가웠다.

"그건 장 피디님 멋대로 상상하세요. 아, 상상하는 건 자유인데 입 밖으로 꺼내는 순간 그 결과는 책임지지 않겠습니다. 제가 어디까지 할 수 있는지 앉아서 찬찬히 지켜보시든가요."

준은 분노로 붉게 물들은 세진을 보며 어깨를 돌렸다. 주먹을 꼭 쥔 그녀의 손을 잡아끌고 걸어갔다. 너무 악이 받쳐 말도 못 하고 눈만 부릅뜬 세진을 휴게실로 데려왔다. 안에 있던 여자 피디 두 명이 준을 보며 반색했다.

"죄송하지만 잠시 자리 좀 비켜 주시겠습니까."

"아, 그래요."

두 피디는 준의 뒤편에 서서 고개를 숙이고 있는 세진을 힐끔 보고 발을 움직였다. 그녀들이 나가자 준은 몸을 돌려 세진을 내려다보았다. 붉어진 얼굴로 눈을 질끈 감고 있었다.

"괜……."

"말하지 마. 괜찮으니까. 그냥 잠시 숨 좀 고르려고 하는 거야. 욱하는 성격 많이 고쳤다고 생각했는데 아직 수련이 더 필요하네."

준이 세진을 와락 끌어안았다.

"그런 건 욱해도 돼."

"그렇지? 면상 날려도 되는 거지?"

"하지만 잘 참았어."

"화나. 저런 자식한테 마음 줬던 게 너무 속상해. 난 왜 저 남자를 만나서 너한테 이런 비참한 모습을 보이는 건지……."

준이 세진의 머리카락을 쓰다듬어 주었다. 파르르 떨리는 세진의 몸을 힘주어 안으며 귓가에 입을 가져갔다.

"네가 이해해. 저 사람 지금 심기가 말이 아닐 거야. 어린 애인한테 차이고, 프로그램에서 잘리고, 하나 남은 라디오도 나 때문에 마음대로 하지 못하니까. 예전에 네가 느꼈던 기분을 지금 저 사람이 똑같이 받는다고 생각해."

"넌 누구 편이니."

"난 이기는 편."

"내가 이겼어?"

"당연하지. 참았잖아. 거기서 성질대로 갈기고 화를 냈다면 장현민이 원하는 대로 해 주는 거니까."

"아, 그래도 분해."

"분하면 대신 나한테 키스해."

"뭐야. 지금 농담이 나와?"

"농담 아닌데. 분노를 키스로 승화시키라고."

세진은 준의 몸을 떼어 내며 눈을 흘겼다. 준은 천연덕스럽게 웃고 있다.

"입술 물어뜯을지도 몰라."

"승화시키는데 그 정도 희생쯤은 감수해야지."

"너 정말······!"

갑자기 준이 세진의 몸을 당겨 입을 맞췄다. 그녀의 입술을 적시던 그가 굳게 닫혀 있는 문을 열고자 부드럽게 쓸었다. 드디어 문이 열리고 준은 안으로 달려들었다.

맞물린 혀를 느끼며 입술을 여러 차례 물었다 놓았다. 굶주린 사람처럼, 화난 사람처럼, 잡아 뜯을 것처럼 세진은 준에게 키스했다.

"아파?"

우르르 휴게실로 들어오는 사람들로 인해 그들은 급히 떨어져서 손을 잡고 그곳을 빠져나왔다. 나와서 보니 준의 입술이 살짝 부풀어 있었다.

세진은 미안하면서도 웃음이 나와 손으로 입가를 가렸다. 준이 세진을 힐끔 내려다보더니 그녀의 어깨에 팔을 둘렀다.

"영광의 상처라 괜찮아."

"영광입니다."

"별말씀을."

복도를 거닐던 그들은 사무실 앞에서 섰다.

"또 장현민이 괴롭히면 나한테 바로 말해."

"알았어. 넌 안 졸려? 이따 수면실 가서 좀 자."

"오늘은 녹음하고 가 볼 곳이 있어서 일찍 들어갈 수 있어. 집에 가서 잘 거야."

"어디 가?"

"응."

더 물어보고 싶었지만 준은 웃음을 날리며 손을 흔들고 스튜디오 쪽으로 걸어갔다. 세진은 부푼 제 입술을 매만지며 준의 감촉을 찾고자 애썼다.

준은 확실히 어른이다. 가족 일 때문에 머리 아픈 와중에도 세진의 일에 이성적으로 대처하고 자신을 다독여 준다.

세진에게 준은 계속 그런 존재가 된다. 자꾸만 도움을 받는다.

이런 도움을 계속 받다가 그가 사라져 버리면 어떻게 되는 거지. 나 혼자 남겨지면 어떻게 되는 거지.

세진은 준이 사라진 곳을 하염없이 바라보며 주먹을 그러쥐었다.

준은 라디오 녹음을 끝내고 방송국 로비로 내려왔다. 한참 전부터 기다리고 있던 검정 세단에서 운전기사가 준을 발견하고 내렸다. 준이 다가가자 기사가 허리를 숙여 인사했다.

"결정하셨습니까."

준은 말없이 고개를 끄덕이고 뒷좌석에 탔다. 준은 차 안에서 창밖으로 시선을 옮겼다. 방송국 건물이 눈에 들어왔다. 전화로 목소리를 들려준 어머니는 대뜸 세진의 이야기부터 꺼냈다.

―당돌하게도 널 설득하기 싫다는구나. 그러니 별수 있니. 너한테 직접 연락하는 수밖에.

"다신 세진이에게 접근하지 마세요. 다시는요."

―네가 계속 이렇게 연락 두절하고 우리와 담을 쌓고 지낸다면 난 세진 양에게 연락할 방법밖에 없다.

"어머니!"

―오랜만이구나. 네 입에서 어머니란 소리를 듣는 거. 7년만인가? 집에 잠깐 들러. 너도 할 말 있을 테니까.

검정 세단이 어느덧 큰 저택 앞에 섰다. 집을 나오고 7년 만에 보는데 변한 건 없는 것 같다. 어떠한 향수도 그리움도 느껴지지 않았다.

이곳은 그저 준을 혐오감에 물들게 하는 감옥에 지나지 않았다. 집 안으로 들어오니 거실에 앉아 차를 마시고 있는 어머니가 보였다. 그리고 그 앞에 형과 누나도 앉아 있었다.

"왔니."

진영은 준을 보며 미소를 보였다. 준은 가까이 와 선 채로 진영을 내려다보았다.

"세진 양이 대단하긴 한가 보구나. 그 앨 어떻게 한다는 것도 아니고 전화를 걸겠다는 것뿐인데 일절 연락도 없던 네가 한걸음에 달려오고 말이야."

"제가 찾아온 건 두 가지 용건 때문입니다."

준은 진영의 말에 대꾸하지 않고 제 말만 전했다.

"말해."

"전 돌아올 생각 없고 과거로 돌아가고 싶은 마음도 없습니다. 다시는 돌아오지 않을 겁니다. 아직 저에게 미련을 못 버리신 것 같아서 재차 확인시켜 드리려고 왔습니다. 잊으세요. 김준이란 자식은 잊어버리고 형, 누나만 간직한 채로 행복하게 사세요."

"세진 양 때문이니? 그래서 그 직업에서 못 벗어나는 거야?"

준이 날카로운 눈매로 진영을 쏘아보았다.

"아닙니다."

"그럼 그렇게 연연해할 필요 없다. 넌 결국엔 법조인이 될 거다. 그게 집안 어른들이 바라는 일이고. 이 집안에서 네가 해야 할 일이야."

"그래서 집안에서 나가 드린다고 한 거 아닙니까. 기대에 충족시켜 주지 못하는 전 그냥 빠져 드리겠다는데 왜 가만 놔두지를 못하세요."

"김준! 그게 말이 안 된다는 건 네가 가장 잘 알잖아! 네 자리가 네가 빠지고 싶다고 해서 마음대로 할 수 있는 위치야?"

보다 못한 형, 현이 소파에서 일어서며 준에게 소리쳤다.

"언제까지 애처럼 굴 거야! 투정은 그 정도에서 멈춰. 봐줄 만큼 봐줬어."

준의 시선이 현에게 향했다.

"내가 투정을 부린다고 생각해?"

"그럼 투정이 아니고 뭐야. 그깟 사건 한 번 잘못 봤다고 자괴감에 빠져서는 검사란 직업을 악질로 만들어 버리고. 네가 지금 하는 건 딱 어린애 투정이야."

"그렇게 생각한다면 형은 나에 대해서 한참 잘못 알고 있었네. 그리고 이런 건 투정이 아니라 거절이라고 하는 거야."

"아버지 많이 아프셔. 그래도 널 제일 예뻐하셨던 분이 그러고 쓰러져 계시는데 넌 괜찮아?"

누나, 민도 입을 열었다. 준의 시선이 이번엔 민에게 향했다.

"너만 마음을 바꾸면 아버지는 언제든 수술받겠다고 하셔.

늦으면 늦어질수록 살 가망은 줄어드는데 넌 보고만 있을 거냐고."

"나랑 상관없어."

"김준 너 되게 잔인하다. 네 아버지야. 다른 사람도 아니고 피를 나눈 아버지라고. 그런데 넌 그 잘난 가치관 때문에 부모 자식 간의 연도 끊어 버리고 있어!"

준은 숨을 깊이 내쉬며 머리를 쓸어 올렸다.

"예상하고 온 거지만 역시나 그래. 똑같아. 하나도 변한 게 없어. 어머니, 누나, 형 모두 예전과 똑같아. 내 생각은, 내 삶은 생각하지도 않고 오로지 집안, 집안. 그 대단한 집안사람들이 하는 일이 마음에 들지 않아서 미쳐 버리겠는데 내가 여기 있을 이유가 있어?"

준은 헛웃음을 지으며 고개를 허공으로 들었다가 내리고 진영을 보았다.

"찾아온 두 번째 용건은 아버지 병실엔 찾아가겠다는 거예요. 하지만 그뿐입니다. 아버지가 아무리 협박을 하셔도 전 마음 바꾸지 않습니다. 그 점 분명히 할게요."

"네 아버지가 돌아가시고 나서도 네가 그런 마음일 것 같니. 넌 절대 괜찮지 못해. 지금은 아버지를 등진다지만 돌아가시고 나면 얼마나 후회를 할지 보지 않고도 그려진다. 그런 네가 뻔히 보이는데 바라보고만 있는 건 부모의 도리가 아니야."

진영은 시종일관 차분한 목소리로 말을 했다. 어릴 때는 그 목소리가 참 좋았다. 한 번도 화내지 않으며 한결같이 잔잔한 목소리로 준을 타이르고 대화하는 어머니의 목소리를 사랑했다.

하지만 지금은 그 목소리가 굴레가 되어 준을 불편하게 했다. 그 목소리가 저리도 차갑게 느껴질 줄은 몰랐다. 아프게 할 줄은 몰랐다.

"그것 또한 제가 감당할 몫이에요. 어머니의 도리는 아님을 알려 드립니다."

준은 몸을 돌려 현관으로 향했다.

"김준!"

현과 민이 동시에 준을 불렀다.

"제발 다시 생각해 줘. 아버지 살릴 사람은 너밖에 없어. 수술 안 받겠다고 하는 아버지 고집을 꺾을 사람이 너뿐이라고. 우리도 좀 살려 줘. 막말로 넌 그렇게 가 버리면 그만이지만 우린 아버지를 잃을지도 몰라."

민의 떨리는 목소리에 준이 고개를 돌렸다.

"아버지 뜻대로 해 줘. 제발 부탁이야, 준아. 너만 마음 돌려 주면 모두가 편해지는 거야. 아버지를 위해 그 정도는 해 줄 수 있는 거 아냐?"

아버지에 대한 사랑이 남다른 현과 민은 아버지가 돌아가시는 걸 상상하기도 싫은지 준에게만 호소했다. 준의 눈동자가 거칠게 흔들렸다.

"고집을 부리는 건 내가 아니라 아버지, 형, 누나, 어머니야."

준은 언급을 할 때마다 한 사람, 한 사람에게 눈길을 주었다.

"아버지를 사랑했으니까 그만큼 증오도 큰 거야. 아버지를 더는 미워하지 않게 해 줘."

준은 그들에게서 눈길을 거두고 밖으로 나왔다. 거친 숨이 쏟아져 내리고 답답한 마음이 턱 밑까지 차올랐다. 밖에서 대기하고 있던 운전기사는 준이 나오자 뒷좌석 문을 열었다.

"아버지 계신 병원으로 가 주세요."

"네."

아버지의 병환이 마냥 편한 것은 아니다. 큰 실망을 했다고 해서 어린 시절부터 쌓아 온 아버지와의 정을 외면할 수는 없었다.

일적인 측면에서는 가진 자의 편에 서는 나쁜 사람일지 몰라도 준과 가족에게는 자상하고 자비로운 사람이었다. 존경과 경멸, 이 양가감정이 준을 더욱 힘들게 했다.

병실 안으로 들어오자 성환은 잠들어 있었다. 못 본 7년 사이에 얼굴은 많이도 주름졌고 병색이 완연하여 검은빛을 띠고 있었다. 정말로 곧 죽는다고 해도 이상하지 않을 얼굴색이었다.

성환은 가족에게 자상한 아버지였다. 준이 어릴 때에는 집에 오면 항상 그를 안아 들고 목에 태웠다. 집안 어른들이 버릇 나빠진다며 나무라도 성환은 한 번도 거르지 않았다. 성환이 거실에 앉아 책을 보고 있으면 준도 어느새 제 방에서 동화

책을 가져와 함께 읽었다. 가끔 아버지가 읽는 책을 힐끔 보며 구경하기도 했다.

어린 준이 느낀 아버지는 거대한 거인 같았다. 담대한 얼굴, 다부지고 당당한 풍채, 힘 있고 강한 목소리. 모든 것이 좋았다.

아버지를 보면 무엇이든 할 수 있을 것 같았다. 하늘에 별도 따다 주고, 괴물을 물리쳐 주고, 무서운 도깨비로부터 준을 지켜 줄 것 같았다.

성환은 어린 준에게 법에 대해서 알려 주었다. 그가 알려 준 법은 환상적이고 정의로웠으며 세상의 어둠을 모두 쫓아낼 빛이었다. 그래서 준은 꼭 아버지처럼 멋진 검사가 되어야지, 나쁜 사람을 벌주는 슈퍼맨 같은 사람이 되어야지 다짐했었다.

침상 가까이로 다가온 준은 아버지를 내려다보았다. 하지만 지금은 그런 아버지가 괴로웠다.

왜 자신에게 현실과 다른 이상만 보여 주었을까. 정작 자신은 더러운 오물에 빠져 있었으면서 아들에게는 왜 깨끗한 모습만 보여 줬을까. 이 세계가 진작 더러운 줄 알았다면 처음부터 마음을 주지 않았을 텐데.

성환의 심정과 입장을 모르는 건 아니다. 하지만 준은 지금 이대로가 좋았다. 사랑하는 여자와 같은 일을 하면서 하루하루 재미있는 일을 맞이하며 사는 것이, 사건들마다 머리 싸매며 이득을 챙기기 위해 거짓도 팔아야 하는 직업을 하는 것보다 훨씬 의미 있는 일이었다.

한참 동안 내려다보고 있으려니 성환의 눈이 스르륵 떠졌다. 준의 눈동자가 흔들렸다.

"아버지."

준의 목소리에 성환의 얼굴이 준에게 향했다. 오랜만에 보는 자식의 얼굴에 성환의 눈빛은 급격히 흔들리며 커졌다.

"와…… 줬구나. 네가…… 마음을 바꿔 줬어."

준은 잠시 눈을 감았다가 뜨며 성환을 보았다.

"수술받으세요. 더 늦어지면 비행기도 못 탈 정도로 심해진다면서요."

"다시 돌아온 거냐."

준은 고개를 저었다.

"전 돌아오지 않습니다. 아버지가 아무리 그러셔도 제 생각은 변하지 않아요. 그러니까 아버지도 더는 미련 두지 마시고 얼른 수술받으세요."

성환의 눈동자는 다시 차갑게 굳어졌다.

"난…… 분명히 말했다. 네 녀석이 돌아오지 않으면 이대로…… 죽을 거라고."

준은 저절로 한숨이 나왔다.

"그냥 저는 잊으세요, 아버지. 불효자식이라고 생각하고 연을 끊으시라고요. 그게 저도 편합니다."

"넌……!"

성환은 노기 띤 얼굴로 준을 노려보다가 고개를 돌렸다.

"마음 바뀐 것이 아니라면 찾아올 것도 없다. 내가 죽는 한이 있어도 너는 부르지 않을 거니까."

준은 한참 동안 성환의 건조한 모습을 보다가 고개를 숙여 인사했다.

"그럼 아버지, 안녕히 계십시오. 얼른 수술받으셨으면 좋겠습니다. 진심입니다."

준은 몸을 돌려 밖으로 나왔다. 가슴을 짓누르는 통증에 연거푸 숨을 내쉬다 발걸음을 빨리했다.

데려다준다고 하는 운전기사를 거절하고 택시를 타고 오피스텔로 왔다. 손목시계를 보았다. 세진이 집에 있을 시간이었다.

준은 생각할 것도 없이 엘리베이터를 타고 8층을 눌렀다. 그녀의 집 초인종을 여러 번 눌렀다. 그리고 모습을 드러낸 세진을 보자마자 와락 끌어안았다.

놀란 얼굴로 서 있던 세진이 차츰 팔을 감아 왔다. 그리고 달래듯 등을 토닥여 주었다.

"일찍 와서 잔다더니, 이제야 온 거야?"

"그렇게 됐어."

"갔던 일은 잘됐어?"

준은 팔을 풀고 세진의 얼굴을 바라보았다. 세진은 잔잔한 미소를 지으며 준의 눈가를 손가락을 훑었다. 그리고 준의 손을 이끌어 엘리베이터로 향했다.

"가자. 네 얼굴 말이 아니다."

그녀의 손이 이끄는 대로 준도 따라갔다. 세진은 준의 집 앞에 서서 비밀번호를 누른 뒤 이끌어 집 안으로 들어왔다. 몸을 숙여 손수 신발도 벗겨 주었다. 그런 다음 침대로 데려갔다.

다짜고짜 준을 끌어다 눕히고 이불을 덮어 준 뒤 침대에 걸터앉아 준의 어깨를 토닥여 주었다. 세진을 보던 준의 눈이 스르륵 감겼다. 그는 세진의 손길을 느끼며 마음을 진정시켰다.

"어디 갔다 왔는지 안 궁금해?"

"궁금해."

"그럼 물어봐."

"싫어. 네가 먼저 말해 주기 전엔 먼저 물어보지 않을래. 꺼내기 싫은 말이잖아."

"집에 다녀왔어. 아버지한테도."

잠시 움직이던 손을 멈춘 세진은 다시 토닥였다.

"그랬어? 잘했어. 그래도 찾아뵙는 게 맞는 거지."

"응. 그런데……."

준이 내쉬는 숨이 너무 애처로워서 세진은 그의 눈가에 손을 얹었다.

"얼른 자. 네 마음 아니까."

"응."

"준."

"말해."

"난 네가 어떤 선택을 하든 지지해 줄 거야. 그러니까 주저하지 말고 움직여. 네 마음이 가는 대로 해."

"그래. 그럴게."

세진은 준이 잠들고 나서야 집을 나섰다. 현관문을 닫자 향기는 사라졌다.

준은 이런 존재일까. 닫히면 사라져 버리는 아스라이 먼 존재.

.

공개방송 준비는 생각보다 힘겹고 많은 인력이 요구되었다. 두 프로그램을 합치는 것이니만큼 청취자의 스타일을 맞추는 것도 중요하고 두 디제이의 협업 효과와 피디의 통제 능력이 관건이었다. 그래서 두 프로그램 사람들은 벌써 일주일째 매일같이 만나 협의하고 회의하며 수정에 수정을 거듭했다.

공개방송 장소인 올림픽 체조 경기장에서 개최하다 보니 방송 내용이 더욱 중요했다. 실내면 사람들의 집중도가 높고 프로그램의 질이 여실히 드러나기 때문이었다.

회의는 길고 방송 준비는 어렵지만 준과 내내 붙어 있을 수 있어 세진은 행복했다. 같이 머리 맞대고 궁리하는 이 시간이 꿈만 같았다. 그의 추진력은 정말 감탄을 자아낼 만큼 빠르고 체계적이었다. 이래서 똑똑한 사람은 어디서든 티가 나는가 보다.

세진은 오랜만에 전화를 걸어온 가연을 만나 점심을 먹었다. 가연은 세진을 빤히 보더니 묘한 웃음을 지었다.

"왜, 왜 그렇게 웃는 거야."

"아니. 사랑을 하는 여자는 아름답다는 말이 사기가 아닌 것 같아서."

"뭔 소리래."

실없는 소리를 한다며 고개를 내리던 세진의 얼굴이 급격히 붉어지더니 가연에게 향했다.

"티 나?"

"티 나다 뿐이냐. 얼굴에 생기가 돈다. 이제야 네 호르몬이 제 기능을 발휘하는가 보네."

"그냥 요즘 살 만하니까 그런 거지. 무슨 넌 그런 쓸데없는 말을."

세진은 연신 붉어지는 얼굴을 이리저리 돌리며 가연의 시선을 피했다.

"너무 좋다. 널 이렇게 살랑살랑 꽃 내음 나는 여자로 만든 게 그 유명한 김준이지? 아무튼 대단하긴 해. 장현민은 그렇게 노력을 해도 안 되던 이세진 장벽을 김준은 아무렇지도 않게 무너뜨리네."

"야!"

급기야 얼굴이 홍당무처럼 붉어진 세진이 소리를 버럭 질렀다. 가연은 호호 웃으며 밥값을 계산하고 나섰다.

"보기 좋다는 소리야. 좋으면 만나고 그러다 보면 사랑을 나누고 그러는 거지, 뭐. 닭 쫓던 개 지붕 쳐다보는 장현민만 쌤통이다."

자꾸만 수위가 높아지는 가연의 말은 아예 답하지 않는 걸로 대처해야 차단할 수 있다. 세진은 넌 떠들어라 난 갈란다, 란 표정으로 음식점 밖을 나왔다.

"정재민 덕분에 이세진의 사랑이 더욱 깊어진 꼴이군. 언제 한번 정재민 만나면 엉덩이 토닥여 줘야겠어. 예뻐 죽겠다니까."

"그거 성희롱이다. 어여쁜 아나운서 입에서 나오는 말이 어쩜 그렇게 거치니."

"불과 반년 전에 네 입에서 나온 단어들에 비하면 새 발의 피거든. 그러고 보면 김준이 네 성격도 바꾸어 놓은 건가?"

가연은 생각할수록 감탄이 나오는지 방송국으로 걷는 와중에도 계속 탄성을 질렀다.

"내 성격이 어때서."

"몰라서 묻니. 가시를 잔뜩 세워서는 가는 곳마다 쌈닭 대표로 행동했잖아."

자신을 흘겨보는 세진이 귀여운지 가연은 그녀의 어깨에 팔을 둘렀다.

"지금은 완전 여유로운 얼굴에 온화한 미소, 반짝이는 눈동자까지 다 갖추고 있잖아. 역시 여자는 남자를 잘 만나야 돼."

세진도 싫지는 않은지 덩달아 실실 웃다가 가연을 보았다.

"그런데 정말 이주연이 장현민 뻥 찬 게 맞아?"

"우리 아나운서실 지금 그것 때문에 난리도 아니야. 이주연이 여우 같은 것, 이러면서 부들부들 떠는 언니들 꽤 있지."

"저녁 뉴스 꽤 잘한다며."

"응. 볼만은 해. 나처럼 매력은 없지만."

가연이 한 손을 허리에 얹고 콧방귀를 꼈다. 세진도 따라 웃었다.

"당연하지. 오가연을 따라올 아나운서는 없지."

"짜식! 역시 날 알아주는 건 이세진뿐이야!"

가연이 세진을 와락 안는 바람에 그녀의 몸이 쏠렸다. 맞장구를 쳐 주던 세진은 방송국 입구에서 자신을 주시하고 있던 낯선 여자가 다가오는 것을 보며 걸음을 멈췄다. 훤칠한 키에 잠깐 보아도 풍기는 아우라를 무시할 수 없는 여자였다. 그 여자는 세진에게 다가오더니 살짝 고개를 숙였다.

"이세진 씨?"

가연도 팔을 풀고 낯선 여자를 보았다.

"누구셔? 아는 분이야?"

"아니."

세진이 가연에게서 눈을 떼 여자에게로 돌렸다.

"나 준이 누나 김민이에요. 잠깐 얘기할 시간 있어요?"

"아…… 안녕하세요."

가연은 묘한 분위기에 먼저 간다고 인사하고 방송국 안으로 들어갔다. 그의 어머니에 이어 그의 가족을 일주일 만에 또다시 만나게 된 세진은 긴장감에 마른침을 꿀꺽 삼켰다.

"커피 괜찮으시죠?"

민이 고개를 끄덕이자 세진은 앞장서서 D 카페로 갔다. 민의 맞은편에 앉은 세진은 김준 집안에 대해 다시 한 번 감탄했다. 그리고 언제 한 번 그의 가족사진을 쫙 늘어놓고 보고 싶다는 생각을 했다. 어머니, 딸 할 것 없이 쭉 뻗은 미녀에 지적인 용모, 범접할 수 없는 분위기가 흘렀다.

"갑자기 찾아와서 미안해요. 전에 우리 어머니도 만났다고 하던데."

"네."

"사정은 대충 들어서 알 거라고 생각해요."

"네. 압니다."

테이블에 놓인 커피를 한 모금 마신 민이 고개를 들어 세진을 보았다.

"아버지가 많이 안 좋아지셨어요. 준이가 다녀가고 난 뒤로 더 급격히 나빠지고 계세요. 정말로 시간이 없어요."

"아……."

세진은 민의 흔들리는 눈빛을 보며 살짝 고개를 끄덕였다.

"세진 씨가 준이 한 번만 더 설득해 주세요. 나도 이런 부탁하기 싫은데 준이 마음을 바꿀 사람이 세진 씨밖에 없어요."

"전 못 해요. 그건 준이 결정할 문제입니다."

민은 덜덜 떨리는 눈으로 일어나더니 세진에게 무릎을 굽히고 고개를 숙였다. 화들짝 놀란 세진이 덩달아 일어서 그녀를 일으키려 했지만 민은 꿈적도 하지 않았다. 카페 안 사람들의 시선이 일제히 세진에게 쏠렸다.

"일어나세요. 이게 뭐하는 짓이에요."

"제발…… 제발 준이를 설득해 주세요. 부탁드립니다. 세진 씨는 할 수 있잖아요. 당신은 가능하잖아요."

"어서 일어나세요. 이러는 거 아닙니다. 왜 저한테 무릎을 꿇으세요. 그러지 마세요."

세진은 부담스러운 마음에 민의 팔을 잡아끌었다.

"누나!"

등골이 오싹할 정도로 차가운 목소리가 등 뒤에서 들렸다. 준이 성큼성큼 다가와 민을 일으키고는 세진에게로 시선을 돌렸다. 세진은 당황한 얼굴로 준을 올려다보았다.

"준아."

"누나가 한 행동 다 잊어. 미안. 먼저 올라가."

난 누나 보내고 갈게, 라는 눈치에 세진은 살짝 고개를 끄덕였다. 준은 힘겨운 미소를 짓고 민에게 고개를 돌렸다.

"정신 차려, 누나!"

카페를 나올 때 힐끔 돌아보니 준은 민의 어깨를 붙잡아 흔들고 있었다. 그의 눈동자가 아픔에 일렁였다. 세진은 눈길을 거두고 라디오국으로 올라왔다. 사무실에 앉아서 서류에 집중을 하려고 해도 카페에서의 일이 자꾸만 생각나 집중을 할 수가 없었다. 준의 자리로 시선을 돌리던 세진은 핸드폰 진동이 울려 고개를 돌렸다.

〈준이 만났어? 내가 알려 줬는데 별일 없는 거지? 너 무슨 일이야. 김준 집안에서 반대하고 그러는 거냐.〉

세진은 옅은 숨을 내쉬며 가만히 두면 혼자서 막장 소설을 쓸 것 같은 가연에게 답장을 보냈다.

〈그런 거 아니야. 물 끼었고 그러는 것 아니니까 안심해. 괜히 이상한 막장 소설 쓰면 내 손에 죽는다.〉

준은 그 뒤 한참이 지나도 사무실로 들어오지 않았다. 저녁도 먹지 않고 내내 사무실에 앉아 엉덩이를 붙이고 있던 세진은 밤 방송 시간이 되어 자리에서 일어섰다. 스튜디오로 향하는 복도를 천천히 거닐며 어둠이 내려앉은 도시의 불빛을 돌아봤다. 세진은 다이어리를 잡은 손을 힘주어 잡으며 떨려 오는 몸을 감추었다.

"이제 몇 주 뒤면 달밤 바라기분들께서 기다리고 기다리던 '달콤한 · 도시' 공개방송이 예정되어 있죠. 벌써부터 홈페이지에 많은 분들이 방청권을 신청해 주고 계십니다. 가능한 많은 분들과 함께하려고 큰 공간을 마련했으니 모두 즐겁고 흥겨운 시간 되시길 바랍니다. 마지막 곡으로 청춘학개론의 '설레임' 들려 드리면서 전 내일 이 시간에 다시 오겠습니다. 달밤 바라기 여러분, 사랑합니다."

재민이 부드러운 목소리로 마무리를 알리자 세진과 작가들은 모두 손으로 오케이 모양을 했다.

"오늘도 수고하셨습니다."

"진짜 홈페이지 장난 아니에요. 이러다가 잠실 주경기장을 빌려야 하는 건 아닌지 모르겠어요. 음악 도시 홈피 들어가니까 거기도 사정은 비슷한 것 같아요."

"기자들도 잔뜩 달려올 기세이니 긴장이 되긴 하네요."

민지와 선영은 벌써부터 떨리는지 가슴에 손을 얹으며 발을 동동 굴렸다.

"최고의 성과를 내고 싶으면 철저히 준비하는 수밖에 없어. 그대들이 맡은 임무, 계속 점검하고 수정 사항 있으면 바로바로 보고하고 조절하도록 해."

"그거야 당연히 알죠. 걱정 마세요."

작가들은 세진의 단정한 말투에 괜히 민망한지 웃음을 날렸다. 디제이 부스에서 나온 재민이 세진에게 다가왔다.

"너무 걱정하지 마세요. 평소에 하던 대로 하면 됩니다."

사람 좋은 웃음을 짓는 재민을 보자 세진도 긴장된 마음이 풀어졌다. 작가들과 헤어져 복도를 걷던 세진은 사무실 가까이 들어오다가 음악 도시 스튜디오로 발을 돌렸다. 조심스럽게 문을 열자 안에서는 여느 때와 같이 엄숙한 분위기가 흘렀다. 변한 건 없는데 준이 없었다.

"흠흠."

일부러 인기척을 내고 안으로 들어가자 최 작가가 돌아봤다. 김준 피디와 사귄다는 사실이 알려지고 나자 최 작가는 세진을 시기하여 말투도 까칠해지고 냉기를 흘려 보냈다. 함께 공개방송을 준비해야 하니까, 전에 대판 싸운 뒤로는 직접적으로 불평을 드러내지 않지만 세진을 볼 때면 항상 불만의 눈빛을 띠었다.

"김 피디님 안 계시네요."

"네. 오늘 조금 늦으신다고 하셨어요."

최 작가가 싸늘하게 말했다. 세진이 최 작가를 빤히 바라보자 옆에 있던 다른 작가 두 명이 세진의 눈치를 보며 말을 이었다.

"방송국 내에 계실 거예요. 서류 작업 마무리하고 곧 온다고 그러셨어요."

"아, 그렇구나. 고마워요."

세진은 살짝 미소를 짓고 최 작가에게 눈길을 보냈다.

"김 피디님 오시면 달밤 피디 왔었다는 말은 하지 말아요, 최 작가님."

볼멘 얼굴로 세진을 보던 최 작가가 보일 듯 말 듯 고개를 끄덕였다. 사무실에도 준은 보이지 않았다. 세진은 준이 있을 만한 곳을 찾아다녔다. 스튜디오마다 열어 보고 휴게실, 수면실 할 것 없이 들락날락거렸다.

어디에도 준은 없었다. 괜히 심장이 빠르게 뛰었다. 꼭 사라진 것처럼 흔적도 보이지 않았다. 스튜디오 밖 복도를 보던 세진은 갑자기 생각난 장소에 발을 빠르게 움직였다. 비상계단을 통해 옥상으로 올라왔다. 심장 소리가 커지면서 보폭도 점점 빨라졌다. 숨을 몰아 내쉬며 옥상 정원으로 들어선 그녀의 시선이 애처롭게 흔들렸다.

"준아."

그에게 들리지도 않을 작은 음성이 독백처럼 흘러나왔다. 준은 벤치에 앉아 허리를 숙인 채 땅을 보고 있었다. 그의 옆모습을 먼발치에서 바라보던 세진은 가만히 손을 그러쥐었다. 잘생긴 얼굴이 달빛에 음영을 드리웠다. 눈물이 날 정도로 멋있는 모습이지만 그래서 더 멀게 느껴졌다. 세진이 알고 있던 김준이 아니라 전혀 모르는 남자 같았다.

준이 두 손을 이마에 대며 깊은 숨을 내쉬었다. 저 남자의 고통이 제발 사라지기를 신께 빌고 싶다. 혹시 고통을 나눠야 할 제물이 필요하다면 내 몸을 기꺼이 드리겠으니 저 사람의 고통을 거두어 주기를. 어떤 선택을 하던 마음의 짐을 내려놓기를. 스스로를 절망의 늪으로 빠지게 하지 말기를.

세진은 반대 방향으로 발을 돌렸다. 지금은 그 어떤 사람도 그에게 위로를 주지 못할 것이라고 생각했다.

"세진아."

준의 목소리가 세진의 심장을 울리며 잔잔한 잔영을 그려 나갔다. 세진이 뒤를 돌아보았다. 벤치에서 일어선 준이 천천히 다가왔다. 가까워질수록 어둠에 가려졌던 얼굴이 드러났다. 그는 그대로 세진을 품에 안았다. 준의 품에서 갈 곳을 잃고 방황하던 그녀의 손이 차츰 허리에 내려왔다.

"아까 낮에는 정말 미안했다. 누나가 원래 그런 사람이 아닌데…… 요즘 제정신이 아닌 것 같아."

"알아."

"자꾸 이런 모습 보여서 미안해."

"괜찮아. 그게 뭐 어떻다고."

"내 집안일을 너에게까지 밝히고 싶지는 않았는데…… 이젠 바닥까지 다 보여 주네."

"준아. 집안 어른들 뜻대로 해. 지금 괴로운 건 결국 어른들이 원하는 선택을 할 수밖에 없는 네가 싫어서잖아."

"세진아."

"오늘 누나가 찾아오고 나니까 나도 좀 무섭더라. 어머니가 찾아왔을 때는 너무 뜻밖이었고 당황했던지라 상황 파악이 되지 않았는데 누나를 보면서 정말 심각하구나, 느꼈어."

"그런 거 아니야."

"아니긴 뭐가 아니야. 맞지."

세진은 제 몸을 꼭 안고 풀지 않는 준의 팔을 힘주어 떼어내며 눈을 마주 보았다.

"너에게 부조리함을 안겨 준 사람들이라도, 널 힘들게 한 사람들이라도 네 가족들이잖아. 존경하던 아버지잖아. 일단 살려야지. 네가 조금 더 신경 써서 아버지를 살릴 수 있다면 기꺼이 그래야지."

"그게 맞는 거야?"

"천륜을 거스를 수는 없으니까."

"내가 원하지 않는 일이라도?"

"그건……."

"난 피디를 하는 지금이 제일 행복해. 듣고 싶은 노래 마음껏 듣고, 하고 싶은 말 마음껏 하고, 사랑하는 사람과 함께 일하고, 날 치유해 주는 지금이 좋아."

준의 눈동자가 아프게 흔들렸다. 제 행복을 아버지의 생사와 맞바꾸어야 하는 그는 얼마나 고통스러울까.

"너와 함께 공개방송도 꼭 하고 싶고 너와 같은 사무실에서 네 숨소리 들으며 일하고 싶고, 너와 계속 같이 있고 싶어."

"같이 있을 거야. 난 어디 안 가. 너도 알잖아. 나 끈질기고 독한 거. 네가 무슨 일을 하든 어디에 있든 난 계속 네 곁에 있을 거야."

준의 미간이 구겨지며 눈빛이 흔들렸다. 세진아, 그녀의 이름만 계속해서 부르며 그는 아픔을 인위적으로 눌렀다.

"그렇게 해. 지금은 많이 힘들겠지만 결국 받아들이게 될 거야. 인간은 행복해지기 위해 안간힘을 쓰는 동물이니까 넌 곧 다시 행복해질 거야. 난 그렇게 믿어."

준은 다시 세진의 머리를 끌어 제 품에 안았다.

"아버지 수술하려면 언제 가야 해?"

"빠르면 빠를수록 좋아. 지금도 사실…… 늦었긴 하지."

"그럼 당장 가. 주저하지 말고 가."

깊은 숨을 내쉬는 준의 어깨를 다독여 주었다. 힘내, 네 웃는 모습이 보고 싶어. 세진은 마음을 다해 그를 꼬옥 안았다.

사흘이 지나고 국장실에 나란히 선 준과 세진은, 그의 사직서를 손에 든 채 충격을 받은 듯 굳어 있는 국장을 보며 다가올 호통에 대한 마음의 준비를 했다.

"자네 지금 뭐라고 했나. 그만둬?"

"죄송합니다."

"갑자기 왜 그러는 건가. 이유가 있을 거 아냐."

"……."

"안 돼. 당장 공개방송도 있고 자네 방송은 또 어떻게 해! 그리고 무엇보다 내가 안 돼."

"국장님, 공개방송은 제가 더 열심히 해서 잘 마무리할게요. 그리고 후임자 올 때까지 음악 도시도 맡아서 진행하겠습니다."

세진의 목소리에 국장이 날카롭게 노려보았다.

"이게 그렇게 간단한 문제야? 벌써 언론에도 다 보도되어서 보는 눈이 한둘이 아닌데 같이 머리를 맞대도 모자랄 판에 혼자서 한다고? 지나가던 개가 웃겠다."

"저 잘할 수 있습니다."

"도대체 왜 그러는지는 알아야 하지 않겠나. 갑자기 잘 다니던 회사를 그만두겠다는데 황당하지 않을 상사가 어디 있어."

평소 김준을 무한 신뢰하며 아끼던 국장은 준의 급작스럽고 어떻게 보면 괘씸한 말에도 그럴 만한 이유가 있을 거라고 생각하는 듯햇다. 세진은 이 와중에도 준의 입지를 감탄했다.

415

준은 아무런 말도 없이 고개만 숙인 채였다. 한참 동안 원치 않는 침묵을 이어 가는 국장실은 곧 터지기 직전의 시한폭탄처럼 긴장감이 흘러넘쳤다.

고집스럽게 입을 다물고 있는 준을 보던 국장이 사무용 책상으로 가서 탁상 달력을 들었다.

"자네가 피디가 되기 전에 무슨 일을 했는지는 대충 들어서 알고 있어. 솔직히 대단하다고 생각하지만 결국 그만두었지 않나. 그런데 여기서 또 피디를 그만두면 자네 이미지는 어떻게 하려고 그래."

곧 고함을 칠 것이라 여겼던 세진은 부드러운 목소리로 말을 건네는 국장을 보았다. 피디의 앞날까지 걱정해 주는 상사라. 김준 이 녀석 복 터졌구먼.

"회사 생활을 하다 보면 이유 없이 그만두고 싶을 때가 있어. 그럴 때는 한 가지 방법이 있지."

국장은 달력을 넘기며 날짜를 보았다.

"3개월 장기 휴가를 주겠네. 그동안 DBS에 와서 기여한 바가 많으니 그 정도는 국장 재량으로 해 줄 수 있어. 윗분들에겐 내가 잘 말씀드릴 테니까 자네는 그 시간 동안 다시 마음을 다잡아 봐."

"국장님."

"난 자네를 잃고 싶지 않네. 뛰어난 인재를 잡아 두고 싶은 마음이라고 생각해."

"그런 간단한 문제가……."

준은 말을 하다 말고 고개를 숙였다.

"절 이렇게 믿고 계시는데 기대에 반하는 말씀을 드려서 죄송합니다. 하지만 저만 그런 특혜를 받을 수 없습니다. 얼마가 걸릴지 모르는 일이고 영영 복귀하지 못할지도 모릅니다."

"그럼 그때 가서 사표 수리하면 되지 않겠나. 3개월이 지났는데도 자네 마음이 변하지 않는다면 그건 어쩔 수 없지. 난 충분히 기회를 줬고 자넨 그 시간 동안 생각을 했을 테니 말이야. 좀 있으면 가을 개편 시즌이야. 나도 언제까지 자네 자리를 비워 둘 수는 없으니 가을엔 새 프로그램으로 다시 짤 거야. 그때까지만 기회를 주지."

"국장님."

국장은 준에게 향하던 시선을 세진에게 돌렸다. 이세진을 믿을 수 있을까, 란 얼굴로 바라보던 국장이 옅은 숨을 내쉬었다.

"자네 올 때까지 공백은 애인이 메꿔야지 별수 있나. 혼자서 공개방송을 잘할 수 있을지 모르겠지만 그래도 그동안 방송국에서 썩은 횟수가 몇 년인데 그 정도는 해내겠지."

"저 잘할 수 있다니까요, 국장님."

세진이 눈을 빛내며 국장을 보고 웃었다. 그리고 준에게 시선을 돌리며 말을 이었다.

"예전에 제가 힘들 때 김 피디가 도움 많이 줬으니까 이젠 대갚음할 차례라고 생각해요. 제가 또 빚지고는 못 사는 성격이잖습니까."

"하여튼 입만 살아서는. 공개방송이야 그렇다 치더라도 음악 도시까지 맡을 수 있겠어?"

"그동안 김 피디 하는 거 곁눈으로 봐서 어떤 스타일인지는 잘 압니다."

"흠……."

국장은 못 믿는 얼굴로 세진을 바라보다가 준에게 시선을 돌렸다.

"자네는 어떻게 생각해. 그래도 자네 프로그램 맡아야 할지도 모르는데 불안하면 다른 피디 넣어 주고."

"아니요. 이 피디가 맡아 주면 더없이 안심될 것 같습니다."

"그래도 애인이라고 챙기기는."

국장은 못마땅한 말투로 준을 노려보다가 눈을 풀었다.

"좋아. 그럼 그렇게 하는 걸로 알고 김 피디는 휴가 써. 내 말대로 해."

준은 아무런 말도 못 하고 고개를 숙였다. 쉽게 결정을 내리지 못하는 것 같았다.

"이 피디는 나가 있어. 김 피디랑 단둘이 할 얘기니까."

"아……."

같이 있고 싶다는 뉘앙스를 팍팍 풍기던 세진은 국장의 노려보는 눈빛에 인사를 하고 국장실을 나왔다. 이것 또한 준의 선택을 지지할 것이다.

밤 방송을 끝내고 집으로 온 세진은 미리 사다 놓은 양초와

케이크, 고가의 가격에 다음 달 카드값을 걱정하다 눈을 질끈 감고 산 와인, 선물 상자를 들고 7층으로 내려와 그의 집 안으로 들어갔다. 이제는 꽤 익숙한 준의 향기. 처음부터 이 향기가 좋았다. 그래서 오래도록 이 향기를 잊고 싶지 않다.

잠시 눈을 감고 서 있던 세진은 부엌 식탁에 준비물을 내려놓았다. 양초와 와인, 케이크를 꺼내 세팅을 하고 서랍장을 뒤져 와인 잔도 꺼내 놓았다. 그리고 그가 있을 자리를 내려다보며 턱을 괴고 앉았다.

국장실에서 나온 뒤 한 번도 보지 못하고 퇴근했다. 잠시만 떨어져도 이렇게 보고 싶은데 앞으로 어떻게 견뎌야 할까. 손끝이 떨려서 주먹을 꽉 쥐었다. 벽에 걸린 시곗바늘을 바라보았다. 한 시간만 있으면 올 텐데 이 시간이 왜 이렇게 길게 느껴지는지 모르겠다.

어깨를 감싸는 손길에 세진의 눈동자가 모습을 드러냈다. 익숙한 향기가 세진의 몸을 감싸 안았다. 등 뒤에서 느껴지는 따뜻한 체온, 귓가를 흔드는 숨소리, 몸을 둘러싸고 있는 단단한 팔이 심장을 떨리게 했다.

"이거 뭐야?"

잔잔하게 들려오는 목소리마저 세진의 애간장을 녹였다. 차마 그를 돌아보지 못하고 세진은 최대한 태연하려고 애썼다.

"그냥. 분위기 좀 내보려고."

"양초, 케이크, 와인. 꽤 근사한데? 이런 거 못 할 줄 알았는데."

"나도 여자야. 분위기에 엄청 신경 쓴다고."

그의 손길이 차츰 아래로 내려와 세진의 가슴을 매만졌다. 저절로 숨이 차올라 세진은 다급하게 그의 팔을 잡았다.

"자, 잠깐. 케이크랑 와인 먹자. 이 와인 사는 데 투자한 돈을 생각하면 꼭 먹어야 돼."

"난 사라고 한 적 없다. 그건 네 사정이야."

세진의 셔츠 단추를 풀면서 준은 그녀의 귓불을 살짝 깨물었다.

"으악, 김준. 너 귀에다가 장난치지 말라고 했잖아. 민감한 곳인지 알면서."

"그러니까 하는 거지, 바보야."

맞는 말이긴 하다. 그의 숨소리와 접촉에 세진의 몸은 벌써 한껏 달아올랐다. 그의 팔을 잡은 세진의 손은 힘없이 매달려 있었다. 어느덧 셔츠 단추를 다 풀어낸 준은 브래지어를 위로 올리고 맨가슴을 느꼈다. 풍만한 물결 사이로 오똑하니 솟은 정점이 그를 자극했다. 준은 제 품에 의지하여 몸을 가누지 못하는 세진을 번쩍 안아 들고 움직였다.

"아, 내 이벤트가 물거품이 됐어. 케이크 초는 불지도 못했고, 와인은 마시지도 못했어."

울상인 얼굴로 그의 가슴을 툭툭 두드렸다. 준은 눈을 꼭 감고 입술만 종알거리는 세진을 보자 미소와 함께 눈물이 핑 돌았다.

제 인생을 통틀어 제일 잘한 일이며 가치 있었던 선택, 세

진을 만난 건 최고의 행운이었다. 그러니 다른 어느 누구에게
도 절대로 넘겨주지 않을 것이다.

세진을 침대에 살포시 누인 준은 그녀를 내려다보며 이마에
입을 맞췄다.

"세진아."

"응."

"사랑한다."

"응."

"사랑해."

"나도."

세진의 눈이 스르륵 떠졌다. 촉촉한 눈동자가 준을 올려다
보았다. 살짝 붉은 기운이 도는 그녀의 얼굴은 더할 나위 없이
아름다웠다.

"내가 어떤 선택을 하든 넌 내 옆에 있을 거지?"

"당연하지. 백 년이 걸려도 기다릴게."

"호호 할머니 되어도?"

"검은 머리 파뿌리가 될 때까지."

준의 입술이 세진의 입술에 닿았다.

"약속했다."

준의 눈빛만 봐도 어떤 마음인지 느껴졌다. 예전엔 도대체
무슨 생각을 하는지 알 수가 없었는데 이젠 이 눈동자가 무얼
말하는지 바로 알 수 있었다. 그만큼 준은 세진의 인생에 깊이
들어왔다.

"국장님과는 일단 3개월 시간을 두기로 했어. 어떻게 될지 모르겠지만 그렇게 배려해 주시는데 모른 척하기도 뭐해서…… 염치없는 선택을 했어. 너한테도 피해를 주었고."

"그렇긴 해. 말이 쉽지 두 프로그램을 연달아 하는 게 쉬운 일이니."

"미안하다."

"미안하면 안아 줘."

준은 세진의 흘러내린 머리카락을 쓸어 주었다. 손길이 그녀의 얼굴을 매끄럽게 흘렀다.

"안아 주면 돼?"

"꼭 안아 줘. 정성 들여 날 사랑해 줘."

그녀의 눈동자가 촉촉이 빛났다. 준도 더는 참지 못하고 키스했다. 붉은 입술에도, 가느다란 목덜미에도, 말랑말랑한 가슴에도, 귀여운 배꼽에도, 촉촉한 입구에도, 날씬하게 뻗은 다리에도, 발가락에도 정성 들여 입을 맞췄다. 그의 입술이 지나갈 때마다 세진의 몸은 붉은 자국을 띠며 생채기를 내었다. 그리고 자연스럽게 따라오는 신음 소리도 시간이 지날수록 커졌다.

머리끝부터 발끝까지 그의 손길과 입술이 머물지 않은 곳이 없었다. 쾌락에 달뜬 그녀의 얼굴이 준의 욕망을 자극했다. 따뜻한 그녀의 안이 신비로웠고, 땀에 젖은 손바닥이 예뻤고, 뜨거운 육체가 얼었던 준의 심장을 녹여 주었다.

샤워를 한 두 사람은 또다시 같은 샴푸 향을 내었다. 그리고 테이블에 마주 앉아 서로를 바라보았다. 세진이 원하는 대로 양초에 은은하게 불고 켜고 케이크 초에도 불을 붙였다. 와인 잔에 와인도 채웠다. 분위기는 충분했다.

"내가 좀 많이 잘생기긴 했지만 그만 쳐다보고 불나기 전에 케이크 촛불 부는 게 어때."

세진은 준을 살짝 흘기더니 슬쩍 그의 손을 끌어 잡았다.

"같이 불자."

"너 오글거리는 캐릭터 아니지 않았냐."

"이건 특별한 의미가 있으니까 그렇지."

"어떤 의미?"

"김준과 이세진이 평생 같이할 거라는 약속의 의미."

준의 시선이 세진을 따라왔다. 세진의 미소에 시선이 갔다. 그녀의 반짝이는 눈동자에 눈길이 갔다.

"같이 불 거지?"

사랑하는 여자가 눈앞에서 계속 예쁜 짓을 할 때는 어떡해야 하나. 종일 안고 싶고 놓아주기 싫은 남자의 본성을 어떻게 감춰야 할까.

세진의 카운팅 후에 함께 촛불을 불어서 껐다. 그녀는 과장되게 박수를 치며 옆에 놓인 칼을 들어 커팅을 했다. 하얀색 생크림 케이크에 새끼손가락을 찍어서 입에 쏙 넣어 맛을 보던 세진은 좋은 생각이 떠올랐는지 입꼬리를 올렸다. 그리고는 한 번 더 찍어서 준의 얼굴에 기습적으로 묻혔다.

아니, 묻히려고 했으나 준의 손이 팔을 잡아 막았다. 그리고 순식간에 손가락을 제 입술 안에 넣어 쪽 빨았다. 세진의 얼굴이 또다시 붉어졌다. 야릇하면서 아찔한 느낌에 붉어진 얼굴은 돌아올 줄을 몰랐다. 젠장. 이젠 별것 아닌 것에도 몸이 반응을 하니 큰일 났다.

"언제 출국해?"

"내일 모레."

"그렇구나."

세진은 자꾸만 아쉬움이 밀려와 목소리를 꾹꾹 눌렀다.

"가족들도 다 같이 가?"

"아마도. 일단 아버지 수술하는 것까지는 모두 가서 보고 돌아오겠지. 한국에서 하는 일도 있으니까 자리를 오래 비우지는 못하겠지만. 참, 누나가 며칠 전 일 미안하다고 전해 달래."

"그게 뭐 미안할 일인가."

세진의 시선이 테이블을 향했다. 가족들은 준이 완전히 마음을 정했다고 생각하겠지. 아버지를 미국에서 수술받게 한 사람이 준이라는 사실에 그간의 섭섭했던 마음을 모두 풀어 버렸겠지. 이제야 자신들 품에 돌아온 준에게만 초점을 두어 그의 고통은 생각하려 하지 않겠지.

"가면…… 넌 언제 올 것 같아?"

준의 시선이 세진에게 향했다. 아까부터 내색하지 않으려고 목소리를 힘주어 내는 그녀를 바라보았다. 떨리는 눈동자를 외면하는 건 쉬운 일이 아니었다.

"아버지 기력 회복하면. 수술받는다고 해도 당장 비행기를 탈 수는 없으니까 지켜봐야 할 것 같아. 또…… 나에게도 시간을 주어야 하니까."

세진은 고개를 끄덕였다. 알아. 너무 잘 알아. 그래서 빨리 오라는 말도 할 수가 없어.

"한국은 걱정하지 마. 내가 청취율 더 올려놓을게."

세진은 더욱 씩씩한 목소리로 웃으며 준을 바라봤다. 그리고 테이블 의자에 놓여 있던 가방 안에서 선물 상자를 꺼냈다. 잠시 상자를 내려다보던 세진은 준에게 내밀었다.

"풀어 봐."

준이 상자를 푸는 모습을 찬찬히 바라보았다. 상자 안에는 은색 실가락지가 놓여 있었다. 준의 고개가 자신을 향하자 어쩐지 부끄러운 기분에 세진은 시선을 피하며 웃었다.

"무슨 의미인지는 편지에 쓰여 있으니까 나 올라간 다음에 읽어."

"그래."

준이 잔잔한 미소를 지었다.

"되게 궁금하네. 읽으려면 빨리 보내야 하는데 보내기 싫다."

준은 세진의 손을 잡아당겨 다가오는 그녀에게 키스했다. 오래도록 머물렀다. 그녀에게 미안한 마음을 애써 키스로 덮었다. 사랑을 주고 싶었다.

세진이 올라간 뒤 혼자 남은 준은 소파에 앉아 편지지를 펼쳤다.

애정합니다.

님을 위해 할 수 있는 일이 없다는 것이 이렇게 슬픈 줄 몰랐습니다. 그래도 최선을 다해 제가 해 줄 수 있는 일이 뭘까 생각해 보았습니다.

기다릴게요. 평생 돌아오지 않는다고 해도 다른 남자에게 눈길 주지 않겠습니다. 그러니 저 때문에 속앓이하지 말아요. 저 때문에 주저하지 말아요. 님의 뜻대로 하세요.

혹시 마음을 다 정했다면, 그래도 제가 필요하다면 돌아와서 이 반지를 제 손가락에 끼워 주세요. 잃어버리지 말고 네 번째 손가락에 끼워 주세요.

마음을 다해 사랑합니다.

준의 눈가에 물기가 차올랐다. 누군가 저를 지지하고 아껴 주고 마음 깊이 사랑하고 있다는 것이 이토록 마음을 흔드는 것인지 몰랐다. 사랑은 그의 메마른 가슴에 비를 내려 주었다. 소파에서 일어선 준은 현관문을 열고 나왔다.

"아……."

그녀가 있다. 문 밖에서 자신을 기다리고 있다. 준은 그녀를 품에 안았다.

"기다려. 다시 이 자리로 돌아올게. 며칠이 걸려도, 몇 달이 걸려도, 몇 년이 걸리더라도 아버지를 설득할 거니까 기다려 줘."

"응."

고민할 것도 없었다. 가족을 기만하는 일도 아니었다. 아버
지를 속이는 것도 아니었다. 그저 준이 원하는 일을 하는 것뿐
이었다. 잠시 돌아가는 것뿐이었다. 가지고 싶은 것을 위한 물
러섬이었다.

준이 왜 보이지 않는지, 무슨 일인지 모르는 사람들은 세진을 붙잡고 묻기 바빴다. 장기 휴가를 내고 공개방송까지 세진이 전담하게 된 상황이니 피디와 작가들이 이해하기 힘든 게 당연했다.

세진은 별다른 말없이 미소만 지을 뿐이었다. 준이 예전에 검사였고 아버지 수술 때문에 자리를 비웠다는 건 비밀로 하자는 국장의 말에 세진도 동의했다. 그러한 사정을 안다면 말 많은 사람들 입에서 어떤 소문이 나올지 걱정이 앞섰기 때문이다.

세진이 임시 프로듀서를 맡게 되었다고 하자 최 작가의 당황하는 눈빛을 지금도 잊을 수가 없다. 다른 프로그램을 할 때는 까칠하게 굴 수 있었지만 같은 프로그램에서 피디와 작가는 분명한 질서가 있었다. 서주영과 다른 작가들은 기꺼이 환영했다.

"전 김 피디님이 하던 틀에서 크게 벗어나지 않을 생각이에요. 워낙 서주영 씨와 작가님들이 잘해 주니까 믿고 진행하겠습니다."

"그런데 정말 김 피디님은 무슨 일이래요."

"개인적인 일 때문에 한국에 없어요. 저도 잘은 모릅니다. 지금은 그저 잘 돌아오길 바라는 게 우선일 것 같아요. 우리는 우리 일을 잘하면 돼요. 청취율을 더 올려 보자고요."

세진은 어쩐지 김이 빠진 것 같은 음악 도시 사람들을 북돋아 주며 자신의 방송보다 더 세심하게 챙겼다.

공개방송이 코앞으로 다가왔다. 세진은 몸이 두 개라도 모자랄 정도로 바쁘게 지냈다. 게스트는 진성의 인맥 덕분에 각종 가수들과 배우들이 출현하고, 정재민과 서주영의 공동 MC 대본도 작가들에 의해 체계적으로 작성되었다.

공개방송 전 마지막으로 국장 주재 전체 회의가 있어 세진은 바쁜 와중에도 회의에 참석하였다.

"내일모레 공개방송 녹음 때에는 각 팀에서 한 명씩 보내 주시길 바랍니다. 기왕이면 경력이 있는 사람으로요. 국장님, 카메라 감독님들 섭외 끝나셨습니까?"

"그래. 리허설 시간에 맞춰서 갈 거야."

"최종적인 리허설 직전에 전 스태프 미팅 잡혀 있으니 정해진 시간까지 오도록 전해 주십시오."

세진은 더 이상 봄 개편 때의 가시 돋친 미운 오리가 아니었다. 모든 사람들을 휘어잡고 프로그램 전체를 기획하고 있는 마스터였다. 예전처럼 자존심만 내세우지 않고도 어느 틈에 사람들을 제 뜻대로 움직이고 있었다.

밤 방송이 끝나고 늦게 귀가한 세진은 소파에 털썩 누웠다. 프로그램을 연달아 두 개 맡다 보니 확실히 몸이 힘겨웠다. 준은 어떻게 방송 시간대도 제각각인 두 프로그램을 아무 불평 없이 진행했을까. 가면 갈수록 준이 대단하다는 생각밖에 들지 않았다. 그러니 CP도 과한 자리가 아닌 것이다.

저도 모르게 스르륵 잠이 들었던 세진은 테이블 위 핸드폰 진동 소리에 벌떡 일어났다. 준이다. 미국으로 간 뒤 못해도 이틀에 한 번은 전화 통화를 했는데 요 며칠은 너무 바빠서 준의 전화를 받지 못했다. 회의와 준비 시간이 겹쳐 못 받은 부재중 전화가 대부분이었다. 조금 이따 걸어야지, 하면서도 너무 피곤해서 지쳐 잠들기가 일쑤였다.

"여보세요."

─잠들었었구나.

"응. 미안해. 계속 전화 못 했어."

─노는 것도 아닌데 그 정도도 이해 못 하는 남자 아니다.

"워낙 잘 삐쳐서 말이야."

그의 웃음소리가 전화기 너머로 들려왔다. 세진은 소파에서 일어서 냉장고로 가 생수를 꺼냈다.

"지금은 뭐해?"

—아버지 병실 지키고 있지, 뭐.

준의 아버지 수술은 잘 끝났다고 한다. 생각보다 수술 시간이 오래 걸려서 거의 돌아가시는 줄 알고 있었는데 혼수상태인 걸로 마무리되었다. 아직 깨어나지는 못하셨지만 수술은 성공적이고 경과도 그다지 나쁘지 않으니 곧 깨어나실 것 같다고 했다.

—여기 닥터가 그러는데 아마 멀쩡히 깨어나도 하반신은 쓰지 못할 것 같대.

"아…… 그래?"

—너무 늦게 수술을 받아서 후유증이 있을 거래.

"그래도 살아 계시는 게 어디야. 뭐든 살아 있는 것 자체가 감사한 일이지."

—이세진 요즘 왜 이렇게 성녀가 됐어. 아이가 갑자기 어른이 된 것 같아.

"나 원래 어른이었거든, 이 남자야."

준의 웃음소리가 다시 들려왔다. 세진도 따라 웃었다.

—내일 모레 공개방송이지?

"응. 라디오에서는 주말에 방송될 거야. 꼭 들어."

—당연하지. 라디오 앞에서 대기하고 있을게.

세진은 머그 컵 둘레를 손가락으로 그려 갔다. 아까부터 심장은 빠르게 뛰는데 하고 싶은 말을 하지 못해 답답함이 밀려왔다.

"보고 싶어."

―나도.

보고 싶단 말은 가능하면 꺼내지 않으려고 했다. 떨어져 지
내는 서로의 마음에 돌을 풍덩 던지는 것 같아서 참고 참았다.
그러나 결국 세진이 먼저 꺼내고 말았다. 보고 싶다는 말은 그
녀의 온 마음이었기 때문이다. 혼자서 준의 자리를 메우다 보
니 찰나에도 그가 생각났다. 눈시울이 붉어져서 세진은 흠흠
목소리를 가다듬었다.

"이제 자야겠다. 내일도 바쁘게 움직이려면 조금이라도 체
력을 보충해야 하거든."

―그래. 얼른 자. 나중에 통화하자.

핸드폰을 내리며 세진은 흘러내리는 눈물을 손으로 닦았다.
울지 않기로 했잖아. 보고 싶어도 참기로 했잖아. 근데 처량하
게 왜 울고 있냐고. 세진은 눈물을 마저 닦고 욕실로 향했다.

공개방송 당일, 세진은 오전부터 바쁘게 움직였다. 사람들
은 방송국 버스로 장비와 물품을 옮겨 날랐다. 전날 완성된 무
대 세팅을 보고 퇴근했기에 곧바로 동선 파악과 인원 배치에
돌입했다.

"주 피디님, 음향 장비 점검해 주세요. 정 감독님, 조명 체
크해 주세요. 이 작가, 게스트 동선 확인해 줘."

세진은 무대를 종횡무진하며 스태프를 부르고 담당 부분에
대해 확실히 인지시켰다. 리허설 시간에 대기한 출연자들 무대
도 객석 한가운데 앉아서 꼼꼼히 점검했다. 그리고 일일이 수

정 사항과 동선을 알려 주었다.

"너무 무리하지 말라고. 그러다가 망치는 법이니까."

꼭 이렇게 초를 치는 사람이 있다. 그리고 그런 사람은 대개 세진이 싫어하는 사람이다. 세진은 현민을 돌아보았다. 굳이 스태프를 자청하며 도와주겠다고 해서 끼웠지만 영 마음에 들지 않았다. 이젠 개인적인 감정을 공적인 상황에 넣지 않기로 마음먹었으나 아직도 욱하는 성질이 전부 사라진 건 아니었기에 세진의 미간이 구겨졌다.

"장 피디님은 맡은 업무 없어요? 일거리 하나 드릴까요."

"노 땡큐."

말을 말자고 생각하며 세진은 다시 무대로 고개를 돌렸다.

"김준은 내빼고 혼자서 일을 떠맡다니, 네 남자 너무 무책임한 거 아니야? 그렇게 잘난 척하더니 정작 중요한 순간엔 혼자 놔뒀잖아."

"제가 워낙 능력이 있어 놔서 괜찮습니다."

현민이 코웃음을 치며 비웃는 소리가 귓가에 들렸지만 그녀는 고개를 돌리지 않았다.

"난 김준이 걱정되어서 그러지. 네 미모가 요즘 최고로 물올랐는데 누가 채 가면 어떡해."

치근대는 목소리에 더는 참지 못하고 세진이 고개를 돌렸다. 걱정 마. 너 같은 남자에게 채일 일은 없으니까. 그런 세진의 표정을 읽었는지 현민의 한쪽 입꼬리가 올라갔다.

"그건 어떻게 될지 두고 봐야지. 난 내 것을 되찾을 뿐이야."

"하!"

세진이 기가 막힌 얼굴로 헛웃음을 지었다. 그때 누군가의 발이 현민의 종아리를 찼다. 아픔에 잔뜩 얼굴을 구긴 현민이 뒤를 돌았다.

"어이쿠, 이거 죄송합니다. 이 피디님이 있어서 반가운 마음에 빠르게 걸어오다가 나도 모르게 발이 닿았나 봅니다."

진성이 활짝 웃으며 현민에게 고개 숙여 인사했다. 현민은 잔뜩 구겨진 얼굴로 진성을 바라보았다.

"그런데 다시 되찾지 못할 겁니다. 이 피디님을 지켜 주는 남자들이 워낙 많아서 똥파리들은 접근을 못 하거든요."

그는 한결같이 웃음기를 띤 얼굴로 현민을 자극했다.

"뭐야?"

"어? 왜 그러십니까. 설마 본인이 똥파리라고 생각하는 건 아니시죠? 에이, 설마요."

"뭐냐고, 당신!"

"이상하다. 저 모르십니까. 그래도 이 바닥에 꽤 오래 있었는데. 연예인 변진성이라고 합니다."

진성은 다시 활짝 웃으며 손을 내밀었다. 능청스러운 그의 얼굴에 현민은 짜증스럽게 얼굴을 구겼다.

"그러니까 이쯤에서 꺼져 주시죠. 더 험한 꼴 당하기 싫으면."

웃음기를 거두고 별안간에 차가워진 진성의 얼굴을 보며 이 와중에도 연기자는 연기자란 생각에 감탄을 했다.

진성의 날카로운 시선에 현민은 오욕을 뒤집어쓴 것 같은 표정이었다. 정면으로 돌아서서 진성에게 따지려고 하는데 자꾸만 세진 주변으로 사람들이 모여들었다. 그것도 남자들만. 이세진의 남자들. 정재민, 서주영, 그 외 세진을 도와주기 위해 모인 스태프들.

"무슨 일 있습니까?"

"이 피디님 멘트 맞춰 봤어요."

사람들이 모여들자 현민은 진성을 노려보다가 휙 몸을 돌려 나갔다. 현민이 간 곳을 보던 사람들은 서로를 보며 어깨를 으쓱했다.

"장 피디님 요즘 왜 저래. 사사건건 시비야."

"그러니까. 어린 애인한테 차이더니 정신줄 놓았나 봐."

"그동안 좀 제멋대로였지. 국장님한테도 찍힌 것 보면 말 다했지, 뭐."

피디들은 세진을 보며 괜찮냐고 했다. 또 저렇게 장 피디가 시비를 걸면 자기들한테 말하라고 했다. 요 몇 주를 함께 준비하고 지내면서 남자 피디들은 세진을 대놓고 챙겼다.

사실 준이 없는 몇 주 동안 남자들은 세진의 매력에 흠뻑 빠졌다. 성질을 내려놓고 미소를 찾은 그녀는 여신 그 자체였다. 단정한 단발머리에 몸매를 드러내는 정장 스타일, 안경을 벗고 렌즈를 낀 반짝이는 눈동자. 이 모든 것이 사람들의 시선을 잡았다.

"전 괜찮습니다. 장 피디님 그러는 게 어디 하루 이틀 일인가요. 남는 시간에 어서 식사들 하고 오세요. 이따가 바빠질 것 같으니까."

"그러죠. 이 피디님은 안 먹어요?"

"전 이따가 먹을게요."

피디들이 가고 옆에는 진성, 재민, 주영만 남아 있었다.

"뭡니까. 장현민 피디님이 시비 겁니까?"

주영이 궁금한 듯 물어왔다. 세진은 입꼬리를 올리며 웃어 주고 고개를 저었다.

"심심한가 봐요. 요즘 인생이 심심해진 사람이라. 신경 쓰지 말아요."

세진은 그들이 들고 있는 대본을 들여다보았다.

"이 작가와 최 작가 지금 어디 있지? 입 맞춰 보고 어색한 점은 작가들에게 알려 줘요."

재민과 주영도 자리를 벗어났다. 여전히 곁에서 바지 주머니에 손을 넣은 채 세진을 보던 진성의 입가에 미소가 걸쳐졌다.

"이 피디님 완전 멋지다."

세진의 고개가 돌아갔다. 진성은 공식적으로 출연하지 않지만 현장에 도움을 주겠다며 일찌감치 자리했다.

"아깐 고마웠어요. 하지만 앞으로는 도와주지 마세요. 그러다가 괜히 이상한 소문나면 어떡해요."

"이 피디님하고 사귄다는 소문보다 이상할까."

세진과 진성이 동시에 웃었다.

"또 저 사람이 시비 걸면 언제든지 얘기해요. 내가 누굽니까. 인맥으로 반평생 버틴 사람입니다. 저런 사람 한 명쯤 보내는 건 얼마든지 가능해요."

"어머, 조폭이셨어요?"

"어허! 이 사람이 날 뭐로 보고. 순수한 남자입니다."

세진의 입매가 진해졌다. 그리고 다시 무대로 고개를 돌렸다.

"김 피디님도 없이 혼자서 애쓰네. 내가 뭐 도와줄 건 없나. 맞다, 그 사람 올 때까지 저런 똥파리들은 내가 대신 처단해 줄게요."

"하하, 말만 들어도 든든하네요."

진성은 사람들을 보며 집중하여 일하고 있는 세진을 물끄러미 내려다보았다. 이것이 이세진이란 여자의 원래 모습이었다. 당당하고 자신감 넘치는, 빛이 나는 여자.

진성은 준이 떠나기 며칠 전에 걸어온 전화를 떠올렸다. 아무래도 자신이 없을 때 세진을 힘들게 하는 사람들이 생길 것 같은데 진성이 도와줬으면 좋겠다고 했다. 예전에 호언장담한 그 인맥, 이번 기회에 써먹자면서 장현민이 계속 세진에게 집적대면 보내 버리라고.

진성은 기꺼이 그러겠다고 했다. 이미 세진에게 진 빚이 크기 때문에 그것쯤은 얼마든지 들어줄 수 있었다. 예전에 준과 세진을 보면서 떠올렸던 케미가 생각났다. 자신의 예상이 맞았다. 어쩐지 뿌듯한 마음에 절로 어깨가 들썩였다.

공개방송은 성황리에 진행되었다. 체조 경기장을 가득 메운 달밤과 음악 도시 청취자들은 재민과 주영의 진행에 시종일관 환호성을 질렀다.

지금 대한민국에서 제일 핫한 가수 정재민과 연기자 서주영을 한자리에서 볼 수 있는 만큼 잠시도 눈을 뗄 수가 없었다. 거기다 게스트로 나온 출연자들도 역대급 인사들이라 지루해질 틈이 없었다. 객석 맨 앞줄에 수많은 취재진들은 공개방송을 시종일관 카메라에 담았다.

2층 스태프실 가운데에 앉아서 공개방송 상황을 전체적으로 지휘하던 세진은 어느덧 끝나 갈 시간이 되자 숨을 길게 내쉬었다.

내색하지 않으려 했지만 꽤나 긴장하여 숨도 쉬기 힘들었다. 재민과 주영은 마지막 멘트를 했다.

"재민 씨, 오늘 어떠셨어요."

"처음으로 여러분들과 서로 호흡하며 좋은 시간 보낸 것 같아 너무 기쁩니다. 여러분 즐거우셨어요?"

네, 객석에서 나오는 우렁찬 함성 소리가 장내를 흔들었다. 두 디제이는 허리를 숙여 인사했다.

"여러분들께서 저희 방송에 애정을 갖고 함께해 주셔서 이렇게 좋은 기회를 얻은 것 같아요. 이런 기획을 제안해 주신 DBS 국장님께 감사드립니다. 그리고 무엇보다도 두 프로그램을 오가며 예쁜 방송 만들기 위해 늘 고생하시는 이세진 피디님께 사랑한다고 말씀드리고 싶어요."

"우리 예쁜 작가님들도 빼놓을 수 없죠. 달밤 이선영 작가님과 김민지 작가님, 음악 도시 최성희 작가님과 정연 작가님, 송이수 작가님 늘 좋은 대본 써 주셔서 감사합니다."

"여러분, 앞으로도 우리 달밤과 음악 도시 많이 사랑해 주시길 바랍니다. 감사합니다!"

공개방송은 끝이 났다. 생방송이 아니기 때문에 공연 내용은 참석한 사람들만 알도록 하고 싶었지만 기자들이 실시간으로 기사와 사진을 올려서 가지 않았던 사람들까지 생생한 현장을 느낄 수 있었다.

성황리에 개최된 공개방송은 포털 사이트에서 실시간 검색어 1위를 차지하고 기사가 줄지어 쏟아졌다. 주변에서는 이세진이 드디어 빛을 발하나 보다 하며 칭찬을 아끼지 않았지만 정작 그녀는 덤덤할 뿐이었다. 뭔가 큰 산 하나를 내려온 것처럼 마음이 평온했다.

공연 장소를 정리하고 전 스태프가 회식 장소에 모였다. 지난번 등산 뒤풀이 때보다는 적은 인원이었지만 공개방송 스태프도 적은 수는 아니었다. 세진은 최종 점검 후에 음식점에 도착했다.

세진이 들어오자 사람들은 우렁차게 박수를 쳤다. 가녀린 체구에서 어쩜 그렇게 강한 에너지가 나오냐면서 입이 마르도록 칭찬을 했다. 가운데 자리에 오게 된 세진은 잠시 고민하다가 술잔을 들었다. 오늘만큼은 술을 마다하고 싶지 않았다. 사람들도 따라 들었다.

"오늘 모두 고생하셨고요. 다들 사랑합니다! 건배!"

술잔을 부딪친 사람들은 세진이 마시길 기다리는 것처럼 그녀를 지켜보고 있었다. 세진은 맥주잔에 든 술을 꿀꺽꿀꺽 마시며 원샷했다. 사람들은 또다시 환호했다. 국장이 잔을 들어 세진에게 내밀었다.

"수고했어. 큰 행사였는데 혼자서 잘 이끌었네. 이제는 정말로 마음 놓을 수 있을 것 같구먼."

"제가 잘할 거라고 했잖아요."

"또, 또 입만 살아서는."

국장은 떨떠름한 표정을 지었지만 슬쩍 미소를 지었다. 처음이었다. 국장이 제게 웃어 준 건.

"고생했어. 이번 공개방송 윗선에서 굉장히 흥미롭게 본 모양이야. 이세진 잘 하면 다음 개편 때 승진할 수도 있겠어."

"우와, 이 피디님 대단하세요!"

세진에게만 건넨 말인데 다들 듣고 있었는지 주변에 있던 사람들이 엄지를 척 올렸다. 세진은 미소를 머금은 채 고개를 숙여 답했다.

말은 하지 않았지만 사람들은 자연스럽게 준을 떠올렸다. 활짝 웃고 있지마는 그녀의 얼굴에 드리운 그림자를 알아채지도 못할 만큼 눈치 없는 사람들이 아니기 때문이다.

"오늘은 제 술 한 잔 꼭 받아 주세요."

후배 피디들이 다가와 술을 건넸다. 세진은 흔쾌히 받아 주었다. 그동안 몸이 아프다며 컨디션이 별로라며 거절했는데 오늘은 그러기 싫었다. 성황리에 끝난 공개방송을 자축하는 의미도 있었다.

오늘 술자리에서 세진은 다시 옛날의 명성을 되찾았다. 술기운이 올라 발그레 붉어진 세진은 귀여운 애교를 부렸다. 목소리 톤이 높아지고, 자주 눈웃음을 짓고, 가끔은 사람을 빤히 바라보면서 눈길을 주고, 재치 있는 입담으로 좌중을 휘어잡았다.

후배는 물론이고 그녀를 오랫동안 봐 왔던 사람들도 세진의 발랄하고 사랑스러운 매력을 보자 눈을 거두지 못했다. 세진은 분명 김준의 여자라는 걸 모두 머릿속으로는 인지하고 있었지만 심장이 두근거려 좀처럼 이성을 찾기가 쉽지 않았다.

"노래! 노래! 한 박자 쉬고, 두 박자 쉬고, 세 박자마저 쉬고, 하나 둘 셋 넷!"

아까부터 노래를 부르라고 하는 사람들 때문에 세진은 난감한 얼굴을 했다. 음악을 매우 좋아하지만 직접 부르는 건 손에 꼽을 정도로 드물었다. 그런데 사람들은 눈치 없게 계속 세진의 이름을 부르며 요청했다. 고민을 하던 세진은 자리에서 벌떡 일어서 숟가락을 들었다.

"오늘 모이신 분들은 복 받은 겁니다. 제가 원래 무반주로는 노래를 부르지 않습니다. 더군다나 제 노래 실력은 보안상 일급 비밀인데 오늘 만천하에 공개하게 되었네요."

세진의 말에 앉아 있는 사람들이 일제히 환호했다. 세진은 숟가락을 마이크처럼 들고 목소리를 가다듬었다.

그녀의 목소리가 조용하게 흘러나왔다. '어느 소녀의 사랑 이야기'였다.

살짝 떨리는 음성은 끝까지 흐트러지지 않고 부드럽게 이어졌다.

노래를 끝맺을 때에는 세진의 눈가에 눈물이 차올랐다. 머리를 들어 올려 흘러내리려는 눈물을 애써 눌러 담은 뒤 사람들을 향해 활짝 웃었다.

다행히 사람들은 세진의 눈물을 알아차리지 못했는지 좋다고 박수를 쳤다. 왜 그런 목소리를 숨겼냐며 노래 정말 잘 부른다면서 칭찬을 아끼지 않았다.

회식은 끝날 줄 모르고 이어졌고 2차를 가자는 사람들 때문에 새벽녘이 되어서야 귀가를 했다. 택시를 타고 오피스텔에서 내린 세진은 술기운에 비틀거렸다. 그러다 고개를 들어 하늘을 올려다보았다. 아직은 동이 트지 않은 깜깜한 암흑을 한참 동안 보았다.

유난히 별들이 잘 보였다. 참았던 눈물이 꼬리를 물고 떨어졌다. 한 번 흐른 눈물은 그칠 줄 모르고 이어졌다. 급히 눈물을 닦았지만 그리움은 쉽게 닦이지 않았다.

보고 싶다. 그립다. 죽은 것도 아니고 그저 조금 먼 곳에 떨어져 있는 것뿐인데, 언제든 다시 돌아올 사람인데 지금 이 순간이 미치도록 서럽다.

숨을 쉬는 순간마다 준이 보고 싶다. 눈을 뜨는 순간마다 준이 생각난다. 사소한 하늘을 올려다보는 것도 준과 함께하고 싶다. 제 삶의 모든 부분을 그와 공유하고 싶다.

세진은 마치 어린아이가 우는 것처럼 소리를 내어 울었다. 이렇게라도 해야 그리움이 사라질 것 같아서. 소리를 내야 다른 생각이 사라질 것 같아서.

#12
컴백

"이세진 피디님, 회의 때 발표할 자료 얼른 제출해 주세요."

"네. 지금 다해 갑니다."

"이세진 피디, 달밤 프로그램 계획서 좀 보내 줘. 개편 때 참고하게."

"네. 메일로 쏴 드리겠습니다."

"이 피디님, 전화 왔어요. 2번 국장실입니다."

"네. 알겠습니다."

"선배님, 이거 드시면서 하세요."

"아, 고마워. 잘 마실게."

커피를 건넨 파릇한 신입 피디는 세진의 미소에 얼굴을 살짝 붉히며 돌아섰다. 세진은 어린 남자의 뒤통수를 보며 빙그레 웃었다. 매일 커피를 주며 얼굴을 붉히는 후배 피디가 귀여웠다. 세진은 고개를 돌리고 커피를 마셨다.

초고속으로 입지가 올라간 세진의 하루는 눈코 뜰 새 없이 바빴다. 공개방송은 입소문을 타며 대박을 쳤고 청취율은 사내 라디오 1위를 찍는 기염을 토했다. 세진의 이름이 방송국 고위 관계자들의 귀에도 들어가더니 급기야 사장이 직접 세진을 불러 포상금과 함께 지난 감봉에 대한 부분까지 보상해 주었다. 공개방송이 끝난 뒤 세진은 DBS에서 가장 유명한 피디가 되었다.

들어온 요청을 다 검토하고 났더니 어느덧 저녁 먹을 시간이 다가와 있었다. 가연과 저녁을 먹기로 했기에 로비로 내려오다 앞서 걸어가고 있는 현민의 축 처진 등을 보았다.

현민은 계속 자신을 무시하던 이주연을 찾아가 폭행을 했다. 마음을 다스리지 못하고 순간의 감정으로 주연을 괴롭혔다. 분노한 주연이 사내 노조에 고발하여 현민은 현재 3개월 정직 처분을 받은 상태였다. 또 주연뿐 아니라 아무도 없는 회의실에서 세진에게 손찌검을 하려다 회의하러 들어오는 사람들에게 걸리기까지 했었다.

세진이 고발을 하지 않아서 징계는 주연에 대한 부분만 처리되었다. 하지만 이미 라디오국에 소문이 쫙 퍼졌기 때문에 사실상 재기하기란 쉽지 않을 것이다.

그가 맡았던 투데이 포커스 프로그램은 다른 피디가 맡았다. 사랑도 잃고 자리도 잃은 현민은 뒤늦게 사과를 해 왔지만 이미 되돌릴 수 없는 강을 건넌 후였다.

세진은 로비 의자에 앉아 손을 흔드는 가연을 보며 다가갔다. 임신 3개월 차에 한창 입덧 중이라 몰골이 가물었지만 얼굴에 만연한 미소만은 여전했다. 기다리던 임신이 되어서 남편과 가족들 모두 좋아한다고 했다.

"입덧하는데 밥 먹을 수 있겠어?"

"냉면은 괜찮더라. 시원한 냉면 먹자."

"좋지."

냉면집에서 식초를 뿌린 가연은 숟가락으로 국물을 호로록 마셨다.

"이상해. 밥 냄새도 못 맡겠고 다른 음식 냄새는 죽을 것 같은데 냉면은 괜찮더라고."

"딸인가 보다. 면이 땡기면 딸이라던데."

"그런가? 딸도 좋고 아들도 좋고 난 다 좋아."

가연은 세상 부러울 것 없는 얼굴로 미소를 지었다. 세진도 따라 웃었다. 한참 식사를 하던 세진은 울리는 전화를 받았다.

"네, 국장님."

—지금 어디야. 내 방으로 올 수 있나.

"지금요? 30분 뒤에 가겠습니다."

—그래. 할 말이 있으니까 잠깐 방에 들러.

가연이 무슨 일이냐고 눈으로 물었다. 세진은 어깨를 으쓱하며 핸드폰을 테이블에 내려놓았다.

"국장도 발등에 불 떨어진 거지. 너 놓칠까 봐."

"국장이? 에이, 우린 상극이야. 전생에 필시 원수지간이었

446

을 거야."

세진은 웃음을 흘리며 냉면을 먹었다. 지난 개편 때 준이 그랬던 것처럼 이번 개편 때는 BBS에서 세진을 스카우트하려고 접촉하고 있었다. 준과 비슷한 조건인 방송국 CP 대우였다. BBS뿐만 아니라 타 방송국도 세진에게 러브콜을 보내고 있었다.

"인기 이세진 선생 요즘 기분이 어떠신가요?"

가연이 놀리듯 물었다. 세진은 입꼬리를 올리는 것으로 웃음을 대신했다.

"이런 거 보면 사람 앞일은 아무도 모르는 거야. 지난 개편 때 낙동강 오리알 신세던 이세진이 지금은 가장 아름다운 백조가 되었으니 말이야."

"난 원래 백조였다."

"그래그래. 잠시 본모습을 잃고 오리 행세를 하더니 역시 백조가 성미에 맞았던 거지?"

"글쎄."

세진은 눈웃음을 짓고 다시 냉면을 먹었다. 가연은 세진의 먹는 모습을 물끄러미 바라보았다. 그동안 많이 자란 단발머리는 어깨까지 내려와 있었다. 안경을 벗고 렌즈를 낀 눈은 더욱 깊고 진한 눈매를 드러내었고 가녀린 체구에 어울리지 않는 굴곡진 몸매는 정장 핏에 온전히 드러났다. 정말로 물이 올랐다는 말이 맞을 정도로 지금 세진은 어딜 가든 눈길을 끄는 여자였다.

"준이에게서는 아직 연락 없어?"

"응."

웃고 마는 세진을 보던 가연은 시선을 내려 면을 집었다. 준은 공개방송 뒤에 일절 연락을 하지 않고 있었다. 남자가 연락도 두절하고 깜깜무소식인데 그녀는 두려워하거나 불안해하지 않았다.

그럴 만한 일이 있을 거라고 연락을 못 한다면 그건 그거대로 괜찮다며 태연했다. 혼자서는 꺼이꺼이 울고 있는지 모르겠지만 적어도 사람들 앞에서는 밝은 모습이었다. 가연이 보기에 세진은 고고한 자태를 내뿜고 있는 아름다운 어른이었다.

"그래도 곧 개편인데 연락은 좀 주지, 네 애인."

"알아서 잘하는 녀석이잖아. 연락하겠지."

빙그레 웃는 세진은 초탈한 사람 같았다. 가연은 그 모습이 오히려 안쓰러웠다. 냉면집에서 나온 세진은 가연을 돌아보았다.

"집으로 곧장 가지?"

"응. 신랑 오늘 일찍 온대."

"그럼 얼른 가 봐. 난 지긋지긋한 국장 보러 가야겠다."

"또 보자."

가연에게 손을 흔들어 준 세진은 그녀의 등이 보이지 않을 때까지 그대로 있어 주었다. 활짝 웃던 입매가 차츰 아래로 내려왔다. 흔들던 손을 내리고 이젠 보이지도 않는 곳을 멍하니

응시했다.

준은 세진의 공개방송을 라디오로 듣고 '최고였어'라며 장문의 문자를 보낸 뒤 연락을 끊었다.

문자에는 아버지를 꼭 설득하고 돌아갈 테니 믿어 달라, 다시 한국에 가는 날까지 네게 연락하지 않을 생각이다, 네 말 한마디, 숨소리만으로도 하루에 몇 번씩 도망치고 싶은 마음이 들기 때문에 도저히 마음을 다잡기가 힘들다, 하지만 꼭 돌아가겠다, 기다려 달라는 내용이 담겨 있었다. 그리고 정말 그 뒤로 한 번도 연락하지 않았다.

처음엔 황당하고 괘씸한 마음도 들었지만 준을 이해할 수 있었다. 혼자서 모두를 상대하며 힘든 싸움을 하고 있는데 한국에 두고 온 애인은 매번 징징대며 앓는 소리만 한다면 저라도 싫을 것 같았다. 해결하면 꼭 돌아온다고 했으니까 기다리면 되었다. 언제까지나 기다린다고 했으니까 기다릴 수 있었다.

그렇게 계절이 바뀌고 가을이 되었는데 준은 아직 돌아오지 않았다. 섭섭하고 속상하고 그리운 건 어쩔 수 없었다. 손바닥에 피가 맺힐 정도로 주먹을 꽉 쥐고 나면 좀 괜찮아졌다. 그렇게 해서라도 쏟아지려는 눈물을 참았다.

7층으로 올라온 세진은 국장실 문을 노크했다.

"들어와."

세진은 아까 낮에도 봤던 국장이 퇴근도 하지 않고 기다린 것을 의아하게 생각하며 눈을 들었다.

"무슨 일 있으십니까."

"이번엔 BBS에서 스카우트 제의가 들어왔다며."

"벌써 들으셨어요?"

"BBS 국장과 내가 대학 동기야."

아, 세진은 고개를 끄덕이며 입가에 슬쩍 미소를 지었다.

"그 자식이 이세진이 너무 마음에 든다며 개편 때 스카우트 할 거라고 약 올리는데 내가 얼마나 열 받았는지 알아?"

"왜 열 받으십니까?"

국장이 도리어 당황한 눈으로 바라봤다.

"왜라니. 자네는 DBS에 남을 거잖아."

세진은 문득 봄 개편 때 사표를 내려고 국장실을 찾아왔던 자신이 생각났다. 다음 개편 때는 국장 면상에 시원하게 사표를 던지고 나오리라 마음먹었는데 정말로 그러한 상황이 되어 묘한 흥분이 일었다. 진짜로 확 사표 쓸까?

"지난 몇 년 동안 국장님께서 제게 내뱉은 폭언은 다 잊으셨나 봐요."

생글생글 웃으며 국장을 보자 그의 얼굴에 초조한 기색이 어렸다.

"그때야! 이세진이 영 사람 노릇을 못하고 빌빌대니까 내가 제대로 가르치려고 그런 거지!"

"전 왜 그 진심을 느끼지 못했을까요."

"그러게. 왜 몰랐을까. 난 항상 진심을 전했는데 말이야."

국장은 능글맞은 얼굴로 세진을 보며 웃었다.

"잘 생각해 봐. 지금 한창 좋은데 다른 방송국으로 옮기면 부담도 클 거야."

"글쎄요."

"어딜 가든 사람들 텃세도 심할 거야. 시기하는 사람들도 많을 테고."

"뭐 사람들 시선이야 무섭지 않아서 괜찮습니다. 제 유일한 장점이잖아요."

국장은 여전히 느긋한 세진의 태도에 결국 먼저 본심을 꺼냈다.

"방금 결정 났어. 가을 개편 때부터 자네가 음악 프로 CP를 맡는 걸로."

입가에 미소를 드리운 채 장난을 치던 세진의 시선이 국장에게 향했다.

"확정이야. 사장님 직속 결재니까 바뀌는 일은 없어. 내가 얼마나 힘써 줬는데. 자네를 CP 자리에 올려야 한다고 강력히 말한 사람이 나라고."

"왜 그러셨어요."

세진은 정색을 하며 국장을 바라보았다.

"제가 그 자리를 기쁘게 맡을 수 있을 거라고 생각하셨어요? 아직 김 피디 오지도 않았는데…… 마치 제가 자리를 빼앗는 기분입니다."

혼란스러운 눈빛의 세진을 빤히 보던 국장이 입을 열었다.

"김 피디랑 얘기된 거 아니었어? 며칠 전에 나랑 통화할 때 내가 자네 CP 자리 이야기를 했더니 흔쾌히 그러라고 했는데."

"……."

"아, 몰랐나 보구먼."

"뭐라고…… 하던가요. 결국 못 온다고…… 그러던가요?"

국장은 뭔가 말을 하려다 입을 다물었다. 세진의 얼굴이 일그러지며 금방이라도 눈물을 쏟을 것처럼 굳어졌다. 국장은 답답한 마음에 숨을 길게 내쉬었다.

"김 피디 일은 나중에 다시 이야기하지. 일단 우리 쪽 입장은 그러니까 잘 생각해 봐. 자네에게도 나쁜 조건이 아니야."

국장실에서 나온 세진은 끝내 눈물이 쏟아져서 급히 옥상정원으로 올라와 눈물을 삼켰다. 저에겐 연락 한 번 하지 않으면서 국장과는 전화를 했다는 것이 왜 이렇게 속상한지 모르겠다.

잘 지내고 있어, 이런 문자 한 통 주는 게 뭐 어렵다고. 무소식이 희소식이니까 참고 견디려고 하지만 이건 너무하잖아. 독수공방도 하루 이틀이지 벌써 4개월이 되어 간다.

하, 뭐야. 검은 머리 파뿌리 될 때까지 기다리긴 뭘 기다려. 그런 말은 뭐하러 해서 주워 담지도 못하고 애태우고 있니. 바보야. 그럼 네가 먼저 전화해 봐. 뭐 때문에 주저하는데. 준이 영영 돌아오지 않을까 봐 걱정하는 거니, 아니면 널 잊었을까 봐 겁나니.

세진은 깜깜한 밤하늘을 바라보며 숨을 길게 내쉬었다. 아니야. 준의 마음을 모르지 않아. 분명 지금 나에게 오기 위해 최선을 다하고 있을 거야. 그러니 기다려. 끈질기게 기다리란 말이야.

한참 동안 마음을 다스린 뒤 방송 시간이 가까워져서야 스튜디오로 발걸음을 했다. 세진은 스튜디오들 옆으로 길게 난 복도를 좋아했다. 밤 방송을 하러 갈 때 깜깜한 도시의 불빛을 보면 마음이 차분해지면서 용기가 생겼다.

저 어두운 하늘 아래에서 이제 막 일을 끝내고 집에 온 사람들, 집안일을 마무리하고 차 한잔 마시는 사람들, 어린아이를 재우고 겨우 숨을 돌린 사람들, 목욕을 하고 나와 개운한 기분으로 따뜻한 물을 마시는 사람들이 그녀의 방송을 듣고 있다. 그 모습을 상상한다.

우린 이 순간 함께 있다. 서로의 삶을 공유하고 고단한 하루를 터놓고, 소소한 일상을 보고한다. 그렇게 밤의 유혹에 빠져든다. 그렇기에 이 직업을 사랑한다.

스튜디오 안에 들어가자 작가들과 재민은 벌써 준비를 마친 상태로 있었다. 이제는 알아서 척척척, 세진은 큰 흐름만 잡아주어도 될 정도로 다들 유능하게 진행했다.

"미안해. 오늘 너무 바빠서 회의를 못 했네. '사랑을 전하는 편지'는 괜찮은 내용 있어?"

"이젠 우리 청취자들도 작가 다 되었어요. 어쩜 그렇게 청산유수인지 편지 한 통에 심혈을 기울인 티가 너무 난다니까요."

"좋지, 뭐. 이 기회에 고퀄리티 방송으로 거듭나자."

세진은 웃으며 콘솔 앞에 앉았다. 재민의 목소리로 방송이 시작되었다.

"사랑을 전하는 편지 스물네 번째 우체통입니다. 첫 번째 편지 읽어 드릴게요."

사랑하는 그대 보십시오.

벌써 가을이오. 그대를 만난 봄이 어느새 가을로 변해 버렸소. 여름은 어디다 버려뒀는지 기억 속에 들어오지도 않는다오. 내게 계절은 그렇소. 그대와 함께 보내는 시간만이 그 계절의 전부요.

잘 지내고 있소? 혹여 날 원망하면서 지내는 건 아니오? 사실 편지를 쓰는 지금도 그대를 생각하면 잔상이 떠올라 손끝이 떨려 온다오. 함께 거닐었던 꽃길, 날 보며 웃음 짓던 그대의 얼굴, 손짓, 몸짓 아직도 생생하게 느낄 수 있소.

검은 머리 파뿌리가 될 때까지 기다려 준단 말 아직 유효한 것이오? 혹여 검은 머리 그대로인데 마음을 바꿔 버린 것은 아닌지. 사실 그렇다 해도 할 말은 없지만 난 그대의 머릿결을 확인하고 싶소. 검은 머리가 아직은 괜찮은지, 벌써 파뿌리가 되어 버린 것은 아닌지. 그대의 얼굴을 보고 싶소. 울고 있지는 않은지, 아니, 그마저도 하지 않고 애써 눈물을 참고 있지는 않은지.

참았던 눈물은 내 품에서 전부 쏟아 내도 좋소. 그러니 울지 말고 참았다가 날 만나는 날 모두 쏟아 내시오. 전부 들어 주겠소. 전부 받아 주겠소. 애정하오.

재민은 잠시 숨을 쉬다가 다시 마이크 가까이 입을 가져갔다.

"지난 봄 우리 모두를 설렘으로 몰아넣으셨던 익명의 그분, 아직도 기억납니다. 여전한 글솜씨를 자랑하는군요."

그 뒤로도 재민은 열심히 코멘트를 달았다. 하지만 세진의 귀에는 들려오지 않았다. 얼굴에 손을 가져다 댔다. 감추려고 하는데도 자꾸만 입 밖으로 새는 울음소리는 결국 스튜디오를 뚫고 흘러나왔다. 손으로 얼굴을 감싸며 눈물을 쏟아 내는 세진을 본 작가들이 당황한 얼굴로 다가왔다.

"피디님, 왜 그러세요. 괜찮으세요?"

세진의 어깨를 토닥여 주는 그녀들은 하염없이 울고 있는 세진을 내려다보다가 서로의 눈을 마주 보았다. 편지 내용은 울게 하소서, 그 자체였다. 어느 누구라도 그러한 편지를 받는다면 눈물을 쏟을 게 뻔했다. 이런 편지를 받고도 멀쩡한 사람은 없을 것이다.

너무도 서럽게 우는 그녀를 위로해 주고 싶었지만 작가들은 그대로 놔두었다. 그저 어깨를 토닥여 줄 뿐이었다.

방송은 끝났지만 음악 도시 방송이 남아 있는 세진은 자신을 혼자 두지 않으려 하는 작가들과 재민을 돌려보내고 복도를 걸었다.

준에게 전화를 걸었지만 그는 받지 않았다. 가까이에서 숨을 쉬는 것 같고 고개를 돌리면 바로 옆에 있을 것 같은데 눈앞에 보이지 않으니 미칠 것 같았다. 마치 잡을 수 없는 구름을 잡기 위해 손을 뻗는 것처럼 허무맹랑한 느낌이었다.

이렇게 사람 마음을 흔들어 놓고 받지도 않다니 괘씸했다. 오면 반 죽여 놓을 거다.

음악 도시 스튜디오 앞에서 세진은 마음을 다잡았다. 흐트러진 정신을 최대한 가다듬고 문을 열었다.

"밤을 잊은 그대들, 오늘도 파이팅 합시다."

세진의 경쾌한 목소리에 사람들도 웃음으로 화답했다. 방송은 여느 때처럼 순조롭게 진행되었다. 주영은 평소와 다르지 않게 유쾌한 목소리로 스튜디오를 밝게 빛냈고 작가들은 그의 멘트를 체크하며 바쁘게 움직였다. 음악 도시에서 음악 작업은 작가들의 몫이었기에 세진은 그들의 진행 상황을 전체적으로 짚어 주기만 했다.

"3·4부는 신청곡으로 진행됩니다. 지금부터 사연과 함께 신청해 주시면 신속하게 틀어 드릴게요."

서주영의 목소리를 들으며 세진은 팔짱을 낀 채 테이블에 기대어 섰다. 오늘 이래저래 눈물을 쏟았더니 정신이 멍해지는 기분이었다. 솔직히 주영의 목소리가 잘 들려오지 않았다.

관자놀이를 집게손가락으로 빙빙 돌리던 세진은 주영이 읽어 주는 사연에 고개를 번쩍 들어 디제이 부스를 보았다.

"익명으로 보내 주셨네요. 읽어 드리겠습니다. 제 여인은 밤늦게까지 일하는 업종에 종사합니다. 오늘도 어두운 도시의 불빛을 보며 미소를 짓는 그녀의 모습이 떠오르네요. 밤에 더 아름답게 빛나는 여인은 지금 두리번거리며 절 찾고 있을 겁니다. 눈동자는 더욱 커지고 주먹을 꽉 움켜쥐고 있겠군요. 주먹 쥐고 싶을 때마다 내 손을 잡으라고 했는데 벌써 손바닥에 생채기가 났을 것 같습니다. 밴드 사 가지고 가겠습니다. 일 마무리 잘하세요. 늦은 밤까지 열심히 일하고 있는 제 여인을 위해 노래 한 곡 들려 주세요. 허밍 어반 스테레오의 'Hawaiian Couple'."

사연을 읽을 때마다 그대로 행동하고 있던 세진은 허탈한 웃음을 지었다. 정말로 어디선가 보고 있는 것처럼 준은 자신의 행동을 예상하고 있었다. 방송에서 이런 장난질할 생각을 하는 것 보니 복잡한 일이 어느 정도 풀렸나 보다.

음악 도시 방송까지 끝나자 전자시계는 2시에 가 있었다. 세진은 사람들과 인사를 한 후 고요한 사무실로 돌아왔다. 준이 자리를 비우고 난 뒤부터 그의 프로그램까지 맡다 보니 늦은 시간 퇴근은 습관처럼 당연했다. 가방을 들고 엘리베이터 앞으로 온 세진은 문에 이마를 대고 기대어 섰다. 오늘 하루는 유난히 길고 힘겨웠다. 준의 흔적을 곳곳에서 느꼈기 때문인지 심장은 마냥 두근거리고 롤러코스터처럼 휘몰아치며 어지러웠다.

엘리베이터를 타고 내려온 세진은 조용한 방송국 로비를 걸었다. 문득 봄도 아닌데 꽃 내음이 몰려왔다.

가슴을 두근거리게 했던 벚꽃은 지고 없는데 눈앞에 흐드러지게 핀 벚꽃이 흩날리고 있었다. 적어도 세진의 눈에는 그러한 잔상이 지나갔다.

저 멀리 입구에 서 있는 사람을 보며 세진은 '그래, 환상이라면 적어도 이 정도는 되어 줘야지' 라고 생각했다. 입가에서는 헛웃음이 나왔다. 걸음을 옮기면서 눈을 비볐다. 얼른 가서자야겠다. 오늘 심적으로 힘든 하루여서 헛것이 보이는가 보다.

하지만 한 걸음씩 걸을 때마다 세진은 주저했다. 저기 서 있는 남자가 가까워지면 사라질까 봐, 조금만 움직이면 사르르 녹아 버릴까 봐 발을 떼기가 힘들었다. 환상이라도 조금 더 보고 싶은 욕심에 발걸음이 더뎌졌다. 그러다가 조금 더 가까워지자 그때부터는 조급해졌다. 멈췄던 발은 다시 앞으로 움직였다.

두근거리던 심장이 곧 빠르게 뛰었다. 가까워질수록 환영이 아니라 실제라는 생각이 들었다.

환영이라면 저리도 환하게 웃지 않아. 환영이라면 저리도 멋지지 않아. 환영이라면 이렇게 애틋하지 않아.

왈칵 눈물이 차올랐다. 실제라는 생각이 든 순간부터 세진의 눈물샘은 벌써 반응을 보였다.

"준⋯⋯."

이름을 부르는 순간 세진의 눈에서 기다렸다는 듯 눈물이 흘러내렸다. 넓은 운동장도 아닌 방송국 로비임이 틀림없는데 그에게 가는 시간이 너무나 길었다. 세진이 달려오자 준은 양 팔을 벌렸다. 그리고 세진을 와락 안았다. 오직 그에게만 의지

한 채 세진은 제 자신을 맡겼다. 단단한 팔이 몸을 받치고 으스러지도록 힘주어 안았다.

"준."

세진은 울음이 섞인 목소리로 연신 그의 이름을 불렀다. 준의 손이 세진의 머리를 쓰다듬어 주었다.

"다녀왔어."

"준아."

오열을 하며 우는 그녀를 꼭 안고 등을 토닥여 주었다. 그녀는 한참 동안 울음을 토해 냈다. 준이 라디오에서 언급했던 대로 그의 품에서 한참 동안 눈물을 흘렸다. 그간의 외로움과 쓸쓸함, 그리움이 한꺼번에 쏟아져 나와 눈물이 쉽사리 멈추어지지 않았다. 준도 눈물이 맺혔다.

"세진아."

그의 목소리에 세진은 몸을 떨었다. 제 이름을 불러 주는 부드러운 목소리가 마음을 울렸다. 그래서 눈물은 눈치 없게도 계속 흘러내렸다. 두 사람은 그 뒤로도 한참 동안 서로를 느끼며 머물렀다.

방송국 밖 야외 벤치에 앉아 세진이 진정하도록 기다려 준 준은 그녀가 그의 가슴께를 퍽 치고 나서야 다시 품에 안았다. 세진은 눈을 감았다.

"너무 보고 싶었어."

"나도."

"연락도 끊어 버리고…… 정말 너무했어."

"미안해."

가족들과 싸워서 이기려면 제 마음을 독하게 단련시켜야 했다. 그녀의 목소리가 듣고 싶어 미칠 것 같았지만 죽을힘을 다해 참았다. 그렇게 보고 싶을 때마다 그 의지로 가족들을 설득했다.

"아버지는 이제 괜찮으셔?"

"많이 좋아지셨어. 걷는 것은 아무래도 무리라서 휠체어 생활을 해야 하지만 그래도 정신은 멀쩡하시지."

"다행이네."

무슨 말부터 해야 할까. 하고 싶은 말은 많고 묻고 싶은 말도 많은데 어느 것 하나 쉽게 나오지 않았다.

"언제 귀국한 거야. 왔으면 공항 나갔을 텐데."

"사흘 전에 들어왔고 일부러 연락하지 않았어. 너도 바쁘고 그동안 한국에서 처리하지 못한 일들을 마무리 짓느라 나도 바빴거든."

"국장님이 나보고 음악 프로 CP 자리를 준다고 하시는 거야. 너와는 이미 말을 끝냈다면서."

"며칠 전에 전화가 와서 대답했어. 그렇게 하는 게 가장 좋겠다고."

"준아, 다시 돌아오는 거 맞지? 그래서 귀국한 거지?"

세진은 준의 품에서 벗어나 얼굴을 바라보았다. 가장 묻고 싶은 말이었다. 가장 확인하고 싶은 말이었다. 준은 그녀를 빤히 바라보았다. 무슨 생각을 하는 거지. 왜 마음이 읽혀지지 않는 걸까. 그동안 못 봤다고 감을 잃은 걸까. 준이 무슨 생각을 하는지 알기가 어려웠다.

"정말 쉽지 않아."

"……."

"다시 돌아갈 수 있을까. 아무렇지도 않게 생활할 수 있을까. 후회하지는 않을까."

세진의 얼굴이 점점 굳어졌다. 속 시원하게 대답 좀 해 줬으면 좋겠는데 그는 자꾸만 애간장을 녹였다. 그런 세진의 얼굴을 보던 준이 빙그레 웃으며 그녀의 머리를 흐트러뜨렸다.

"바보야. 내가 왜 왔겠어. 해결했으니까 왔지. 전부 다. 깔끔하게 정리하고 돌아왔다고."

"그럼……."

"다음 주부터 복귀할 거야. 국장님과도 벌써 이야기 끝냈어."

"그 양반, 다 알면서 나한테 숨겼어."

세진의 목소리가 물기에 차올랐다. 속았다는 느낌에 서러움이 밀려왔다.

"내가 일부러 말하지 말아 달라고 했어. 직접 말하겠다고."

"CP 자리는."

"그건 네가 맡는 게 맞지. 난 장기 휴가를 낸 사고뭉치고 넌 그 공백을 멋지게 해결한 능력자잖아."

세진은 다시 그의 몸을 와락 안았다. 안고 있어도 품이 그리워서 도저히 떨어질 수가 없었다. 잠깐이라도 몸을 떼면 금세 허전함이 몰려왔다.

"가족들에게도 확실히 못 박았어. 난 계속 라디오 피디를 할 거라고, 너와 함께 일할 거라고."

또 울컥한 마음에 눈시울이 붉어졌다. 함께 일한다는 말이 이렇게 설렐 줄 예전엔 몰랐다. 안은 팔을 풀어 그의 눈동자를 보았다. 짙은 검정색은 가로등 불빛에 반짝거렸다.

"어떻게 설득했어? 굉장히 완고하셨잖아."

"죽겠다고 했지, 뭐."

"에?"

준은 빙그레 웃으며 세진의 손을 잡아끌었다. 그리고 시선을 내려 가느다란 손가락을 제 손으로 훑었다.

"세진아."

준의 목소리에 세진은 눈을 사르륵 감았다. 음성을 듣는 것만으로도 숨이 차올라 대답하기가 힘들었다.

"내가 사흘이나 먼저 귀국해서 제일 먼저 한 일이 뭔지 알아?"

"……."

"식장을 알아보는 거였어."

세진의 눈동자가 다시 드러났다. 이해가 가지 않는다는 그 눈빛에 준은 눈썹을 꿈틀거리더니 외투 주머니에 손을 넣어 작은 상자를 꺼냈다. 상자를 본 세진의 눈동자가 금세 흔들렸다. 준이 미국으로 떠나기 전에 저가 줬던 그 상자였다.

그가 상자를 열어 안에 있는 실가락지를 꺼낸 다음 오른손

네 번째 손가락에 끼워 주는 것이 느린 모션처럼 지나갔다. 왜 오른손에 끼워 주는 거야, 그런 생각은 하지도 못하고 멍하니 그가 하는 양을 지켜봤다. 정신을 차리자 손가락에 반지가 끼워져 있었다.

"결혼하자."

심장이 일렁였다. 가슴에 물결이 차올랐다. 그의 뜨거운 시선에 세진은 깊이 고개를 끄덕였다.

"그래. 결혼해. 결혼하자, 준아."

세진의 목소리가 떨려 와서 준은 그녀의 손을 꼬옥 쥐었다. 그리고 다시 외투 주머니에 손을 넣어 상자를 하나 더 꺼냈다. 상자가 열리자 또 다른 반지가 곱게 놓여 있었다. 준은 실가락지를 끼운 손을 내리고 왼손을 들어 네 번째 손가락에 다른 반지를 끼웠다. 반지는 세진에게 꼭 맞았다.

"이건 내가 너한테 주는 반지."

영롱한 빛을 내는 다이아몬드가 손가락을 돋보였다. 세진은 말도 못하고 그에게 시선을 올렸다. 눈빛이 일렁이며 물기가 차올랐다.

"프러포즈도 제대로 못 하고 반지부터 끼워 주는 게 마음에 걸리지만 나도 급해서. 듣자 하니 이세진 인기가 하늘을 찌른다며. 조금만 더 꾸물댔다가는 다른 남자가 가로챈다는 협박 전화를 너무 많이 받은 관계로 얼른 찜해야겠어."

"어?"

준이 세진의 입술에 가볍게 입을 맞췄다.

"내 마음대로 날짜도 정했어."

"김준."

"12월 17일이야. 그리고 신혼 여행지는 하와이. 아까 라디오 신청곡에 힌트 줬는데."

세진은 준이 하는 이야기가 꿈결처럼 느껴져서 마냥 바라보기만 했다. 그러다 문득 정신을 차리고 보니 이 남자가 혼자서 일을 저질렀다는 것을 깨달았다.

"난 네가 이성적인 사람인 줄 알았는데 어른들 동의도 없이 일을 저지른 거야?"

준은 뭐가 좋은지 웃고만 있었다. 그리고 세진의 머리를 당겨 품에 안았다.

"좋다. 이세진 냄새."

"준아."

"다 허락받았어. 우리 부모님이야 날 설득시킨 널 원래부터 좋아했으니까 당연히 오케이고 아버님한테도 허락받아 냈어."

세진은 영 이해가 가지 않는지 미간을 찌푸렸다. 이 남자가 아버지 집을 어떻게 알며, 안다고 한들 일면식도 없는 어른을 어떻게 찾아갔는지 어리둥절할 뿐이었다.

"다시 돌아오는데 이 정도도 생각하지 않았을까 봐. 귀찮은 결혼 준비는 내가 알아서 했어. 결혼식장, 신혼여행지, 신혼집 같은 거 말이야."

"왜? 오면 내가 반 죽여 놓을 걸 알았나 봐?"

세진이 준을 살짝 흘기며 그의 가슴을 밀었다. 하지만 준은 그녀를 안은 팔을 풀지 않고 오히려 힘주어 안았다.

"당연하지. 머나먼 미국 땅에서도 살기가 느껴지더라고. 난 너한테 맞아 죽지 않는 것만도 감사해."

"김준."

준의 목소리가 세진의 귓가를 자극했다. 아까부터 이 목소리가 사람의 심장을 흔들고 마음을 울렸다. 혼자서 모든 준비를 끝낸 남자라. 세진은 새삼 준의 추진력을 감탄했다.

"넌 좋다 싫다 대답만 해 주면 돼. 그 날짜가 싫다고 하면……."

"싫다고 하면?"

준이 세진의 어깨를 잡아 눈을 바라보았다. 그의 눈동자는 까맣게 빛났다. 그리고 일렁였다.

"싫어도 해야 돼. 취소하면 위약금 물어야 하거든."

준이 씨익 웃자 세진도 살포시 웃었다.

"준아."

준의 손이 그녀의 머리카락을 귀 뒤로 넘겨 주었다. 응, 말해. 준의 목소리가 귓가를 울렸다.

"사랑해."

준이 어깨를 잡은 그녀를 끌어당겨 입술을 맞췄다. 입술 끝에 머물렀던 꽃잎은 차츰 봉우리를 열며 안으로 맞이했다. 꽃을 찾아온 나비가 제 안에서 쉴 수 있도록 정성을 다해 받아 주었다. 너무나 그리웠던 정인의 입술이 저에게 다시 닿자 전율이 일며 몸이 떨려 왔다.

서로의 품을 느끼고 있는 이 순간 하늘에는 별들이 찬란히 빛났고 밤바람이 그들을 감아 가슴속 애절함을 키웠다.

"사랑해, 세진아."

방송국에서 극적인 만남을 한 두 사람은 준의 집으로 장소를 옮겼다. 준의 차 안에서도, 오피스텔로 올라오면서도, 그의 집으로 들어오면서도 손을 놓지 않았다.

집 안으로 들어오자 다시 눈물이 핑 돌아서 잠시 현관에 머물렀다. 준이 떠나고 일부러 그의 집을 찾지 않았다. 한번 발을 들이게 되면 매일 미친년처럼 찾아오다 결국 견디지 못하고 무너져 내릴 것 같아 꾹 참았다. 그랬던 그리운 향기가 세진을 자극했다.

"들어와."

"응."

준의 목소리가 정신을 깨웠다. 그래서 빠른 걸음으로 다가가 준의 허리를 끌어안았다. 그는 그대로 있어 주었다.

"처음에 네 집에서 잠들었을 때부터 나는 이 향기가 좋았어. 그다음엔 그 향기가 네 것인 게 좋았고 이젠 네가 곧 향기야. 네가 없으면 향기도 사라져 버려. 그러니까 그 향기를 내게도 나눠 줘. 내 안에 머물게 해 줘."

세진은 목소리가 떨려 와서 그를 꼭 안는 것으로 달랬다. 준은 허리를 감은 그녀의 팔을 가만히 쓸어 주었다.

"걱정 마. 매일 사랑해 주고 아껴 줄게."

준이 몸을 돌려 세진을 마주 보았다. 촉촉한 눈동자가 저를 올려다보고 있자 욕망이 끓어올랐다.

"3개월 넘게 널 안지 못해서 솔직히 지금 제정신은 아니야. 너는 그런 나를 감당할 수 있겠어? 사실 네가 감당할 수 없다고 해도 내 마음대로 할 거지만 그래도 알고는 있어야 할 것 같아서. 너도 네 향기를 나눠 줬으면 해."

세진은 흑요석처럼 까만 눈동자를 보며 고개를 끄덕였다.

"네 향기를 내게 물들게 하려면 그 정도는 각오해야지."

준의 입술이 세진에게 닿았다. 또 닿았다. 짧았던 입맞춤은 마침내 끊어지지 않고 이어졌다. 준은 세진을 안았고 그리웠던 마음을 나눴다. 세진은 그를 끌어안고 열에 달뜬 자신을 내맡겼다.

서로를 찾는 욕망은 끝도 없이 그들을 부추겨 육체를 탐했다. 집 안을 뒤엉킨 소리는 그들의 귓가에 다시 내려와 자극다. 후끈한 열기는 땀의 결실로 맺어졌다. 여러 차례 사랑을 나누는 동안 오로지 서로의 향기를 제게 새겼다.

샤워를 하고 난 뒤 그들은 다시 침대에 누웠다. 팔베개를 해 준 준의 품에 쏙 들어간 세진은 그의 심장 소리를 들으며 눈을 감았다. 준은 그녀의 어깨를 쓰다듬어 주며 숨소리를 느꼈다.

"아까 말 못 한 것이 있어."

이 남자의 목소리가 이렇게 허스키하고 낮았던가. 세진은 눈을 떠서 그를 올려다보았다. 준은 세진의 눈동자를 보며 흘러내린 머리카락을 귀 뒤로 넘겨 주었다.

"다음 주에 우리 부모님 만나러 갈 거야. 아버지가 예전부터 널 보고 싶어 하셔서 네 의견도 묻기 전에 그렇게 잡았어."

"있지, 부모님이…… 날 맘에 들어 하실까? 법조인도 아니고, 지금은 잘나가는 사업체 사장 딸도 아닌데."

준의 웃음소리가 귓가를 울렸다.

"괜찮아. 전부 다 상관없으니까 그런 건 신경 쓰지 않아도 돼. 날 좌지우지한다는 사실만으로도 넌 이미 강자야. 아무도 어쩌지 못하는 날 움직이게 하는 유일한 사람이 너니까."

싫지는 않은지 세진의 입가에 미소가 그어졌다.

"내가 좀 김준을 휘어잡고 살지. 이참에 노하우라도 알려 드리고 점수 좀 딸까 봐."

쪽. 세진의 입술에 가볍게 입을 맞춘 준이 입을 열었다.

"그리고 다음 달에는 상견례할 거야. 아버님도 아시니까 날짜 맞출 필요는 없어."

"아, 맞다. 너 우리 아버지는 어떻게 찾아갔어? 우리 집 알고 있었어? 아냐, 모를 텐데. 가연이 말고는 아무도…… 가연이가 말해 줬어?"

세진이 눈을 똥그랗게 뜨며 준을 바라보았다. 가연이, 이 계집애도 저한테만 비밀로 하고 준과 연락을 했던 것 같다. 세상에 믿을 놈 하나 없다더니 오가연마저 저를 속일 줄은 몰랐다. 세진의 얼굴이 굳어지자 준은 손을 들어 그녀의 구겨진 미간을 폈다.

"가연이 덕분에 예쁜 짓 한 거니까 뭐라고 하지 마. 내가 먼저 연락해서 물어봤고 너한테 곧장 알리겠다는 걸 신신당부하며 비밀로 한 거야. 이런 건 또 비밀로 해야 제 맛이잖아."

세진이 준의 가슴을 주먹으로 치며 눈을 흘겼다. 이 작당모의에는 가연뿐 아니라 제 아버지도 포함되어 있었다. 모두가 한마음으로 이벤트를 계획할 동안 혼자서 슬퍼하고 우울해했던 것이다. 어쩜 아버지마저 저에게 비밀로 할 수가 있을까. 김준, 이 녀석은 대체 어떻게 구슬렸기에 저밖에 모르는 아버지 입을 다물게 했을까.

"갔던 얘기나 좀 들어보자. 우리 아버지 쉬운 분 아닐 텐데 어떻게 허락받았어? 만났다고 하니까 알겠지만 나에 대한 문제만큼은 그냥 넘어가지 않으시거든."

"그래. 정말 난 나쁜 짓은 못 하겠더라. 만약에 하다가 걸리면 그날로 아버님 손에 사망할 거야."

준은 세진의 아버지를 만났던 일을 떠올렸다.

가연은 집 주소만 알려 주었다. 나머지는 인맥을 동원하든 조사를 하든 네가 알아서 하라는 쿨한 멘트에 준은 옅은 숨을 내쉬었다. 세진의 절친이라서 그런지 이 여자도 성격이 만만치 않았다.

주소가 적힌 종이만 들고 김천으로 내려갔다. 일부러 자동차를 이용하지 않았다. 세진의 아버지를 뵙는 자리에 편한 상태로 가고 싶지는 않았기 때문이다. 허락을 받으러 가는 만큼 가장 기본적인 것부터 제 노력을 들이고 싶었다.

고속버스를 타고 다시 시외버스를 탄 준은 마을 사람들에게 물어물어 겨우 정류장에 도착했다. 서울에서 멀리 떨어진 곳이긴 하지만 그만큼 하늘은 청명하고 공기는 깨끗했다. 조용한 가운데 생명이 느껴졌고 잔잔한 바람 속에 역동적인 에너지가 들어 있었다.

준은 마침내 종이에 적힌 주소지와 똑같은 집 앞에 섰다. 사업이 망해서 지방으로 내려갔다고 했던 것 같은데 지금 눈앞에 있는 집은 생각보다 넓고 아늑했다. 살짝 열려 있는 대문을 밀며 안으로 들어갔다.

와, 저절로 감탄이 나올 만큼 예쁜 마당에 준은 잠시 멈춰서서 풍경을 감상했다. 그다지 큰 공간은 아니지만 늘어져 있는 아름드리 나무들과 한쪽에 심어진 노란 국화가 시선을 떼지 못하게 했다. 곳곳에 집주인의 손길이 머무른 흔적이 느껴져서 준은 긴장되는 와중에도 미소를 지었다. 마당은 세진이었다. 그리고 그 아버지는 세진을 이렇게 아름답게 키우고 있었다.

준은 서서히 마당에서 건물로 시선을 옮겼다. 아담한 1층 건물을 바라보던 준은 마침 문을 열고 나오는 장년의 남자를 보며 허리를 숙였다.

"안녕하십니까, 아버님. 대문이 열려 있기에 저도 모르게 들어왔습니다."

강우는 대문 앞에 서 있는 젊은 남자를 빤히 보며 시선을 위아래로 훑었다.

"서울에선 남의 집에 무단 침입하면 벌을 받지. 요샌 시골도 마찬가지야. 앞으론 들어오기 전에 신분을 먼저 밝히는 습관을 들이도록 해."

"네, 죄송합니다."

첫 느낌부터 보통은 아니라는 느낌을 받은 준은 다시 한 번 허리를 숙여 인사했다.

"그런데 누구신가. 아버님이란 소리를 하는 것 보면 세진이와 관련 있는 사람 같은데."

눈치도 빠르시다. 준은 입가에 미소를 드리운 채 살짝 고개를 끄덕였다.

"세진이와 만나고 있는 김준이라고 합니다."

준의 말에 강우는 아까와는 다른 눈동자로 그를 보았다.

"자네가 김준이라고? 세진이 버리고 미국으로 간 그놈?"

"아…… 네. 그 파렴치한 놈이 바로 접니다."

"설마 맞아 죽고 싶어서 찾아온 건 아닐 테고 왜 왔나."

472

"아버님 찾아뵙고 드리고 싶은 말이 있어서 찾아왔습니다."

"나한테 하고 싶은 말이라……."

강우는 준을 빤히 보다가 손을 들어 그의 몸을 이리저리 쟀다.

"하고 싶은 말을 다 하고 살 수는 없는 거 알지? 내 복장을 보면 알겠지만 난 지금 작업을 하러 나가던 길이고 자네 말을 들어 줄 시간이 없어. 주인 없는 집에 생판 남을 들이고 싶은 마음도 없으니 선택하게. 나 따라서 가든지 아니면 나갔다가 저녁에 다시 오든지."

세진처럼 시원시원한 성격에 준은 오히려 마음이 편해졌다. 비록 지금은 저한테 성질을 부리고 감정이 상해 있지만 세진의 아버지는 본질적으로 정이 많은 사람이었다. 매몰차게 밖으로 내쫓을 수도 있는데 선택의 기회까지 주었다.

"아버님 따라서 가겠습니다."

"그럼 당장 들어와서 옷 갈아입게. 그런 슈트 차림으로는 일을 할 수 없으니까."

"네. 일단 이거부터 받으세요. 예전에 세진이한테 듣기로 술을 좋아하신다고 해서 장만했는데 마음에 드실지 모르겠습니다."

준이 내민 손에는 발렌타인 로고가 새겨진 종이 가방이 들려져 있었다. 강우는 양주를 받고 안으로 몸을 돌렸다.

"들어와."

집 안은 남자 혼자 사는 집인데도 불구하고 깔끔하니 정돈

되어 있었다. 거실 벽 한가운데 강우와 세진이 함께 찍은 사진이 걸려 있었다. 사진 속에 세진을 보자 심장이 아릿하게 움직였다. 강우는 손에 옷가지를 들고 나타났다.

"난 밖에 있을 테니까 입고 나와."

잠시 후 옷을 입고 나온 준을 보며 강우의 입가에 작은 호선이 그어졌다가 이내 사라졌다. 농장 일을 하러 가는 사람에게 제일 어울리는 복장을 입혀 놨더니 영락없는 농촌 총각 같았다.

큰 키를 다 담지 못하는 바지로 인해 발목이 드러났고 밀짚모자를 쓰고 나온 준의 얼굴은 순박해 보이기까지 했다. 장화를 신고 목장갑을 낀 준은 부끄러워하는 기색도 없이 강우를 쫄래쫄래 따라왔다. 강우는 저를 뒤따르는 남자가 동네 사람들의 시선을 한 몸에 받자 어딘지 불편해졌다. 이 녀석 이거 인기도 많게 생겼는데 세진이 울리는 거 아냐.

도착한 곳은 커다란 울타리 앞이었다. 한눈에 보아도 울타리 안 넓이가 상당하다는 것을 알 수 있었다. 강우는 안에서 작업하고 있는 사람들을 보며 말했다.

"세진이한테 이 얘기도 들었는지는 모르겠지만 우린 친환경 농산물을 취급하고 있어. 그래서 기계와 농약의 힘을 빌리지 않고 사람이 일일이 손으로 작업하고 있지. 저분들 하는 것 보면서 도와주면 돼."

"알겠습니다."

울타리 안은 크게 세 가지 부분으로 나뉘어져 있었다. 채소와 관련되어 재배하고 있는 곳, 밭에서 나는 작물들을 재배하고 있는 곳, 과일 나무들을 재배하고 있는 곳이었다. 그리고 각각은 환경에 맞는 시스템으로 온도와 습도, 바람을 제공하고 있었다. 준은 쉽지 않을 것 같은 예감에 주먹을 불끈 쥐고 사람들에게 다가갔다.

그 뒤로 준은 허리를 펼 틈도 없이 일을 했다. 난생처음 하는 작업에 서툴러서 실수도 많이 했고 그때마다 강우를 비롯한 사람들은 정색하며 준을 타박했다. 가을인데도 불구하고 땀이 비 오듯 쏟아졌다. 계속 쭈그리고 앉은 다리는 감각이 없을 정도였다.

어디 가서 일 못한다는 소리는 한 번도 들어본 적 없었는데 준은 오늘 평생 먹어야 할 욕을 다 먹은 것 같았다. 그럼에도 불구하고 열심히 했다. 강우를 비롯하여 여기저기서 사람들이 부르면 잽싸게 달려가서 일을 도왔다. 물론 서툰 손놀림 때문에 속도는 남들보다 몇 배 느리고 실수도 많이 했지만 끝까지 일을 마무리했다.

저녁이 되어서야 집으로 돌아온 준은 허리를 펼 시간도 없이 저녁 준비를 해야 했다. 강우가 대놓고 요리를 하라고 해서 손만 씻은 채 부엌으로 들어갔다.

"아버님 오므라이스 좋아하시죠."

강우의 약간 놀란 표정에 준이 빙그레 웃었다.

"따님도 오므라이스를 참 좋아하거든요. 그런데 요리 실력이 없어서 매번 실패합니다."

준은 능숙하게 움직여 금세 오므라이스를 만들었다. 테이블 의자에 앉아 준이 요리하는 모습을 보던 강우는 섭섭했던 마음이 조금씩 풀렸다. 아직도 세진을 혼자 놔둔 괘씸함을 지운 건 아니지만 오늘 준이 보여 준 행동은 충분히 감동적이었다. 오므라이스는 맛있었다.

욕실에서 씻고 나온 준은 거실 평상에 앉아 자신이 사 온 술을 꺼내는 강우를 보았다.

"다 씻었으면 이리 오게. 본격적으로 거래를 해야 하지 않겠나."

강우는 준이 사 온 발렌타인 30년산과 양주잔을 놓았다.

"좋은 술은 스트레이트로 마시는 거 알지?"

"네, 압니다."

준은 흔쾌히 양주를 마셨다. 독한 술을 스트레이트로 마셔 본 적은 거의 없었지만 지금은 먹다 죽는 한이 있어도 강우의 요구대로 해야 했다. 두 사람이 번갈아 가며 마시자 발렌타인은 금세 줄어들었다.

"세진이와 결혼하고 싶습니다. 허락해 주십시오."

"안 된다고 하면 어쩔 텐가."

"허락해 주실 때까지 오겠습니다."

"난 귀찮게 하는 거 딱 질색이네."

"그럼 밖에서 대기하고 있다가 아버님 마음이 내키면 들어오겠습니다."

한마디도 안 진다, 한마디도. 강우는 준을 보며 보통이 아니

476

란 생각이 들었다. 하지만 점점 술이 들어가면서 귀여운 모습을 드러내는 준을 보며 강우도 마음이 풀어졌다. 발렌타인이 바닥을 보이자 준은 급기야 강우의 곁에 와서 그의 어깨에 기댔다. 시커멓게 커다란 놈이 제 옆에서 애교를 부리는데 그게 나쁘지 않았다.

술버릇이 애교라니, 남자의 술버릇치고는 상당히 뜻밖이라 강우는 준의 애교를 받아 주었다.

"아버님, 세진이 행복하게 해 주겠습니다. 저 한 번만 믿어 주세요. 아! 요리와 청소는 제가 할 거예요. 세진이는 못질하겠답니다. 그런데 그거 아세요? 아버님과 세진이 굉장히 비슷해요. 외모는 어머님 쪽을 닮은 것 같지만 성격은 판박이에요. 그런데 전 그게 너무 좋습니다. 세진이를 보는 것 같아서요. 맞다! 저번에 어머님 기일에 세진이 집에 잘 도착했죠? 그거 제가 보낸 거예요. 못 갈 뻔했는데 제가 보냈습니다. 저 잘했죠."

강우는 허탈하게 웃으며 조잘대는 준의 이야기를 들어 주었다.

정신이 들어 일어나 보니 준은 방 안에서 잠들어 있었다. 아담한 방 안에 여자의 물건이 놓여 있는 게 세진의 방인 것 같았다. 준은 머리를 긁적이다가 책꽂이에 꽂혀진 앨범을 발견했다. 어렸을 때부터 고등학생 때까지 세진의 사진이었다. 한동안 앨범을 보던 준은 잔잔한 미소를 지었다. 그 순간 방으로 들어오는 강우를 보고 바닥에서 일어섰다.

"아버님."

뭐라고 해야 민망하고 어색한 순간에서 벗어날 수 있을까. 준은 지난 밤 강우에게 했던 제 행동이 떠올라 급격히 얼굴이 굳어졌다.

"자, 이거 마시게나. 속 쓰리진 않아?"

"네. 괜찮습니다. 아버님은 괜찮으십니까."

"나야 뭐 웬만한 술로는 끄떡없지."

준은 강우가 내민 그릇을 받고 마냥 서 있었다. 강우는 민망해하는 준을 보며 입꼬리를 올렸다.

"난 세진이 의견대로 할 거니까 자네는 세진이와 의견을 맞춰 보게. 그 애의 의견이 곧 내 의견이니까."

"아버님."

"술을 좋아해서 자주 마시다 보니 세진이 엄마가 매번 꿀물을 타 줬지. 애 엄마가 죽고 나서는 세진이가 타 줬고. 그 애가 음식 솜씨는 형편없지만 꿀물은 참 잘 타니까 술 마신 다음 날엔 꼭 타 달라고 하게."

강우의 말에는 두 가지 의미가 함축되어 있었다. 액면 그대로 꿀물만큼은 세진에게 얻어먹으라는 메시지, 또 하나는 결혼을 허락한다는 뜻.

잠이 들었던 세진이 눈을 떴을 땐 창틀 사이로 햇살이 들어와 있었다. 준의 품에서 잠이 들었고 그대로 하루를 보냈다. 세진은 잠이 든 준의 얼굴을 오래도록 내려다보았다.

문득 가방 안에서 핸드폰이 울려 세진은 조심스럽게 움직였다. 강우에게서 온 문자였다. 아버진 정말 귀신이다. 아님 정보력이 좋은 건가.

〈아버지가 비밀로 해서 많이 섭섭했지. 그래도 지금은 기쁜 얼굴로 문자를 봤으면 좋겠구나. 네가 믿고 의지할 수 있는 남자 같아서 허락했다. 혹시 불만이 있거든 언제든지 애비한테 말해라. 반 죽여 놓을 테니까.〉

세진의 입가에 미소가 드리워졌다. 뒤에서 남자의 몸이 등에 닿았다. 문자를 슬쩍 봤는지 준은 그녀의 목덜미에 고개를 묻으며 중얼거렸다.

"정말 죽을지도 모르니까 불만 있다고 다 얘기하고 그러면 안 된다. 알았지?"

"불만을 만들려고 했나 봐?"

"최선을 다해서 모시겠습니다."

세진의 웃음소리가 경쾌하게 들렸다.

"그래야 할 거야. 예전하고 달라. 이제는 나를 보며 시선을 떼지 못하는 사람들이 많거든."

"어떤 간 큰 놈이 감히 김준 여자를 넘보고 그러는 거야?"

"김준보다 간 큰 남자가 그러겠지."

준이 세진의 허리를 잡아당기며 한 손으로 그녀의 턱을 들어 올렸다.

"그럴 수 없을 거야. 내가 그렇게 놔두지 않을 거니까. 넌 이제 뼛속까지 내 여자야."

준의 입술이 세진에게 닿았다. 집요하게 다가오는 남자의 육체를 받아들이며 세진도 그의 목에 팔을 둘렀다.

"행운을 빌어."

에필로그 2

가을 개편이 시작되고 방송국 사람들은 다시 바쁘게 움직였다. 모든 프로그램은 제 색깔을 드러내기 위해 고군분투했다. 가운데 상석 자리에 앉은 세진은 음악 프로그램들의 개선점과 나아갈 방향을 제시하며 회의를 진행했다.

성질을 내려놓고 부드러운 목소리로 대하자 숨겨져 있던 리더십이 발휘되었다. 어린 시절 학생들을 이끈 경험이 많은 세진이기에 어느 정도 예상한 일이지만 준은 생각보다 사람들을 잘 휘어잡는 세진을 보며 감탄을 했다. 세진의 맞은편에 앉아 반짝이는 눈동자를 마주하자 심장이 간질거리며 뛰었다.

"이 피디님, 저희 음악 프로 회식은 언제 합니까."

회의가 끝나갈 때쯤 어린 남자 피디가 세진을 보며 목소리를 높였다. 준은 그 목소리에 저절로 미간이 구겨졌다. 잘나가는 세진을 보면 뿌듯했지만 그만큼 적들이 늘어났다는 반증이었다. 어린 시절 세진에게서 눈을 떼지 못했던 남학생들을 보는 것처럼 요즘 준은 그녀의 인기를 실감하는 중이었다. 준이 눈에 불을 켜고 있어도 아랑곳하지 않고 넘보는 저런 어린 피디들을 보면 저절로 한숨이 나왔다.

세진은 성민후의 말에 빙그레 웃으며 손으로 턱을 괴고 생각하였다.

"다음 주로 잡을까요?"

세진이 웃으며 말하자 남자들은 급하게 고개를 끄덕였다.

"그럼 성 피디가 회식 장소 잡고 사람들에게 공지하세요."

"네, 알겠습니다."

민후는 세진이 저를 콕 집어 지목하자 저절로 얼굴에 미소가 퍼졌다.

회의가 끝나고 사무실에서 작업하는 세진의 책상 위에 D 카페 아메리카노가 놓여졌다. 세진이 고개를 들자 민후가 얼굴을 붉히며 고개를 살짝 숙였다.

"드시면서 하세요."

"고마워. 잘 마실게."

빙그레 웃으며 컵을 들려던 세진은 저보다 한발 빠른 남자의 손에 의해 컵을 놓쳤다.

"잘 마실게요, 성 피디. 마침 목말랐는데 잘됐네."

준은 민후를 차갑게 노려보았지만 목소리는 여전히 부드러웠다. 민후는 준이 커피를 인터셉트하자 열이 뻗쳤지만 불만을 표시할 수 없기에 고개를 숙여 인사하고 몸을 돌렸다.

상대는 저가 들이댄다고 해서 먹힐 정도의 수준이 아니었다. 하지만 이렇게 소심한 방법으로라도 세진에게 제 마음을 전하고 싶었다.

'아직 결혼한 사이는 아니니까 제게도 기회가 있지 않을까' 하는 희망을 품으며.

민후가 가자 세진은 준에게로 시선을 돌렸다. 준은 차가운 눈으로 민후의 뒤통수를 주시하고 있는 중이었다.

"꼭 그렇게 해야겠어?"

질투에 눈이 먼 준은 이제 방송국에서 대놓고 애정을 드러냈다. 다시 복귀하고 한동안 여자들의 시선을 한 몸에 받으며 즐거운 나날을 보낸 준이지만 기쁨도 잠시, 세진의 주변으로 몰려드는 남자들로 인해 신경을 곤두세우게 되었다.

미국에 있을 때 전화로 듣긴 했지만 세진의 인기가 이 정도일 줄은 몰랐다. 지금처럼 커피든 먹을 것이든 갖다 바치는 놈들이 끊이지 않았고, 심지어 라디오 게스트로 오는 연예인들도 세진에게 관심을 보이며 추파를 던졌다.

분명 준과 세진이 12월에 결혼할 사이라는 것을 아는데도 불구하고 그런 식으로 행동했다.

마음이 급해진 준은 이세진이 있는 곳이면 빠지지 않고 참석하고 그녀가 남자와 대화라도 할라치면 쏜살같이 다가가서 방해했다.

차라리 옛날이 나았다. 그땐 저 혼자 이세진의 매력을 느낄 수 있었는데 이젠 모두가 공유하는 느낌이 들었다.

세진은 그런 준을 보며 참 의외라는 생각을 했다. 언제나 평상심을 유지하고 남자들이 달라붙든 말든 태연할 거라 생각했는데 이렇게 초조해하는 모습이 신기했다.

"이따 6시에 정문에서 보자."

준은 민후가 준 커피를 마시며 태연하게 제자리로 돌아갔다. 문제는 제게도 있다고 할 수 있다. 준을 조급하게 하는 게 생각보다 재밌었다. 저런 질투마저 사랑스러웠다.

며칠 전부터 금요일 저녁을 꼭 비워 두라는 준 때문에 세진은 주말 녹음까지 세 편을 연달아 진행했다. 방송국 입구에서 기다리고 있으려니 준의 차가 다가왔다.

"도대체 어딜 가려고 평일 방송까지 녹음을 하라는 거야."

준은 미소만 지을 뿐 대답을 해 주지 않았다. 조수석에 탄 세진은 콧노래를 부르는 준을 보며 이 녀석이 뭘 잘못 먹었나 싶은 생각이 들었다. 이벤트를 하려나. 제대로 프러포즈하려나.

그들이 도착한 곳은 홀 전체를 빌린 주점이었다. 프러포즈는 아닌가 보네. 술을 마시기 위해 그렇게 당부를 했나 싶다가도 그런 이유로 땡땡이를 치자고 할 인간이 아니라는 생각이 들었다.

홀을 들어가고 나서야 세진은 준이 비밀리에 데려온 이유를 알게 되었다. 가장 먼저 다가온 가연이 씩 웃으며 세진의 팔에 팔짱을 꼈다. 세진은 가연을 눈으로 흘기며 속삭였다.

"네가 한 짓이니?"

"준이가 보냈지."

"저 녀석은 왜 오자고 했지? 이런 거 싫어하는 녀석이."

"급했나 보지."

뭐? 세진이 물었지만 가연은 싱긋 웃어 주더니 친구들 앞에 데려갔다.

"얘들아, 세진이 왔다."

"어디 좀 보자. 정말 준이랑 사귀는 거 맞아?"

그럼 그렇지. 동창 녀석들은 저보다 준에게 관심을 가졌다. 세진의 옆에 서며 그녀의 어깨를 감싸는 준을 보자 동창들은 제 짝꿍을 잊고 그에게 시선을 고정했다. 남자 동창들은 세진을 보면서 제 옆 짝꿍을 돌보지 않았다. 어릴 때처럼 도도하진 않았지만 범접할 수 없는 아름다움을 풍기는 세진에게서 눈을 떼지 못했다.

사람들이 자리를 마련해 주어 준과 세진은 가운데 자리에 앉게 되었다. 동창회의 주최자 가연은 임신 중인데도 불구하고 종횡무진하며 사람들을 이끌었다.

"오늘은 오랜만의 친목 도모도 있지만 두 달 뒤에 준이와 세진이가 결혼할 거라 보자고 한 거야."

결혼이란 소리에 친구들의 입에서 저절로 탄성이 새어 나왔다. 누구에게도 주고 싶지 않은, 연예인을 보면서 느끼는 감정을 세진과 준에게 느끼던 그들은 결혼 소식에 망연자실한 표정을 지었다. 더군다나 사이도 좋지 않았던 두 사람이 애인이 되었다는 사실은 충격 그 자체였다.

"증명해라! 믿을 수 없다! 결혼할 사이라면 키스는 당연히 했겠지. 키스! 키스!"

"아니야. 일단 러브샷!"

세진은 이런 일을 예상했는지 아까부터 표정이 굳어 있었다. 사람들 앞에서 애정 행각하는 걸 별로 좋아하지 않았다. 그런데 친구들은 당연하다는 듯 표현을 요구했다. 세진은 두통이 몰려오는 것 같아 관자놀이를 누르다가 준을 보았다. 넌 이런 거 예상하고 왔니. 그도 그냥 가연의 말만 듣고 행동한 듯싶다.

"됐어. 무슨 러브샷……."

세진이 버럭 소리를 지르려고 하는데 준이 그녀의 팔을 잡으며 빙그레 웃었다.

"하자. 러브샷이 별거냐. 하면 되지."

준은 벌써 그들 앞에 대령한 맥주잔을 들어 하나를 세진에게 건넸다. 그리고 세진의 팔을 감아 마셨다. 당황하던 세진은 맥주잔을 깨끗이 비운 준을 보고 저도 마셨다. 서로를 보다 감았던 팔을 풀었다.

그때 준이 세진의 목덜미에 손을 넣어 당기며 입을 맞췄다. 쪽 소리가 날 정도로 그녀의 입술을 잡았다 놓은 준은 동그랗게 커진 얼굴로 굳어 있는 세진의 뺨을 어루만졌다. 그리고 그녀의 귓가에 속삭였다.

"이렇게 해 줘야 다들 인정할 것 같아서. 네가 내 여자인
거."

화르륵 세진의 얼굴이 붉어졌다. 그리고 동창들은 기습 뽀
뽀를 한 그들을 보며 환호했다. 그 뒤로 사람들은 더 이상 준
과 세진을 놀리지 않고 술자리를 이어 나갔다. 이미 뽀뽀를 봤
으니 더한 요구는 의미가 없었다.

주는 술을 마다하지 않고 마시다 보니 세진은 어느새 반가
사유상이 되어 테이블에 턱을 괴고 앉아 사람들을 빤히 바라
보았다.

눈이 마주치면 눈웃음을 짓고 눈을 감을 땐 고개를 살짝 흔
들며 홀로 리듬을 탔다. 그 모습이 참 예뻤다. 그래서 사람들
의 시선이 자꾸만 세진에게로 쏠렸다.

준은 술 몇 잔에 취해 버린 세진을 보며 옅은 한숨을 쉬었
다. 이세진은 술을 마시면 안 된다. 모든 방어막을 풀어 버리
고 애교를 부리는데 넘어가지 않을 남자가 없다. 세진을 보며
향한 남자들의 시선이 영 못마땅했다.

멍하게 앉아 있던 세진의 시선에 잘생긴 준의 얼굴이 들어
왔다. 한참 바라보고 있으려니 그의 입술이 참 맛나 보였다.
집에서 맛보던 입술 색이었다. 그래서 세진은 여기가 동창회
자리라는 것도 잊고 그에게 다가갔다. 그리고 그대로 준의 입
술에 입 맞추었다.

갑작스럽게 다가온 세진의 입술을 준도 무방비 상태에서 받
아들였다. 촉촉하게 젖은 눈동자가 준을 주시했다.

따뜻한 체온이 제게서 떨어지자 준이 다시 그녀의 머리를 잡아당겨 키스했다. 혀가 오고 가는 키스를 하는 동안 그들은 주변에 누가 있는지 의식하지 못한 것 같았다.

모두가 입을 벌리며 바라보고 있는 것도 모르고, 두 사람의 키스에 질투를 하는 줄도 모르고 서로를 탐했다.

토요일 낮, 상견례가 있어 세진과 준은 약속 장소로 이동했다. 준이 미리 예약했던 한정식집에 들어섰다. 세진은 저절로 한숨이 나와 앞에 놓인 물을 들이켰다.

이유인즉슨 오늘 아침 정신을 차리고 나서야 어제 저가 무슨 짓을 저질렀는지 알았기 때문이다. 친구들에게서 온 문자를 본 세진은 새빨개진 얼굴로 저도 모르게 소리를 질렀다.

"넌 내가 그런 짓을 하면 막았어야지 같이 해 주면 어떡해."

세진은 울상인 얼굴로 준을 흘겨보았다. 정작 준은 태연했다. 키스한 이후에 잠시 어색한 상황이 이어졌지만 곧 모든 사람들에게 제대로 각인시킨 제 행동이 마음에 들었다. 놀라서 입을 다물지 못하던 남자들은 더 이상 세진을 야릇한 눈으로 바라보지 않았다.

공개적인 장소에서 애정 행각 하는 걸 싫어했지만 가끔은 필요할 때가 있는 것이다. 넘보지 못하도록 확실히 못을 박을 필요가 있었다.

마주 보고 앉은 준은 잔뜩 긴장한 세진의 얼굴을 보며 빙그레 웃었다.

"우리 부모님 볼 때도 태연했던 사람이 왜 그래."

"그땐 나 혼자 잘하면 됐지만 이번엔 우리 아버지가 계시니까 솔직히 걱정돼. 그렇잖아도 딸내미 일엔 지나치게 예민한데 괜히 어른들과 부딪치면 좀 그렇잖아."

준의 입꼬리가 올라갔다.

"그건 어른들의 몫이니까 우린 지켜보자. 어떻게 하시는지."

세진은 고개를 끄덕이며 부모들이 앉을 자리를 바라봤다.

준의 집에 가서 그의 아버지를 봤을 때 처음 들었던 생각은 '쉽지 않겠구나'였다.

짐작했던 대로 성환은 매서운 눈매에 날카로운 시선으로 세진을 주시했고 휠체어를 타고 있음에도 포스가 느껴져서 괜히 주눅이 들었다. 세진을 보겠다고 모여든 집안 식구들도 그녀의 긴장을 부추겼다.

김준을 꽉 잡고 있는 여자가 누군지 보겠다고 형제부터 사촌들까지 모여 있었다. 예상은 했지만 생각보다 더 엄한 분위기에 세진은 주먹을 꽉 쥐었다. 그런 세진을 보던 준이 그녀의 손을 잡아 손등을 살짝 두드렸다.

"손잡고 있어. 그래도 되니까."

세진은 준을 보며 살짝 고개를 끄덕였다. 커다란 소파에 빙

둘러앉은 사람들은 세진에게 이것저것 물어왔다.

중·고등학교 때 준과 대결하던 여자가 바로 너냐, 라디오 피디는 왜 된 것이냐, 준은 어떻게 사로잡았냐, 결혼하면 일은 어떻게 할 것이냐, 아이는 몇 명이나 낳을 것이냐 등등 굵직한 질문부터 사소한 것까지 관심을 보이며 물어봤고 세진은 충실하게 대답했다.

이럴 땐 제 성격이 참 마음에 들었다. 누구에게도 꿀리지 않을 자존심은 세진의 목소리에 힘을 주었고 차분하게 사람들을 대하게 해 주었다. 무엇보다 한 번도 놓지 않고 잡아 준 준의 손 때문에도 긴장을 줄일 수 있었다.

한참 거실에서 화기애애한 분위기로 대화를 할 때까지도 성환은 묵묵히 세진을 지켜볼 뿐이었다. 그러던 성환이 세진을 서재로 불렀다. 단둘이서 대화할 거라며 아무도 들어오지 못하게 했다.

서재로 들어온 세진은 그 안의 위엄에 자연스럽게 입이 벌어졌다. 준에게 들었던 아버지의 서재가 바로 이곳이었다. 웅장하고 박물관 같은 그곳을 사랑했다던 준이 이해가 되었다.

침묵이 길어지다 성환이 먼저 입을 열었다.

"난 아직도 준이가 피디를 하는 것이 마음에 들지는 않아. 가능하면 직업을 바꿨으면 좋겠다는 생각은 변함이 없네. 그런데도 내가 준이에게 더 이상 강요하지 않는 건 기회를 주고 싶어서야."

세진은 성환의 이야기를 그대로 듣기만 했다.

"미국에서 병실에 있는 동안 준이가 매일같이 한 일이 뭔줄 아나. 바로 자네 방송을 병실에 틀어 놓는 것이었어. 처음엔 그 녀석이 하는 행동이 이해가 가지 않았어. 도대체 왜 그렇게 라디오에 목을 매는지, 왜 검사가 싫은지 모르겠더라고. 정의감이라는 용어는 배제하고 말이야."

"……."

"하루도 쉬지 않고 자네 방송을 들었어. 원해서 들은 게 아니라 녀석에 의해 억지로 듣게 되었지. 그런데 어느 날부터인가 자네 방송이 귀에 들어오기 시작했네. 디제이의 멘트는 사람을 움직이는 힘이 있더군. 그리고 그 방송을 들을 때마다 행복한 미소를 짓는 준을 보니 더는 막을 수 없다는 걸 알았네. 참 이해할 수 없었는데 말이야, 어느샌가 나도 모르게 준이를 이해하고 있더라고."

"아버님."

"내 아들은 지나치게 정직하고 심성이 올곧아서 검사를 하기에는 적합하지 않다는 생각이 처음으로 들었어. 우리 집안은 오로지 한 길만을 달려왔고 그게 당연하다고 생각하며 살았네. 그런데 아들 녀석에게는 그 길이 정도가 아니었던 거야. 그래서 가라고 했네. 너 하고 싶은 대로 하고 살라고."

"아버님, 감사합니다. 준이를 다시 제게 보내 주셔서요. 준이도 그랬겠지만 그 사람이 없는 3개월 동안 저 역시 많이 힘들었어요. 저희는 굉장히 비슷한 사람들입니다. 그래서 누구보다 서로를 잘 이해할 수 있습니다. 저희를 다시 만나게 해 주셔서 얼마나 감사한지 몰라요. 잘 살겠습니다. 지켜봐 주세요."

성환은 세진의 반짝이는 눈동자를 보며 지그시 미소를 지었다. 진영이 세진을 만나고 나서 제게 했던 말이 떠올라서 고개를 주억거렸다.

"여자애가 보통은 아니에요. 하지만 강한 아이라 마음에 들었어요. 협박을 해도 아닌 건 아니라고 하더군요. 준이랑 어쩜 생각이 똑같은지 준이를 보는 듯했어요."

한동안 기다리고 있으려니 성환과 진영이 방 안으로 들어왔다. 아직 거동이 불편한 성환을 위해 진영이 휠체어를 끌고 있었다. 그들은 준의 옆에 앉으며 앞에 빈자리를 바라보았다.

"사돈어른은 아직 안 오셨나 보구나."

"네. 곧 도착한다고 연락하셨어요."

세진의 말이 끝나기가 무섭게 강우가 안으로 들어왔다. 강우는 제일 먼저 성환에게 다가가 손을 내밀었다. 성환도 손을 내밀며 그를 올려다보았다.

"제가 다리가 불편하여 일어설 수가 없습니다. 양해해 주십시오."

"눈에 뻔히 보이는데 모르쇠로 일관하는 사람은 아닙니다."

두 남자는 악수를 하며 서로의 기를 느꼈다. 처음부터 만만치 않은 상대라는 것이 느껴졌다. 두 사람은 마주 보며 탐색전을 이어 갔다. 보다 못한 진영이 먼저 대화를 이끌었다.

"먼 곳에서 오셔서 힘드셨죠. 장소를 고려했어야 했는데 이 녀석이 아무렇게나 잡아 버렸네요."

"괜찮습니다. 딸내미가 있는 곳인데 거리가 무슨 상관이겠습니까."

"그렇다면 다행이에요. 그 점이 신경 쓰여서 내내 걱정했습니다."

강우는 성환에게서 눈을 떼고 진영을 보며 웃었다.

"편하게 생각하세요. 자식들 보러 온 김에 부모 얼굴도 덤으로 본다고 생각하고 있습니다."

세진은 강우의 아슬아슬한 멘트에 저절로 이마에 손이 갔다. 음식이 나오고 사람들은 조용히 식사를 이어 나갔다.

"혹시 술 좋아하십니까."

성환이 슬쩍 묻는 말에 강우는 허허 웃으며 준을 보았다.

"아직 김 서방한테 아무것도 듣지 못하셨나 봅니다. 술고래죠."

"아, 그렇습니까? 좋아하는 술 있으신지요."

"술이라면 국적과 종류를 가리지 않죠. 얼마 전에 김 서방이 발렌타인 30년산을 사 가지고 왔는데 전 그것도 좋지만 실은 파란 조니 워커를 최고로 칩니다."

"아— 파란 조니 워커 좋지요. 참 고급지고 이름만 들어도 힐링이 되는 기분입니다. 전 로얄 살루트를 좋아합니다."

"21년산은 엘리자베스 여왕 때문에 그런지 괜히 더 맛 좋게 느껴집니다."

"허허, 뭘 좀 아시는군요."

두 남자는 어느새 술 이야기에 흠뻑 취해 상견례 자리인 것도 잊고 대화를 이어 나갔다.

술 좋아하는 사람들은 많지만 이렇게 다양한 술에 대한 지식과 견문을 갖추고 있는 사람을 최근에 만나 보지 못했던 그들은 생전 듣지도 못한 술 이름까지 꺼내 가며 맞장구를 쳤다.

두 남자가 동갑에 대학 동문이라는 사실을 안 순간부터 서로는 급격히 가까워지며 오랜만에 만난 친구처럼 이야기를 터놨다.

"세진이를 처음 봤을 때 어땠는지 아십니까. 딱 사돈어른 만날 때 느낌이었습니다. 아들이 결혼하겠다고 데려온 여잔데 법정에 서는 것처럼 긴장되고 눈동자가 빛났죠. 아들 녀석을 꽉 잡고 살 것 같습니다."

"제가 예전에 그렇게 살았습니다. 세진이 엄마가 생긴 건 참하고 우아하게 생겼는데 행동은 매서울 때가 많았죠. 그런데 차라리 잡혀 사는 게 속 편하고 깔끔합니다. 괜히 기싸움하면 피곤하기만 하죠. 사돈어른 보면 싸울 일이 없을 것 같습니다."

강우는 진영을 보던 눈길을 성환에게 돌렸다. 성환은 한동안 진영을 보더니 고개를 살짝 끄덕였다.

"집사람이 화를 잘 내는 성격이 아니라 싸울 일이 없었습니다. 저는 불같은 성격인데 아내는 물처럼 차분해서 융화되는 거 같습니다."

세진은 테이블 아래 놓인 강우의 손을 슬쩍 잡았다. 말은 하지 않았지만 엄마를 그리워하고 있을 강우가 염려되어 손을 꼭 쥐었다.

강우는 제 손을 잡은 세진을 보며 미소를 지었다. 괜찮다 애야. 애비 괜찮아.

"오늘은 상견례가 아니라 동창을 만난 기분입니다. 어떻게 애들 보내고 더 이야기 나누시겠습니까."

강우는 기분이 좋은지 연신 껄껄 웃었다. 성환도 흔쾌히 수락하며 일어나기로 했다. 옆에 있던 진영은 옅은 숨을 내쉬며 준과 세진을 돌아보았다.

"자리 옮겨서 더 이야기하실 것 같으니 너희들 먼저 가야겠다. 세진아, 사돈어른은 오늘 우리 집으로 모실 테니 넌 걱정 말고 쉬도록 해."

세진은 난감한 표정으로 강우를 돌아보았다. 강우는 세진을 보며 고개를 끄덕이고 딸의 등을 두드려 주었다.

"내일 오피스텔로 가마."

모처럼 기분을 내는 아버지 모습에 세진도 더는 말하지 않고 고개를 끄덕였다. 준의 아버지와 이리도 죽이 잘 맞을 줄은 몰랐다. 의외의 상황과 분위기에 한시름 놓을 수 있었다.

한정식집을 나온 준과 세진은 어느새 깜깜해진 밤거리를 나란히 걸었다. 잡은 손을 놓지 않고 발을 맞추었다.

"어른들이 생각보다 잘 맞으셔서 다행이야."

"너랑 나 보는 것 같아. 극과 극일 것 같은 분들인데 자석처럼 딱 맞잖아."

둘은 서로를 바라보고는 미소를 지었다. 길가에 가로수가 알록달록 색깔에 물들어 바람에 춤을 추고 있었다. 몇몇 떨어진 낙엽을 밟으면 바스락 소리가 들렸다. 아직은 잎들 많았지만 곧 순식간에 떨어져 낙엽이 될 것이다. 그 순간을 함께 바라본다.

"은하 데리러 왔습니다."

어린이집 문 앞에서 기다리던 세진은 잠시 뒤 선생님과 함께 나오는 은하를 보며 양팔을 벌렸다. 하지만 은하는 신발장에서 신발을 꺼내 바닥에 앉아서 신발을 신기 시작했다. 뻘쭘해진 세진은 팔을 내리고 꼬맹이가 신발 신는 모습을 지켜보았다. 올해 처음으로 기관에 보냈는데 은하는 울지도 않고 적응을 잘했다.

"은하는 어쩜 이렇게 말을 잘해요. 또래들에 비해 어휘 구사력이 남달라요."

어린이집 선생님이 밝은 목소리로 은하를 칭찬해 주었다. 세진은 앉은 채로 선생님을 올려다보았다.

"그래요?"

"다섯 살이란 게 믿기지 않을 정도로 표현을 잘하니까 저희도 깜짝 놀랄 때가 많아요. 어린애가 이런 단어를 쓸 줄 아나 싶고. 책을 참 좋아해서 언제나 책을 옆에 두고 논답니다."

"애 아빠가 워낙 책을 많이 읽어 줘서 그런가 봐요."

"엄마, 아빠는?"

"아빠 아직 회사지. 오늘은 엄마가 데리러 오는 날이잖아."

"치이, 난 아빠가 데리러 오는 게 좋은데……."

남들에게는 마냥 천사 같고 똑똑한 아이겠지만 세진에게는 골칫덩어리 딸이었다. 대놓고 아빠만 좋아하는 은하 때문에 세진은 벌써 여러 번 외면당했다.

선생님과 인사하고 밖으로 나온 은하는 세진의 손도 잡지 않고 쫄래쫄래 걸어갔다. 앞서 걸어가는 쥐방울만 한 아이를 한 대 쥐어박는 시늉이라도 하고 싶지만 그럴 때마다 어떻게 알았는지 뒤를 돌아보는 은하 때문에 쉽지 않았다. 집까지 걸어오면서 은하는 내내 아빠는 언제 오냐는 말만 했다.

"아빠는 조금 이따가 올 거야. 오늘 회의 때문에 늦으신대."

"그럼 오늘은 엄마가 해 주는 밥을 먹는 거야?"

그, 그래. 이 녀석아. 오늘은 엄마가 하는 맛없는 밥을 먹겠구나. 세진은 옅은 숨을 내쉬며 아파트 안으로 들어갔다.

"오늘도 오므라이스야?"

어떻게 알았지. 예리한 녀석.

집에 도착한 은하는 화장실로 가서 손을 씻고 나와 소파에 앉아 옆에 놓인 책을 읽었다. 아이가 하는 양을 지켜보던 세진은 서서히 고개를 저었다. 내 배 속에서 나온 자식이지만 참 정나미 없다. 누굴 닮은 거지.

알아서 잘하는 은하를 보며 세진은 집이나 치우려는 생각에 거실에 널브러진 옷가지를 정리했다.

"그냥 놔둬. 아빠가 치우라고 해."

"왜? 엄마도 정리 잘해."

세진의 말에 은하가 그녀를 보며 웃었다. 그냥 웃는 것일 뿐인데 왜 사악해 보이는 걸까. 세진은 왠지 억울한 마음에 목소리를 높였다.

"보여 줘?"

"아냐. 안 볼래."

확실히 다섯 살 아이랑 하는 대화는 아니다. 세진은 말을 말자는 생각에 부엌으로 가서 요리를 시작했다. 책이나 보겠다는 뉘앙스로 앉아 있던 은하가 부엌으로 와서 식탁 의자에 앉았다.

"엄마, 내가 뭐 도와줄까?"

"네가 뭘 도와줘. 칼질이나 할 수 있니?"

"당연히 칼질은 못 하지. 내가 칼을 쓰면 다칠지도 모르잖아."

그래, 너 잘났다. 세진은 뒤를 돌아 은하를 보며 입꼬리를 올렸다.

"고맙지만 엄마 혼자서 다 할 거야. 그리고 맛없어도 넌 그 밥을 다 먹어야 돼. 억울하면 아빠한테 해 달라고 해라."

"치, 엄마 미워!"

은하는 토라져서 다시 거실로 나갔다. 애랑 싸우는 기분이 들었지만 세진은 저도 모르게 감정을 쌓고 있었다. 애랑 뭐하자는 거야. 오므라이스가 마무리되어 갈 때쯤 현관문 열리는 소리가 들렸다. 은하는 기다렸다는 듯 현관으로 뛰어갔다. 그리고 준의 품에 폭 안겼다. 준은 은하를 안아 들고 안으로 들어왔다.

"아빠, 밥 해 줘."

"엄마가 안 해 줬어?"

"하긴 하는데 맛이 없잖아."

세진은 준을 마중 나오다가 은하가 하는 얘기에 다시 혈압이 오르는 느낌이 들었다. 준은 변함없는 얼굴로 은하를 보며 미소를 지었다.

"그래도 오늘은 엄마가 하는 밥을 먹어야 해. 약속했잖아. 엄마가 할 때는 무조건 엄마 밥을 먹기로."

"힝, 맛없는데."

"아빠랑 같이 먹자."

은하는 눈을 빛내며 고개를 급히 끄덕였다. 준은 은하를 내려놓으며 오늘도 딸내미에게 지고 있는 세진을 보았다. 허리에 손을 얹고 숨을 내쉬는 그녀를 보자 저절로 웃음이 나왔다.

"웬만하면 요리 학원 다니자. 은하도 점점 크는데 엄마 요리가 싫으면 문제 있지."

세진은 콧방귀를 뀌고 부엌으로 들어가 버렸다. 준은 오늘도 두 여자 사이에서 고민이 깊어졌다.

이제는 조금 먹을 만한 오므라이스를 먹고 거실에 앉은 준은 언제나처럼 은하에게 책을 읽어 주었다. 부드럽고 나지막한 목소리가 거실을 울리자 은하의 눈이 점점 감겼다. 잠이 든 딸을 안아 들고 방으로 들어갔다.

잠시 뒤 준은 거실 소파에 엎드려 있는 세진을 보고 다가왔다. 소파에 걸터앉아 세진의 어깨를 주물러주었다.

"안 맞아. 안 맞아. 내 살다 살다 딸내미랑 안 맞긴 처음이야."

"딸이 더 있었어? 첫 딸인데 성의를 좀 보여 봐."

"몰라. 은하는 그냥 아빠 딸로 살아도 될 것 같아. 엄마는 일만 하련다. 내일은 당신이 은하 데리고 오는 날이다."

"알았어."

준이 세진을 주무르던 손길을 거두자 그녀가 부스스 일어나 앉았다. 그러더니 준의 머리를 당겨 입을 맞추었다.

"그래도 1번은 나야. 알겠어?"

준의 웃음소리가 귓가를 울렸다. 창피한 말이지만 세진에게는 절실했다. 딸내미에게 첫 번째를 뺏기는 기분이라니. 겪어 보지 않은 사람은 모르는 일이다. 일어서려는 세진을 당기며 준이 다시 입을 맞춰 왔다. 이런. 오늘도 빨리 잠들지는 못할 것 같다.

아침에 가장 늦게 일어나는 사람은 세진이었다. 준과 은하가 세수하고 옷 입고 준비를 끝마치고 있으면 그제야 세진이 일어나 준비를 했다. 준이 아침을 준비하면 그때 식탁으로 와서 식사를 하고 곧장 집을 나섰다. 세 사람이 나란히 집을 나서면 은하가 가운데에 서서 두 사람의 손을 잡았다.

어린이집에 데려다주면 은하는 준의 얼굴에 여러 번 뽀뽀를 하고 나서야 놓아주었다. 어린이집 선생님들도 세진보다 준이 데리러 오는 걸 더 좋아했다. 아, 남자가 있는 곳으로 가고 싶다. 주변에 여자들이 넘치니 이런 상황이 생기는 것이다.

두 사람은 차를 타고 방송국으로 왔다. 음악 프로에서 시사교양 프로로 프로그램을 옮긴 준은 2년 만에 CP 자리를 맡게되었다. 2년 동안 투데이 포커스 청취율을 끌어올린 준의 공로를 인정하여 국장은 준에게 하나의 프로그램이 아닌 라디오 시사 교양 프로그램 전체를 지휘하도록 했다.

세진은 은하가 태어나면서 육아휴직을 하다 복귀한 뒤로 밤 방송에서 낮 방송으로 프로그램을 옮겼다. 한동안 새 피디와 작가들, 디제이 재민의 합이 맞지 않아 고생을 했지만 이젠 어느 정도 안정 궤도에 올라갔다.

"오늘도 파이팅 해."

세진이 차 문을 열면서 그를 돌아보자 준은 그녀에게 가볍게 입을 맞추고 손을 흔들어 주었다. 라디오국으로 올라온 세진은 아침부터 어지러운 느낌에 관자놀이를 눌렀다. 민후가 다가와 아메리카노를 건넸다.

"선배님, 오늘 회식 잊지 않으셨죠? 며칠 전부터 잡은 약속이니 이번엔 빠지지 말고 꼭 참석하시는 겁니다."

"좀 봐줘. 남편이 회식 가는 걸 싫어해서 어쩔 수 없어."

세진이 미안한 얼굴을 하며 어린 남자를 올려다보았다. 한 프로그램에서 세진과 공동 피디를 하면서 민후는 그녀에게 지속적으로 관심을 보였다. 유부녀인 세진에게 큰 애정을 요구하는 건 아니었지만 다른 의미로 친해지고 싶은 사람이라 계속 애정 공세를 펼쳤다.

준은 특히 성민후를 마음에 들어 하지 않았고 가깝게 지내지도 말라고 했다. 민후와 같은 프로그램을 맡았다는 것을 듣고 난 뒤 굳었던 준의 표정은 지금도 잊을 수가 없다. 세진은 책상에 놓인 아메리카노를 한 모금 마시다 오늘 계속 어지러웠던 것을 떠올리고 입을 뗐다.

"회의하러 가자."

세진은 자리에서 일어서며 민후의 어깨를 툭툭 쳤다.

"내가 못 가니까 그대라도 팀 식구들 다독여 줘. 잘하고 있어. 이따 저녁 회식은 상황 봐서 갈 수 있으면 갈게."

회의를 끝낸 세진은 햇볕이 따스하게 스며든 스튜디오 복도를 천천히 거닐었다. 창밖엔 흐드러지게 핀 벚꽃들이 한창 자태를 뽐내고 있었다. 다시 봄이다. 매년 돌아오는 계절인데 세진에게 봄은 여전히 특별했다.

준과 함께 비밀의 정원을 함께 걸었던 그 봄을 아직도 잊지 못한다. 이번엔 어떤 일이 기다리고 있을까. 이번엔 어떤 느낌을 줄 거니, 봄아.

매일 준과 얼굴을 맞대며 살고 있지만 아직도 세진은 준의 모든 것을 사랑했다. 그는 여전히 설레는 남자였다. 한결같이 멋지고 은하에게 최고의 아빠였다.

세진이 병원에 실려 갔다는 소식을 들은 건 준이 어린이집에서 은하를 데려오고 난 뒤였다. 핸드폰 너머로 민후의 다급한 목소리를 들은 준은 곧장 병원으로 갔다. 옆에 있던 은하가 준의 얼굴을 보았다. 한 번도 제 아빠의 얼굴이 일그러진 모습을 본 적이 없던 은하는 준이 낯설게 느껴졌다.

"엄마가 아파서 병원에 실려 갔대. 지금 그리로 가는 중이야."

은하의 얼굴도 순식간에 굳어졌다. 아이의 표정에 준은 액셀을 힘껏 밟았다. 준은 병원 응급실에 도착해 침상 앞에 서 있는 민후에게 다가갔다.

"오셨어요."

"성 피디는 이제 그만 가 보도록 해요."

준의 눈동자는 차갑게 식어 있었다.

"조금 전에 깨어났다가 방금 잠드셨어요. 아직 담당 의사는 오지 않았고 검사만 받았습니다."

"왜 나한테 바로 연락하지 않았습니까. 이 피디가 쓰러졌을 땐 나도 방송국에 있었는데."

준은 몸을 돌려 민후를 보았다. 꿰뚫어 보는 듯한 준의 눈동자에 민후는 마음을 들킨 듯 얼굴이 붉어졌다.

"그건······."

"성 피디가 아직 제대로 인지하지 못한 것 같은데 이 사람 결혼한 여자입니다. 아직 마음을 버리지 못했다면 빨리 정신 차려요."

"죄송합니다. 하지만 일부러 연락하지 않은 건 아닙니다. 아깐 정말 정신이 없어서 연락할 생각조차 하지 못했어요."

"그렇다면 다행이고."

준은 다시 고개를 돌려 세진을 내려다보았다. 아까부터 준의 옆에 서서 세진을 보고 있던 은하가 뒤편에 서 있는 민후에게 몸을 돌렸다.

"우리 엄마 데려와서 고맙습니다. 아저씨, 우리 엄마 좋아해요?"

"어? 아, 아니."

"우리 엄만 아빠만 좋아하니까 아저씨는 다른 사람 좋아해요."

어린 꼬마의 입에서 나오는 말이 예사롭지 않았다. 이것도 교육을 시킨 건지 어쩜 부녀가 한목소리로 세진을 막아설까. 민후는 계속해서 빠져드는 자괴감에 얼굴이 굳어졌다. 더 이상 이곳에 있을 필요가 없었다.

"그럼 전 이만 가 보겠습니다."

"그래요. 오늘 고마웠어요."

잠시 후 담당 의사가 차트를 들고 왔다.

"이세진 씨 보호자분?"

"네."

"검사 결과 나왔는데 특별한 이상은 없습니다. 그런데 조심 하셔야겠습니다. 빈혈기가 있으신데 임신 상태라 당분간은 계 속해서 심한 어지럼증을 느낄 수도 있습니다."

준의 눈동자가 순식간에 의사에게 향했다.

"……임신이요?"

"모르고 계셨어요? 임신 8주입니다. 아직 초반이라 유산 위 험도 있으니 안정을 취하는 것이 좋을 것 같습니다."

의사가 가고 나서 고개를 돌린 준은 세진을 내려다보았다. 스르륵 그녀의 눈이 떠졌다. 그리고 눈앞에 보이는 준의 얼굴 에 미소를 지었다. 몸을 일으켜 앉은 세진은 잔뜩 굳은 표정의 준을 보며 눈치를 살폈다.

"미안해. 놀랐지? 오늘 아침부터 좀 어지럽더라니 결국 일 을 치렀네."

"엄마! 아프지 마! 아픈 것 싫어!"

은하가 울먹이며 소리를 높였다. 세진은 은하가 걱정하는 모습에 괜히 콧잔등이 시려 왔다. 그래도 엄마가 아프다고 하 니까 놀라긴 했나 보다. 세진은 빙그레 웃으며 은하의 머리를 쓰다듬어 주었다.

"엄마 안 아파. 근데 네 아빠는 왜 저런 얼굴이니."

은하는 준을 보더니 고개를 저었다. 세진은 준에게로 시선 을 돌렸다.

"왜 그래. 검사 결과가 안 좋아?"

"너……."

세진의 얼굴도 차츰 굳어졌다. 몸엔 아무 이상 없는 것 같았는데 혹시 저도 모르게 병든 곳이 있나 싶었다.

"왜 그러는데. 얼른 말해 줘."

잔뜩 굳어 있던 준은 조금씩 이성이 돌아오는지 얼굴에 근육을 풀고 손을 들어 세진의 머리를 쓰다듬었다.

"은하 동생 생겼대."

"응?"

"임신 8주라네."

세진은 놀란 얼굴로 준을 올려다보았다. 거짓말이 아니라는 것쯤은 알고 있다. 그런데 몸이 움직여지지 않았다. 도무지 현실성이 없는 말처럼 느껴졌다.

"아무래도 피를 나누다 보니 빈혈이 심해진 것 같아. 당분간은 철분제도 복용해야겠다."

"응."

"영양제 다 맞으면 가자."

"응."

"앞으로는 나 있는 데서만 쓰러져. 다른 놈에게 안겨 오면 혼날 줄 알아."

그 순간 세진이 준의 허리를 당겨 안았다. 병원 응급실인 것도 잊고 그의 몸을 와락 안았다.

"왜 아무런 말도 안 해. 나만 둘째 원한 거였어?"

"……."

"뭐라고 말 좀 해 봐. 무섭잖아."

"예뻐. 이세진 정말 예쁘다."

"뭐야. 멘트가 참 뜬금없다."

"마음 같아서는 널 안고 빙글빙글 돌고 싶은데 병원이라서 참는 거야."

준도 세진의 몸을 안아 제 품에 가뒀다.

"이따 집에서 더 안아 줄게. 임신 초기라 조심해야 한다니까 안아 주기만 할게. 당분간은 내가 참아야지, 뭐."

세진의 눈가에 눈물이 고였다. 봄은 또 이렇게 제게 잊을 수 없는 계절이 되었다.

"사랑해, 세진아."

"나도."

이 봄을, 찬란히 빛나고 있는 이 계절이 그녀의 마음을 흔들어 놓았다.

"아빠! 나는?"

은하가 잔뜩 심술이 난 얼굴로 그들의 틈을 비집고 들어왔다.

"은하도 사랑해."

준은 은하를 안아 올리며 귓가에 속삭였다. 은하는 만족했는지 활짝 웃었다.

"나도."

준과 세진의 입에서 동시에 웃음소리가 터져 나왔다. 엄마 따라쟁이 김은하다. 아빠의 사랑을 독차지하는 엄마를 따라하면, 그의 사랑이 모두 제게 넘어온다고 믿는 다섯 살 꼬마였다. 그 마음이 참 예쁘다.

사랑을 원하는 마음은 어른 아이 할 것 없이 누구에게나 간절하고 애틋하다. 그래서 우리는 평생 사랑을 원하며 살고 있다.

—fin

작가 후기

아이러니 — 반어, 빈정댐, 비꼼, 풍자, 예상에 반하는 결말, 기이한 만남, 극적인 아이러니.

이 작품을 처음 연재할 땐 '달콤한 도시' 라는 이름이었는데 비슷한 제목을 발견하고 바꾸게 된 것이 '아이러니' 입니다. 그런데 글을 마친 지금 제목을 바꾸길 잘했다는 생각이 듭니다. 작품의 흐름과 분위기에 더 잘 어울리는 단어인 것 같습니다.

작품 속 주인공들은 서로를 오해하며 아이러니한 상황을 맞이했습니다. 독자님들은 어떤가요? 아이러니한 상황을 맞이한 경험 있으신지요. 제가 남편을 만나 결혼한 사연도 약간 아이러니한 상황이었습니다. 그러다 보니 이 작품을 쓰는 내내 제 연애와 결혼이 떠올랐습니다.

글을 쓰면 항상 독자님들의 생각이 궁금합니다. 한 가지 바라는 점은 책을 딱 덮었을 때 독자님들의 마음속이 잔잔한 행복으로 물들어 있었으면 합니다. 우리의 연애와 결혼, 사람들과의 만남 등 마주치는 모든 상황들이 작품 속 주인공처럼 행복한 결말을 맞이했으면 좋겠어요. 소설이니 존재하는 해피엔딩이 아니라 현실에서도 해피엔딩이 되길 바래 봅니다.

이번 작품으로 어느덧 다섯 번째가 되었습니다. 아직도 많이 부족하고 쓰고 나면 여지없이 아쉬운 마음이 드네요. 그럼에도 불구하고 예쁘게 봐 주시는 독자님들, 절 응원해 주시는 지인들 덕분에 계속 글을 쓰게 됩니다.

'아이러니'는 특히 독자님들의 사랑을 받았던 작품으로, 연재 중에 댓글을 보며 제 자신을 다독이고 힘을 내기도 했습니다. 한 분 한 분에게 쪽지를 드리고 싶었지만 이렇게 후기에 감사 인사를 전하는 것으로 대신하겠습니다. 감사합니다. 한 줄의 감상평이 싱그러운 영양분이 되어 작품으로 피어났어요.

제가 글을 쓰는 걸 신기하게 바라보는 지인들, 일일이 다 언급하지 않아도 모두 알죠? 그대들 모두에게 감사하다는 말 전합니다. 특히 남편님, 이상한 문장이나 단어들을 직접 체크해 주고 살펴 주어서 고마워요. 도움 많이 받았습니다. 애정합니다.

마지막으로 작품을 책으로 나올 수 있게 도와주시고 예쁘게 만들어 주신 '봄미디어' 관계자분들 모두 감사합니다. 세심하게 편집해 주시고 조금 넘치는 분량에도 자르지 않고 넣어 주셔서 너무 고맙습니다. 덕분에 원하는 에필로그를 모두 썼던 것 같아요. 감사합니다.

다섯 번째가 되면서 점점 글을 쓰는데 용기가 필요합니다. 예전엔 멋모르고 쓰거나 두려움 없이 써 내려갔는데 오히려 작품이 쌓이다 보니 여러 가지 요소를 고려하고 신경 쓰게 되어 문장 하나를 쓰는 것도 조심스럽네요. 그럼에도 불구하고, 재미있고 애틋한, 행복 바이러스가 넘치는 글로 곧 찾아뵙겠습니다. 기다려 주세요. 감사합니다.

―훈 드림.